マイ・リトル・ヒーロー

My Little Hero

冲方丁

文藝春秋

contents

初出　別冊文藝春秋
　　　2021 年 9 月号～ 2023 年 1 月号
　　　「マイ・リトル・ジェダイ」を改題

装画　よしおか
装幀　大久保明子

マイ・リトル・ヒーロー

第一章　ヒーローは眠る　Hero has fallen asleep

1

朝倉暢光《あさくらのぶみつ》は、長らくノブと呼ばれてきた。今もそう呼ばれることが多い。

いつからそう呼ばれてるっけ？　暢光は自問したがわからなかった。たぶん名付けられたときからで、当初は大した理由もなかったはずだ。口にしやすいし、暢光自身、幼い頃はノブが自分の名前だと信じ、ミツの存在は忘れがちだった。

暢気《のんき》なノブくん。そんな風に言われるようになったのも、いつからだっけ？　なんとなく響きが可愛い。あなたにぴったり。そう言ってくれる女の子には事欠かなかった。両親が金持ちで、息子が本当に暢気者だとそうなるのだ。

そんな愛称に親しむうち、暢光はあるとき重要な示唆《しさ》を得た。いつだっけ。たぶん中学生の頃だ。そうそう。自分は今、そのことを考えようとしていたんだった。

ドアノブというものについて。

すなわちノブとは、ドアを開くためのものなのだ。

その重大な発見をしたときの、わくわく感を、暢光は思い出そうとした。

いろんな記憶がよみがえった。中学の、高校の、大学の、入学式と卒業式。大手不動産会社に就職し、晴れて社会人になったとき。脱サラを決めたとき。新しいビジネスを始めるたび同じ興奮を覚えた。新しいドアが開かれて素敵な日々が待っていると信じた。

とりわけ就職後ほどなくして人生最高の女性と出会い、短期間で結婚の合意に至り、やがて長男と長女が無事に産まれた幸せな時期は、いくつものドアがひとりでに開かれ、輝かしい何かが次々に待ち受けていると感じたものだ。

暢光はしみじみと思い出を噛みしめながら、草っ原を眺め渡した。

そして、やはりどうもこれは違うらしい、と思った。

屋根もなく舗装もされていない草だらけのそこには廃車同然の車輌が二十台以上も乱雑に並べられている。東京都内にこんな場所があること自体、暢光からすると驚くべきことだ。ましてや自分が投資したビジネスの拠点というのだから驚愕《きょうがく》ものといえた。

スクラップ場じみた草っ原のどこにも、お金を出してよかったと思える何かがなかった。そこは高級車の墓場だった。どこから来たかもわからない車たちが、まぶしいほどの初夏の青空の下、緑に囲まれて腐り果てているだけだ。かつては誇らしげに光をきらめかせていたであろう車体の塗装はどれも剝がれて錆を浮かべ、どのタイヤも空気が抜けてしぼみ、バンパーに絡みついた野草が色とりどりの小さな花を咲かせている。

一画には廃墟然としたプレハブがあり、高級車のシェアサービスを高らかに謳《うた》っていたはずの看板が草むらに落ちていた。風にでも引っぺがされたのだろう。文字を読み取るのも難しいほど日に焼けて白くなった看板を、暢光は右へ左へ首を傾げて見つめた。

角度によっては別ものに見えるのではと期待したのだ。しかし不法投棄の現場そのものといった光景に変化はなく、やはり開くべきドアではなかったようだと暢光は思った。

もうずっと、こういうろくでもないドアばかり開いて回ってないか？　そう自分に言ってやりたい気持ちがわいたところで、プレハブから人が出てきた。

「あった、あった。やっと見つけたぞ」

先生だ。武藤直之《むとうなおゆき》先生。父の代からお世話になっている弁護士だ。

亡くなった両親が先生と呼んでいたので、暢光も自然と相手をそう呼んでいた。四季を問わずチェック模様のベレー帽をかぶり、明るいグレーの上下のスーツに身を包み、分厚いレンズの眼鏡をかけ、ずんぐりとした顔を、真っ白い髪と髭《ひげ》が覆っている。

暢光がまだ子どもだった頃から、ちっとも変わらない姿だ。生まれたときからずっとこの顔のままなんだよ、と言われたら信じてしまいそうだった。

武藤先生は、棒立ちになっている暢光の前まで来ると、異様に分厚い、汚らしく濡れた紙の束を片手で振ってみせた。紙の束全体から、茶色く濁った雫《しずく》がしたたっている。

「雨漏りしとるせいで、ぶわぶわだ。ちゃんと乾かしてとっておきなさい。万一のとき必要になるものが、どっさり入ってるから」

事務所の権利証やら明細やら、あと暢光にはよくわからない書類一式とのことだった。

「はい、わかりました」

暢光はうやうやしく汚らしい紙の束を両手の指先でつまむようにして受け取った。

武藤先生が眼鏡の奥から、急に、じろりとした視線を送ってきた。

「何か言うことはないのかい？」

「えっと、ありがとうございます」

「どういたしまして、と返す前に、何に礼を言ってるか聞かせてくれないか?」

なんでそんなことを訊くんだろう? 弁護士らしい厳格さのなせるわざだろうかと暢光は疑問に思いながら、自分が何に感謝をしているかを説明した。

「だって、わざわざこんな場所まで一緒に来てもらったんですから。本当にすいません」

「ノブくんよ。あんた、下手をすると、ここを放棄できなくなっていたんだよ? 見なよ、これ。なんでこれで商売できると思ったの?」

「ここ、今日初めて来たんです」

「何も確かめずに、お金を出したわけ?」

「パンフレットに載ってる写真は見たんですけど。ここと全然違ってて」

武藤先生が、深々とした溜息をついた。心から呆れている様子だ。

暢光も、海よりも深い反省の念を抱いてうなだれた。それから、両手の指でつまんだ紙の束を軽く揺らして雫を落としながら、こう尋ねた。

「ここの車、直せると思います?」

武藤先生が目を剥いて、辺りへ手を振ってみせた。

「この土地にあるガラクタの山は、どれ一つとしてノブくんの所有じゃなく、ひいては廃棄責任もないと証明してもらったばっかりで、いったい何を言ってるんだ?」

「なんだかもったいなくて」

「あのなあ……今のノブくんじゃ、一台分の自動車税だって払うのはきついだろう」

「はあ、すいません」

「これほどあっという間に親が遺してくれた信託を潰す人、初めてだよ。いったい何べん騙《だま》されれば学ぶんだい？　お父さんなら、こんな商売は見向きもしなかったろうに」

「まあ……そうかもしれませんね」

武藤先生が、そうに決まっているだろうというように顔を険しくした。

「それで？　何に対してのありがとうだと思う？」

まだ終わっていなかったのか。暢光はショックを覚えた。そもそも発言しているのはこちらなのに。自分の発言の意図を相手から質《ただ》されるという不条理に耐えて言った。

「えっと……ここにあるものを上手く捨てられたってことに、ですよね？」

武藤先生は空を仰いだ。まるで暢光の亡き父へ「お前の息子がこんなことを言ってるぞ、どうにかしてくれ」と訴えているようだった。

「詐欺《さぎ》に引っかかったあんたを破産から救ったことへのありがとうだろう？　亜夕美《あゆみ》さんに感謝しなきゃ。あんたの商売相手が怪しいと気づいて通報しなかったら、どうなってたことか」

「でも、頭が良い人なんです。良いビジネス・パートナーになれると思って」

「何がパートナーだい。せっかくの頭の良さを悪いことに使って、有罪確実だ。あんたのお金だって返ってこないんだよ」

「やっぱり、そうなんですか？」

「詐欺師が返すわけないよ。とったお金が手元にあるってこと自体、罪を犯した証拠になるんだから。それをなんで差し出すんだい」

武藤先生はそう言いながら、暢光のそばを通り過ぎ、路肩に停めた自分の車のほうへ歩いていった。姿は変わらないが以前より怒りっぽくなったなあ。やっぱり年をとったんだ。暢光はそう思いながら汚い紙を体の前でつまんだまま武藤先生を追いかけた。

「これ、どうしましょう？」

「床に放っときな。びりびりにしなきゃいいよ」

というわけで暢光は濡れた紙の束を助手席の床に置き、踏まないよう注意しながらシートに腰を落ち着けた。ドアを閉めてシートベルトを締め、車を出す武藤先生へ尋ねた。

「おれ、やっぱり騙されたんでしょうか？」

武藤先生は無言で、車を道路へ出した。こちらを見もしない。とても難しい運転をしているんだと言いたげだ。周りには草っ原しかない、がらがらの道路なのに。

暢光は、美しい自然に囲まれた車たちの墓場を見送った。残念な気持ちでいっぱいだった。詳しくないので車名は一つも言えないが、とにかくどれも高級車だったはずなのだ。たぶん。

武藤先生が前を向いたまま、ふと溜息交じりに呟《つぶや》いた。

「どこまでも暢気な子だ」

2

武藤先生に長々と運転してもらい、暢光は紙の束と一緒に、帰宅した。

といっても、住んで半年経つのに、ここが自分の家だという感じは全然しなかった。用水路のそばにある、二階建てのぼろアパートだ。『ヨシダ・メゾン』という看板が針金で鉄柱にくくりつけられているが、字が薄れて『ヨノノ・ノノノ』みたいに読めた。

その看板に負けず劣らず、壁は染みだらけ、柱と階段は錆だらけで、暢光は草っ原に打ち棄てられた車やプレハブを思い出させられた。どっちに住んでも大差なさそうだと考えながら階段を上がって紙束をいったん置き、鍵を取り出した。

ドアを開いて鍵をしまったがすぐには入らず、突っ立ったままでいた。

薄暗くて狭い玄関にスリッパ立てを置いてそれに何足か靴を差している。そうしないと靴を積み重ねなければならなくなるからだ。数歩先には敷きっぱなしの布団がある。棚が一つしかないので生活用品が壁際に所狭しと積み上げられ、クローゼットがないので天井に張り渡した物干し竿にハンガーで服をかけまくっている。

今の自分でも家賃が払える物件の中で、ゆいいつの風呂トイレつきの部屋なのだが、子どもの頃に住んでいた家のお風呂場より狭い気がした。寝室にあったウォークイン・クローゼットのほうは確実にここより広かったはずだ。

こうして玄関に立つたび、部屋の狭さに驚かされた。おかげで空間を効率よく使うことを生まれて初めて真剣に考えさせられたが、パズルみたいでなかなか面白かった。自分がそこに住むという点を除けば楽しい経験だ。

あの草っ原に戻ってプレハブで暮せば家賃はいらないんじゃないかなあ。だがすぐに考え直した。遠すぎて不便すぎるし、お風呂がないのはいやだ。暢光は、観念してぶわぶわの紙束を玄関の床に置き、靴を脱いで部屋に入ってから手を伸ばしてドアを閉めた。

ガタピシ鳴る窓をスライドさせて窓枠に座り、雑草が絡まった用水路のフェンスを見下ろし、今は月二万七千円の家賃が払えることに感謝しなければいけないんだなあ、と他人事のように思った。その一万倍くらいあったお金は、どこにいっちゃったんだろう？　父母が遺してくれた財産も、二人の生命保険のお金も、いつの間にか消えてしまった。

相続した複数の不動産も、次々に売らざるを得なかった。結婚したときに買い、離婚した日に追い出されたタワーマンションの二十階にある4LDKにベランダが二つついた部屋も、元妻の亜夕美に譲った。亜夕美は、あっさりその部屋を売り、2LDKの手頃な賃貸の部屋へ、二人の子どもとともに移り住んでしまった。

なんにもなくなっちゃったんだなあ。そんなことが起こりうるのかと不思議で仕方ない。亜夕美や子どもたちと一緒に暮らしていた部屋が恋しくてたまらなかった。夫婦仲は決して悪くなかった。だが長女の誕生を機に、暢光が会社を辞めて独立すると決心してからというもの、お金がタンポポの綿毛みたいに、ふわふわ飛び去ってゆくのを止められなくなってしまった。それでいつしか亜夕美から冷たい目で見られるようになったのだ。

最初は、高級物件を扱う不動産業をしたが、まったく儲からなかった。とにかく誰もが嘘をつく。嘘でなくとも都合の良いことばかり言う。暢光もそうすべきだったが、どうしてもできなかった。それどころか何が本当なのかわからず、混乱するばかりだった。

これでは駄目だと思い、いろいろなビジネスに手を出した。びっくりするほど大勢から誘われた。ぜひあなたと組みたい。一緒に稼ぎましょう。業界に風穴を開けましょう。

みんな熱意があって真剣な感じがした。暢光は持ち込まれる話を念入りに検討し、特に良い感じのものを選んだ。大勢に喜ばれて儲かりそうなものに出資し、共同経営者になった。高級ジュエリーとか、高級食材とか、高級ブランド品とかだ。それらをどこで手に入れ、どこで売るのかもわからないまま、しばらくすると一緒に頑張ろうと言っていたはずの人々はなぜか消えた。連絡がつかず、お金もなくなっているということが続いた。

「あんたのこと、陰でカモミツさんなんて呼んでるんだよ？　そんなのとなんで付き合っちゃうの。ちゃんと手堅い事業をやろうよ」

中にはそう忠告してくれる人もいたが、困ったことに、そういう人ほど魅力に欠けた事業を提案してくるのだ。介護ビジネスとか、生活必需品を扱うとか、就職率の高い専門学校や外国人労働者向けの日本語学校の経営をするとかだ。

確かに手堅いかもしれないが、なんだか自分らしくないなあ、と思ってしまう。

理由はたぶん親の影響だろう。亡き父は、バリバリの貿易商だった。日本製の高級家具のブランド価値を世界的に高めたとかで、政府のなんとかという組織に呼ばれて講演をしたときの写真があり、遺影としても使われることになった。ちなみに母方の祖父も、当時最新の農耕器具を扱う、優れた商人だったと聞いている。祖父は父の商才を認め、娘との結婚を許したのだ。さらに曾祖父などは、船に冷蔵庫を積めばマグロを新鮮なまま運べて人々に喜ばれると考えて実行し、富を築いたらしい。船にそんなものを積むという発想が一般的ではなかった時代のことだ。

かように暢光の家系は代々、先見の明と商才に優れていたわけで、いつか自分もそうなると信じて疑わなかった。だがしかし、独立してからというもの、

「またお金だけ持ってかれたの」

亜夕美に言われて初めて、上手くいかなかったと悟る、ということが続いた。

「お願いだから、流れ星なんかにお金を出すのやめて」

いったい何度、亜夕美にそう言われたことだろう。きらきら輝く何かに願いを託《たく》すが、何一つ叶わないというわけだ。上手い表現だと感心するが、それでも暢光は流れ星にお金を出し続けた。決して流れ星などではなく自分が開くべきドアだと信じ続けて。

だが亜夕美の眼差しは年々冷ややかになり、やがて瞳の奥に〝いい加減にしろ〟と告げる鋭い光の一団が常駐するようになった。悲しいことだが、それでもまだマシなほうだったと思わざる

をえない。今ではろくに目も合わせてもらえないのだから。

そうなった原因を思い起こすと、恥ずかしさでいたたまれなくなる。

ある若い女性から、高級な毛皮に代わる素材を扱うといったビジネスを持ちかけられたのだが、商談と称して泥酔させられ、美人局《つつもたせ》にはまってしまったのだ。

気づいたらその女性と寝ており、目の前には女性の夫と名乗る男がいた。

男は、奥さんに黙っていてほしかったら慰謝料をたっぷり寄越せと言ってきたが、暢光はその日のうちに、全てを亜夕美に話した。

あまりの申し訳なさに、全身全霊で謝罪した。亜夕美は黙ったまま、瞳の光はかつてなく凍てつき、その身からドライアイスの煙のように冷気が漂って暢光を総毛立たせた。

「……ものすごく酔ってたし、たぶん何もしてないと思うんだけど」

言い訳を述べ立てる暢光を、亜夕美は何の感情もない顔で見つめ、こう言った。

「暢気なところが良いと思っちゃったのよね」

間違えたのは私なんだから仕方ないよね、というようだった。

その後、暢光はくだんの女の夫と称する男に呼び出された。場所はマルチ商法の勧誘が盛んな騒がしい喫茶店で、暢光が録音モードの携帯電話を胸ポケットに入れて待っていると、美人局の男女が来て向かいの席に座った。女は暢光と目を合わさず携帯電話をいじりっぱなしだった。そして男が「奥さんに知られたくないならこれだけ払え」といった脅迫を口にしたところで、暢光は右手を上げた。黙ったまま選手宣誓みたいなポーズを取る暢光に、男が怪訝《けげん》そうに眉をひそめ、女も携帯電話をいじるのをやめた。

別の席にいた亜夕美が、バッグを抱えて立ち、堂々と暢光の隣に座った。

「この人の妻です」

男と女が絶句して暢光へ目を向けた。暢光は手を下ろし、こくこくうなずいた。

「この人、隠し事ができずに全部話しちゃうの」

亜夕美が暢光の胸ポケットから携帯電話を取り、男の声が録れたことを確認した。

「おい、ふざけんな――」

亜夕美が、たちまち凄む男を完全に無視し、女に向かって冷厳と言い放った。

「別れな、こんなダニみたいな男」

女が、びくっとなった。

男が、目を剝いて立ち上がった。そのときには、新たに三人もの男たちが暢光たちのいる席へと集まってきていた。亜夕美が事情を話して来てもらった、刑事たちだ。

「署までご同行願えますか？」

刑事が身分証を見せながら訊ねた。男も女も、暢光ではなく亜夕美へ、信じられないというような顔を向け、大人しく従った。

「痛い目見て、懲《こ》りるといいけど」

二人だけになると、亜夕美がそう呟いて席を移動し、暢光の向かいに座った。そしてバッグから離婚届と合意書を取り出し、テーブルにびしっと叩きつけるようにした。

「はい。ハンコ押して」

暢光は慌てふためいた。てっきり一件落着だと思い込んでいたのだ。しかしそこでようやく、自分も痛い目を見るべき一人とみなされていることに気づいた。

「ハンコなんて持って来てないよ」

「持って来たわよ」

「ええっ？」

「武藤先生に書類作ってもらったから。ほら、ここと、ここに名前書いてハンコ押して」

「そんな、亜夕美、頼む、考え直してくれ」

暢光は、必死に許しを請うたが、無駄だった。

「許されると思ってるのが間違いなの。私も今回のことでそれがよくわかった。そのうち、あなたのせいで子どもの養育費まで消えちゃうし。それどころか、私や子どもたちが借金を背負うかもしれないなんて、そんなの、あなたも嫌でしょ」

暢光は、めそめそ泣き、なおも抵抗した。若い男のウェイターが、亜夕美がいた席からコーヒーを移動し、男と女の分の食器を片づけた。ウェイターが二人のお冷やを二回足しにきてくれたが、そのたびに、ハンコを押すのか、押さずに済むのか、と興味津々に書類を見ていた。

暢光は、結局、ハンコを押した。

「じゃ、出しに行きましょ」

さっとバッグに書類をしまう亜夕美へ、暢光は涙を流しながら言った。

「ビジネスで成功したら迎えに行くよ。許してもらうために絶対成功するよ」

亜夕美が首を傾げた。目を細め、疑わしそうに暢光を見ていた。

「来世の話？」

「すぐだよ、すぐ」

亜夕美は目をぱっちり見開き、唇の一端を、にっと吊り上げてみせた。

全然期待してないけど、勝手に頑張れば？　と明白に告げる笑みだ。

そのときの亜夕美の顔を思い出すたび、暢光はショックで泣いてしまいそうになる。

3

座り心地の悪い窓の縁に尻を置き、暢光はこのときも涙で視界がぼやけるのを感じたところで、ポケットの中で携帯電話がアラームを鳴らし始めた。

「仕事しなきゃ」

暢光はなんとか感傷を押しやり、出かける準備をした。

食事のデリバリー・サービスの仕事だ。専用のボックスを背負い、自転車やバイクに乗って飲食店と客の家を行き来する。アプリで簡単に登録できるし、長時間拘束される警備などの仕事より楽だし向いていると思ったのだが、あまり上手くいっていなかった。

まず信じがたいことに最初の仕事で、自転車を降りて食事を届けている隙に、置きっ放しにしていたボックスを盗まれた。なぜ人の商売道具を盗むのか、暢光にはまったく理解できない。しかもそのボックスがネットオークションサイトに出品されていたのを見つけ、武藤先生に相談して取り戻してもらわねばならなかった。具体的には、買い戻すとともに警察に盗難の被害届を出したのだが、相手を捕まえることはできなかった。

「商売のための品は戻ってきたんだ。他は諦めるんだね」

武藤先生に言われて暢光は早々に諦めたが、買い戻しにけっこう払い、しばらく収支はマイナスだった。ボックスは貸与品なので、取り戻さないわけにはいかなかったのだ。

その後、頑張って働いたが、近所の客はたいていい同業者に取られてしまう。暢光が配達リクエストの通知に気づいて地図を確かめるうちに、もう誰かが動き出しているのだ。

配達中にあおり運転をする車のせいで転びそうになったことも一度や二度ではない。たいてい高級車で乱暴な運転をする。食事を運ぶ人間がよほど目障りらしい。そういうときは逃げるために進路を変えるが、その分だけ届けるのが遅くなる。もちろん客の評価はかんばしくない。だがそれでも良いことはある。高級住宅地の一角に住む、いつもなぜかアロハシャツを着ている陽気なお爺《じい》さんに気に入られ、週に二度か三度は指名してもらえるのだ。チップもくれる大事なお客さんだが話が長いという難点もあった。玄関先で延々と雑談させられることが多く、仕事を一つ片づけるために二時間以上かかることもある。

大変だが、固定客がいるのは良いことだ。亡き父も、沢山の良い客を抱えていたし。暢光がそう思いつつ卓袱《ちゃぶ》台《だい》の下からたたんでいた宅配用のボックスを引っ張りだし、広げて背負ったところで、誰かがドアベルを鳴らした。

「お荷物のお届けに上がりました！」

ドア越しに元気良く声をかけられ、暢光はボックスを背負ったまま、置きっ放しの紙束をまたいで出た。宅配便の届け人から、大きめの段ボール箱を一つ受け取った。なんだろう。首を傾げて箱を開封すると、はからずも暢光が待ち望んでいたものが現れた。

「ジェダイだ！」

あまりの嬉しさに小躍りしてしまった。暢光にとって世界一有名な映画に登場する、最高にかっこいいキャラクター達のフィギュアが三つ入っていた。見た限り、外箱も綺麗なままだ。ああ、よかった。ちゃんと戻ってきた。

暢光は胸を熱くしながら、それらを壁に積まれた品々の上に並べた。暢光がこよなく愛し、生活のために売り払わねばならなかったコレクションの中でも、決して手放すまいとしていたものたちだ。三つ揃えるのに、確か七十万円はかかったはずだ。

この期に及んではやむを得ないと意を決し、泣く泣くネットオークションのアプリを使って出品したのだが、ここでまたよくわからないトラブルに遭った。

あっという間に高額で売れたので、丁寧に梱包し、ああ、お前たち、大事にしてもらえよ、と心の中で繰り返しながら送り出したところ、しばらくして返品されたのだった。

しかも返品と言いながら、ダンボール箱の中身は空なのである。わけがわからなかった。

武藤先生に電話で相談すると、返品詐欺というのだと呆れ声で説明された。

「なんとか取り戻せませんか。お願いします」

べしょべしょに泣いて懇願した。武藤先生から深い溜息を返されながら、言われたとおりアプリの経営企業に通報したり、内容証明郵便を出したりした。

半ば諦めていたのだが、こうして無事、三人とも戻ってきた。信じられないくらい嬉しかった。

亜夕美に電話をして喜びを分かち合ってもらおうとさえ思った。だがたぶんまだ勤務先の病院にいるだろうし、最近は電話をしても出てくれないことが多かった。

それで子どもたちにメッセージを送ることにした。

ただし携帯電話のアプリでは気づかれないことが多い。流行のアプリがころころ変わるし、お友達とのやり取りが優先される上に、近頃は「子どものSNS使用規制」が頻繁に学校で話し合われているからだ。子どもらが住んでいる地域では学校に携帯電話を持ち込んではいけないことになっており、SNSにも教師や親が目を光らせるようになったとあっては子どもたちとしてもあまり魅力的なツールではなくなっているらしい。

そのため暢光は、携帯電話ではなく、小さな卓袱台をほぼ占拠する薄型テレビとゲーム機を起動した。ゲーム機は持ち運びできるポータブルのものではなく、一般的な据え置きの箱形のものだ。どれだけお金がなくとも、決して手放せない品だった。

ポケットWi-Fiを使って接続し、ゲームのタイトルが並ぶシェルフから一つを選んでインしてのち、フレンド一覧の『RINGINGBELL99』を選択した。

今年中学二年生になる、息子の凜一郎《りんいちろう》のIDだ。

家族みんなからリンと呼ばれるので、リンリン鳴るベルにかけたネーミングだと説明してくれたことがある。〝何かが始まる感じがするから気に入っている〟といい、暢光は自分がノブという名前からドアノブを連想したのと一緒だと思って嬉しくなったものだ。

99は、たまたまだった。既に同じIDが登録されていると、自動的に末尾につけるナンバーの候補が出るのだ。凜一郎は、使用可能なナンバーのうち〝なんかかっこいい〟ものを選んだとのことで、間違っても誕生日や電話番号のたぐいを名前にしないよう父子ともども亜夕美からきつく言われていた。

ちなみに娘の明香里《あかり》のほうは小三で、IDは『アカリンだいばくはつ』だ。

なぜ『だいばくはつ』なのか訊いたところ、「ぐはははは」と可愛い声で猛々しく笑い返されただけだった。

暢光のIDは、むろんドアのノブにかけた『KNOB77』である。NOBUではなくKNOBとしたところに、こだわりがあるのだが、他にも同じ名前をつけたがる者が大勢いて驚いた。その人たちは日々、いったいどんなドアを開いているのだろうか。

このところオンラインでしか子どもに会えないため、ゲームは何もかも失いつつある暢光の最後の砦《とりで》だった。ただし明香里のほうはメッセージをきちんと返す性格ではなく、いつまでも下手くそな暢光に早くも見切りをつけた感じがしないでもない。「一緒に遊ぼう」と呼びかけても「また今度ね」と返されることが多いのだ。

凜一郎のほうは妹と違って頻繁に返事をしてくれるし、今日も塾が終わったら、お友達のタッキーこと滝本達雄《たきもとたつお》くんとプレイするから一緒にやろう、と誘ってくれていた。

やるのは『ゲート・オブ・レジェンズ』だ。

様々な伝説のヒーローたちが集《つど》ってバトルロイヤルを繰り広げる。つまり、お互いを見境なく撃ったり、斬ったり、罠を仕掛けたりする。いつ誰に攻撃されるかわからない、暢光からすると怖すぎて緊張しっぱなしのゲームだが、凜一郎の一番のお気に入りタイトルで、いつか達雄くんと一緒にこのゲームの大会に出たいと言い出すほどだった。

亜夕美からは、高校受験が終わるまでは駄目だと言われているらしいが、世界中の大人たちと競いたくなるほど何かに熱心になれるということに暢光はいたく感心させられた。自分だったら、とても勝てそうにない大会に出たいなんて思わない。

ゲーム自体も、複雑で速くて忙しい。暢光が最も苦手なタイプのゲームだ。

「苦手なら練習すればいいよ」

凜一郎はそう言って、暢光のためにトレーニング・マップなるものを作ってくれた。『リンリン・ワールド』と名付けられた父のための手作りマップである。それを披露されたときは、なんて親切で優しい子なんだろうと感動したが、彼が決して父を甘やかすつもりがないことはすぐにわかった。暢光はそのマップを一度もクリアできていない。難しすぎて歯が立たないのだ。凜一郎は、態度は暢光に似て鷹揚なのだが、ものの考え方がシビアなところは亜夕美そっくりと言わざるを得ない。クリアしたふりをしてもバレるだけだが、さりとて上手になるために単調でしんどい練習をやるなんていやだな、と思ってしまう。

そんな片付いていない宿題だらけの『リンリン・ワールド』はさておいて、暢光は凜一郎と明香里の両方にメッセージを送った。


『ジェダイが戻ってきたよ!!!』


末尾には涙を流して喜ぶ絵文字を六つもつけた。父がどれほど喜んでいるかしっかり伝わるだろう。だが反応はない。そもそも二人ともまだオンラインではなかった。塾とかテレビを見るとか携帯電話をいじるとかで忙しいのだろう。

暢光はすぐにゲーム機の電源を切った。電気代がもったいないからだ。ゲーム機一つで湯沸かし器なみの電気代を取られることをこの生活で初めて知った。ポケットWi-Fiのほうもレンタル中に通信量をオーバーすれば制限をかけられてしまう。

節約って大事だなあ。使わなければその分、働く必要がなくなるんだよなあ。暢光は早く気づけばよかったとつくづく思いながら立った。ボックスはずっと背負いっぱなしだ。

部屋を出て、アパートの駐輪場に停めてある電動自転車を引っ張り出した。離婚するずっと前に買った品だが、こうも役に立つ道具だとは思わなかった。もちろん電気代はかかるが、電動ではない自転車で宅配をするなど考えられない。すぐにへばってしまう。

電動自転車に乗って走り出すと、自然と良い気分になった。

さあ、頑張って良いドアを開こう。ジェダイも戻ってきたし。

生活費を稼ぎながら、僅《わず》かに残った投資用のお金で、今度こそビジネスに成功するのだ。そうすれば、亜夕美や子どもたちとも、きっと元に戻れるに違いない。

そう考えると、これからは良いことしか起こらないという気がした。

4

暢光は、へとへとになるまで働いた自分へのご褒美に、コンビニで一番値段が高いコシヒカリとロースとんかつの弁当を買い、用水路沿いの木陰のベンチに座って食べた。

ああ美味いなあ。暢光は夕暮れ時の空を見ながら、ゆっくりと味わった。週に一回以上は買わないと決めているけど、とんかつはやっぱり元気になるなあ。いつもは水道水で我慢するのだが、このときはお茶も買っていた。美味しいもので腹が満たされるだけで、これから良いことばかり起こるという気分が確信に変わるのを感じた。

辺りが暗くなるまで、ゆるゆると食事を堪能《たんのう》し、ボックスを担いで自室に戻った。玄関に置いたままの紙の束をうっかり踏みそうになりながら、靴を脱いで膝立《ひざだ》ちで部屋に入った。弁当のゴミを流しの横のゴミ箱に放り、ボックスをたたんで卓袱台の下に突っ込む。狭いのも、見方を変えれば便利なものだ。部屋にある全てのものに手が届くのだから。

暢光は食後の歯磨きと洗顔をし、さっぱりして卓袱台の前に座ってゲーム機を起動した。

期待通り、凜一郎から返事が来ていた。明香里のほうは既読にもなっていない。

『良かったね、パパ』

グッジョブサインが三ついている。こちらの頑張りを理解してくれているのだ。

会話では「パパ」だが、凜一郎の側が設定した暢光のフレンドネームは「お父さん」であることを暢光は知っている。凜一郎のフレンド招待のメッセージも「パパ」ではなく「お父さん」だったし、達雄くんとつながっているときはボイスチャットでも「お父さん」呼びをする。「パパ」と「お父さん」の間で行ったり来たりする年頃なのだ。

暢光は、フレンド一覧で凜一郎がオンラインであることを確認した。

やはり、『ゲート・オブ・レジェンズ』をプレイ中だった。

ゲームにインすると、今まさにどこかのマップに凜一郎がいることが表示でわかった。つまり、戦っているか、独自のマップをクラフトしているか、アイテムの購入を行うマーケットを物色しているか、ということだ。一つのゲームの中に多種多様な空間があり、フレンドが今どこにいるのか把握するのもひと苦労だ。

見ると、バトルロイヤルという、全員が全員と戦う、暢光が最も苦手な激戦に興じているようだ。驚かして邪魔にならないよう、凜一郎がバトルを終え、ロビーに戻ってくるのを待ってから、ボイスチャットをオンにした。

「おーい、リン。今大丈夫か？」

やや間があってのち、妙なノイズ交じりの声が返ってきた。

《あ、パパ――……。ヤッホー――……》

「ヤッホー！」

暢光が返したとき、ロビー画面に凜一郎が使うキャラクターが現れた。

ライダーと称される、額の上にゴーグルをかけた赤髪の青年で、軽装の鎧《よろい》を着たファンタジー風味のロビン・フッドかつカラフルな西部のガンマンといった姿をしている。

ゲーム内のキャラクターは、足が速いとか、体が頑丈だとかいった特質によって大きく五種類に分けられる。凜一郎が好むのは、足が速い代わりに体力はそこそこで、特技としてマップ上に配置された車や機械類を操ることができるキャラクターだ。

対して暢光が選択するのは、ノーマルという、弓道の胸当てみたいな鎧をつけているほかは特徴のない大人の男性だった。操作も単純で、特質を活かす操作をする必要もない。

ゲーム内のミッションをクリアするなどしてポイントを稼げばスキンと呼ばれる衣装を手に入れることができ、現実のお金を払えばキャラクターを自分好みのデザインにすることもできる。だが暢光の場合はポイントもお金も贅沢できる状態ではないので、凜一郎からプレゼントされたマントがゆいいつの飾りつけだ。

暢光のキャラクターが手を上げると、凜一郎のキャラクターが軽快なダンスを披露した。ECっていうんだよ、と凜一郎が教えてくれた操作だ。エモーショナル・コミュニケーションの略だそうで、互いを知らないプレイヤー同士が打ちとけられるよう導入されたらしい。ダンスや様々な身振りをしたり、フキダシに絵文字がついたものが頭上に現れたりすることで、言葉なしでも軽い意思疎通ができるのだ。

暢光もブレイクダンスっぽい動きを返し、凜一郎が別の動作をし、挨拶を交わした。

《あれ、パパだけ――……？　タッキー、見た――……？》

まだノイズ交じりの、やけに間延びする声で訊ねられた。

「いや、インしてないいんじゃないか。ちょっとパパとプレイしながら待つか？」

《あ、オーケイ――。でも、やれるのかな、これ――……なんか、変じゃない？》

「ちょっと声が遠いかな。サーバーが混んでるんじゃないか？」

《んー……ていうか、おれ――……、タッキーと自転車乗ってたんだけど、急に――……》

いきなり画面が乱れた。

なんだ？　画質が突然ざらざらしたものになり、凜一郎の声が遠ざかっていった。

「接続、切れそうなのか？」

返事はなかった。やがて画面が元に戻ったときには、凜一郎のIDのステータスが、オフラインになってしまった。いや、また一瞬、オンラインになった。だがすぐに接続が途切れた。何度か同じことが繰り返され、そしてすっかり沈黙した。

通信環境が悪いのか？　あちらはマンション付属の回線で接続しているので、ポケットWi－Fiでなんとかしのいでいるこちらより安定しているはずなのだが。

考えたところでわからないので、暢光は電気代と通信料の節約のためモニターとゲーム機の電源を切った。もう少ししたらまた接続してみようと考え、狭いトイレ付きバスルームに体をねじ込ませるようにして入り、バスタブに湯を張った。バスタブは体育座りをしないと入れない狭さだが、今の生活で特に大事にしたい安らぎのひとときだ。

入浴を済ませると、酒ではなくルイボス・ティーを淹れた。下戸《げこ》なのだ。亜夕美のほうは、いくらアルコールを口にしても平気だが、暢光のほうはビールを一杯飲んだだけで自分がどこにいるかもわからなくなる。しかも酔いが醒めたあとは決まって頭痛と吐き気に悩まされる。体に毒としか言いようがなく学生の頃はそれで引け目を感じたこともあったが、

「これであなたが酒飲みだったら十年前に別れてたたな」

亜夕美に何度かそう言われ、むしろ自分の体質に感謝したものだ。二歩で部屋をまたいで窓をガタピシ言わせながら開き、窓枠に座ってお茶をすすり、冬はどうしたら良いかなあ、とぼんやり考えた。

用水路の前のベンチに座って食べるのは寒くて辛いだろうなあ。あ、炬燵《こたつ》とか良いんじゃないかな。そうすれば窓を開けて、開放感と一緒にお弁当を味わえるに違いない。この部屋に閉じ籠もって一人で食べるのはいやだった。気分が落ち込んでしまう。せっかくのご飯の最中に寂しさで泣きたくなるなんて、想像しただけで胸が張り裂けそうになる。

絶対、炬燵がいるな。うん。自分が頑張るために必要だ。

取り戻した三人のジェダイたちを眺めた。彼らも同意してくれている気がした。

金輪際《こんりんざい》、不必要なものは買わないと心に決めていたが、これは別だ。頑張ろうとする気持ちが損なわれては何にもならないのだから。寒くなるまで、まだ何ヶ月もあるが、今の内に買っておけばいざというときに慌てることもない。

そんなわけで暢光は布団の上に放りっぱなしの携帯電話とポケットWi-Fiを手に取り、安く炬燵が買えないかと検索した。今の時季にそんなものを買うやつがいるかとばかりに品薄だった。いったんショッピング・サイトの画面を閉じ、近くのホームセンターに電話で取扱があるか聞こうとし、そこで初めて異変に気づき、ぎくっとなった。

いつの間にか、着信の通知が二十一件も来ていた。

宅配が終われば、もうアプリの通知を見たくないのでサイレント・モードにしてしまう癖がついているのだ。そのせいで、まったく着信に気づかなかった。

まさか、何かを宅配し忘れたのだろうか？　慌てて履歴を見たが、どうやら客のクレームではなさそうだ。その代わり、もっと不穏なものを感じさせられた。

亜夕美の携帯電話の番号があった。彼女が勤めている病院の番号と交互に並んでいる。間に、亜夕美の母で、いつも明香里の面倒を見てくれる芙美子《ふみこ》〝元〟お義母さんの携帯電話の番号があった。

明香里の小学生用の見守り携帯電話の番号まである。

そして、武藤先生の携帯電話の番号も。

慌てて留守番電話のデータを呼び出したが容量がいっぱいになっていた。月々の支払いを削るため三件しか残らないプランにしているのだ。まず亜夕美、芙美子さん、そして武藤先生の声が再生された。

凜一郎、自転車、車、病院。三人とも口早に、重々しく、暢光に石でも投げつけるような厳しさで、同じキーワードを述べ立てた。暢光は凍りついた。こめかみが激しく脈打つのを感じた。まるで本当に投石を食らったように頭ががんがんする。

今耳にしたことは本当だろうか？　きっと何かの間違いだという考えにすがりつきたかったが、三件のメッセージを聞き直そうとはどうしても思えなかった。

凜一郎が、車にはねられて、意識不明の重体で、病院に運ばれた。

三人とも、そういうことを言っていた。

カップを持った手がだらりと垂れ、中身を下の地面へすっかりぶちまけてしまった。暢光はカップまで落とさないよう窓枠から離れ、震える手でそれを卓袱台に置いた。

携帯電話を握りしめ、よろめくように玄関へ向かい、紙の束を踏みつけたことにも気づかず靴を履いた。込み上げてくるものに耐えられず、すすり泣きながら部屋を出た。

5

　暢光は猛然と電動自転車を漕ぐうち、腹の底から怒りが膨れ上がり、顔がどんどん熱くなるのを感じた。高架道路の下の、アスファルトの粉塵《ふんじん》で煤《すす》けたようになった道路やトンネルをぐんぐん進み、通りすがりの人々が、びっくりして後ずさった。

　自分はきっとすごい顔をしてるんだろうな。そう思ったが、それどころではなかった。頭の中では、暴走行為を楽しむ悪辣な誰かが、馬鹿でかい高級車をかっ飛ばし、自転車に乗る凜一郎をはね飛ばしたに違いない、という想像と怒りでいっぱいだった。

　フード・デリバリーの自転車をわざわざあおってくる高級車の存在に、自分がどれほど腹を立てていたか、改めて思い出させられた。なんてひどい人間がこの世にはいるんだ。ああ、リン。可哀想に。絶対に仇は討ってやるぞ。暢気者でカモミツなノブさんだって本気で怒ることもあるんだぞ。

　まっしぐらに総合病院の救急用玄関へ乗り付けると、警備員らしい出で立ちをした年配の男性が近づいてきて言った。

「駄目だよ。そこに停めちゃ駄目。救急車来るんだから。あっち、あっちの駐輪場」

「息子が車にはねられたんです！」

　涙を流しながらわめき返した。年配の男性は両手を肩の高さに上げ、ゆっくりと腰まで下げてみせた。

「ならしっかり落ち着いて。お父さんなんだから。ほら、息を整えて。すーっ、はーっ」

暢光は、すーっ、はーっ、と息をついた。すーっ、はーっ。年配の男性が手を上げ下げしてくれるのに合わせて深呼吸を繰り返した。動悸はすごいし、顔は汗や涙でぐしょぐしょだし、顔は焼けるように熱く、興奮で手がぶるぶる震えている。そんな自分にやっと気づかされながら、男性に付き添われて駐輪場に行って自転車を停めた。

「そんなんじゃ、あんたまで事故に遭うよ。入り口に自販機あるから、冷たいものでも飲んでから入るといいよ」

親切に言ってくれればくれるほど、暢光は恥ずかしくなった。この人に怒ったって仕方ないのに。別の意味で顔を赤くしながら、言われたとおり普段は節約のため買わないペットボトルのお茶を買って半分ほど一気に飲み干した。

それでまた少し気分が落ち着いた。汗びっしょりになってロビーに入ると、ベンチに座る達雄くんがいた。右手で眼鏡を持ち、袖でしきりに顔を拭っており、左右からお父さんとお母さんに肩を抱かれている。

可哀想に。きっと凜一郎がはねられるところを見てしまったのだ。震えながら泣いている達雄くんの姿に、またぞろ暢光は興奮状態になってしまいそうになった。

ふと達雄くんのお母さんが顔を上げ、暢光に気づいて顔を歪ませ、頭を下げた。お父さんも気づいてそうした。二人とも達雄くんと一緒に泣いていた。

暢光も頭を下げ返し、手を突き出して、自分の方へ来なくていいから達雄くんのそばにいてくれというジェスチャーをした。彼らを拒絶したのではなく、単純に達雄くんが可哀想だからだ。その気持ちが伝わったらしく、二人とも申し訳なさそうにうなずき返した。

受付で凜一郎がいる部屋を聞き、両手でお茶のペットボトルを揉むようにしながら向かった。

また体が小刻みに震え始めていた。自分の命をあげてもいい。顔をくしゃくしゃにしながら暢光は思った。凛一郎が助かるなら今すぐにでもあげるから、どうか神様――。

廊下のベンチに武藤先生が座っており、やって来た暢光に気づいて立ち上がった。

「せ、せ、先生――」

「やっと来たか。落ち着きなさい、ノブくん」

「リ、リ、リンは――」

武藤先生が、廊下に並ぶドアのない部屋の出入り口の一つを指し示した。

「治療が済んで、あの部屋に運ばれた。意識は戻っていないが、どうやら命は無事だ」

暢光はその言葉に安心するあまりペットボトルを落としてひざまずいた。

武藤先生がペットボトルを拾って差し出した。

「ありがとうございます」

暢光は涙を浮かべてそれを受け取った。

「しっかりしなさい」

武藤先生に手を貸してもらいながら立ち上がり、背を軽く押されて部屋に入った。

ショックで血の気が引いた。

顔中ガーゼだらけで頭に包帯を巻かれた凛一郎がベッドに横たわって目を閉じている。右腕にはギプスが施されていた。左手からコードが延び、器械が脈搏を測っていた。

ベッドの傍らに明香里と芙美子さんが座り、看護師姿の亜夕美が佇んで、眠れる凛一郎を見守っている。かと思うと、明香里がすっくと立ち上がり、蛍光色の派手なスニーカーを履いた足のつま先で、車輪つきベッドの脚を、がんがん蹴り始めた。

「起きろー、リン！」

芙美子さんが慌てて明香里をベッドから引き離し、亜夕美が鋭く叱りつけた。

「こら！　頭を揺らしちゃ駄目！」

明香里が、両肩を芙美子さんにつかまれながら、むっとなった。負けん気の塊である上に、なぜか手よりも先に足が出る子で、なぜそうなったか暢光にも亜夕美にも謎だ。

暢光が家を追い出される前も、小学校の教室で、いきなり明香里が机に乗り、そのまま近くにいた男の子に猛烈な跳び蹴りを食らわせて大騒ぎになったことがあった。

「あの子、いじめっ子なのよね」

というのが明香里の言い分で、先生たちに囲まれても、頑として悪いことをしたと認めなかったらしい。実際にその男の子が、休み時間にみんなの前で蹴り飛ばされるに値することをしたのかは、校長先生が結論を出すのを渋ったせいではっきりしない。

ただ、暢光と亜夕美が、その男の子のお父さんとお母さんと話し合いの場を持った際、

「最近、明香里ちゃんに怒られるよ、というと、大人しく言うことを聞くんです」

まるで感謝するかのように話され、暢光はなんと言っていいかわからなかった。

ただし亜夕美のほうは明香里を許さず、

「大怪我させたらどうするの。あなただって頭を打ったりするかもしれないのよ」

跳び蹴りは二度としないと誓うか、今後、明香里が苦手なピーマンだらけのご飯しか出てこないかの二者択一を迫り、強引に明香里の跳び蹴りを封印させたのだった。そうでもしないと、いつまた恐れることなく自分自身を投擲《とうてき》してしまうかわからない子なのだ。

そんな明香里は、やはり今も自分が悪いことをしたとは思わぬ様子で、

「リンが起きないんだもん」

憤懣《ふんまん》もあらわに言った。亜夕美が何か口にする前に、芙美子さんが、明香里の向きを変えさせて正面から見据えた。

「アーちゃん。リンは怪我したんだ。そっとしといてやらなくちゃ。アーちゃんのせいでリンの怪我がひどくなったら、悲しむのはアーちゃんだよ」

口調は穏やかだが、芙美子さんにまっすぐ見つめられると家族の誰も逆らえない。ときにその眼光はすさまじく鋭くなり、亜夕美ですら目を伏せるほどだ。暢光など、芙美子さんからビジネスで失敗した原因を質されるたび、気を失いそうなる。

はーい、と芙美子さんの怖さを知る明香里が、あっさり白旗を揚げた。そこで、明香里のくりくりした可愛い目が、芙美子さんの肩越しに、暢光の姿をとらえた。

「あ、パパ。ハーイ」

明香里が、挨拶代わりのグッジョブサインをしてみせた。暢光もそうした。

亜夕美と芙美子さんが、暢光を振り返った。

「やっと来たね」

芙美子さんが淡々と言った。

「すいません。留守電に気づかなくて……。あの、リンは……」

暢光が肩をすぼめ、横たわる凜一郎と亜夕美の間で目を行ったり来たりさせた。

亜夕美なら、凜一郎の状態について詳しくわかっているはずだった。何しろこの病院の看護師長なのだから。ついでにその胸元の名札が、当然のように旧姓の宮田《みやた》亜夕美になっていることに気づき、暢光は別の意味でも悲しみに襲われて涙を流しそうになった。

「幸い、今すぐ人工呼吸器をつける状態じゃないの。脳の腫れがおさまらないと検査できないけど。ただ脊椎も内臓も無事で、その点では深刻な障害が残ることはなさそう」

暢光は、はあーっと深い溜息をつき、またペットボトルを落としかけて慌てて抱えた。

「どれくらいで目が覚めるんだ?」

さあ、と亜夕美が、大怪我をして横たわる息子の前とは思えない冷静さで言った。

「この状態がいつまで続くかは、わからないの。さっきも言ったけど脳の検査もまだだし。少ししたら意識を取り戻すかもだし、来週か、来月か、来年か、このままずっと――」

亜夕美がふいに口をつぐんで目を逸らした。

「きっと、すぐ目を覚ますだろ。障害とか残らないんなら……」

沈黙が降りるのが怖くて適当に口にしたところへ、背後から声が飛んできた。

「す、す、すいませんでした!」

暢光がぎょっとなって振り返ると、いかにも育ちが良さそうな若い男女が並んでいた。大学生になったばかりといった感じのカップルだ。

凜一郎をはねたやつに違いない。さもなくば、わざわざ謝りに来たりするものか。

相手は想像よりはるかに若かった。暢光は、今こそ怒りを爆発させるときだと思った。よくも息子をこんな目に遭わせてくれたな。いったいどんな運転をしていたんだ。

だが男の子のほうが、べたっとひざまずいてうなだれ、涙をぼたぼた流して言った。

「ぼ、ぼ、ぼ、僕が、り、り、凜一郎くんに、け、け、怪我を、さ、さ、させてしまいました。う、生まれて、は、は、初めて、か、買った、車で、な、な、慣れてなくて」

その隣で女の子が同じようにひざまずき、男の子の手をぎゅっと握り、暢光たちというより眠れる凜一郎に向かってうなだれた。

ああ、なんてことだ。暢光は呆然とさせられた。どこからどう見ても、暴走行為をするような人物ではなさそうだった。きっと頑張って車を手に入れ、隣の彼女に良いところを見せたかったんだろう。二人とも逃げずに謝りに来るなんて、良い若者じゃないか。

武藤先生がすっと入って来て、暢光のそばに来てささやくように言った。

「運転者の貝原善仁《かいばらよしひと》、その恋人で助手席にいた凪間美香《なぎまみか》。警察の聴取を受けてたんだが、逃亡の恐れなしとして勾留はされなかった。自分から通報して、事故現場でもリンくんの救助に努めたそうだ。罪状は、まあ、事故時の走行速度の計測結果と、リンくんの今後の回復次第で変わるだろうが……」

暢光は、ひたすら頭を下げる若者たちを前にして、かえって激情の矛先を失うという苦痛を味わった。ああ、なんてことだ。悪い人がいないじゃないか。こんな風に謝られたら、怒ることもためらわれてしまう。明香里だって、じっと貝原善仁という男の子を見つめてはいるものの、すぐさま突進して蹴ろうとはしていない。

さらに年配の男女が慌てて来て、出入り口でひざまずく男の子の背に手を伸ばした。二人とも、彼らの習慣だというように、最も年上の男である武藤先生へ目を向けていた。

「壊れた自転車は弁償します。治療費もお支払いします。どうか訴えるということは……」

年配の男が、おろおろと言った。

それでかえって、亜夕美と芙美子さんの顔色が悪い方へ変わった。ひざまずく若い男女よりも、よっぽど彼らのほうがその場にいる面々の怒りを刺激しそうだった。

「まず家族である私たちに向かって話すべきではないですか？」

亜夕美が屹然《きつぜん》とし、年配の男女を大いに怯《ひる》ませた。

「す、すいません。てっきりご親族かと……」

男のほうが言うと、武藤先生が出入り口に固まる四人に手を振って退室を促した。

「まあまあ、亜夕美さん。そういう話はもう少し落ち着いてからにしましょう。さ、あなた方も、そこにいては看護の邪魔になりますから、ロビーへ行きましょう」

武藤先生が四人を追い出しながら、まず自分が彼らの相手をしていいか？　と訊ねるように、亜夕美と芙美子さんをちらりと見た。暢光のほうは見もしなかった。

亜夕美がうなずき返すと、武藤先生は四人とともに出ていった。

「あなたも帰っていいわよ」

亜夕美が言った。

「え？　でも……」

「ここに居ても邪魔なだけだから。また面会時間に来て」

暢光がまごついていると、今度は白衣姿の男が、ずかずかと部屋に入って来て言った。

「亜夕美くん、今日は休んでいいんだよ」

暢光も知る、この病院の医師だ。暢光より三つか四つ年上で、名は錠前剛彦《じょうまえたけひこ》。代々医者の家系で、二浪して医大に入った苦労を武勇伝のように語る男だ。なぜ暢光がそこまで知っているのかといえば、亜夕美から愚痴《ぐち》交じりに聞かされたからだった。

亜夕美は、滅多に愚痴を吐かない。まずないと言っていい。なのに亜夕美をしてそうさせてしまうほど、この剛彦には非常な難点があるのだ。

「僕も少ししたらシフトが終わるから。よかったら食事にでも行こう」

どのような状況でも一切気にせず、亜夕美を口説こうとすることに余念がないのだ。部屋にいる誰もが呆れ、亜夕美もさすがに受け流せなかったとみえ、眉を逆立てた。

「錠前先生。今ここで、もう一度同じことを言ったら、この病院を辞めさせて頂きます」

「え、なんで?」

剛彦が素《す》っ頓狂《とんきょう》な声を出した直後、ぱーん、という音が部屋に響いた。老齢の医師がつかつか入って来て、剛彦の後頭部を引っぱたいたのだ。剛彦の父親にして院長の錠前孝之助《こうのすけ》だった。亜夕美の勤務能力と統率力の高さに惚れ込み、この病院に呼び寄せた人物だ。

「お前のせいで亜夕美さんが辞めたら、病院から放り出すと言うとるだろ、馬鹿者」

孝之助が、頭を抱えて身をくの字に折る息子の耳元へ苦々しげにささやき、それから詫びるように亜夕美へ言った。

「亜夕美さん。無理することはない。休んでもいいんだよ」

「でも院長先生、どっちにしても院内にいることになるんです。簡単にシフトは変えられませんし。ここで状況を把握できていたほうが、ずっと気楽です」

「そうか……わかった。ああ、芙美子さん。このたびは、まことに胸が痛む思いです」

「ありがとうございます。くれぐれも凜一郎をお願いします」

「はい。精一杯のことをしたいと思います」

孝之助はそう返し、剛彦の襟首をつかんで引きずるようにして部屋を出ていった。

「ほら」

亜夕美が言った。暢光が、自分への言葉だと気づくのに、一拍の間があった。

「もう帰っていいから」

「パパ、ばいばーい」

「また明日来なよ、ノブくん」

凜一郎を守護するかのように囲む三人に言われては逆らえず、暢光はせめてもの思いで、凜一郎の無事な方の手を握り、その温かさを感じ取った。

「また来るからな」

込み上げてくるものをなんとか抑え、眠れる我が子のいる部屋を後にした。ロビーにはベンチに座って携帯電話のメッセージを見ている武藤先生以外、誰もいなくなっていた。

「ああ、ノブくん。もう帰るのか？」

「はい。先生は？」

「亜夕美さんと話すことがあってね。それが済んだら帰るよ。送ろうか？」

「いえ、自転車で来たんで」

「そうか。気をつけて帰るんだよ」

武藤先生が立ち上がって暢光の肩を叩いた。

「リンくんが無事に目を覚ますことを祈ってるよ」

素朴な励ましだが、武藤先生に言われると、この上なくありがたい気持ちにさせられた。

「ありがとうございます」

このときは、何への感謝だと訊ねられることもなかった。

武藤先生はもう一度暢光の肩を叩き、凜一郎と亜夕美たちがいる部屋へ向かった。

暢光はロビーを出て、すっかり暗くなった駐輪場に行き、ペットボトルを電動自転車の籠に放り込んでサドルに尻を乗せた。来たときに宥《なだ》めてくれた年配の男の姿はなかったが、彼が促してくれたように、すーっ、はーっ、と息をついてからペダルを漕いだ。

病院を出て元来た道を戻るうち、どんどん電動自転車のバッテリーがなくなっていった。残り一キロかそこらというところでバッテリーが空になり、重たくなったペダルを漕ぎながら、汗まみれで走った。あらゆる腹立たしさとやるせなさを両足で踏みつけるような気持ちで漕ぎ続けた。そのうち自分も事故に遭うのではと怖くなり、用水路沿いの道に入ったところでサドルから降りた。体じゅうが熱くて喉がからからだった。ペットボトルの中身を飲み干し、すーっ、はーっ、と息をついた。

それから、とぼとぼ歩いて電動自転車を押し、アパートに辿り着いた。駐輪場に電動自転車を停め、籠に空のペットボトルを残し、重たいバッテリーを外して階段を上がった。

部屋に戻ると、玄関で紙束が踏まれて凹んでいた。靴を脱いで、バッテリーを右手に、紙束を左手に持ち、部屋の真ん中に立ってしばし呆然とした。

汗かいたから、もう一回、お風呂に入ろうかなあ。そう思ったが動けなかった。まだバスタブに湯が残っているはずだから、そうしよう。だが両手に持ったものをどこへ置くか考えるのも億《おっ》劫《くう》だった。腰を下ろす気にもなれなかった。何をする気も起こらなかった。

疲れ切って何も考えられないまま、空っぽのバッテリーと間違ったドアを開いた証しであるぐしゃぐしゃの紙束を両手に立っていると、わけもなく涙がにじんだ。

そしてそこでふと、卓袱台の上のモニターとゲーム機に目がとまった。


『良かったね、パパ』

凛一郎は、いったいいつあのメッセージを送ってくれたのだろう？　そんな疑問が急にわいた。ゲーム・ロビーで声を交わしたとき凛一郎はいったいどこにいたのだろう？

何か、妙に辻褄《つじつま》の合わない感じがした。

ややあって、理由がわかった。凛一郎が、自転車に乗っていたはずの時間帯と、ゲームの中で自分とやり取りをした時間帯とが、重なっている気がするのだ。

きっと疲れているんだろう。まともに頭が働いていないから奇妙に感じるんだ。

そう思いはしたが確かめたくて仕方なくなり、ようやく紙束を流しの角に置くことができた。小さな冷蔵庫の上の充電器に、電動自転車のバッテリーを設置し、暢光は卓袱台の前であぐらをかいて薄型テレビのモニターとゲーム機を起動した。

未開封のメッセージが、一件あった。

差出人は『ＲＩＮＧＩＮＧＢＥＬＬ99』、凛一郎のＩＤだ。

暢光は眉をひそめた。先ほどにも増して辻褄の合わない感じが迫ったが、それをどう言葉にしていいかわからないまま、メッセージを開封した。

『パパ、アーちゃんにベッド蹴らないでって言って』

ごく短い文章が表示された。

暢光は、額がくっつきそうなほど画面に顔を近づけ、まじまじとそれを見つめた。

第二章　世界大会　The battle tournament

1

あ、そっか——目が覚めたんだ。

暢光は、答えを得て、どわっと安堵の思いを溢れさせ、こぼれる涙を両手の甲で拭《ぬぐ》った。そうだ。凜一郎は目を覚ましたんだ。ああ、よかった。本当によかった。そうでなければオンライン・ゲームを通してメッセージを寄越せるわけがないじゃないか。

暢光は洟《はな》をすすりながら立ち、マグカップを手に取った。お気に入りのルイボス・ティーのティーバッグを入れてお湯を注ぎながら、またぶわっと涙が溢れた。悲しみではなく歓喜の涙だった。体がぶるぶる震えるせいでマグカップから湯が飛んで手にかかった。

「あち、あち、あち」

と口にしながら左右の手でマグカップを持ち替えるうち、「うふっ」と笑い声が喉から飛びだし、「うふ、うふ、うふふふ」と今度は笑いの発作に襲われた。

それらがようやく収まると、暢光は卓袱台の前に座り直して深々と息をついた。

「神様ありがとうございます、本当にありがとうございます」

どこのどういう神様か具体的なイメージは皆無だが、強い気持ちを込めて感謝を献《ささ》げ、マグカップの中身をすすった。湯がかかったところがひりひりしたが気にならなかった。これほどまで安心を覚えるなんて、いつ振りだろう？　亜夕美にプロポーズして受け入れてもらえたときは感極まって興奮状態だった。入試や就職でも、こんな感情は味わったことがない。全身全霊で不安になったり安心したりするなんて、これまでの人生でなかったかもしれないなと思った。そもそも不安になることがあんまりない性格なのにこれほど動揺するんだから、子どもの存在ってすごいな。ちょっと自分が怖くなるくらいだ。

暢光はマグカップを卓袱台に置くと、ヘッドセットを装着し、ゲームのコントローラーを手に取った。頭のどこかで、凜一郎はまだ病院にいるはずなのに、ゲーム機で遊べる環境をいつ整えたんだろうという疑問があった。いや、最近は携帯できるポータブルのゲーム機もあるしな。明香里など、テレビに接続する据え置きのゲーム機を使うより、寝転がりながら遊べるポータブルの方を好んでいるほどだ。亜夕美も芙美子〝元〟お義母さんも、凜一郎がそれを使って病室でプレイすることを特別に許したのかもしれない。

なんだっていいや。凜一郎は無事に目覚めた。それだけでいいんだ。

暢光は、フレンド一覧を呼び出した。一覧といっても登録フレンドは凜一郎と明香里の二人だけだ。不特定多数のプレイヤーが集まるプレイで、過去に一緒に遊んだプレイヤーの記録はあるが、暢光にフレンドになってほしいという依頼が来たことは一度もない。

明香里はゲームをプレイしておらず、凜一郎だけゲームサーバーにアクセス中だった。きっと今ごろ、お兄ちゃんだけゲームで遊べることに明香里が不平を訴えているに違いない。夜遅くのゲームプレイは、亜夕美が子どもらに許さないことの一つだった。

暢光は、凜一郎のID『RINGINGBELL99』が、やっぱり『ゲート・オブ・レジェンズ』をプレイ中であることを確認した。同じゲームを選択し、ゲーム・ロビーに入ると、思った通り、凜一郎のライダーがいた。

その頭上に「クリエイト　ゲスト」という文字が浮かんでいる。どこかのプレイヤーが自作したマップにお邪魔して、建物作りを楽しんだり、レースの記録に挑戦したり、「エイリアンを撃退しろ！」といったミニゲームに参加しているのだ。

凜一郎が今何をしているのかはさておき、いつなんどき襲われるかわからないバトルロイヤルといった集中力がものを言うモードでないことは確かだ。凜一郎は、そういう熾烈《しれつ》なプレイを邪魔された場合、妹のようにわめき散らして怒るのではなく、信じた相手に裏切られた気分になって、むっつり黙ってしまうタイプだ。

たぶん今ならそんな風に気分を害することはないだろう。なんといっても、あんな事故に遭ったあとなのだから。心配で声をかける父親の気持ちがわからない子ではない。

「おーい、リン。聞こえるか？」

それでも遠慮がちに声をかけた。本当は、大声で連呼したいところなのだが。

ざざざー、というノイズが返ってきた。どうも前回のとき同様、接続環境がよくなさそうだな、と思っていると、ふいにノイズが消え、クリアな音声が届き始めた。

《あー、パパ？　お帰り。お仕事してたの？》

暢光は、さきほどさんざん泣いたり笑ったりしたはずなのに、またしても涙がにじみ、「うふっ」と笑い声をこぼした。

馬鹿。お仕事なんかじゃなくて病院に行ったに決まってるだろう。お前のそばにいたんだぞ。

あんな姿になったお前のそばに。そうまくしたてたかったが、動揺したときの自分が舞い戻ってきて本格的に泣いてしまいそうだったので、なるべく穏やかに話しかけた。
「パパな、お前のお見舞いに行ってたんだ。寝てて気づかなかったんだろう」
《お見舞いって？》
「交通事故だよ。お前、車にはねられたんだぞ」
《マジ？　あー、おれ、やっぱ事故ったんだ。そっかあ》
「そうだよ。パパ、心配でどうにかなりそうだったよ。どこまで覚えてるんだ？」
《えーと、タッキーとチャリでデパート行ったでしょ。そんでまたチャリに乗って、帰ってゲーレジェやろうって話してたとこまで》
ゲーレジェというのは『ゲート・オブ・レジェンズ』の略語だ。流行《はや》りものは何でも略されてしまう。そのせいで何のことかわからず話についていけないこともしばしばだ。
「デパートって、駅前のか？」
《うーん、銀座通りのほう》
暢光は眉をひそめた。これは東京・銀座のことではなく、高級品を扱う店が軒を連ねる、お洒落な通りのことだ。古くは通称だったろうが、今では立派に地名になっている。
どれくらいの距離だっけ。暢光はだいたいの位置を頭の中で思い浮かべた。地図を覚えるのは得意なのだ。フード・デリバリーの仕事に向いているはずだが、競争に勝てるかどうかは別問題だった。それはともかく凜一郎たちが住まうマンションから、車で二十分くらいだと見当がついた。大学生が背伸びしてデートをするならともかく、中学二年生の男の子二人が遊びに行くところではない。そもそも駐輪場すらなさそうな場所だ。

「そんなとこに、何しに行ったんだ？」
さすがに訝《いぶか》しんで訊いたが、
《えへへ、内緒》
凜一郎の言い方に、思わず笑ってしまった。ぴんとくるものがあったからだ。
「そっか。もうすぐだしな」
《うん。パパ、言わないでね》
凜一郎も笑った。暢光は、息子と内緒ごとを共有するという大変嬉しい思いを味わいながら、気楽に尋ねた。
「ゲーム、やってていいのか？　まだ病院にいるんだろ？」
《あ、病院にいるんだ。おれ、どこにいるのかなって思ってた》
「そりゃそうだろう。ママが働いてる病院だよ」
《ふーん、そっか》
何か妙な感じがして、暢光は不安がどこからともなく忍び寄るのを感じた。頭を打ったせいで凜一郎の記憶とか意識とかが混乱しているのだろうか。
「なあ、リン、本当にゲームやってていいのか？　ママに怒られるんじゃないか？」
《でも他にやれることないし》
凜一郎があっさり言った。気楽な調子から、どうやら本当に亜夕美や医師からゲームのプレイを禁止されていないことが窺《うかが》えた。医学的な知識がある人間が止めなくていいと判断したんだから、大丈夫に違いない。そう思って安心したが、それでも凜一郎の体というか脳への負荷があるのではないかと気遣って言った。

「頭を打ったんだぞ。もっとのんびりできるゲームにしたら？　『あつまれ　どうぶつの森』とか『マインクラフト』みたいな」

《なんか他のタイトルっていうか世界に移れないっぽいんだよね》

「え？　なんかバグってるの？」

《バグなのかな。おれが絶対ゲーレジェの世界大会に出たいって思ってたから、こうなってんのかも。ゲームってたまにそういうことあるし。念じてるとガチャ当たったり》

どこかで聞いたことがある言い分だなと思ったら、芙美子〝元〟お義母さんだと合点した。芙美子さんは亜夕美に輪をかけたしっかり者なのだが、たまに霊とか念とかスピリチュアルなことを持ち出すのだ。お盆になるたび、宝くじの当たり番号を死んだ爺さんが教えてくれているなどと言い出すのだが、暢光が知る限り当選したためしはない。単に暢光が教えてもらえていないだけかもしれないが。何しろ、ことお金に関して、芙美子さんは亜夕美以上に暢光を信じておらず、

「お前の旦那が孫正義《そんまさよし》やビル・ゲイツと仕事をすると言い始めたって一円も貸さないよ」

と常々断言していた、と亜夕美から聞かされたものだ。

「今度、パパがゲーム機に不具合がないか見てやるよ。他のゲームができないなんて、変だろ」

《うん。でも、もうすぐゲーレジェの新シーズン始まるし。その前に今もらえるスキン、全部取っておきたいんだよね》

シーズンというのは、一定期間ごとに、ゲーム内のマップやアイテムなどのデザインが大幅に変更されることをいう。マップの一部では特別イベントが実施され、たいてい有名な映画なんかとコラボして、そのつど特徴的なスキンや武器が手に入る仕組みになっている。

確か今は、第九シーズンだったか。半年に一回として、よく続けられるものだ。マップのデザ

インも何もかも、がらっと変えるのだから、ものすごい労力のはずなのに。

とはいえ暢光にとっては興味の持てない若者向けのコラボが多く、必死にシーズン・オリジナルのスキンを手に入れようとしたことはない。ジェダイのスキンとかだったら頑張っちゃうけどなあ、と戻ってきたフィギュアたちをちらっと見ながら暢光は言った。

「ポイントは貯まってるんだろ？　ショップで手に入らないのか？」

《ショップのはゲットしたんだよね。あと、クリエイティブ・マップのアイテムも。マシューさんのマップっていつもシーズン・コラボしてるから。ほら、これ》

凜一郎のアバターの服がぱっぱっと切り替わり、白いカメレオンが舌を伸ばしているコミカルな絵に、今シーズンでタイアップしているらしいアメリカン・コミックのキャラクターのシンボルがあしらわれたものになった。

マシューは、このゲームで最も有名なプレイヤーの一人だ。ユーチューバーとしてもかなり知られているらしい。自分がゲームをプレイする動画を人々に見せるだけで大金を稼ぐんだと凜一郎から聞かされて驚愕した暢光は、自分にもできるのではと思ってマシューの動画を視聴し、スーパープレイの数々に意気阻喪させられたものだ。

マシューの収入源はプレイ動画だけでなく、彼のトレードマークである「ホワイト・カメレオン」をモチーフにしたスキンが『ゲート・オブ・レジェンズ』内の有料ショップでいくつも販売されている。とりわけそのトレードマークに、彼が世界大会で優勝した証しであるチェスの黒いキングのシンボルを掛け合わせた「マシュー・チャンピオン・スキン」は大人気で、それを自分のキャラクターに着せたいがために二千円も払うファンが大勢いるのだ。凜一郎がまさにそうなのだが、亜夕美の厳しい監視の目もあり、片っ端からスキンを買うことはせず、無料で手に入るものをこつこつ集めているのだった。
《マップのアスレチックでクリアしたらもらえるってわかって、さっきまでやってた》
「リン、ほんと好きだよな、マシューさん」
《超ヒーロー》
凜一郎のライダーがブレイクダンスみたいな動きののち、馬鹿でかいハートを頭上に浮かべてウィンクした。「めちゃ好きダンス」と凜一郎が呼んでいるECで、ゲーム中に嬉しいことがあると披露するのだ。
よっぽど好きなんだなあ。暢光は動画でしか知らないマシューという人物を羨ましく思ったが、凜一郎がすっかり元気になって自分を取り戻していることが何より嬉しかった。
「あと何が残ってるんだ？」
《ハンドガンで三回キルと、クレーン操作が二回。他もちょっと残ってる》
特定の課題をこなすと無料でもらえるのがミッション系アイテムだ。何度も繰り返しプレイさせるための方策といえた。暢光はその手の反復が必要な課題が苦手で、一つもゲットできていないが、凜一郎のためとなれば違った。
「よし。パパが手伝ってやる」
《明日も、お仕事あるんじゃないの？　カッコイイ車を貸すお仕事するって言ってたし》
「あー、あれはなくなったんだ」
流しのそばに置いたままの、ぶわぶわの書類を見ながら言った。
《え、なんで？》
「まあ、ちょっと騙されちゃって」

《また？》
「うん。ごめんな」
《パパが謝ることないんじゃない？　騙す方が悪いってママも言ってたし》
「でも、しっかりしないといけないのにな。ごめんよ」
凜一郎のライダーが、「ドンマイ、ドンマイ」のECを披露し、スマイルマークを頭上に浮かばせた。暢光は目頭が熱くなるのを覚えながら「大感謝」のECを返した。
《じゃ、バトルロイヤルね。ノーマルのままでいくの？》
「一番使いやすいからな。あ、クレーンの操作って――」
《ライダーとアーマーだけ》
「ああ、そっかそっか。ライダーに替えるよ」
《パパ、まだロール覚えてないんだ》
これはキャラクターの五種類の特質のことだ。凜一郎の指摘通り、暢光はどの種類を選ぶと何ができてできないのか、ろくに把握していなかった。
「だいたい覚えてるよ」
暢光は抗弁したが、
《ロール別のトレーニング・マップ作ってあげる》
当然のように宿題を出されそうになった。こういうところは実に母親似だ。
「いいって。自分で練習するから。リンは自分のやりたいようにプレイしな。早いとこやらないと。夜更かしさせたらパパがママに怒られるから」
《はーい、オッケー》

凜一郎がゲーム・モードを選択し、別のロビーへアクセスした。暢光も同じサーバーに入り込んだ。すでに何十人というプレイヤーがアクセスしており、公園のような場所に集まり、めいめいECを披露したり、そこらにある武器を取って使い心地を試している。

ゲームが始まるまでの十秒足らずの間、暢光はまたジェダイのフィギュアを見上げていた。自分も凜一郎も、さんざん大変な目に遭ったけど、きっとこれからは良いことが起こるはずだ。そんな浮き浮きする気分になり、

《始まるよ》

凜一郎の声に応じて、よーし、と呟きながら画面へ顔を戻した。

2

朝の目覚めは爽快だった。住居の狭苦しさにだいぶ慣れてきたのか、手を伸ばせばなんでも届くというのも悪いものじゃないなと思いながら、窓辺に座って歯を磨いた。でも冬になったらどうなるんだろうなあ。あ、炬燵を買おうと思っていたんだっけ。

暢気なノブくん、と頭のどこかで声がしたが、まあいいじゃないかと気軽に受け流せるほど強気になれるのは、もちろん昨夜のゲームプレイが大変楽しかったからだ。凜一郎が課題をこなすのを、それほど足手まといにならずに手伝えたし、首尾良く獲得できたスキンを身につけた凜一郎のアバターが、喜びのECを披露してくれたのが嬉しかった。

そんなわけで暢光は習慣通りに窓辺での歯磨きを終えると、一人分のスペースしかない風呂兼トイレで洗顔とひげ剃りをし、ますますさっぱりした気分になった。それから寝室兼リビング兼

ダイニング兼キッチンである部屋で、食パンのトーストに目玉焼きをのせたものとインスタント味噌汁、コップ一杯の牛乳という、いつもの朝食を用意して窓辺で食べた。レタスやベーコンもほしいなあと思ったが、カーシェア事業に失敗したばかりなので贅沢はできなかった。ミニトマトとか果物とか野菜ジュースとか、なんでも好きなものを食卓に並べることができた頃が太古の昔に思える。頑張って貯金ができたら一個四百円くらいするキウイをご褒美に買って朝食の皿にのせようと心に決めた。

暢光は身支度を調え、『ゲート・オブ・レジェンズ』のオープニングBGMを下手くそな口笛で真似ながら部屋を出た。

電動自転車にまたがり、ハンドルのフレームに携帯電話をセットして、フード・デリバリー・サービスのアプリを起動させた。たまたま近くの依頼を、誰とも競うことなくゲットすることができ、いっそう陽気に口笛を吹きながら漕ぎ出した。

やっぱりこれからは良いことがあるんだ、という気分はお昼まで続いた。どんな世界でも競争の勝者はいて、高価そうな自転車ですいすいデリバリーをこなす人々の後塵を拝するのが普通だったが、今日はそうした強敵たちが休みなのか、暢光は過去最高の稼ぎを得た。いつも電話をして自分を使ってくれるお爺さんも、けっこうなチップをくれた。

毎日この調子なら、デリバリーの他に仕事を探さずに済むと思うと上機嫌だった。少なくとも月の家賃は稼げるはずだ。あとは残り少ない資金で、何か事業を立ち上げて成功すれば、きっと以前の生活に戻れる。

そんな持ち前の楽観に満たされながら、コンビニで弁当を買い、川沿いのベンチで平らげると、いったんアプリを停止して、凜一郎がまだいるはずの病院へ向かった。

今回は誰かに宥《なだ》めてもらう必要もなく、落ち着いて駐輪場に停めることができた。建物に入ってエレベーターに乗り、昨夜と同じ病室に向かい、あ、もう退院していたらどうしよう、と今さら考えた。亜夕美に確認してから来ればよかったなあ。

だがエレベーターを降りて病室に近づくや、電子トランペットの場違いなほどけたたましい音が聞こえ、フロアにいる人々がぎょっとなる光景に出くわした。

うわっ、明香里だ。暢光はすぐに確信した。なんでも、何ヶ月か前にブラスバンドを題材にした映画をたまたま見て、すっかり夢中になり、誕生日プレゼントとして亜夕美にせびったのが電子トランペットだったらしい。あまりの騒がしさから、演奏するときはヘッドホンをつけさせると凜一郎から聞いていたが、おおかた、目覚めたお兄ちゃんのために、病室で一曲やらかしたに違いない。

暢光が早足で病室に入ると、案の定、ベッドのそばに明香里がおり、

「アーちゃん！　駄目！　やめなさい！」

つかまえようとする芙美子さんの手を、びっくりするくらいすばしこく避け、『ラジオ体操の歌』の「あたらしいあさがきた　きぼうのあさだ」のくだりを演奏していた。

「ちょっと、アーちゃん！　迷惑だよ！」

暢光も参戦して明香里の逃げ道を塞いで、電子トランペットを取り上げようとした。

だが明香里は、なんとベッドの下に潜り込んで這《は》って逃げるという、とことん活発なことをしてのけた。さらにはベッドの反対側ですっくと立つと、かんしゃくを起こしたように、電子トランペットでベッドの背もたれをがんがん叩き始めた。

呆気《あっけ》にとられる暢光の傍らで、芙美子さんのほうもいよいよ厳しい目つきになり、

「アーちゃん！」

明香里や暢光だけでなく、慌てた様子で現れた亜夕美に加え、様子を見に来た看護師や他の入院患者たちまでもが、一斉にびくっとなる、すごい一喝を放った。

「だって、リン、起きないじゃん」

明香里がぶすっと言って、電子トランペットを握った手をだらんと下ろした。口をぎゅっとすぼめ、睨《にら》むように大人たちを見上げる目に、ふっくらと涙が溜まっていく。

芙美子さんがため息をついて明香里を抱き寄せ、よしよしした。暢光は、明香里の暴れっぷりと、ベッドで微動だにせず横たわり続ける凜一郎に、ぽかんとなっていた。

凜一郎が寝ている。

そんな馬鹿な。あれだけ妹に騒がれて眠っていられるなんて。きっと狸寝入りをしているのだろう。だが、そうすべき理由がわからなかった。それに、寝ている兄を叩き起こそうとする明香里の様子は、ちょっと異常でもある。そんなに心配すべきことが生じたのだろうか？　もしかしてゲームのやり過ぎでまた昏睡してしまったとか？

「すいません、お騒がせしまして」

亜夕美が、集まった人々に頭を下げて解散させると、暢光へ言った。

「え、また来たの？」

「そりゃ、父親だし」

「この子の親は私ですけど」

亜夕美が冷ややかに言った。

芙美子さんのお腹の辺りで、ぱっと明香里が振り返った。

「亜夕美」

びしっとした調子で芙美子さんがたしなめた。

「なによ、母さん――」

「こんなときに、子どもの目の前で子どもを取り合ってどうする。どっちも親だ」

亜夕美が珍しく肩を落とし、

「ごめんなさい。ちょっと気が立ってるのかも」

芙美子さんと暢光のどちらへともつかぬ様子で詫びると、膝を屈《かが》めて明香里に向かって手を広げてみせた。明香里がぱっと芙美子さんから離れ、亜夕美に突進するようにして、ぎゅっとしがみついた。暢光も同じことをしたが、明香里は亜夕美の腰の辺りに顔をうずめるようにするばかりで、自分のほうには来てくれなかった。

暢光は寂しい思いで姿勢を戻し、三人が落ち着くのを待ってから、おもむろに尋ねた。

「リン、どうかしたのか?」

「は?」

三人が、ぴったり声を揃えて暢光を振り返った。三人とも眉をひそめ、口を半開きにしている。お前こそ、どうしちゃったんだ、と言いたげな視線が痛いほどだ。

「いや、なんで寝たままなんだ?」

「昨日、来たわよね? 酔っ払ってたの?」

亜夕美が声に怒りをにじませて訊き返した。

「そんなわけないだろ。だって、ほら、ゲームにリンがいたし」

「ゲームって?」

「昨日、帰ったあとリンがアクセスしてたんだ。それで一緒にプレイしたし……」

暢光はベッドの凛一郎を指さしかけてやめた。三人の視線がいよいよ訝しげで、険しさを帯びたものになっていた。おかげで暢光は、まるで詐欺的な訪問販売員が手口を見抜かれて蔑《さげす》みの目で見られているような気分を味わった。

「それ、リン？」

亜夕美が訊いた。怒りで声が震えていた。

「え……。だって、しばらく一緒にプレイしてさ。リンがほしがってたスキンをゲットして、おやすみしたんだ。新しいECのこととかも話したし。こんな動きでさ——」

実演してみせようとしたが、亜夕美と芙美子さんの腹立たしげな溜め息を浴びせられて身がすくんだ。明香里も二人を真似て、はー、と呆れたように息をついてみせる様子に、いっそう肩身が狭くなる思いがした。

「リンは起きてません。経過を見ているところです」

亜夕美のひどく淡々とした事務的な物言いが、暢光には色んな意味で悲しかった。以前、亜夕美から目覚めなくなってしまった患者のことを聞いたことがあったからだ。事故や、自殺の失敗などで、植物状態になった人々が運ばれる場所のことを。そんな場所に凛一郎が運ばれるなんて、考えただけで泣きたくなってくる。

「ねえ、なんでそんなに簡単に騙されちゃうわけ？」

急に亜夕美の声の調子が変わった。怒っているのではなく、嘆いていた。

「自分の子どもでしょ？　どう考えても違うのに騙されるなんて、リンが可哀想でしょ」

亜夕美の言葉の一つ一つが胸に突き刺さった。抜くにも痛みが伴うような言葉だ。

「うん……ごめん」

亜夕美が宙を眺めるようにして、また息をついた。暢光に何かを訴えるのではなく、その存在を心から追い払うためだと察せられた。とたんに、暢光は体いっぱいに悲しみが広がって、それ以外何も感じられなくなりそうになった。

「さ、ママはお仕事があるから。アーちゃん、お見舞いするなら静かにして。お願い」

明香里が身を離し、両手で電子トランペットを抱きしめながら、暢光と芙美子さんの間で視線を行ったり来たりさせた。すぐに、とことこと芙美子さんのそばに行くと、自分で椅子を枕元に引っ張ってきて、どすんとその上に座ってあぐらをかいた。

「お行儀が悪いよ」

芙美子さんがたしなめたが、それほど強い口調ではなく、明香里は眠れる兄の番をしているんだとばかりに、真剣な顔で電子トランペットを抱えて腕を組んでいる。

「あたしらは、しばらくここにいるよ」

芙美子さんが、亜夕美と暢光の両方に言った。

「うん。それじゃ」

亜夕美が言って、ちらっと暢光を見た。

「おれも、もうちょっといるよ」

暢光が答えると、亜夕美は肩をすくめた。好きにしたら、という感じだ。それでまた暢光は、悲しみが大きな棘のように胸に刺さるのを覚えたが、亜夕美は一向に気にした様子もなく立ち去った。

「立ってないで座んなさい」

芙美子さんに言われて、壁際にたたまれて置いてあったパイプ椅子を開いてベッドのそばに座った。凜一郎は眠っていた。頭に包帯を巻かれた昨日の姿のまま。点滴を施された腕やパルスオキシメーターがそばにあることのほうが、頭部の包帯より痛ましく思えてしまうのはなんでだろう。もしかするとこの先ずっと、機械につながれたままになるかもしれないと不安にさせられるからだろうか。

芙美子さんが、ベテランの介護士が診てくれるから世話自体は楽だとか、しばらくしたら床ずれを防ぐ機能が付いたベッドに移すかどうかや、人工呼吸器をつけるかどうかを判断することになるらしいと話してくれたが、ほとんど頭に入ってこなかった。頭は別の疑問の泡でいっぱいになっていた。

あれは本当にリンじゃなかったのか？　なら一緒にプレイしたあれは誰だったんだ？　リンのふりをすることにどんな意味があるんだ？

「なんでまた、あんなとこまで自転車なんかで行ったんだかねえ」

ふとした芙美子さんの呟きに、暢光はふわっと疑問の泡が押しのけられるのを覚えた。

「銀座通りでしたっけ」

芙美子さんが訝しげにこちらを見た。見当違いの発言をしたからではなく、ここに来て初めて、暢光が正しいことを口にしたかららしい。

「そこは知ってたんだね」

暢光は、誰に教えてもらったかは言わず、別のことを尋ねた。

「なんのために銀座通りまで行ったか聞いてますか？」

「それがね、一緒にいた達雄くんが、教えてくれないんだって。あちらのご両親が繰り返し尋ねても、言えないってさ。リンとの約束だからってね」

「ダンス教室じゃないかな?」

明香里が、間違いない、というように顔を大人たちに向けて言った。

有名なダンス教室があってお友達が通っており、明香里が自分も通いたいと言い出したことはあった。だが凛一郎がその教室に興味を持ったという話は聞いたことがない。

暢光は頭の中でいくつもの疑問の泡がくっつき合い、一つの大きな塊になってゆくのを感じた。昨日のあれがリンじゃないとしたら、誰なのか? もしかして達雄くんが、嘆く暢光たちを思いやって、凛一郎のふりをしていたとか? 声までそっくりに真似て?

達雄くんがそんなことをするかどうかはさておき、確かめるすべは一つだけだった。

もう一度、ゲームで呼びかけてみるのだ。凛一郎に。その振りをしている誰かに。

だがそうするのが怖くもある。昨夜から今朝にかけて抱いていた希望の念が、気づけばすっかり萎《しぼ》んでいた。ゲームから、凛一郎のふりをした誰かの声が届くと考えただけで、ぞっとするような虚しさに襲われかけた暢光は、いったん全ての考えを脇に押しやった。

しばらくして院長の孝之助が、看護師を連れて診察しに来てくれた。息子の剛彦もせかせかとあとから現れたが、亜夕美がいないと知るとさっさと退室してしまった。

昨日と変わりなし。目立った兆候は良くも悪くも見られないと孝之助が言い残して去ると、芙美子さんが伸びをしながら立ち上がった。

「アーちゃん、ちょっとお散歩でもして、おやつでも買ってこようか」

「うん。リンの分も」

明香里が言って、ひょいと椅子から降りた。

「ラッパは置いていきな、アーちゃん」

「ラッパじゃない。トラーンペーット」

妙に間延びした発音で明香里が言った。

「振り回すものじゃないの。人に当たったら危ないでしょ」

「映画でこうしてたもん」

「映画でも、ずっと広いとこでやってたでしょうが。誰かを怪我させる前にやめな」

芙美子さんが、逆らう明香里の手を取って叱り、電子トランペットを椅子の上に置かせた。それから、暢光を見やって尋ねた。

「ここにずっといるのかい？　仕事は？」

「あ、はい。そろそろ働かないと」

芙美子さんは、当然そうだ、というようにうなずいた。

「なんかあったら連絡するから。働きな」

暢光はまごついた。病室にいる方が良いような、安心するような気分だったのだ。一向に目覚めない凜一郎を見ているだけで辛くなるというのに。不思議な心持ちだった。

「すいません。よろしくお願いします」

だが結局、そう口にしていた。確かめねばならないこともあるのだし。ちらっとそう思ったが、そのことについては今はまだ深く考えたくなかった。

「バイバーイ、パパ」

明香里がすかさず楽しげに挨拶してくれたが、さっさと行けと言われているようで、切なくなってしまった。

「じゃあね、アーちゃん。ありがとうございます、芙美子さん」

暢光は二人に挨拶し、病室を出て、駐輪場へ戻った。

サドルをまたごうとしたところで、ふいに声をかけられた。

「凜一郎くんのお父さん！」

振り返ると、昨日のカップルがいた。凜一郎をはねた青年と、助手席に乗っていたという女の子。貝原善仁くんと、凪間美香さんだったっけ。いつの間にか頭の中で、くんづけ、さんづけになっていた。全身で謝罪する姿を見せられたせいか、憎い相手という風には思えなくなってしまったのだ。今日も、善仁くんがお見舞い品の花束を抱え、美香さんが差し入れらしいケーキの箱を持っているのを見て、真摯《しんし》さに助けられる思いがした。こんな悲しいときに、加害者に腹を立てて続けねばならないなんて、やるせなさ過ぎる。きっと胸をかきむしられるような思いでいっぱいになるだろう。

そんな暢光の気持ちに応えるように、善仁くんは今日も涙ながらに謝罪の言葉を口にしてくれたのだが、美香さんのほうはちょっと違った。善仁くんよりもずっと、なんというか、罪悪感を漂わせているのだ。

善仁くんは謝罪することしか考えられないという感じだが、美香さんのほうは申し訳なくていたたまれないという感じで、おかげで暢光は、

――実は、運転していたのは彼女のほうだったのでは？

などと勘ぐってしまう始末だった。もしそうだった場合、どうなるんだろう。二人に対して改めて腹を立てるべきなんだろうか。ひどく辛くて悲しいときに怒りを抱えることほど不幸なことはないような気がする。なんであれ、警察が調べた結果や凜一郎の今後の容態次第では、どうな

るかわからないという不安を二人とも抱えていることだろう。それを、自分たちとはまったく違う次元の不安だと突き放すこともできなかった。

もっと憎らしい相手だったら、自分たち以上に苦しんでくれと何も考えずに願ってたのかなあ。でもそんなの辛いなあ。そんなことを内心で脈絡なく思いながら、やがて二人が病室へ向かうのを見送ると、暢光は改めて自転車に乗って病院をあとにした。

働かなくちゃ、と思ってアプリを起動したが、上手に依頼をゲットすることができなかった。競争相手が午後になって増えたのか、それとも自分がぼんやりしているせいかよくわからないまま、それでも仕事をこなし、気づけば夕暮れが迫っていた。

暢光はコンビニでお弁当を買って帰り、自転車をアパートの駐輪場に停めると、川沿いのベンチに座った。ご褒美は一切なし。のり弁をもぐもぐ食べながら夕焼け空を眺めるうち、目に涙がにじんでいた。

この子の親は私ですけど。

痛いなあ。胸の奥のところが、ぎゅーっとなって痛いなあ。おれだって父親なのに。凜一郎も明香里も、パパと呼んでくれてるのに。おれも親だって堂々と言えなかったなあ。

暢光はお弁当のご飯を頬張ったまま、耐えられずにうつむいた。涙がぽたぽたと、おかずのタコさんウィンナーの上に落ちた。やっぱり確かめなきゃ駄目だよな。そう思って、口の中にご飯がつまったまま洟をすすって顔を上げた。

とても億劫で嫌で怖かったが、昨日の夜、ゲームを通して自分に話しかけてきた相手が誰なのか、確かめねばならなかった。

そして何より、相手が凜一郎でないことを、受け入れなければいけなかった。

3

暢光はそれでもぐずぐずしていたが、薄暗くなると意を決してアパートに戻り、弁当のゴミをしっかり分別してゴミ捨て場の所定の位置に置いてから、部屋に入った。

気持ちを落ち着けるためにルイボス・ティーを淹れてゲームとモニターを起動したところ、フレンド欄に凜一郎のＩＤである『ＲＩＮＧＩＮＧＢＥＬＬ99』がアクティブであることが見て取れた。

眠っているはずの凜一郎がゲームに参加している。うわあ、ぞっとする。これが乗っ取りというやつか？　なんでそんなことするんだ？　おれを騙しても何の得もないぞ。いや、何か得があるから騙そうとしているのかな。そういえば以前、武藤先生が、世の中には誰かを騙すことが快感になってやめられない人もいるんだって言ってたっけ。

問題は、どうやって偽物であるか見抜くかだ。家族の思い出をいろいろ尋ねればわかるだろうと考えを巡らせるうち、様々な思い出がよみがえって、すすり泣いてしまった。

四歳の凜一郎が、アマゾンの段ボール箱に入り込んで「電車！」とわめきながら喜んでいるところが思い出された。小学校の入学式で校長先生に名前を呼ばれて「えっ、はい」と言ってしまったことをあとで恥ずかしがってたっけ。初めて家族で行ったディズニーランドでは、ホーンテッドマンションやビッグサンダー・マウンテンに乗っても、暢光の横でずっと怖くて下を向いていたことを「ママとアーちゃんには言わないで」とこれまた恥ずかしそうに言ったりしてたなあ。

そんな凜一郎が中学校の入学式では堂々というより淡々としており、だんだん態度が母親に似てきたなあ、などと思っていたのに――ものも言わずベッドで寝ているなんて。

なんなんだ。これほど辛い思いをしている人間を、どうして騙したりするんだ。

悲しみが怒りに変わったおかげで、話しかける気力がわいてきた。インカムを装着し、意を決して相手と同じゲーム・ロビーに入り、声をかけた。

「あー、リン」

いや、凜一郎のふりをしているそこのお前、と思ったが、咄嗟《とっさ》に適した呼びかけ方が思いつかず、そのまま呼んでしまった。

《あ、パパ。お仕事お疲れ様》

お前は誰なんだ。すぐさまそう訊いてやるつもりが、あまりにも自然な調子の、よく知っている声が返ってきたせいで、いっぺんに問い質す気が失せてしまった。

これは凜一郎だ。おれの息子だ。確信が心いっぱいに広がり、コントローラーを握る手に力がこもってぶるぶる震えた。

《パパ?》

「ああ……、うん」

《そういえばパパって今、なんのお仕事してるんだっけ》

「フード・デリバリー。ご飯を届けるの。違う仕事もしようと思ってるけど」

答えながら、そういえばこっちがカーシェアで失敗したことも知っているんだ、ということを思い出していた。

「あー、リン? 去年の誕生日に何をもらったか覚えてるか?」

《え? LEDランタンだけど》

「その前は？」
《光で起きる目覚まし時計》
「えー、その前は――」
《小五のときは、えっと、あれ。部屋の中でプラネタリウムが見られるやつ》
「お前、本当に光るものが好きだな」
《うーん、そうかも。なんでだろ》
「幼稚園の年長組の発表会、お前、大きくなったら灯台で働きたいって言ってたぞ」
《あはっ。覚えてないけど。あ、そんでおれ、スカイツリーの絵を描いたんだっけ？》
リンが笑うので、「そうそう」と返しながら暢光もつられて笑ってしまった。
ひどく胸にこたえた。この子は本物の凜一郎だ。そうでなきゃなんなんだ？　おれの頭がおかしくなったのか？
「本当に、リンなんだな？　お前……事故に遭ってから、目が覚めてないんだぞ」
思い切って言った。すると、暢光が予想もせぬ反応が返ってきた。
《やっぱそっかー》
そういう声とともに、凜一郎のアバターが、その場に座り込んで額に手を当てて困惑する「参ったね」のECを披露した。ミッションに失敗したときなどにやるECだ。
暢光は、目をぱちくりさせた。
「やっぱ？　どういうことだ？」
《気づいたらここにいたし。なんかね、ずっとVRゲームやってるみたいな感じ。ゲームよりリアルだけど。頭ん中で操作してるってのかなあ》

「あー、つまり……え？　それって、ゲームの中にいる……とか？」

訊きつつ、信憑性《しんぴょうせい》のないことを口にしているときのように、ちょっと笑いが交じってしまった。

だが凜一郎のほうは大真面目のようだ。

《なんかさー、体はどっかで寝てるんだなってのは、わかるんだよね。どうしたら出られるかなって、いろいろ考えてるとこ》

「それって、あの……あれか？　なんか、魂っていうか、そういうもんがゲームの中に入ったまんま、出てこられないってことか？」

《魂って本当にあるの？》

今どきの子っぽい——というか、いかにも凜一郎っぽい訊き方だった。

魂なんてなくても別にいいんだけど、という感じだ。芙美子さんのように気とか念とかスピリチュアルなことを言うくせに、妙に現代人っぽいドライな態度が同居しているのだ。

「うーん……そういうのは難しくてパパにはわかんないよ」

《魂っていうか、このゲームを作ったシムズ社ってね、前に、脳波コントローラーとか開発してるっていうニュースがあったんだよね》

「脳波コントローラー？　すごいな。ＳＦみたいだ」

暢光はびっくりし、さっそく携帯電話を取って検索した。検索結果に、『シムズ社　脳波コントローラーの開発に着手』という文字が本当に並び、ますますびっくりした。

「うわ、本当にニュースになってるぞ」

《でしょー》

ちらっと『エイプリルフール』という文字も見えたが、携帯電話を置いて尋ねた。

「頭が直接ゲームに接続されてるってことか？　どうやって寝たりしてるんだ？」

《見せてあげる。マップのリンク出すから、一緒にクリエイティブ・マップに来て》

暢光は、凜一郎からマップのリンクがメッセージで送られてくるのを確認すると、すぐにアクセスを希望した。すると、キャラクターを光の渦が呑み込む演出ののち、青空と東南アジアっぽい寺院の広場が現れ、そこに凜一郎と暢光のアバターが次々に出現した。

「これ、誰かが作ったマップか？」

《チャンピオンのマシューさんが、こないだ公開したばかりのマップ。来て》

凜一郎のアバターが走り出すので、暢光も追った。

寺院の広場を出ると、向かいの通りに、ややコミカルな絵柄の宮殿が現れた。宮殿のてっぺんがピカピカ灯台のように光っている。いかにも凜一郎が好みそうな建物だ。

《こっちこっち》

宮殿の門は開かれているが、それを無視して、壁際に停められた六〇年代風のSF的なロケットっぽい形をした車を足場にして、壁を跳び越えた。暢光も追いかけようとして失敗し、壁に弾かれたが、もういっぺん助走すると同じように跳び越えることができた。

綺麗な庭園を突っ走る凜一郎を追って、宮殿の中に入った。相手は足の速いライダーなので、追いかけるのにちょっと苦労した。凜一郎は、すっかり建物の構造が頭に入っている様子で、すいすいと螺旋《らせん》階段をのぼって二階に行き、一室のドアを開いて入った。

暢光も、凜一郎に続いてその部屋に足を踏み入れた。

豪華な天蓋《てんがい》付きベッドがあり、壁には射撃トレーニング用マップをはじめ、様々な遊びができるマップの案内表示がある。かと思うと、世界大会の案内や、新スキンの広告に切り替わった。寝室に電子広告板があるなんて落ち着かないんじゃないかと思ったが、凜一郎は気にしていない様子だ。テーブルには果物が積まれた椀があり、広々とした扇形のベランダでは、なぜか目の大きなコミック調のニワトリが、コッコココ、と鳴き声をこぼしながら、うろうろしている。

《ここで寝てるよ》

凜一郎であるライダーが、ベッドに潜り込んで眠るという動作をした。頭から「ZZZ」という文字がフキダシ付きで浮かんでいる。ゲーム中に体力を回復するときの休眠モーションの一つだが、ECでも同様の動作をすることができる。いかにも安らかに眠っている感じがするが、病院のベッドで眠る凜一郎の姿を思い出させられた暢光は、つい不安になって、回復アイテムを探したくなった。バトルで仲間がダメージを受けたり体力がゼロになったとき、アイテムを使って回復させてやれるのだ。

凜一郎はすぐにぱちりと目を開き、フキダシが消えた。凜一郎がぱっと起き上がるのを見て、暢光はほっとさせられた。

「ご飯はどうしてるんだ?」

凜一郎が、ひとっ飛びでテーブルのそばに着地し、リンゴやバナナをつかんで食べ始めた。これも体力回復のモーションの一種だ。

「味がするのか?」

《たぶんこんな味かなって思うと、そういう味がする》

「なかなか高度だな」

《チキンもあるよ》

凜一郎がリンゴを放り出したかと思うと、一瞬でライダーの基本装備であるハンドガンを抜き、ベランダのニワトリを撃った。コケーッ！　とニワトリが悲鳴をあげ、羽が舞い散り、チキンというかクリスマスの七面鳥の丸焼きみたいな回復アイテムに変わった。
《パパもどうぞ》
凜一郎に言われて、暢光はその回復アイテムを取って使用した。画面の中ではキャラクターが美味そうにそれを食っているが、当然ながら暢光は何も感じなかった。
「こんな風にゲームの中で生活してるのか？」
《いろいろ試してる。マシューさんのこのマップ見ながら、自分のマップ作ろうかな》
「どうしたら、脳波コントローラーってやつを外せるっていうか……目を覚ますんだ？」
《うーん、おれもどうなんだろって考えてて。たぶん、これじゃないかなあ》
凜一郎は、「あっちにアイテムがあるぜ」のECを披露して壁を指さした。そこに表示されていたものが、ぱっぱっと切り替わり、世界大会の案内になった。
ついで「今、伝説の扉が開かれる！」という、渋い男性の声とともに、世界大会とゲームの世界観について説明するムービーが画面を占拠し、他に何も見えなくなった。

ある日、ゲートと呼ばれる異次元の扉が開かれたことで、様々な伝説上の英雄たちが、このレジェンズ・ワールドに集うこととなった。

ゲートを生み出したのは神々であり、毎年、あらゆる次元の世界から真の英雄を選んで、彼らの世界へ招くのである。

真の英雄を決める世界大会の優勝者は、神々の世界へと旅立ち、そこでスーパーアイテムが授けられる。

今年の大会はシンガポールで開催予定！　賞金総額は五十万ドル！　優勝賞金は二十万ドル！　前回の予選参加人数は過去最大の二十万人！　視聴者数一億人！

世界トップのeスポーツの大会が今年も開かれるぞ！


なんやかんやで、まさに新しい伝説が刻まれるのだ——云々。

ムービーが流れ終わると、画面が元いた部屋に戻った。気づけば、先ほどチキンに変わったニワトリが復活してテーブルの下をうろうろしていた。

《もともと脳波コントローラーって、世界大会で優勝した人だけがもらえるプレゼントだったらしいんだよね》

「ええ、マジか」

暢光は、先ほど置いた携帯電話の画面をちらっと見た。『エイプリルフール』という文字がいやに気になったが、ひとまず無視した。

「世界大会で優勝すれば目が覚めるっていうのか？」

そんな無茶な、という思いを込めて訊いた。こうしたゲームでは、プレイ中に獲得したポイントなどに従い、世界的な順位が自動的に定められる。暢光が最後に確認したとき、順位は確か百五十万位くらいで本当にそんな人数のプレイヤーがいるのかと疑ったものだ。十倍に盛っているとしても、十五万人くらい自分より上手いやつがいることになる。

また、世界大会は参加料を支払う必要があるプロの大会だ。しかも応募締め切り日までに累計六千ポイント獲得した者だけが参加可能という厳しい規定がある。

累計ポイントの数値は、ポイントを消費してアイテムを手に入れても下がったりしないのだが、この時点での暢光の累計ポイントは二百とちょっとだった。

なお必ずしもソロ、つまり一人でポイントを稼ぐ必要はなく、チームを作ってみんなでポイントを稼ぎ、参加資格を得る方法もあるらしい。だがそれにしたって、全世界で何百位か、下手すると何十位かに食い込まねばならないはずだ。

いや、無理だろう、そんなの。ゲーム系ユーチューバーじゃないんだから。一日中ゲームだけやってるような人間のみが参加できる大会というイメージしかない暢光には、まったく現実味のない話に思われた。そもそも、交通事故に遭った息子がゲームの世界に閉じ込められているというこの今の状況全てが現実かどうか心もとないのだ。

しかし凜一郎は、いかにも怖いもの知らずといった様子で言った。

《やってみたいって思ってたしさ。ていうか、念じてたのかも。事故ったとき、絶対出たいよねってタッキーと話してたの》

世界大会の告知画像の前に立って、凜一郎が言った。キャラクターが青年のものであり、周囲がファンタジックな風景であるせいか、やけに凜々しく不思議な説得力があった。

《あと、出口がこっちだって感じもする。ほら、神様の世界に招かれるって言ってるし》

それって成仏しちゃうってことじゃないか？　と返しかけて、暢光は咄嗟に口をつぐんだ。冗談じゃない。凜一郎にそんなことがあってたまるものか。

「でも、ほら、マシューーさんみたいなチャンピオンと戦わなきゃだろ」

《うわあー、マシューーさんとバトルかあ。ドキドキするなあ》

嬉しげに凜一郎が言った。すっかり怖じ気づいている暢光からすれば、眩しいばかりの純真さだ。どうせ勝てないぞ、なんてとても言えなかった。

《知ってる？　マシューさんって二度も優勝してるけど、賞金を全部病気の子どもたちとかに寄付してるんだよ》
「うお、なんだそれ、かっこよすぎるな」
そう言いながら、ちょっと前までそれくらいのお金は当たり前にあったんだけどなあ、と悲しくなった。優勝したら二十万ドルかあ。とたんに喉から手が出るほどほしくなり、もしかして、うっかり優勝とかできちゃったりしないかな、とちらりと思った。
《別の出口もある気がするんだけど、そっちは、なんか行きたくないんだよね》
「え、なんで？」
《リセットされて消えちゃう気がするから。おれが。なんかさ、誰も使ってないＩＤとか、無駄なマップデータとか、どんどん消されてくのわかるんだよね》
「いやいやいや、駄目だろ。消えたら出口じゃないだろ」
《だよねー》
とことん気軽に凜一郎が言った。どうも自分が事故に遭ったという実感が薄いようだ。
「よし。お前がやりたいんなら、パパも協力する。参加料だって払ってやるし、チームでポイントを稼げば参加できるかもだぞ」
《ママ、反対しないかな？》
「そろそろ夏休みだし大丈夫だろ。ママを説得するよ。お前を現実に戻すためなんだし」
《おっしゃー》
凜一郎が、「最高に嬉しい」ことを示すＥＣを立て続けに披露した。
暢光は「おれに任せろ」と告げるＥＣを返しながら、あ、でも参加料っていくらなんだろう、とさっそく心配になった。だいたい何百位になればいいんだ？　そんなにゲームをやってられる時間があるかわからないし、通信料ちゃんと払えるかなあ、という別の心配もあったが、ここで凜一郎を残念がらせることは口にしたくなかった。

《タッキーも一緒に出てくれるかな》

「そういや、タッキーとは話してないのか？」

《メッセージは送ってるんだけど、全然インしないんだよね》

友達が目の前で車にはねられたばかりだしなあ。ゲームで気を晴らす気分でもないだろうし、人を撃つゲームとか自分だったら一生やれなくなるかも、と暢光は思った。

「ショックだろうからな。パパもショックだけどさ」

《パパからタッキーに話してくれない？》

「うん。お見舞いに来ると思うし……」

そう返しながら、亜夕美たちにはまったく信じてもらえなかったことを思い出した。そもそもこれは現実か？　実は自分の頭がすっかりおかしくなって、真っ暗な画面に向かってぶつぶつ話しかけているだけだったりしないだろうか？　うわ、想像すると怖いな。

「んー、でも、どうしたらリンがここにいるって信じてもらえるかなあ……」

ふと思いついて訊いてみた。

「そうだ。銀座通りでのこと、教えてくれるか？」

《え？　事故る前の？》

「そう。何を選んだのかとか」

《えー。内緒って言ったじゃん》

「ちゃんと内緒にするから。パパがお前のこと説明するとき、信じてもらうために必要だと思うんだ。ていうか、まずパパが、お前がここにいることを信じたいし。それに、みんながお前の看病ばっかりしてて、誰も受け取れなかったら困るだろ」
　だが凜一郎はすぐには教えなかった。一度決めたことに関しては驚くほど意志が固いのだ。その点も完全に母親似だった。自分なら、とっくに喋ってしまっているに違いない。
《本当に内緒にできるの？》
　父親のそういう性格を見抜いたように凜一郎が疑わしげな眼差しを送って寄越した。キャラクターの顔のままなのだが、とにかくそういう風に見えた。
「約束する」
《絶対だよ》
「うん」
　暢光は自分のノーマルのキャラクターに「おれに任せろ」のECを披露させたが、やってから軽すぎたかなと不安になった。だが凜一郎は、同じECを返すと、
《えっとねー》
　ちょっと恥ずかしそうに、口を開いた。

4

　翌日、暢光はフード・デリバリーの仕事を何件かこなしてのち、駅前のベンチで缶コーヒーをすすりながら携帯電話で改めて「脳波コントローラー」とやらを検索した。

やはり『ゲート・オブ・レジェンズ』を開発したシムズ社が、ある年のエイプリルフールに流したネタらしい。最近のVRゴーグルに妙な配線とアンテナをつけた画像を、フリーWi-Fiの通信速度の遅さに辟易しながら見たが、現実のものとは思えなかった。

あれって、本当に凜一郎なのかなあ。そうとしか思えないんだけどなあ。おれだけが見てる幻って感じでもないし。そんな幻を見た経験もないんだけど。

暢光は自問自答しながら、昨夜、凜一郎と交わした言葉を思い出していた。

二人とも、もう寝ようというときに、

《ねえ、おれをはねた人ってどんな人?》

だしぬけに凜一郎に訊かれ、暢光はそれこそ素直に話した。

「大学生でさ、初めて買った車で、彼女とデートしてうっかりはねたんだって。なんか真面目そうな男の子なんだよなあ。昨日も今日も、二人で病院に謝りに来てたよ。彼女のほうは、ちょっとなんていうか、怖がってるみたいだったけど」

《怖がってるって?》

「怒られるのが怖いんだと思うよ」

《でも謝りに来てるんだ。二人して》

「うん。腹が立つやつだったら、パパもママも、ものすごく怒ってたと思うんだけど。あ、でも人をはねたんだし、警察が事故のこと調べたら、罰を受けるんじゃないかな」

《おれが無事でも?》

暢光は、そもそも無事と言えるのかどうかも、よくわからないままこう返した。

「怪我させたし。車を運転して人にぶつけるのは、いけないことなんだよ。ただ、お前の具合がどうかってことで、罪の重さは変わるかもって、武藤先生は言ってたかな」

《じゃ、やっぱ、タッキーやその人たちのためにも、おれ頑張らないとだなー》

凛一郎はそう言った。自分がはねられたのに。そばにいた友達だけでなく、はねた側のために頑張るなんて、どうしてそんなに優しいんだお前は。そう言いたかったが、口にすると泣いてしまうだろうと思って「そうだな」とだけ言った。お前が目を覚ますためなら、おれの命だってくれてやる、という事故のあとに思ったことが心によみがえっていた。

でもなあ。世界大会で勝つなんて、無茶すぎるだろう。もっと別の方法はないものだろうか。たとえばこのシムズ社に、どうしてうちの子どもがお宅のゲームの中に閉じ込められているのかと尋ね、どうにか解決法を考えてもらうとか。

ゲームの中の凛一郎との会話を思い出しながらそんなことを考えていると、ふいに電話が鳴った。いつものお爺さんが、アプリで頼む前にわざわざ電話を寄越してくれるのだ。電話に出ると、「これから頼むから上手くつかまえてね」とのことだった。「外したらもう一回頼み直すから」という念の入れようだ。実質、指名といっていい。

すっかり気に入られたなあ、と思いながら首尾良く依頼をゲットし、近所のお弁当屋さんで食事の入った袋を受け取ると、ボックスに入れて背負い、電動自転車を走らせた。

お爺さんの家に行くと、玄関の前に立って待ってくれていた。

「思ったより早く来たねえ。ありがとうねえ」

お爺さんは弁当の袋を受け取ると、当然のように世間話を始めた。暢光はすっかり慣れたものだ。家にいても話し相手がいない者同士の共感も、なんとなく感じていた。

「あんたは良い人だねえ。ホスピスの仕事なんて向いてるんじゃないか？」

お爺さんが、これまで何度か口にしたことを、また訊いた。

そのたびに暢光は、昔、そういう仕事をやろう、なんて誘われたことがあったなあ、と思い出した。しかし、その仕事を施設で見学させてもらい、辛すぎて無理だと思ってしまった。何しろ死が迫っている患者や家族の苦しみを和らげるという仕事なのだ。暢光は、ある患者が元気なふりをするものだから、すっかり信じてしまい、しばらくして容態が悪化して逝ってしまったと聞かされ、ものすごくショックを受けて涙が止まらなくなった。

暢光は、今日もそのときの経験を話して、自分には無理だと告げた。

「そうかねえ。むしろ向いてると思うんだけど。うちのホスピスの施設、このままだと合併かたたむかするしかなくてさ。あんたみたいな人に継いでほしいんだよねえ」

「でも、自分じゃ、たぶんちゃんとやれずに潰しちゃいそうです」

正直に言うと、お爺さんは微笑み、あんまり仕事の邪魔しちゃ悪いから、などと、けっこうな長話をしておきながら決まり文句を口にして、家に引っ込んだ。そのあとすぐ、アプリを通してお爺さんがチップをどっさり払ってくれたことが通知された。

電動自転車を漕いでいた暢光は思わずその場で止まり、お爺さんの家がある方に向かって頭を下げた。ああ、これで今月のゲームのプレイ料がしっかり払えます。そう感謝して再び漕ぎ出しながら、ホスピスかあ、と思った。ちょっと自分には無理かなあ。それよりも高級品を扱うビジネスがしたいけど、全部失敗してるしなあ。

とにもかくにも今は凜一郎のことと、昨夜交わした約束について考えねばならず、そのまま病院へ向かった。明香里は学校に行っており、芙美子さんが凜一郎の枕元で、何かを音読していた。

芙美子さんいわく、教科書を読み聞かせてやろうと思って来たら、朝から凜一郎宛の寄せ書きや手紙がさっそく病院に届けられていたのだという。

凛一郎の事故を知ったクラスメイトや部活のお友達が書いてくれたもので、達雄くんと女子が数人、代表して届けに来てくれたそうだ。折り鶴も、二百羽くらい数珠つなぎになったものが病室に飾られていた。

お前、もてるなあ。暢光は純粋に嬉しい気持ちで、眠れる凛一郎に向かって心の中で言った。

それから芙美子さんに、こうお願いした。

「明日、亜夕美の家にいてやってもらえませんか。おれが一日、ここにいますから」

芙美子さんは怪訝そうに眉をひそめ、かと思うと、ぱっと目を見開いた。

「凛一郎のことかい?」

「ええ、まあ、亜夕美には言わないって約束したんです」

「ああ、六月十八日。そういうこと」

一発でわかってしまったらしい。でも芙美子さんならいいか、という気分で、「ええ、はい」と返した。

「なんでこないだ来たとき言わなかったんだい?」

「昨日、凛一郎本人から聞いたんです」

芙美子さんが表情を消し、じっと暢光の顔を見つめた。

「冗談で言ってるんじゃないだろうね」

「まさか。自分でも、どうなってるのかよくわからず……」

ぬーむ、と芙美子さんが、あんまり聞かないたぐいの呟きをこぼした。

「明日だね。わかった。そのあとで、どういうことか詳しく聞かせて」

今すぐにでもそうしたかったが、暢光はうなずいて「わかりました」と言った。

5

《えー、お婆ちゃんに言ったの？》

画面の向こうで「参ったね」のECを披露する凜一郎へ、暢光は言った。

「大丈夫だって。芙美子さんは何も言わないよ。それに誰か家にいたほうがいいだろ。一日誰も気づかないってこともあるかもしれないんだから」

《うーん。まあ、そっかあ》

「パパが病院にいるから。あ、芙美子さんが手紙とか読んでたけど、聞こえてたか？」

《聞こえた気もする。トレーニングしてたからちゃんと聞いてなかったけど》

「明日、パパがまた読んでやろうか」

《えー、いいよ。目が覚めたら読むから。ずっとこの中はいやだし。早く出たい》

「うん。でも、大好きなゲームの中だろ？」

《ずっとはいやだし。みんなとご飯食べたいし、学校に行きたい》

偉いなあ。暢光は感心しつつも、どうしても釈然としない点を訊いた。

「出口って、やっぱり世界大会なのか？」

《そんな感じがするんだよね》

「なんでなんだ？」

《うーん》

脳波コントローラーなんて、ただのエイプリルフールのネタなんだぞ。そう言いたかったが、実はひそかに開発されているのかもしれないとも思っていた。他にこの状況を説明してくれるものがないからだ。もし、そのコントローラーのスイッチが切れるとかしたら凜一郎と喋れなくなるのだろうかと思うと怖くて仕方なかった。
《なんかベルが鳴る感じがするからかな》
「え、なんのこと?」
《パパが訊いたんでしょ。出口のこと》
「あ、ああ」
《何かが始まるっていうか。頑張れば、ベルが鳴るんじゃないかな。リンリンって》
凜一郎が照れ交じりに冗談っぽく言ったが、かえって本気でそう思っていることが伝わり、暢光は微笑みながらも辛い思いを味わうことになった。
なんで車にはねられて怪我したお前が、そんなに頑張らないといけないんだ。目覚めるために条件があるなんて理不尽すぎるだろう。だが凜一郎はこう続けた。
《ただの出口じゃない感じもするんだよね。なんか特別なやつ》
「何が特別なんだ?」
《んー。勝ったら、パパがおうちに戻ってくるとか。良いことがありそう》
予期せぬ言葉に、暢光は息が詰まる思いをさせられ、
「いや……それより、お前が戻ってこないと駄目だろ」
かろうじて泣いて絶句したりせず、そう口にした。
《うん。そうだね》

凜一郎が、「おれに任せろ」のECを披露し、暢光も目に涙をにじませてそうした。

ノブだ。唐突に、暢光の胸をその言葉が貫いた。ドアノブだ。今度こそちゃんと良いドアを開かないと本当に何もかも失う気がした。自分のためだけじゃない。凜一郎のために開かねばならない。そう、かつてない何かが自分に命じていた。

世界大会か。今の今まで本気でそんなものに凜一郎を参加させられるとは考えていなかったことを自覚させられた。だが凜一郎は本気だった。暢光が勝手にその本気度を推し量るのもはばかられるくらい、すでにものすごく本気だ。芙美子さんが枕元でお友達からの手紙を読んでくれているのをよそに、トレーニングに励むくらいに。たとえ本人が最初から望んだわけではなく、今たまたまそうせねばならなくなったことだとしても。

「よし、パパも一緒に頑張るぞ」

暢光はそう言って、棚のジェダイたちを見上げた。どうか今度こそ正しいドアノブを握らせて下さい。開くべき扉を開かせて下さい。

そう念じながら、その晩も凜一郎と一緒にひとしきりバトルに励み、そして互いに「おやすみなさい」を言い合った。明日も話せることを心の全てで祈りながら。

そして翌朝、暢光が目覚めて真っ先に思ったのは、「ポイントが全然足らない」ということだった。

中学二年生の男の子と、ゲームが得意でもない自分が頑張ったところで、とても参加できないのではなかろうか。考えれば考えるほど——いや、考えるまでもなく無理だ。二人で稼げるポイントはたかがしれている。人を集めてチームで戦わねばどうしようもない。

朝食を摂っている間、ずっとそのことを考えていた。そして、自分がまともな精神状態であることを証さねばならないことが、ますますはっきりした。

部屋を出ると電動自転車にまたがる前に、芙美子さんに電話をして昨日話した通りにしてくれていることを確かめた。それから病院に向かい、眠れる凜一郎のそばに座った。

物言わぬ息子を前にして、携帯電話の充電器をつなぎ、『ゲート・オブ・レジェンズ』の攻略サイトを丹念に調べていった。

そうするうちに亜夕美が来てこう暢光に尋ねた。

「朝から母さんが来たけど、何かあったの？」

「いや。今日はおれが見てるって言っただけ」

「なんで母さんがうちに来るの？」

「いろいろ心配してるからじゃないか」

ふうん、と亜夕美が怪訝そうに呟いたが、それ以上は追究せず、てきぱきと凜一郎の様子を見て、体温を記入するなど、すべきことをした。相変わらず、自分の息子が昏睡状態になっていると思えないほど、動揺など微塵も見せない毅然《きぜん》とした態度だ。

かと思うと、亜夕美はにっこりして凜一郎の髪を撫で、優しくささやきかけた。

「もうちょっとしたら全部取れるからね」

頭の包帯や、頰を覆うガーゼのことだ。

それから亜夕美は、暢光にちょっとうなずきかけただけで、退室した。

暢光は、かつて自分も同じように髪を撫でてもらったことがあったなあ、と思って大変切なくなったが、その思いをこらえて攻略サイトに集中した。

どの情報も、知っているのと知らないのとじゃ勝負にならないと思えるほど大事だった。そもそもどの事業も、これくらい調べてから始めれば良かったんだよなあ、と思わされた。自分に何が足らなかったか思い知らされながら、懸命に勝とうとしている人たちが、なぜか他人に与えてくれるアドバイスの数々を見ていった。

昼になると、点滴を打たれる凜一郎の腕に軽くふれ、

「ご飯食べてくるよ」

と声をかけて病院の食堂へ行き、うどんをすすりながらYouTubeのプレイ動画を眺めた。どれも凜一郎から薦められたチャンネルだが、ほとんど英語だった。すごいなあ、好きなものだと言語が違っても気にせず見ちゃうんだな。

それにしても、とんでもないプレイばかりで目を見張るというより、目をつむりたくなった。eスポーツという、ゲームをスポーツととらえた大会の動画など、大半は何が起こっているのかすらわからなかった。中でもやはりマシュー・ザ・ホワイト・カメレオンの動画は群を抜いて再生数が多い。ゲームのキャラクターに喋らせているため、上品で落ち着いた声の男性だということしかわからないが、そのプレイぶりときたら、バトルだけでなく、クリエイティブ・マップの構築の見事さも、信じられないくらいすごかった。

天才ってこういうのを言うんだなあ。暢光は悲しくなった。自分もこういう風に何かで一流になれると信じていた頃があったはずなのだが、何においてそうなるべきかもわからず、ここまで来てしまったという思いに打ちのめされていた。

食事を終えてのちも病室でひたすら攻略サイトと動画を眺めて過ごした。充電させてもらえる上に、ロビーにWi-Fiが整備されているという点は、大変快適だ。

おかげで攻略法を学習するだけでなく、世界大会がどのような理屈で成り立っているかという

記事もじっくり読むことができた。ゲームでは、プロスポーツと異なり、初心者がトッププレイヤーとぶつかってしまうという問題があった。二度とプレイしたくないと思うほど初心者が滅多打ちにされては、大勢が参加できるよう裾野《すその》を広げる上で障害になる。それで、上級者と初心者を別々に配置するためのレベル分けが行われたり、ランダムに出現する強力なレアアイテムを配置することで運の要素を取り入れたり、はたまたチームプレイによって、ポイントを稼ぎやすくするといった工夫が行われているのだ。そうした工夫の結晶が世界大会であり、毎年のようにルールの改善が重ねられているという。

ある記事では、他ならぬトッププレイヤーの一人である、マシュー・ザ・ホワイト・カメレオンの、こんなインタビューが紹介されていた。

「数人によるスーパープレイだけでは、ゲームは活気溢れるものになりません。ましてやチート・プレイヤーなど、ゲームコミュニティを破壊してしまいます。コミュニケーション能力や、チームの力が問われるシステムなどがあってこそ、持続可能なゲームコミュニティが成立するのだと思います。多くのリアルスポーツがそうであるようにね」

本気でゲームをスポーツにしようとしている人たちがいるんだなあ、奥が深いなあ、と感心させられた。他にも様々なプレイヤーのインタビュー記事があり、世界大会に出場した経験を事細かに語ってくれていた。

こんなにあれこれ調べたのって、いつぐらいぶりだろう。暢光は目と頭が疲れてきて携帯電話を置くと、眠れる凜一郎を眺めながら、うつらうつらした。

ふいに誰かがそばに来る気配がして目が覚めた。診察かと思ったが違った。

悲しい顔で唇を引き結んでいる達雄くんだ。ご両親の姿は見当たらなかった。片方の腕に鞄を抱えているところを見ると、下校して真っ直ぐ来てくれたらしい。

暢光は、達雄くんの握りしめた拳《こぶし》に、そっと触れながら言った。

「来てくれてありがとう、達雄くん」

「僕、リンと……一緒にいて……」

唇を震わせて達雄くんが言った。空いている方の手で眼鏡を取り、袖で涙を拭った。

「うん。知ってるよ。わざわざリンに付き合ってくれて、ありがとうね」

達雄くんが濡れた目で意外そうに暢光を見た。

「知ってるって……？」

「リンから聞いたんだ」

「え？　いつですか？」

暢光は微笑んで回答を避け、座るよう促した。

「リン、ゲーレジェの世界大会に、達雄くんと一緒に出たがってたんだって？」

「あ……はい。出られたらいいなって。すごい難しいですけど。お金とか、かかりますし」

「一緒に出てほしいなあ」

「はい……」

達雄くんがうつむいたところへ、ぱたぱたと足音を立てて明香里が入って来た。暢光がほっとしたことに電子トランペットは家に置いてきたらしく、手ぶらだった。

「あ、パパとタッキー。やほー」

元気よく挨拶する明香里に、暢光と達雄くんが応じた。

「アーちゃん、やほー」

続いて芙美子さんが現れた。小ぶりな宅配の箱を持っている。暢光と達雄くんが同時にそれに気づき、二人して安心したように息をついた。

明香里がナースコールのスイッチをひっつかんでガチガチ押し、

「ナース、ナース、ナース」

暢光と芙美子さんが慌ててそれを止めた。

「駄目だよ、アーちゃん」

「ちょっと、おやめ。ママ以外の人が来ちゃうよ」

芙美子さんの言うとおり、他の看護師が早足で現れた。芙美子さんが詫びを言い、亜夕美を呼んでもらえるよう頼んだ。

「ちょっと待ってて下さいね」

看護師が快く承知して去ると、その場にいる全員が椅子に座り、黙って待った。

やがて亜夕美が現れ、腹立たしげに言った。

「もう、何？　忙しいんだから。他の患者さんもいるんだし。大人しくお見舞いして」

芙美子さんが立ち上がり、持っていた箱を差し出して言った。

「リンからだよ」

亜夕美の顔から一瞬で表情が消えた。今日という日について亜夕美自身がすっかり失念していたのだろう。あるいはこんな状況だから、あえて意識せずにいたのだろう。

なんであれ、亜夕美は何もかもいっぺんに悟ったような顔で、箱を受け取った。

暢光がちらっと見た限り、宅配の宛名書きの字は、凛一郎のものだった。亜夕美はその字を指で撫でるようにし、眠れる凛一郎を目を細めて見やった。それから丁寧に箱の封のテープを剥がし、中身を出した。

お洒落な包装紙にくるまれた何かが出てきた。それを開きやすいよう、芙美子さんが箱を亜夕美から受け取り、両手で抱えるようにした。

亜夕美が包装紙を開くと、『AYUMI　A』と白地に金の刺繍《ししゅう》と、小さなクリスタルがあしらわれたハンカチが『お誕生日おめでとう』のカードとともに現れた。

暢光は、刺繍されたイニシャルの『A』に胸を衝かれたようになった。朝倉の姓を選んだのだ。今の宮田ではなく。パパがおうちに戻ってくるとか。凛一郎の声がよみがえり、嬉しさと申し訳なさで涙がにじんだ。

達雄くんがすっくと立ち上がった。やっと黙っていることから解放されるという勢いを込めて、涙声になりながら一気に告げた。

「リンは、お母さんのお誕生日プレゼントを買いに行ったんです。お母さん、たまにはお洒落したいって言ってたって。良いものがないか二人で探したんですけど、高いものは買えなくて。リン、自分に買えるもの、頑張って探しました。あと、お店の人に、ちょっと高くなるし時間かかるけど、お母さんのお名前を入れますかって聞かれて。リンは、そうしますって言って、お母さんのお誕生日に家に届くようにしてもらったんです」

亜夕美の両手が震え、包装紙とハンカチをくしゃくしゃになるほど握りしめた。

「ぶえええっ」

嗚咽が亜夕美の口からこぼれた。暢光が知る限り凛一郎が事故に遭って以来、初めての涙を亜夕美は流した。それまで堰《せ》き止めていたものがいっぺんに溢れ出したようだった。握りしめたものを自分の顔に押しつけ、その場で声を押し殺して泣いた。

明香里がぱっと立ち上がって亜夕美の脚にしがみついた。あの亜夕美がそれしきの衝撃にも耐えられないというように身を折ってその場にしゃがみ込み、ハンカチで顔を押さえて激しく肩を震わせた。明香里ももらい泣きしてわんわん泣き始めた。

達雄くんも歯を食いしばって泣いていた。芙美子さんもしきりに目を拭った。

何ごとかと駆け込んできた看護師のあと、すぐに医師の剛彦が現れ、きりっとした顔を作って亜夕美に近づこうとした。そこへすかさず院長の孝之助が来て、剛彦の襟をつかんで乱暴に部屋の外へ引きずり出した。

さらに善仁と美香が見舞いに訪れたが、常に毅然としていた亜夕美の泣きじゃくる姿に衝撃を受けたように出入り口で立ちすくみ、事情を知ると彼らも涙をこぼし始めた。

暢光は、抑え込んでいたものを溢れさせる亜夕美から、凜一郎へ視線を移した。ちゃんと届いたぞ。良かったなあ、リン、と心の中で話しかけていた。

やがて亜夕美が一方の手で明香里の頭を撫で、ぐしょぐしょに濡れたハンカチを顔から下げながら立ち上がった。

「さっそく役に立ったわ」

亜夕美は眠れる凜一郎へ笑いかけようとしたが、ぐすっと鼻を鳴らして顔を歪ませた。

芙美子さんが、亜夕美の背を撫でてやりながら、達雄くんへ顔を向けた。

「達雄くんは、今まで誰にも話してなかったんだろう?」

「はい」

達雄くんがうなずき、暢光を見上げた。なぜ暢光が知っているのか不思議で仕方ないのだろう。芙美子さんも同様だった。

「さ、ノブくん。なんでこのことがわかったたか、話してほしいね」

それでみなが暢光に注目した。暢光は眠れる凜一郎を振り返り、教えてくれてありがとうな、とまた心の中で話しかけた。亜夕美が手にした品は、ゲームの中の凜一郎が教えてくれた通りのものだった。おかげで暢光も自信をもって、こう告げることができていた。

「うちに来て下さい。リンと話せます」

第三章　チーム結成　We are the team

1

　これと似たような気分を味わったことがあるな、と暢光は思い、記憶の糸をたぐった。確か、小学校三年生くらいのときのことだ。当時、キン消シこと『キン肉マン』の消しゴムがすごく流行っていた。暢光も親にねだって近所の商店街にあるガチャガチャをなんべんも回しに行った。あの頃は、ほしいものが手に入らないことのほうが少なかったのだ。

　ともあれ頑張って全種類を揃えたことが嬉しくて、友達に自慢したくなった。それで学校に持って行ったのだ。先生から注意されたときのため、あくまで消しゴムとして持って来たのだと言い張れるよう、筆箱に十種類だか十二種類だかのキン消シをぎゅうぎゅうに詰め込んだ。小さな手や足がはみ出さないよう体重をかけて筆箱の蓋を閉め、輪ゴムを何本もかけて開かないようにしたことで、惨事《さんじ》を招くこととなった。

　登校してのちランドセルから筆箱を取り出して机の上に置いたとたん、輪ゴムが千切れて中身が四方八方へ飛び出したのだ。おかげで友達には笑われ、先生には消しゴムは四角い形のものを一つ持ってくれれば十分だと叱られ、しかもキン消シが数体、行方不明になってしまった。周りにいた誰かにとられたのだろうが、当時の暢光としては、どうでもよかった。誇らしく自慢できるはずだった自分が、すっかり笑いものになったことがショックで、なんでこうなったんだろうと途方に暮れるばかりだった。

いや、なんでじゃないだろう。暢光は、思い出の一コマを頭の中から追い払い、むしろなんで気づかないかなあ、と自分に呆れた。家族だけならまだしも、他にも人がいるときに、凜一郎と話せるから来てくれ、なんて言ったら、こうなるに決まってるじゃないか。

亜夕美、明香里、芙美子さん、達雄くん、善仁くん、美香さんに、なぜか剛彦までついて来て、暢光が暮らす四畳半の部屋に全員入ろうとして悪戦苦闘しているのだ。

玄関のドアを開いてまず暢光が入り、亜夕美と明香里と芙美子さんが続き、達雄くんが入った時点で、誰も座れなくなってしまった。

さらに、善仁くん、美香さん、剛彦が、入る順番を工夫すればどうにか全員入室できるのではと虚しい努力を繰り返している。暢光としては、卓袱台の前で身をすくめて立ったまま、この状況がどうにかなってくれることを祈るほかない。

「すごいな。うちの物置より狭いぞ」

剛彦が、玄関から首だけ突っ込んで室内をじろじろ見回した。なんでお前が来るんだと暢光は言いたかったが、剛彦のほうは自分がいて当然という顔をしている。

「ねえ、ノブくん。この棚、外に出せない？」

芙美子さんが、ジェダイのフィギュアや他の荷物がぎっしり詰まった棚を指さした。

「すいません。それ、備え付けでして」

「ちょっと、明香里！　そんなとこ座らないの！　落ちたらどうするの！」

「じゃー、どこ座ればいいの！」

亜夕美が怒鳴り、明香里が声を荒げながら窓枠から下りた。さすが我が娘だと暢光は感心した。いつも自分が座るのとぴったり同じ位置に座っていたのだ。

「僕、こっちのバスルームから見てていいですか？」

ドア枠に手をついて体を支える善仁くんのシャツを、美香さんが引っ張った。

「でもそうしたらトイレ使えなくなっちゃうよ」

「じゃ、玄関の外から見てていいですか？」

「そうするしかないね。ここ、みんなで入るのは無理だよ」

芙美子さんが断言してくれたおかげで、やっと配置が決まった。亜夕美がモニターとゲーム機を載せた卓袱台を移動させ、玄関の外からも見えるようにした。その左斜め前に暢光が座り、モニターの右側に明香里、達雄くん、芙美子さん、亜夕美という背の順で座る。これで玄関の外にいる善仁くん、美香さん、剛彦も、モニターを見ることができる。

暢光は、ボイス・チャット用のヘッドセットをつけ、ゲーム機を起動し、ぐるりと首を巡らせた。すごいなあ、と問題解決に努めた人々に感心した。自分が呆然と突っ立っている間に、周囲の人々が優れた発想で前進し、気づけば一人だけ取り残されているという社会に出てたびたび味わった思いがよみがえった。

「あ、『ゲーレジェ』！　リンが好きなやつ！」

明香里がわめくと、他の面々が、ぐっと前のめりになった。とりわけ達雄くんが、今しも凜一郎が画面の向こうから話しかけてくるのではという真剣な眼差しでいる。

かと思うと明香里が抱えていたバッグから、自分のポータブルのゲーム機を出した。

「パパんちのパスワード教えて！　アーちゃんも入る！」

暢光は卓袱台の上のポケットWi-Fiを明香里の前に置いた。

「ほら、ここにパスワード書いてあるよ」

「サンキュー！」

明香里がポータブルにWi-Fiのパスワードを打ち込む間、暢光はゲームのオープニングをスキップし、まずテキスト・チャットで『おーい』と凜一郎へメッセージを送った。

達雄くんが『RINGINGBELL99』というアカウント名を見て声を震わせた。

「リンのアカ……本当にアクティブになってる」

だが凜一郎からの応答はなかった。暢光は、ヘッドセットのマイクが、ちゃんと機能していることを確認し、今度は音声で呼びかけた。

「おーい、リン。聞こえるか」

やはり応答がない。全員の視線がモニターから暢光へと移った。亜夕美の目つきが、確実に鋭くなっていくのを感じ、暢光は全身に嫌な汗が浮かぶのを覚えた。

「おかしいな。こないだは返事があったんだよ。おーい、みんながいるぞー、リーン！」

何の反応もなかった。

ふう、と芙美子さんがため息をついた。

明香里が暢光を見るのをやめて、自分のゲーム機に顔を向けた。

「彼は何をしてるんだ？」

剛彦が、いまいちよくわからないという感じで善仁くんと美香さんへ尋ねたが、二人とも気まずそうに目を伏せるだけだった。

「リンはいるんだよ。この中に。っていうか、ゲームの世界の中に」

暢光が言い募るほどに、亜夕美の目つきが険悪になっていった。

達雄くんが、拳を口元に当てて考え込むようにし、

「アカウントはアクティブですね……」

と言ってモニターを覗き込んだとき、だしぬけに、それがゲーム・ロビーに出現した。

手に入れたばかりのスキンでその身を飾った、颯爽《さっそう》たるライダーが、光の輪の中からぴょんと飛び出し、「よく聞こえなかったから、もういっぺん言ってくれ」という意味の、耳に手を当てて上半身を左右へひねるEC《エイム》を披露したのだ。

《あー、パパ？　ごめん。射撃の練習してたら疲れちゃって、お昼寝してた》

明るくクリアな声が放たれるや、亜夕美と芙美子さんが驚きでのけぞった。

達雄くんと明香里がぽかんとなり、凜一郎の声を知らない善仁くんと美香さん、そして剛彦が、眉をひそめてモニターへ首を伸ばすようにした。

「リーン！」

暢光が、歓喜してその名を叫んだ。

《うわ。パパ、うるさい》

「あ、ごめん」

亜夕美と芙美子さんがのけぞった身をがばっと戻し、二人してモニターに手をかけた。

「リン⁉　リンなの⁉　ねえ、ママの声が聞こえる？」

「なんだってこんなところから声が聞こえるんだい。本当にリンかい？」

「もー、ママ、芙美子おばーちゃん、邪魔！　見えないー！」

明香里がわめいても、二人はモニターの枠や背面に手を這わせることをやめなかった。まるでそれを分解すれば凜一郎が中から出てくるとでもいうようだ。

《あれ、なんか他の声する。もしかして、ママとおばあちゃん？》

凜一郎のほうから尋ねられ、亜夕美が、ぼろぼろと涙をこぼし、芙美子さんが両手を合わせて頭上を拝むようにした。

「リン！　ハンカチありがとうね！　プレゼントありがとうね！」

《あー、ママ？　声遠いのとハウってるっぽい》

達雄くんが膝立ちになり、すぐさま問題を指摘してくれた。

「リンくんのお父さん、ヘッドセットとコントローラーの両方で音を拾ってませんか？」

「あ、ハウリングか。ごめん。こっちのマイク切るよ」

暢光はヘッドセットを外してオフにした。亜夕美と芙美子さんが目尻を拭い、やっとモニターから手を離すと、元の位置に戻って暢光を振り返った。

「リン、どうだ？」

暢光がコントローラーに声を吹き込むと、凜一郎が「バッチリだぜ」のECを返した。

《オッケー。ハウってないよ》

暢光はコントローラーを亜夕美に渡した。亜夕美は、ふうっと息をつき、上目遣いでモニターを見つつ、ぎこちないが十分に落ち着いてコントローラーに話しかけた。

「リン、プレゼントありがとう」

《あ、届いたんだ。うん。よかった》

凜一郎が、明らかに照れ隠しで、また「バッチリだぜ」を披露し、モニターの前にいる人々を笑顔にさせた。

「最近のゲームはすごいな。キャラクターと話せるのか」

真顔で腕組みする剛彦に、

「あれ、プレイヤーの声だと思います」

美香さんが遠慮がちに告げたが、剛彦は「ふうん、すごいな」とよくわかっていない様子で繰り返した。一方で善仁くんは目をまん丸にして亜夕美が話しかける様子を見ており、亜夕美とは違う意味で今にも泣き出しそうな顔で唇をくわえこんでいる。

亜夕美からコントローラーを渡された芙美子さんが、おずおず話しかけた。

「リン、芙美子おばあちゃんだよ」

《あ、おばあちゃん。こんにちは》

明香里が、暢光の袖を引っ張った。

「ねー、アーちゃんも入っていい？」

ポータブルのゲーム機で、暢光と凜一郎がいるゲーム・ロビーにアクセスするということだ。

暢光はポケットＷｉ-Ｆｉで上手くつながるかなとちらりと思ったが、達雄くんがぱっと明香里のゲーム機を見るので、ついうなずいていた。アクセスする機器が増えれば、凜一郎に声をかける手段が増えるからだ。

「いいよ、アーちゃん」

「はーい」

明香里が、すぐさまアクセスし、モニターの画面内で、光の輪から女の子版のライダーのキャラクターが現れ、「みんないるかな？」のＥＣを披露した。

すぐに凜一郎のライダーが、手を振り回す「ここにいるぜ」のECを返した。

「おーい、リン。寝ぼすけー」

明香里がけらけら笑った。

《アーちゃんもいるんだ》

亜夕美がプレゼントのハンカチで目元を拭い、芙美子さんが微笑んでコントローラーにゆっくりした調子で話しかけた。

「みんないるんだよ、リン」

《みんなって？　あ、パパ、カメラつけられない？》

「ごめん。このモニター、安物だからカメラついてないんだ」

するとまた達雄くんが、適切なアドバイスを口にした。

「明香里ちゃんの方はカメラがついてます」

「あ、そっか。アーちゃん、カメラをオンにして」

オッケー、と言って明香里が、あっという間に設定を操作した。携帯ゲーム機を両手で掲げ持ち、みなを映しながら凜一郎へ呼びかけた。

「リーン、見えるー？」

《ちょっと待って。どうやって接続するかな。あ、おれのマップに来てくれる？》

画面内で凜一郎のアバターが、ふっと消えた。

「リン!?　どうしたの!?」

亜夕美が慌てふためくのをよそに、「はいはいー」と明香里がゲーム機を操作し、そのアバターがゲーム・ロビーから消えた。

「消えちゃったよ？　あたしが何か変なことしちゃったかい？」

芙美子さんが不安そうにコントローラーを暢光に差し出した。

「大丈夫です。リンが場所を移動しただけですから」

暢光は自分のキャラクターであるノーマルを操作して、凜一郎が寝起きしているマップにアクセスし、宮殿の広場に移動した。

「リン、アーちゃん、どこだ？」

《おれのベッドがある部屋》

「ニワトリがいるよ。あ、撃ったらチキンになった。ぐははは」

「アーちゃん、その笑い方やめて」

亜夕美がたしなめたが、明香里は知らぬ顔でニワトリを追い回している。

暢光が遅れて同じ部屋に到着すると、凜一郎のアバターがベッド横の壁の設定を変えてカメラ用のモニターにしており、明香里の顔がどアップで映し出された。

《アーちゃん、みんなを見せて》

「はいはーい。ちょっと待って」

明香里が、モニターの前に携帯ゲーム機を立てかけてカメラが全員を映すようにした。

《え、わっ、タッキー？　なんだ、いたんじゃんかー》

凜一郎が「驚いたぜ」のECをした。友達の前で、パパやママと口にしたのが恥ずかしいのだ。

「リン、本当にごめん」

達雄くんが目を潤《うる》ませ、膝に手を置いて言った。

《え？　なんで？》

「一緒に……すぐそばにいたのに、リンだけ……」

《あー。うん。大丈夫。てか、おれがタッキーのほう見ながらチャリ漕いでたのが悪いんじゃないかな。よく覚えてないけど》

「でも、ごめん……本当にごめん」

凛一郎が「ドンマイ、ドンマイ」のECを披露したが、かえって達雄くんは何度も目をぎゅっと閉じて涙をこぼし、声を詰まらせた。

亜夕美が、その達雄くんの背を撫でてやりながら言った。

「達雄くんね、もう何度もお見舞いに来てくれてるの。クラスメイトが作ってくれた折り鶴も持って来てくれたし」

《えー、そうなんだ。サンキュー。てか、タッキー、鶴折れんのすげー》

凛一郎が軽い調子で言うと、達雄くんも涙を拭ってちょっと笑った。

《ねえ、そこ、お父さんち？》

「うん、そうだよ」

《後ろにいる人たちは？》

室内にいるみなが玄関を振り返った。善仁くんと美香さんが緊張したように顔を強ばらせ、剛彦が怪訝そうにこう言った。

「みんな、そのゲームのキャラクターを凛一郎くんだと思って喋っているわけか？」

暢光もそうだが、一発でアバターを凛一郎本人と信じた亜夕美たちからすれば、苛立たしくなる言葉だ。とはいえ、常識的に考えれば剛彦の反応の方が正しかった。

「リン本人が、ゲームを通して喋っているんです」

達雄くんが、きりっとして告げた。

「入院中の凜一郎くんが？　どうやって？」

「脳波コントローラーじゃないかと思います」

凜一郎のアバターが「そう、それそれ」というECを披露した。暢光だけが口を一文字にしてつぐんだが、これに全員がどよめいた。

「このゲームの会社が、トッププレイヤーのために脳波コントローラーを開発しているというニュースがネットで流れたんです」

達雄くんが自信満々に口にし、剛彦をびっくりさせた。

「そんなものがあるのか。科学の進歩はすごいな。うちの病院にも一つほしい」

「アーちゃんも、ほしい」

明香里が話に乗っかり、凜一郎が「そう、それそれ」のECを再びした。

《あ、そっか。マ……お母さんの病院のお医者さんだ。隣にいる人たちも病院の人？》

「違います！　ぼ、ぼ、僕が、り、凜一郎くんを、車ではねました！」

突然、善仁くんが大声で告げ、凜一郎をふくむ全員をぎょっとさせた。

「貝原善仁です！　じ、事故を起こした者です！　本当にごめんなさい！」

狭い玄関で身をくの字にして何とか頭を下げる善仁くんの横で、美香さんも同様にドア枠に体をこすりつけるようにしてそうした。

「凪間美香です！　私も一緒に乗ってました！　私……ごめんなさい！　私……！」

善仁くんが顔を上げ、そっと美香さんの肩に手を置いた。その手を握り返しながら、美香さんが涙で濡れた顔をあらわにして言った。

「私が善仁に話しかけたりして……！　買ってもらったお誕生日のプレゼントをつけてるとこ見せたりして、調子に乗って……！」

「気を取られた、おれの不注意なんです」

善仁くんが遮ったが、美香さんはさらに声を上げてこう告げた。

「逃げようって……！　わ、私、善仁に、逃げようって言ったんです！　よ、善仁が事故を起こしたってことしか考えられなくて！」

「美香――」

「ごめんなさい……。でも……、善仁は、そんなこと出来るわけないって、早く助けなきゃって……。私……、本当に、ごめんなさい……」

美香さんの告白に、みながしばし黙った。

暢光は、そういうことだったのか、とようやく理解した。それで美香さんは病院に来るたびに、まるで自分が事故を起こしたかのように身をすくめていたのだ。

偉いなあ、善仁くん。暢光にとって、もはや事故の加害者というより、いち早く凜一郎の救助に駆けつけてくれた人、という気持ちだった。いや、実はそうなのだ。事故の現場にいて動ける人こそ、最も早く救助者になれるのだから。加害者なら、なおさらそうすべきだと善仁くんが思ってくれていたことが改めてはっきりしたし、おかげで暢光たち家族も救われる思いでいるのだ。そういう人だからこそ、警察に連れて行かれずに済んだんだと武藤先生も言っていた。まだ結論は出ていないとはいえ刑事罰は避けられないだろうが、善仁くんなら何があっても逃げたりしないはずだ。

それに美香さんも、善仁くんのことがもっと好きになったろうなあ。暢光は、ちらりと亜夕美を見て、自分とはずいぶん違うなあ、と思って落ち込みそうになった。

《そっか。おれと同じで、プレゼント買いに行ってたんだ》

凜一郎が言うと、善仁くんと美香さんが意外そうに画面を見つめた。

《なに買ったの？》

美香さんが洟をすすりながら、首元から細い鎖のネックレスを出してみせた。

凜一郎のアバターがカメラの映像に向かって、「いいね」のECを披露した。

《へー。おれもそういうの買えるようになりたいな》

「お母さんに？」

達雄くんが真面目な顔で訊き、亜夕美を苦笑させた。

「彼女作って贈んなさい。私にはカーネーションでいいから」

《あー、うん》

凜一郎が困惑した声を返し、「参ったね」のECを披露した。

「リン、彼女いないし」

明香里が「ぐはは」と笑い、「こら」と芙美子さんもたしなめつつ笑顔になった。雰囲気がずっと和やかになっており、善仁くんも美香さんも涙を拭いながら少しだけ微笑んでいる。剛彦だけ話の筋を見失ったようにきょろきょろしたが誰も気にしなかった。

暢光は、偉いなあ、と凜一郎に対しても思った。プレゼントの話題を出したのは、当たり前だが、今ここで善仁くんを責めることはしないという意思表示だ。自分だったら何を言っていいかわからなくなってただろうなあ。すごいなあ。

そう思ってますます気分が落ち込みかけたところで、明香里がわめいた。

「ねー、もうゲーム機、使っていい？」

「アーちゃん、ちょっと待って」

「これ、アーちゃんのだし。リーン、いつまでも寝てないで出てきなさーい！」

《おれだって出たいよ》

凜一郎の一言が、まさに次に話すべき問題を示唆していることにみなが気づいたらしい。

「そうよ。リン、自分が病院にいるってわかってる？」

亜夕美が訊くと、凜一郎がまた「参ったね」のＥＣをしながら言った。

《うーん、なんとなく》

「困ったねえ。ゲームに閉じ込められてるっていうのかい？」

芙美子さんが、真剣な顔で訊いた。

《どうなんだろ。出口はある感じするし》

「出口って？」

達雄くんが眉をひそめた。

「世界大会だよ」

暢光が、反射的に言った。このまま黙っていると自分の存在が忘れられるのではという妙な焦燥感を抱かされていた。

《そう。これ》

凜一郎のアバターが、壁の世界大会の広告に向かって、「そう、それそれ」のＥＣを披露した。

何度も同じ動作を見せられると、自由に動き回っているように見えて、実際はすごく不自由なんじゃないかと思い、暢光は不憫《ふびん》な気持ちにさせられた。

「今シーズンの大会が出口ってこと？　なんで？」

首を傾げる達雄くんに、凜一郎が言った。

《一緒に出たいって話してたじゃん。なんかそのせいでゲームの中にいる気がするの》

「ゲームやめられないの？　他のゲームはやれる？」

《ダメ。『ゲーレジェ』だけ》

「脳波コントローラー、『ゲーレジェ』のチャンピオン用に開発されたからかな」

凜一郎のアバターが、「そう、それそれ」のECを繰り返し見せた。

「わからないんだけど。なんでこのゲームから出るために何かしないといけないの？」

亜夕美が困惑顔で尋ねた。

《さあ。そんな気がするってだけ》

凜一郎が言うと、亜夕美が途方に暮れたように吐息をついた。息子のために何をしてやれるのか、皆目わからないのだろう。

「リンがそう思うなら、そうなのかも」

だが達雄くんは誰よりも早く理解を示し、そしてやはり適切な質問を口にした。

「どうやって参加するつもり？」

《頑張ってポイントとるしかないよね》

「ポイントって？　何かの条件まであるの？」

亜夕美が困惑のあまり、怒ったように訊いた。

「世界大会ですから……。ポイントも参加料も必要です」

達雄くんが首をすくめて言った。亜夕美が苛立った顔を頭上に向け、芙美子さんがその肩に手を置いて宥めた。

「お金はおれが何とかするから。ポイントは、みんなでゲームをして稼ごう」

暢光が、ここぞとばかりに発言したが、うなずいてくれたのは達雄くんだけだった。

他の面々は、話についていけないと眉をひそめている。

「ほら。リンが世界大会に出て活躍したら、たぶんその脳波コントローラーが解除されたりとかしてさ。リンが現実で目を覚ますってこと――」

「まずは開発しているゲーム会社に問い合わせるべきだな」

剛彦が、暢光を遮って言った。腹立たしいが、まっとうな意見である証拠に、亜夕美と芙美子さんがきわめて珍しくこの男に同意してうなずくのへ、暢光は慌てて言った。

「それは、そうするけど、リンの言う通りにしてやるのも大事だろ。だってリンにしかわかんないんだから。みんなでゲームをして――」

「ねー、アーちゃんのゲーム機ずっと貸すの？」

「違うよ。アーちゃんも、リンのために『ゲーレジェ』やってよ」

「はいはーい」

亜夕美がため息をついた。

「みんなで、このゲームをしろって言ったって、ゲーム機とかどうするの？」

暢光は、情けないことに、その点をまったく考えていなかった。

「えっと……この中で、ゲームやる人は……」

亜夕美と芙美子さんは、そんなわけないだろうというように無言で暢光を見つめている。剛彦がかぶりを振り、善仁くんと美香さんを見た。

「すいません……。事故で、いろいろとお金が必要で、売ってしまって……」

善仁くんが言い、美香さんと一緒に顔を伏せた。

「パソコンでもプレイはできますが……ハードだけじゃなくて、ソフトも必要です。最近は違法なシェアに厳しいですし」

達雄くんが真面目な調子で言い、それから凜一郎に向かってこう提案した。

「チームになって、ポイント譲ってくれる人、フレンドで募集するとか？」

《いるかなー、そんな人》

「事情を話したら……」

《信じてくれるかなー》

凜一郎のアバターが「参ったね」のECを披露した。

《とにかく、おれ、頑張ってポイント稼ぐよ》

「うん。僕も手伝う」

かと思うと、剛彦がだいぶ遅れてこう述べた。

「そうか。ゲーム機が必要だが資金がないのか。いくらかかるんだ？　私が出して――」

「けっこうです」

たちどころに亜夕美がきっとなってはねつけた。

「ゲーム機もソフトも、おれが全員分、何とかするから。だからリンのために協力してやってくれ。頼むよ」

「協力しないとは言ってないでしょ」

亜夕美が怒って返し、手にしたハンカチをたたんでポケットに入れ、明香里に尋ねた。

「アーちゃん。このゲーム機で、家に帰ってもリンと話せるの？」

「えー、わかんない。リーン、おうちでも話せるー？」

《たぶん大丈夫。ネットつながってれば》

「だってさ」

「このゲームをやってポイントっていうのを貯めればいいのね？」

《うん。一緒にやらなくてもいいし》

「じゃ、とにかくそうしてみましょ」

「賛成してくれるんだな？」

暢光が喜びで目をみはった。

「いまいち、よくわからないけど……リンが言うならやるわ」

亜夕美はそう言って、暢光を真っ直ぐ見つめ返した。

「こうしてリンと話せること、信じなくてごめんなさい。ノブが頑張って私に教えてくれなかったら、私、こうしてリンの声を聞けないままだった」

こんな風に亜夕美から見つめられるのも、ノブと呼ばれるのも久々で、暢光は天にも昇る心地好さを味わった。

「リンのためだ。善仁くんも美香さんも、お願い。ゲーム機はなんとかするから」

「僕でよければ……なんとか、中古の安いやつを探してみます」

「私も、凜一郎くんのために、なんでもします」

剛彦が、浮き浮きした様子で手を叩き合わせた。

「よし。みんなで凜一郎くんを楽しませるわけだな。亜夕美くん、頑張ろう」

「先生はけっこうです」

「ええ、なんで?」

「そんな暇ないでしょう。そろそろ戻らないと院長から怒られますよ」

「おっと、いけない。確かにそうだ。ではまた明日」

剛彦が亜夕美にだけ手を振り、さっさと玄関前から姿を消した。

亜夕美が立ち上がった。

「私たちも出ましょう。リン、またあとでね」

《はーい》

明香里がゲーム機を取る前に、達雄くんが素早く言った。

「リン、塾終わったらインするから」

《オッケー》

そうして亜夕美、明香里、芙美子さん、達雄くんが出て行った。善仁くんと美香さんは改めて玄関に立って暢光と凜一郎のライダーに向かって一礼して去った。

みんなが凜一郎と話せることを信じてくれたと思うと嬉しかった。何より自分が妄想の中で架空の息子と話しているのではないということには心底ほっとさせられる。

みんなで協力し合えばきっとポイントが貯まる。凜一郎を世界大会に送り込める。

ゲーム機やソフトや、あとビデオ・チャット用のカメラも買わないといけないが、それもこれも何とかしてやるさ、という強い気持ちがわいた。今度こそ正しいドアノブをつかんで開くぞ、と思いながら改めてモニターと向き合った。いつの間にかゲーム・ロビーに戻っていた。凜一郎はおらず、代わりに、エラー・メッセージが現れていた。

『ネットワークに接続していません』

暢光は眉間に皺《しわ》を寄せ、それからポケットWi-Fiに目を向けた。

慌ててコントローラーを手に取り、データ通信量設定画面を確認したところ、なぜか月間通信量制限いっぱいまで使われてしまっていた。

すぐにわかった。明香里だ。恐るべきはデジタル世代である。ポータブルのゲーム機で、動画か何か大きなデータをダウンロードしたに違いない。

「うわあああああ、ダメだよ、アーちゃん！　全部使ったらー！」

暢光は、凜一郎とのつながりが断たれたモニターを前に、頭を抱えて突っ伏した。

2

お金が足らない。もう、決定的に足らなかった。

ポケットWi-Fiを新たにレンタルしたものの、凜一郎が制作した練習用のゲームマップをダウンロードするだけで、かなりの通信量になる。今までは凜一郎や明香里と主にテキストでやり取りしていたから不自由を感じずに済んでいたが、これでウェブカメラでも導入しようものなら映像と音声のやり取りで膨大な通信量を持って行かれてしまう。

加えて、ゲーム機とソフトを用意する問題もあった。亜夕美の家には、凜一郎が使っていたゲーム機とソフトがあるが、「凜一郎が遊んでいたデータをいじってしまっていいのか？　ゲームの中の凜一郎に影響はないか？」という、答えのわからない疑念のせいで誰も触れることができないでいる。

芙美子さんも孫のためならゲーム機の購入費を出すと言ってくれたらしいが、亜夕美が拒んでいた。次の給料日に自分用のを買い、それまでは明香里の携帯ゲーム機で明香里と一緒に、凜一郎とやり取りするというのである。

こんなにお金に悩むなんて。暢光は生まれて初めてと言っていいほど、お金について必死に考えた。完全な文無しというわけではなく、銀行口座の一つには三百万円ほど最後の起業資金が眠っている。だがもしそれを使いきったら？　生活用の口座にだってそんなに蓄えはない。両方の口座が空っぽになればホームレスになるしかない。

自分がこんな風に困るなんて想像もしてこなかった。ちゃんと考えていたつもりだったのに、何も考えずに生きてきたのと一緒だ。

慌ててフード・デリバリーのほかにも警備のバイトをするようになったが、ものすごい時間を取られてしまう。仕事中に暇だからといってゲームをやれるわけではない。いや、実を言うとやれるのではないかと安易に考えていたが、そんなことはなかった。

凜一郎のためにみんなでポイントを稼ぐには初期投資が必要だ。そのために食費まで削ることにしたが、現実には、まともに通信料を払うことすらできそうにない。

ドアが開かないなあ。ノブに鍵がかかってるみたいだ。

暢光は、アパートの前の川沿いのベンチに座り、夕暮れの空を眺めながら、コンビニで買ったおにぎりを、晩ご飯として少しずつかじるうち猛烈に泣きたくなった。

稼ぐことがこんなに難しいなんて。日本の労働者が貧しくなった、なんてネットのニュース記事で読んだけど。そのせいかなあ。いや、自分の場合、たぶん別の問題もあるんだろうなあ。それが何であるのかわかればいいのに。いや、大勢から指摘されてきた気もする。だがそれは、どうしたって直せないものなのかもしれない。

暢気なノブくん。

自分では必死にやっているつもりなのに。気づいたら目の縁に涙が溜まっていた。おにぎりの最後の一口を食べて涙を拭ったとき、携帯電話が鳴った。武藤先生からだった。

「もしもし。暢光です」

《あー、ノブくん。ちょっと報せたいことが二つあってね。良い話なのかどうか、ちょっとわからないんだが。今いいかい?》

良い話じゃないんだ。やだなあ。聞きたくないなあ、と思いながら暢光は言った。

「はい。聞いてます」

《一つは、相手に執行猶予がついた》

「相手って誰です?」

武藤先生の、「今の聞いたか?」と誰かに向かって訴えるような唸《うな》り声が聞こえた。

《まったく、もう……お前さんから金を騙し取った、例のカーシェア詐欺の悪党だよ。まさか執行猶予がつくとは思わなくてね。検察の追及が甘かったんだな。だいたい、お前さんが刑事告訴に消極的なことを言うからだよ》

「すいません。お金を取り返すのは警察の仕事じゃないって先生も言ってましたし」

《そりゃ弁護士の仕事だからね。なのになんで民事で訴えようともしないの。そんな簡単に許しちゃう人、お前さんくらいだよ》

「許したわけではないんですが……、よくわかってなかっただけだと思います」
《いやもう、とことん暢気だね》
「すいません」
《私に謝ってもしょうがない。もう一つの話だけどね。ノブくんに会いたがってるとさ》
「誰がですか？」
《執行猶予で出てきた、君を騙した人》
一瞬、何を言われているのかわからなかった。そもそも、なんて名前だっけ。ユースケくんと呼んでいたけど――ああ、そうだ。反町裕介《そりまちゆうすけ》くんだ。
「えーと……ユースケくんが、何の用でしょう？」
《相手方の弁護士が言うには、君に感謝してるみたいだというんだな》
「えっ？　なんでですか？」
《先日、母親が亡くなったそうなんだ》
「ええっ？」
《末期癌《がん》だったらしい。執行猶予がついたおかげで母親の最期に立ち会えたそうだ》
「そうですか。それは……悲しいけど、良かったですね」
《ふむ……お前さんのそういうところは、全部が全部、否定すべきじゃないのかもしれんと思わされるな、ノブくん》
「はあ……」
《日時と場所の候補をいくつかもらったから、対応出来るところを教えてくれんか》
暢光は、武藤先生が口頭で並べた日時のうち、フード・デリバリーと警備の仕事の合間の時間帯を選んだ。場所はどれも近所の公園で、自転車で十分いける距離だった。

《普通、加害者と被害者が直接会うなんて絶対に防ぐべきなんだが、どうも今回はおかしなことになってるらしい。ま、念のため、私が公園の外にいるよ》

「一緒にいるんじゃないんですか？」

《どうも、そうしない方がよさそうだ。正直ねえ、こんなの初めてだよ。お前さんと付き合うと、お父さんとは違う何かに出くわすね》

「すいません」

《私に謝ったってしょうがない。じゃ、指定の日時に遅れないようにね》

暢光は、遅れなかった。暢気でいい加減だと思われがちだが、約束を破ったことは物心ついてから皆無といっていい。守るのが当然だと思っているし、守れなかったらどうしようと不安になるので、約束の午後三時の一時間前にはフード・デリバリーの仕事を切り上げて指定の公園のベンチに座っていた。

公共のＷｉ－Ｆｉの途方もなく遅い通信速度に辟易しながら『ゲーレジェ』の攻略サイトを眺めるうち、すぐ隣に、どたっと音を立てて若い男が座った。

暢光は咄嗟に、誰かが倒れ込んだのかと思い、大丈夫ですか、と声をかけそうになった。それほど、虚脱した感じの座り方だったのだ。

「ユースケくん？」

相手をまじまじと見つめた。暢光より十歳も若い彼は、記憶の中では利発で明るく振る舞っていたはずだが、今はずっとくたびれて険しく、そして陰鬱な顔をしていた。

「あそこから、手、振ってたんだけど」

公園の出入り口のほうを指さしながら、腕も首もベンチの背もたれに預けるようにして、反町裕介が言った。色褪《いろあ》せたデニムの上下に、しわしわのシャツ、ごつい染みだらけのブーツという出で立ちで、リュックサックを肩にかけている。まるで暢光より一足早くホームレスになり、くたびれ果てて生きるすべも目的も失ったという感じだ。

「ごめん、気づかなかった」

「相変わらず、全然なんも見てないのな」

裕介がだるそうに言い、疲れを訴えるようなため息をこぼしながら、肩にかけていたリュックサックを自分の膝の上に置いた。

「お母さんのこと聞いたよ。残念だったね」

暢光は、なんだか可哀想になって言った。

裕介が、何も見ていない目を宙へ向け、小さくうなずいた。

「なんで、訴えなかった？」

「訴える？」

すると裕介が、「誰か聞いてくれよ」という感じの、武藤先生がするのとよく似たため息をこぼした。

「警察に通報したくせに。刑事だけじゃなくて、民事でも訴えるだろ、普通」

「ああ。ごめん」

「なんで謝るんだよ」

「弁護士にも同じこと言われたばっかりで」

裕介が足下に目を向け、掠れた吐息をもらした。

「あんたやっぱ変だな」

嘲笑《ちょうしょう》するのではなく、おかしな冗談を聞いて噴き出しそうになったというようだ。暢光はその横顔を覗き込んで尋ねた。

「なんで、会いに来たんだい？」

「母ちゃんが死んだ」

自分のブーツの先を見ながら裕介がぽつっと言った。

「檻《おり》の中にいたら最期に会えなかった」

「会えてよかったね」

「あんたに全然やる気がないおかげだって弁護士に言われたよ。普通、檻の中だって」

「うん」

そこで裕介が、じろりと暢光をにらむように見た。

「見舞い品なんか送りやがって」

「ああ……そうするものだってネットで見て」

「おれにやるなよ。下着とまんじゅうって、どんな組み合わせだよ」

その点でも、武藤先生から似たようなことを言われたな、と暢光は思い出した。被疑者にやることじゃないんだよ、と呆れられたっけ。

「あんたと母ちゃんのせいで、誰も騙せなくなっちまっただろ」

「え？　なんで？」

裕介は答えず自分のブーツに目を戻し、リュックサックを自分の膝から、暢光の膝の上へと、放り出すようにして置いた。

「おれから受け取ったなんて絶対に誰にも言うなよ。こっちの弁護士も、そっちのも、見ないふりするってことで話がついてんだ」

暢光は眉をひそめてずっしりと重いリュックサックをちょっと開いた。コンビニのポリ袋に包まれた四角いものがいくつも入っている。ポリ袋越しに、札束だとわかった。

「何このお金?」

「何じゃないだろ。あんたのだよ」

それでやっと暢光は、裕介がお金を返しに来たんだと理解し、びっくりした。

「こういうお金って、普通は返さないって聞いてたけど。犯罪の証拠になるからって」

「そりゃそうだ。ていうか、口にすんな。おれが返したんじゃなくて、事務所の机に入れっぱなしになってたってことにしろよ」

暢光は、草っ原のプレハブを思い出した。ああ、あそこにあったことにするのか。

「わかった。じゃあ、拾ったことにして警察に届ければいいかな」

「馬鹿、いいわけねえだろ。あんた、弁護士から話を聞いてないのかよ」

裕介が手を頭に当て、身をくの字にして言った。言葉は乱暴だが、その口調は呆れているというより、面白い冗談を聞いてしまって笑いを噛み殺しているという感じだ。

「拾ったなんて言って、一割しかもらえなくなったらどうすんだよ」

「あ、そうか」

裕介がふーっと息をついて座り直した。どう言ったらこいつに通じるだろうと思案するように暢光を眺め、やがて睨むような目つきになって、こう言った。

「誰にも言うな。言ったら取り返しに行くからな」

「う、うん。わかった。でも君だって、お金が必要なんじゃないの？」

「自分の金はあるよ。てか、遺産てことになったし」

「遺産？」

「母ちゃん、おれが送った金、一円も使ってなかったんだ」

そう言って、うつむいた。

「お母さんにお金送ってたんだ。偉いね」

暢光は感心して言った。自分はそんなこと一度もしたことがない。だが裕介はとても自嘲的な雰囲気になって、かぶりを振った。

「笑えるっての。その金、おれが受け取ってるし。これって、すげえマネーロンダリングじゃね？　笑うだろ。な」

だが暢光はまったく笑う気にならなかった。心から気の毒になって黙っていた。

「おれが悪いことして稼いでたの、わかってたんだ……母ちゃん」

裕介が呟き、口を引き結ぶようにして閉じた。

そっか、と暢光は思った。お母さんにお金をあげたかったんだ。

ふと、凜一郎の言葉を思い出していた。

――おれと同じで、プレゼント買いに行ってたんだ。

そっか、とまた思った。同じなんだ。そして思考が飛躍した。裕介は利口だ。ただ才能を悪いことに使ってしまっただけで。その裕介が仲間になってくれたら心強いに違いない。

おそろしく素直にそう考えた暢光は、裕介にこう尋ねた。

「君、ゲームとかする？」

裕介が怪訝そうに顔を上げた。

「ちょっとはするけど、ほとんど、連絡用に使ってたよ。パクられたらフレンドゼロになってたけど。もともと仲間なんかじゃなかったし。清々《せいせい》したな」

裕介が本当にすっきりしたというように言った。何の連絡かは薄々想像がついた。それはともかく問題はゲームを知っているかどうかだ。

「『ゲーレジェ』はやる?」

「ああ……最近やってないけど。ていうか、なんでゲームの話なんかしてるんだ?」

「息子が、事故に遭ってさ。ゲームの大会に出場すれば、なんていうか……また元気になるって言ってて。でも出場するためのポイントが足らないんだ」

暢光は、とても大まかに説明したが、裕介はすんなり理解してくれた。

「チームに入って、あんたの息子にポイント分けろっての?」

「そう、それそれ」

暢光は相手の理解の早さに嬉しくなって、ついゲーム内の「そう、それそれ」のECを真似し、裕介にじとっとした目つきを返された。

「気が向いたらやってやるよ。IDは?」

「K、N、O、B、7、7。メールで送ろうか?」

「そんな簡単なID、もう覚えたよ」

裕介が呆れ顔になったが、暢光は感心して言った。

「やっぱ利口なんだねえ。これからは良いことに使わないと」

「あんたこそ少しは利口になってくれよ。頼むから」

なぜ頼まれるのかわからないが、暢光はうなずいた。

「じゃ、行くわ」

裕介が大儀そうに立ち上がった。

「元気でね、ユースケくん。お金、ありがとう。これ、すっごく助かるよ」

暢光が言った。裕介は、口を開いたものの何も言い返さなかった。ただ小さくうなずき、ぞんざいに手を振って立ち去った。

3

裕介が去ってすぐ、武藤先生が来て暢光の前に立った。

「けっこう話し込んどったね。大丈夫だったかい？」

「はい。お母さんの話とかしてて」

暢光が立ち上がり、頭を下げた。

「先生、ありがとうございます」

「今回ばかりは、何のありがとうも言われる筋合いはないな。こんなの初めてだよ。ま、その暢気な性格も、悪いもんじゃないってことかね。いや、大したもんだ」

武藤先生から誉められ、つい嬉しくなって言った。

「あ、そうだ。先生、ゲームってやります？　実は――」

「やらないね。そんな暇あるかい」

「一緒にやってみませんか？」

「何言ってんの。やらないよ。それよりそのお金、今度こそ無駄にするんじゃないよ。盗まれるといけないから、今すぐ銀行に預けよう。ほら、来なさい」

武藤先生に言われて、自転車を手で押しながら近くの銀行に行き、ATMでせっせと入金した。残高がみるみる増えていき、喜びと安心で涙がにじんだ。

ああ、よかったなあ。これでゲームが出来る。リンのチームが作れる。そう思い、最後の札束の一部を入金せず、財布に入れるところを武藤先生に見咎《みとが》められた。

「なんだい。もう買い物する気かい?」

「リンのために、みんなでゲームをするんです。亜夕美も賛成してくれてます」

そう言いながら、今度こそ正しいドアを開いてみせるという意気込みがわいていた。

「ゲーム? ふうん。亜夕美さんが賛成しているならいいだろう。じゃ、私はこれで。とにかく、もうしくじらないでくれよ」

「はい、ありがとうございます」

武藤先生と別れた暢光は、自転車に乗って大型家電量販店に行き、必要と思われるものを片っ端から手に取った。ポータブルのゲーム機は品薄らしく、据え置きの箱形のゲーム機とソフトを人数分揃えようと思った。やる気が出そうな、かっこいいカラーリングのコントローラーを自分用に買おう。ビデオ・チャットのためのウェブカメラも。そうだ、通信の契約も新しくできるぞ、と思ってWi-Fiのルーターも買うことにした。

あまりにレジの台に商品を山積みしたため、店員から転売目的ではないかと疑われてしまい、品数を制限されてしまった。ただ、調子に乗って自転車で運べないくらい買ってしまうところだったので、かえってよかったと暢光は思った。

小分けに紙袋に入れた品々を、馬鹿でかい丈夫な紙袋にまとめてもらい、それを自転車の荷台にしっかりくくりつけ、意気揚々と病院へ向かった。

買ったばかりの品を両手に抱え、面会時間ぎりぎりで病室に入った。凜一郎のベッドの周囲に、芙美子さん、明香里、善仁くん、美香さんがいて、みな暢光を見て目を丸くした。

暢光は、彼らではなく眠れる凜一郎を見ていた。包帯とガーゼが取れているのだ。まだ顔に痣《あざ》と瘡蓋《かさぶた》が残っているが、少なくとも外傷が癒えていることが嬉しかった。

「これでゲームが出来るよ」

暢光は誇らしげに大きな紙袋を置いてみなへ言い、ゲーム機とソフトの入った小分けの紙袋を取り出した。

「あの、今、お金がなくて」

申し訳なさそうに言う善仁くんの手に、暢光はぐっと紙袋を押しつけた。

「大丈夫。おれが用意するって言ったでしょ。ほら、美香さんも受け取って」

暢光の勢いに押されるようにして握らされた紙袋に、美香さんがぽかんとなった。

「事故で謝りに来てるのに、ゲーム買ってもらっちゃった」

明香里がぱっと立ち上がってわめいた。

「アーちゃんもほしい!」

暢光はにっこりしてうなずいた。

「アーちゃんのもあるよ。芙美子さんのも」

芙美子さんが目を丸くしたまま立ち上がった。

「あたしのも?　ちょっとノブくん、あんた、そんなお金どうやって――」

そこへ、亜夕美がつかつかと部屋に入ってきて、開口一番、暢光に鋭く訊いた。

「ナースたちから、あなたが何か運び込んだって聞いたけど、何？」

「ゲーム機だよ。こないだ話しただろ――」

「それで借金するなんて馬鹿でしょ。返してきなさい」

亜夕美の厳しい態度に、善仁くんと美香さんが、そっと紙袋を床に置いた。

「違うんだ。お金が戻ったんだ。その、武藤先生と一緒に……取りに行って」

「先生と？　取りに行くって、どこかにお金があったわけ？」

急に亜夕美の態度が軟化した。武藤先生も亜夕美も、それぞれの名前を暢光が口にするだけで、ならいいか、という感じになるのだ。釈然としないが暢光はすかさず言った。

「そう。全額返ってきたんだよ。だから、大丈夫。リンのためにみんなでチームを作るんだ。チーム・リンを――」

だが亜夕美はすぐさま厳しさを取り戻し、峻烈《しゅんれつ》な口調で遮った。

「何言ってるの？　だからって、こんな無駄遣いがリンのためになるわけ？」

「無駄じゃ――」

「リンを介護療養型病棟に移送することが決まったわ」

「え……」

「これからの医療費と介護費がどれくらいかかるかわかってる？　養育費の支払いもろくにできないくせに。だいたい、ゲームの会社に問い合わせても返答はないし。脳波コントローラーなんてエイプリルフールのネタだなんてネットには書かれてるし。確かにリンと話せるみたいだけど、みんなでゲームなんかやったって、なんの意味があるの？」

「亜夕美！」

芙美子さんの一喝で、亜夕美が黙るだけでなく、全員がびくっとなった。峻烈さでは芙美子さんのほうがはるかに上なのだ。

その芙美子さんが手首の数珠《じゅず》を外して握り、びしっとした調子で言った。

「この人は馬鹿だけどね、善い馬鹿なんだよ。今は、この人の言うことを聞きな。この善い馬鹿が、リンの心を現世につなぎ止めているから に違いないんだ。そうでなきゃ、ゲームの中で話せるなんてこと起こらないだろ。それに、せっかくリンが心からの願いを教えてくれてるっていうのに、それを叶えてやらないなんて残酷じゃないか。リンは出口はあるって言ったんだ。きっとあたしらにはわからない霊感があるんだ。信じてやらなきゃ」

叱られている亜夕美だけでなく、暢光も善仁くんも美香さんも、芙美子さんのスピリチュアル全開の言葉にはちょっと引きつつも不思議と納得させられる雰囲気になっていた。

「リンをゲームの中に入れてるのパパなの？」

明香里が、我が父の意外な力を知ったというように驚嘆を込めて訊いた。

「え、いや、違うんじゃないかな。たぶん」

芙美子さんが、じゃらっと数珠を鳴らす音で、暢光も明香里も口をつぐんだ。

「あたしもやるよ。その……なんだっけ。世界大会っていうゲームをね」

「それは大会のことで、ゲーム名は――」

芙美子さんがうるさそうに手を振り、小分けにされた紙袋を持ち上げて言った。

「なんでもいいから、やり方を教えておくれ」

4

暢光は、生まれ変わった我が四畳半の自宅をしみじみと眺めた。

見た目には大して変わっていないが、卓袱台の上にはモニターに接続されたゲーム機とウェブカメラとマイク、さらには素敵なカラーリングのコントローラーがあり、全てがネットにつながっている。グレードアップ感が漂う部屋に、暢光は満足した。

回線設置のための工事もあったし、みんなで同じ日時にインするための調整もせねばならず、準備を整えるのに何日もかかってしまった。暢光も、お金が戻ってきたからといって仕事をさぼることなく、フード・デリバリーと警備の両方の仕事を続けていた。凜一郎の治療に、お金が必要になるからだ。

交通事故の被害者の会に相談したところ、植物状態の患者の治療と介護には、平均して一億円近くかかると教えられた。とんでもない額だ。「離婚されたほうに支払義務はないんだがね」と武藤先生に言われたが、そんなこと言っていられる場合じゃない。

いずれ凜一郎の肉体は専門の病棟に移される。目覚めぬ人々がただ横たわる場所に。そう思うと胸が張り裂けそうになるが、今はその思いを希望につなげられる手段があった。

もちろん世界大会に出ても、本当に凜一郎が現実に帰ってくるのかどうかもわからない。だが芙美子さんの言う、凜一郎の心をつなぎとめている何かがあるのは確かで、それがたった一つのゲームに結びついているのは事実なのだ。『ゲート・オブ・レジェンズ』に。

みんなで凜一郎を呼び戻す。芙美子さん流の考え方をすれば、ゲームはそのための儀式だった。

全力で魂を呼び出す儀式。亜夕美も今ではそう割り切っている。

だが暢光にとっては儀式というより、単純に信じたい気持ちのほうが強かった。凜一郎が帰ってくるということだけではない。凜一郎を大会に送り出せること。そこで凜一郎が活躍できること。そして、もしかすると——勝てること。

素人にはとても無理なのは世界のトッププレイヤーの配信動画を見れば一目瞭然だ。それでも奇跡が起きれば世界何十位くらいにまでは上り詰めることができるかもしれない。

そう信じること、信じられることが大切だった。凜一郎にとっても、自分にとっても。

暢光は深呼吸し、棚の上のジェダイのフィギュアに向かって手を合わせた。最近はそうすると良いことがある気がするのだ。それから卓袱台の前に座り、颯爽とした手つきでゲーム機を起動した。ログインも大変スムーズだ。

『ゲート・オブ・レジェンズ』がプレイ可能な機材はいくつもあった。携帯できるポータブルゲーム機や、据え置きの箱形のゲーム機など、複数の大手ゲーム開発企業が販売するものなら、どれを使っても暢光や凜一郎とともにプレイできる。

だが中でもゲーミングPCと呼ばれるゲーム専用パソコンを使おうとは思わなかった。高額だからというだけでなく、パソコンの専門知識が必要になるし、別売りの専用コントローラーからして一般のゲーム機のそれよりも構造が複雑になりがちだからだ。暢光をはじめ、今日集うはずの人々の誰も、そんなものを扱える自信はなかった。

何より、世界トップレベルのプレイヤーの多くがパソコンを使わず、一般的なゲーム機でプレイするのだという。ならば一般のゲーム機でいい、というのが暢光たちの結論だ。仮想現実を味わえるVRゴーグルも、同じくトップレベルのプレイヤーで使っている者がおらず、素人がかぶったところで有利になるとも思えないので、購入を見送った。

ただ暢光は新品のコントローラーの手触りを味わいながら、これだけは確かに無駄遣いだったかな、と反省した。でもこのカラーリング、かっこいいよなあ。ジェダイだって自分だけの武器を持ってるんだし。やる気が出るんだから無駄じゃないよな。たぶん。

そんなことを思いつつゲーム・ロビーに入り、フレンドの欄を確認したところ、かつてない数のIDがずらっと並んでいる。今日その全員が、暢光が設定した「TEAM RINGINGBELL」に参加するのだ。

凜一郎は、どこかのマップにいるらしい。事故からずっと、遊んでいるというよりゲーム修業を続けているのだ。順位もポイントも確実に上がっている。世界でなんと八千位、日本サーバーでは千位まであと少しだ。中学生でこの成績は相当すごいんじゃないだろうか。自分の世界百何十万位という絶望的な順位を見るにつけ感心させられる。

「おーい、リン。聞こえるか」

呼ぶと、ゲーム・ロビーに凜一郎のアバターが現れた。スキンがまた新しくなっている。百人が同時に戦い合う、バトルロイヤルというゲーム・モードで一度でも一位をとった者に与えられるバッジが当然のように胸についていて、さらに暢光を感心させた。

《はーい、パパ》

「今日から仲間が来るぞ。チーム・リンだ」

《あー、うん》

やけに気のない返事だった。

「どうした？　嬉しくないのか？」

《おれ一人じゃ、ポイントも稼げないんだなって》
「何言ってるんだ。一人で稼いでる人なんていないだろ、絶対。お前が大好きなマシューさんだって、チームを作ってるって記事で読んだぞ」
暢光は携帯電話を取り、手早く検索してその記事を見つけた。
「お、あったぞ。えー、マシューさんが言うには、ポイント・システムってのは上手な人だけが楽しめるゲームにしないようにするためのものなんだってさ。チームを作って、いろんな人が仲良くプレイすることで、世界大会も盛り上がるんだって言ってるぞ」
凜一郎のアバターが、「参ったね」のECを披露した。
《へー。そっかあ。マシューさんらしいね》
「だろ？　マシューさんみたいに頑張ろう」
《うん》
急に明るくなった凜一郎の声に、暢光は胸をなで下ろした。チーム作りのために奔走したのに、まさか拒まれるとは。母親譲りの独立不羈《どくりつふき》の精神に恵まれているのはけっこうなことだが、これぱかりは感心するというより、ひやひやさせられる。
「チームへのお誘いはもうみんなに送ってあるから。おれが作ったマップに来て」
《はーい。移動する》
ふっと凜一郎のアバターが消え、暢光も自作のマップへアクセスした。といっても無料で使えるマップに、みんなが集まれるよう広場をちょっと大きくしただけなのだが。
暢光がそのマップに移動したときには、すでに全員集まっており、あちこち動き回ったり、街路樹に向かって武器を振り回して試したり、ECで挨拶したりしていた。

「みなさん、本日はお集まり頂きありがとうございます」

暢光が言った。全員が振り返り、マップに現れた暢光を見つけて近寄ってきた。キャラクターの頭上にはＩＤが表示されており、誰がどのロールを選んだか一目瞭然だ。

凜一郎は、最も軽快に動けるライダーの青年でＩＤは『ＲＩＮＧＩＮＧＢＥＬＬ99』。

達雄くんは、凜一郎と同じ軽装のライダーの青年でＩＤは『ＴＡＣＫＥＹ22』。

暢光は、最も平均的である代わり、射撃動作だけは最も速いノーマルの男でＩＤは『ＫＮＯＢ77』。

亜夕美は、強そうだからと見た目で選んだ、ごつい鎧姿のアーマーの男でＩＤは『ＷＡＬＫＥＲ33』。

明香里は、ライダーの女の子版でＩＤは『アカリンだいばくはつ55』。

芙美子さんは、仲間の体力を最も早く回復できるガーディアンの女でＩＤは『ＦＵＵＭＩＮＮ01』。

善仁くんは、暢光と同じノーマルの青年でＩＤは『ＹＯＳＳＹ66』。

美香さんは、ライダーの娘でＩＤは『ＭＩＫＫＩＳＳ88』。

この八人に加えて、さらに三人がいた。

いちいち亜夕美にくっついてこようとする剛彦は、銃と大きな剣が合体した武器を使うソードマンの青年でＩＤは『ＤＲ．Ｔ11』。

亜夕美から話を聞いて参加を決めてくれた武藤先生は、選択肢が多すぎてよくわからないという理由で選んだノーマルの男でＩＤは『ＯＫＵＴＡＭＡ44』。

そして、数日前に暢光にフレンド申請してくれた裕介は、かなりしっかりスキンを調えたソードマンの男でＩＤは『ＹＯＵＴＨＦＵＬ10』。

全部で十一人。ＩＤにつける数字も、混乱しないよう全員違うものにしている。サッカーのイレブンみたいで、全員仲間だと思うと心強いことこの上ない。

ちなみに、チームの人数の上限は十二人で、プレイ中に互いの体力を回復し合ったり、獲得したポイントを最大七割まで仲間に譲渡できる。またこのゲーム独自のルールとして、累計ポイントが一定以上の上位プレイヤーは、チームの人数を最少で四人にまで制限される。

これも「上手いプレイヤーだけが楽しめるゲームにしないため」らしい。この点、ポイントがゼロの者が大半であるため制限を心配する必要はなく、最初から上限ぎりぎりまで人を集められたのは大変喜ばしいことといえた。

なお、一人が複数のチームに参加することも累計ポイントによる制限を受けない限り可能だ。実際、凜一郎も達雄くんや学校の友だち同士のチームに入っている。だが「みんなおれだと思わないんだよね。アーちゃんがプレイしてると思ってて、おれやアーちゃんのこと可哀想がっててやりにくい」というわけで、そちらではプレイしていないらしい。

今、凜一郎が頼れるゆいいつのチームのメンバーを前にして、暢光はあらかじめ用意しておいた開始の挨拶の言葉を口にした。

「チーム・リンへのご参加、心から感謝申し上げます。リンが世界大会に参加できるよう、みなでポイントを稼ぎたいと思います。まずはどのキャラが味方か覚えて下さい。ゲームのモードによっては同士討ちできてしまいますから。えー、今、手を上げたのが暢光です。ＩＤの数字も見わけやすいようにしましたが、他のプレイヤーと間違えないよう――」

そこでいきなり明香里が、凜一郎の顔へ射撃を始めた。今のマップではキャラクター同士で攻撃してもダメージを受けないよう設定しているのだから、ただのいたずらだ。
《ぐははは、寝ぼすけ起きろー》
《アーちゃん、おれFPSにしてるから、エフェクトで見えなくなるでしょ》
凛一郎がたしなめた。FPSとはファースト・パーソン・シューティングの略、いわゆる一人称視点のことだ。このモードを選ぶとキャラクターの目でものを見るため、自分の両手や両足しか見えなくなる。エフェクトとは、銃火や効果音や爆発といったゲーム内での演出のことだ。明香里に撃たれて、凛一郎の視界が火花で遮られたのだろう。
明香里がしつこく攻撃するので、凛一郎がさっと逃げたが、そのせいで鬼ごっこが始まってしまった。達雄くんも颯爽と参加し、三人で射撃練習をしている。
そこへなんと裕介が加わり、四人で攻撃やECを披露し合った。気づけば善仁くんや美香さんも木や植木鉢を撃ったりして練習を始めている。
《ひゃあ大したもんだねえ。こんなにボタンが多いのに、よく間違えずに動かせるよ》
《昔のゲームに比べてレバーもボタンも倍以上もありますからな。大した進化だ》
芙美子さんと武藤先生が、動き回る凛一郎たちの様子にしきりと感心し、
《本当にねえ。絵もすっごく綺麗だし。ディズニー映画でも観てるみたいで素敵だけど、もう少し画面から遠ざかりたいわね。コントローラーの線、長くならないかしら》
《わかります、芙美子さん。私など、うっかり線が抜けたらと思うと不安で、画面にやたらと顔を近づけてしまいますな》
などと話すのを聞いた亜夕美が、すぐに世代間のギャップを埋めにかかった。
《お母さん、先生、それ抜いていいやつよ。充電用なんだから》

《え、そうなの？　へええ、無線で動いちゃうの。すごいねえ》
《試しに抜いてみよう。ふむ、プレイするにはなんとかボタンを押せと？　これか？》
《こっちも出たわ。はい、押しました。あらあら！　動いちゃう！》
《動く動く！　つないどらんのに！　すごい進化だな！》
おかげで芙美子さんと武藤先生までもが、その場でぐるぐる回転しつつ、しゃがんだり立ったりした。操作が下手な人ほど、ロボットみたいな動きになるのだ。
その芙美子さんのガーディアンへ、剛彦のソードマンが駆けていった。
《亜夕美くんは、この女性かな？》
すると芙美子さんが、たまたま仲間の体力を回復するための操作をしたらしく、ガーディアンが光をまといながらソードマンを振り返った。
《いいえ、母親の芙美子ですが》
《うわ、これは失礼。なんだか神様みたいですぞ、お母さん。はて、亜夕美くんは——》
《先生、私はここで斧を振ってます》
亜夕美が、立ったりしゃがんだりしつつ、でかい斧をぶんぶん振り回しながら言った。
《えっ？　なんで男の姿なんだ？》
《ゲームですから男でも女でもいいでしょう。それで、ノブ？　どうすんの？　ここでプレイしてポイントを稼げばいいわけ？》
「いや、ポイントはこのマップじゃ稼げないから、モードのどれかでプレイしよう——」
《ねー、パパ……じゃなくてお父さん。この人、お友達？》
凛一郎が、明香里や達雄くんと一緒に、裕介と軽快なＥＣを交わしながら訊いた。

「あ、うん。ユースケくん。パパとお仕事してたんだ」
裕介が、「そう、それそれ」のＥＣを披露した。こちらの声が聞こえている証拠で、ボイス・チャットもオンになっているが、プレイ中は無言でいたいらしい。通報した亜夕美や、暢光の弁護士である武藤先生がいるのだから、気まずいのかもしれない。
《お仕事って……。ノブらしいわ》
あらかじめ裕介の参加を聞かされていた亜夕美が、ぼそっと呟いた。
《まったくなあ。事件の原告と被告になってたはずの人間同士がゲームやってるなんて初めてだよ。事故の加害者と被害者も一緒になってねえ。確かに、ノブくんならではだ》
武藤先生が訝めるとも呆れるともつかぬ口調で言い、
《それで、モードが何だって？　どこに行けばいいんだ？》
まだぐるぐる回り続けながら言った。なんだか自分の尻尾を追いかけるワンちゃんみたいだなと思いながら、暢光はみなへ指示した。
「えー、みなさん『チームでプレイ』のコマンドを選択しましょう。ゲーム・モードの選択画面になりますから、『チームでバトルロイヤルだ』を選択して下さい。いいですか。そうすると、一般のプレイヤーも集まるゲーム・ロビーに入ります」
みなが次々に消えていった。暢光もゲームを選択し、ゲーム・ロビーに参加した。
《よしよし、できたよ。『チームでフラッグバトルだ』でいいんだね》
芙美子さんが自信たっぷりに言った。
「えっ。違います。『バトルロイヤル』です」
《お母さん。選択し直して。それ、私たちと違うゲームだから》

《えっ。あれっ？　ゲームスタートって言われちゃったよ》
《なんだい。芙美子さん迷子かい？》
武藤先生が、またその場で回転し始めた。その場にいない芙美子さんを捜しているのだ。
「えーと、芙美子さん、ゲームが始まったら、モード選択ボタンで『退室』を選択して、ゲームの選択画面に戻って下さい」
暢光が、芙美子さんに伝わるよう、ゆっくりとした口調で言った。
《はいはい。ごめんなさいね。こうかしらね。えー、チームで……》
「『バトルロイヤル』です。大丈夫ですか？　あと五秒で、ゲームが始まります」
《はい、よし、できた》
ぎりぎりで芙美子さんが合流してくれた。暢光はほっとして言った。
「よかった。さあ、始まります」
暢光の言葉の途中で、ロビーに巨大な扉が出現した。扉が開いて渦巻く光を放つと、ロビーにいる人々が光に吸い込まれて消えていく。
かと思うと、大きな島を、上空から眺める映像に切り替わった。その上空に先ほどと同じ扉が地面に向かって現れるや、それが開いて、吸い込んだ人々を一斉に放り出した。
よし始まるぞ。暢光は興奮を覚え、三体のジェダイのフィギュアをちらりと見上げた。どうか、チーム・リンの初陣《ういじん》を見守って下さい。
プレイヤーが向かう島は、全部で九つのエリアに分かれており、それぞれ森が広がっていたりSFチックな工場がひしめいていたりと、特徴的な風景となっている。

その広大な島の全てが、互いに自由に攻撃し合うバトルロイヤルの舞台となる。スタート時の持ち物は、着陸用のパラシュートと建設素材を採取するための道具だけだ。

着地した時点でパラシュートは消え、プレイヤーは建物や樹や岩を壊して、建設素材に変えるとともに、島のあらゆる場所に隠された武器やアイテムを手に入れて戦うのだ。

バトルロイヤルに参加するのは百人ものプレイヤーで、空中へ出るなり、さっそくパラシュートを開いて滞空《たいくう》し、どのエリアに多く人が降りるか見定める者がいるかと思えば、速度を上げて滑空し、いち早く島に降りようとする者もいた。

仲間が集まれるよう、ビーコンと呼ばれる機能で、好きな地点に光の柱を立てることもできる。

着陸地点は凜一郎に任せることにしており、凜一郎が着陸してすぐチームの集合地点を意味する黄色い光の柱が、西の「海賊船エリア」に現れた。

海岸に碇泊している何艘かの海賊船の中は種々のアイテムが豊富にある他、砂浜のどこかにランダムで出現する宝箱を見つければ、有用なレアアイテムが手に入るエリアだ。

暢光はそのエリアへパラシュートを開いて降りた。達雄くん、善仁くん、美香さん、裕介が同様にした。

《あれ。まだタッキーしか来ない》

凜一郎が、消したビーコンの光をまたつけた。

明香里が、集合地点を無視して北の「森の城エリア」へ飛んでいった。

《アーちゃん、お城好きなんだよね！》

「ちょっと、アーちゃん！　お城の方じゃないよ！　船がある方！」

《ぐはははー》

明香里が、暢光へ愛くるしくも猛々しい笑いを返し、森へ消えた。
《うおっ、落ちたぞ!?》
剛彦がパラシュートを開かぬまま、海賊船の甲板に、隕石《いんせき》のように激突した。パラシュートを使うタイミングを逸して落下するとダメージで体力はゼロになる。しかも剛彦は、じっとしていればいいのに甲板を這っていった。体力がゼロでも弱々しく移動することだけはできるのだ。そして、甲板の柵の隙間からさらに岩場へと落下してダメージが加わり、剛彦はその場でゲームオーバーになった。
《おう、なんてことだ。始まる前に終わってしまった》
芙美子さんが、パラシュートを開いた直後、南東の『火山エリア』の燃える溶岩に落ちた。
《あれっ、やだ！　焼けてる焼けてる！　ここに降りちゃいけなかったの!?》
悲鳴を上げる間にも、芙美子さんは溶岩に焼かれて体力ゼロに、そしてゲームオーバーになった。遅れて武藤先生が、島ではなく海に落ちてゲームオーバーになった。
《あっ。海だと死ぬのか、これ！》
亜夕美は、パラシュートを早く開きすぎたため、プレイヤーの中で最も遅く島へ降りてきた。そして凜一郎が示すビーコンの場所へ向かおうとしたところ、先に降りて素早く武器を手に入れた他のプレイヤー数人が、宙にいる亜夕美を狙い撃ちにした。
《あ、ひっどい！　こっちはまだ降りてもいないのに！》
亜夕美が憤慨するのをよそに、着地する前に撃ちまくられてゲームオーバーになった。
十一人中四人が、始まる前に終わった。
「集まって。みんな、早く集まって」

暢光が呼びかけ、明香里を除く他の面々が、凜一郎のもとへ集合しようとした。

《あー、まずい。ビーコン出し過ぎ。やばい、やられる》

凜一郎が慌てて光の柱を消した直後、攻撃が来た。暢光が彼方から飛来した狙撃《そげき》弾を立て続けに食らい、善仁くん、美香さん、裕介が、四方八方から攻撃を受けた。

凜一郎と達雄くんが、辛くも銃撃を避けて森へ逃げ、武器とアイテムを探した。

だが逃げ込んだ先には、すでに他のチームが、マップ上の素材を利用して砦を建て終えており、数人のプレイヤーが、凜一郎と達雄くんへ一斉射撃を浴びせた。

あっという間に、みんなゲームオーバーになってしまった。凜一郎が「まずい」と口にした通り、長々とビーコンの光を灯せば、誰もが暢光たちの集合位置を先読みし、待ち伏せして格好の餌食にしてしまえるのだ。

結果的に生き残ったのは、集合地点を無視した明香里だけとなったが、チームで戦う者が多くいる中、単独で生き残れるのはそれこそトッププレイヤーくらいだ。明香里は、武器とアイテムをしこたま手に入れたが、すぐに他のチームに包囲され、撃ちまくられてゲームオーバーとなった。せっかく手に入れた武器とアイテムは全てその場にばらまかれ、明香里を倒したプレイヤーたちに拾われてしまった。

《ねえ、ビーコンずっと出してなきゃダメ？》

凜一郎が、それじゃ勝負にならないというように訊いた。

「いや。もっと速く集まれるようにしよう。えー、みなさん、頑張りましょう」

そうしてその日は、二時間ほど、十一人でプレイを続けた。

十五回戦やって、全員が無事に着地できたのは半分だけだ。幸いにして集合地点を襲撃されずに済んだのは二回だけで、全員が集合できたためしは一回もなかった。
暢光自身、着地してから五分以上生き残れたことが一度もなかった。
誰も、凜一郎に譲れるポイントを稼ぐことすらできなかった。
最後のプレイのあと、裕介を除く面々が、疲れきった声を交わし合い、解散した。
暢光と凜一郎だけが、しばしゲーム・ロビーに残った。
《あのね、パパ。やっぱ、おれ一人か、タッキーとやったほうがいいかも》
暢光は、申し訳なさで胸を抉《えぐ》られる思いでうなずき返した。
「もうちょっとみんなで練習したら、一緒にやろうか」
《うん。一緒にプレイするのは楽しいよ》
「そっか、よかった」
《疲れたから、そろそろ寝るね》
「ああ。おやすみなさい」
《パパ》
「うん？」
《ありがとう》
そう言って凜一郎は、彼の寝場所であるマップへ移動し、暢光の画面から消えた。
暢光は、仰向けになって大の字になり、力なくジェダイのフィギュアを見上げた。徒労感と虚しさが、どこからともなく忍び寄ってきた。息子の期待に応えることも支えてやることもできないことが無性に悲しく、涙で潤む目をぎゅっと閉じた。

第四章　作戦開始　Let's start our plan!!

1

おれはものすごいゲーマーでも、物事がよくわかる人間でもないけど、と暢光は自分に前置きし、でもこれじゃダメだってことはわかるな、と思いながら、卓袱台のテレビモニターの画面を見つめた。

今夜もチームでのプレイを終えたばかりだった。かれこれ五回目で、到底、意欲的とはいえないプレイだ。一応、十一人全員が集まったものの、もっぱら凜一郎と達雄くんの二人と、一人で自由に振る舞う明香里と、残り八人に分かれてのプレイになった。

ときおり凜一郎と達雄くんが暢光たちのプレイに参加し、大人たちの悪戦苦闘にしばらく付き合い、基本的なアドバイスを口にすると、自分たちのポイント稼ぎのためのプレイに戻るという有様だった。明香里はチームに参加したかと思えば、「リンと遊ぶ方が上手くなる」と言って凜一郎がいるマップに移動して一緒に遊び、「なんか同じことしてると飽きちゃうよね」と言って、一人でミニゲームをしたりと気ままに振る舞った。

完全に凜一郎と達雄くんにとっては足手まといでしかなくなったチームをどうしたらいいか、

暢光にはまるでわからなかった。

それでも最初のプレイに比べ、みな操作のこつやマップを覚え、ゲーム開始時点でほぼ壊滅状態ということは、あまりなくなっている。だが練習を重ねるほどに、こんなのいわゆる「無理ゲー」だ、という気分がみなを支配していった。凛一郎を大会に出してやるための一般参加料を払うのはともかく、世界大会に参加するにはポイントが足らなすぎる。

武藤先生などは、早々に現実を悟り、暢光にだけこう言った。

「凛一郎くんと話したり一緒に遊んだりできるのは素晴らしいが、さすがに子どもがプロの大会に出るなんて無理だろう。それよりゲーム会社に相談して、脳波コントローラーとやらで凛一郎くんが好きにいろんなゲームができるよう頼んでみたらどうだ？　他のゲームでも遊べるようになれば、大会にこだわるのをやめるかもしれない」

とはいえ、それは脳波コントローラーがエイプリルフールのネタではなければの話だ。すでに亜夕美がシムズ社に問い合わせたが、今にいたるまで返事がないのは、冗談を真に受ける面倒な客だと思われているからかもしれない。

しかし武藤先生は、他に理屈が存在しないので、脳波コントローラー説を信じていた。芙美子さんが唱える「霊魂がゲームに乗り移った」風な説は武藤先生の好みではないのだ。

「霊魂とか死後の世界とか、考えても仕方のないことは、考えない方がいい」

というのが武藤先生の持論だが、さておき暢光の最優先事項は、凛一郎が現実世界への「帰り道」とみなす大会へ出場させることだ。本当に凛一郎が目覚めるかはわからないが、そうしてやるほかなかった。そうできないことで凛一郎を失望させるのが怖かった。

父親として頼りないと思われたくないのとは違う。辛いことだが、すでに何度もそう思わせてしまっているのだ。それより怖いのは、凜一郎が自分の行いは無駄だと思った瞬間、ゲームの中から消え、二度と話せなくなることだ。そのことを考えただけで暢光は悲しみと恐ろしさでどうにかなりそうになる。亜夕美や芙美子さんも同じ思いのはずだ。

だから、もしシムズ社に相談するとしたら、「どうか凜一郎を特別枠で大会に出場させていただけませんか？」ということになる。

だがそれこそ何の冗談だと一蹴されそうだ。過去の大会を調べても、そんな特別扱いを許されたプレイヤーは見つからなかった。ユーチューバーやインスタグラマーなど何十万人というフォロワーを持つプレイヤーが、イベント招待枠でちょっとだけ出場するということはあるが、無名の日本人の子どもなど見向きもされそうにない。

やはり、チーム・リンが、しっかりポイントを稼ぐことだけが、凜一郎の願いを叶えるすべなのだ。そう思うものの、どうすればいいかがわからなかった。

ゲームが上手い人にチームに加わってもらうか？　ネットで募集して？　でも自分のポイントを譲るゲーマーなんているだろうか？　それに凜一郎の状況を説明する必要があるかもしれないとなると、子どもの個人情報は絶対に保護すべきとする亜夕美を説得せねばならない。そしてそうしたところで相手の気が変わってポイントを譲ってもらえない可能性もある。そんな心配がいらないという点では、やはり今のメンバーは最適なのだ。

どうしたら勝てるだろう。いや、それ以前に、どうすればみなのやる気が出るだろう。

――もっと勝てるようになれば、みんなやる気が出るんだろうなあ。

ぼんやり思うが、それこそどうすればいいかわからないまま、凜一郎がトレーニング用に作ってくれたリンリン・ワールドに入ろうとした。制限時間内にアイテムや武器を集め、障害物だらけのコースを走破し、山ほど設置された射撃の的を撃ち抜かねばならない。落ちたら死ぬ谷を越える必要もあり、途中から手が生えた射撃の的が登場して様々な武器を使って攻撃してくる。ゲームで上手くプレイできるようになるための要素がしっかり揃っている分、暢光には難攻不落としか思えない。だがせめて一度くらい「ゴールしたぞ！」と凜一郎に報告したいと思い、マップを選択したとき、テキスト・チャットでメッセージが送られてきた。

『今ちょっと時間あるか？』

裕介だった。もう夜の九時半だ。明日の仕事のため十一時には寝る気で返事をした。

『ちょっとはあるけど、どうしたの？』

『チームのことで話があるから、そっちの駅のファミレスとかで会えるか？』

暢光はひやりとした。もうこんなことはやってられない、と言われるのだろうか。

『え？　ゲームやめたいとか？』

思わず尋ねると、ロビー画面に裕介のアバターが現れ、「なんだって？」のECをしてみせるとともに、メッセージが来た。

『なんでそうなるんだよ。この店で待ち合わせでいいか？』

ファミレスのアドレスも送られてきた。ECを披露したり、メッセージを送ったり、アドレスをコピーしてペーストしたり、よくそんなにいろいろ並行してできるものだと感心しながら、暢光は『いいよ』と返した。

身支度と戸締まりをし、電動自転車で十分ほどかけてファミレスに到着した。

まだ裕介は来ていなかった。席に案内され、二人分のドリンクバーを注文した。ちょっと前なら、ドリンク代を払う余裕がないので、どこかのベンチで話したいと言っていたはずだ。ドリンクバーでお気に入りのルイボス・ティーを淹れ、席に戻ってお金の心配をせずファミレスにいられる幸せとともに、温かなお茶をじっくり味わった。

すぐにリュックサックを肩にかけた裕介が姿を現した。ぱっと見た限り、だいぶ健康的になっていた。生きる目的を失ったような虚無感は漂わせず、髭もきちんと剃っている。座席に倒れ込むように座ったりもせず、しっかり背を伸ばした姿勢で腰を下ろした。

「ドリンクバー、二人分頼んどいたよ」

「え？　ああ、サンキュー。じゃ、ドリンク取ってくる」

裕介はリュックを置いて早足でドリンクバーに行き、氷も入れずファンタオレンジをコップに注ぐと、また早足で戻ってきた。大急ぎで話さねばならないというようだ。

暢光は、裕介がコップをテーブルの隅に置いてリュックを開くのを見ながら、訊いた。

「氷、入れないの？」

「え？　あー、忘れた」

「入れてくる？」

「いや、いい」

裕介はリュックからA4用紙の束が入ったクリアファイルと赤ペンを取り出した。紙束の最初の一枚には『ゲート・オブ・レジェンズ』のバトルロイヤル・モードのマップがカラー印刷されている。マップは、北の森の城から時計順に、サイバー、凍てついた宮殿、火山、サーカス、コラボ・イベント、海賊船、そしてサーキットの各エリアの中心にセンターシティがあり、赤ペンで書き込まれた印や矢印だらけだ。

「チャットや電話じゃ説明しにくいから来てもらったんだけど、何から話すかな」

裕介がテーブルに紙を扇状に広げた。マップだけでなく、ロールやアイテムや武器の一覧、そして事細かに書かれた、修学旅行の班分けと行程表みたいなものがあった。

「えっ、何これ？」

「チームの作戦っつーか、最適なロールっつーか、いろいろ考えたんだ」

「ええっ、ユースケくんが？　なんで？」

「今のままじゃ全然勝てないだろ」

裕介が真面目な調子で言った。

「う、うん」

「このゲームって、いろんなことをしなくちゃならないんだ。バトル、アイテム集め、建設素材集め、建設。仲間がやられたら時間内に回復させないとだし。全員、全部、上達するなんて大会までの期間を考えると無理だろ。だから一人一人やることを決めるんだ」

「やること？」

「たとえば今って、いきなり全員集まろうとしてるだろ。それで武器もアイテムも不足する。考えてみりゃ当然だ。十一人が……まあ今は八人でやってるけど、何も持ってない状態で塊になってちゃ弾薬も不足する。一つの地点に出るアイテムは限られるんだから」

「そっかあ。みんな集まれば誰かやられても誰かが回復してくれると思ったけど……」

「まとめてやられるだけだ。回復役も決める。これを見てくれ」

裕介が、班分け表みたいなものをこちらに向けた。みたいなもの、ではない。本当に班分け表だ。みなのＩＤと選ぶべきロール、役割、見つけるべき武器などが記されている。

「これ、一人で作ったの？」

「攻略サイトやプレイ動画なんか参考にしてな。おれたちのプレイも全部、動画データとってあるから、見たいならコピーやるよ」

「えっ、動画？　配信するの？」

「んなわけねえだろ。誰がどんな風にプレイして、どのロールに向いてるか見るためだ」

「へええー。すごいこと考えるね」

「おれじゃねえよ。『ゲーレジェ』のプロチームがやってること真似してんの」

「真似できるのだってすごいよ。本当、君って賢いんだね」

「あー……おれのことはいいから。まず、このチームの目的は、リンくんとタッキーくんのポイントを六千以上にすることだ。そのために全員の役割を決める。たとえば、あんたとヨッシーとミッキスで武器と弾薬とアイテムを集める。で、レベルの高い武器が手に入るたび、リンくんやタッキーくんと武器を交換するか、どこかに置いといて拾わせる」

マップのあちこちで見つけられる武器は、レベル1から最大レベル5まである。レベルが高くなればなるほど威力や射程距離、装塡可能な弾数などが上がるのだ。

確かに良い作戦だ、と暢光は感心したが、それよりも裕介がみなをゲーム中のニックネームで呼ぶことが嬉しくて微笑んでしまった。プレイ中はまったくといっていいほど喋らない裕介が、こんな風に真剣に考えてくれていたことも。

「あんたの元奥さんのウォーカーさんだけど、いっつもアーマーなんだよ。でもスナイパーライフルばっか使うし、仲間が倒れると真っ先に回復させに行く。だったらロールは回復が得意なガーディアンがいい。そんで、アカリンと一緒に回復役に専念する」

「明香里と？」

「すばしっこいし、生き残るのが上手いのと、あとウォーカーさんの言うことなら聞くだろ。ウォーカーさんも、アカリンのプレイを見て参考にできるし」

「へえー。確かに。明香里もガーディアンにするってこと?」

「できればな。嫌なら今まで通りライダーでもいい。乗物にウォーカーさんを乗せて移動できるし。あと、おれとミッキスもガーディアンになれば、チーム全体の生存率がかなり上がるはずだ」

そう言って裕介が差し出したのは、過去のプレイでチームがどれだけの時間、他のプレイヤーに倒されずにいたかをバーグラフ化したものだった。

「横線はミストが出る噴火のタイミングな」

裕介がグラフを指さした。スタートから十分が経過すると、マップの外縁辺りのあちこちで噴火が起こり、ミストと呼ばれる燃える霧が外周から内側へと広がり始めるのだ。ミストに呑まれると体力ゲージがどんどん削られ、一分と経たずゲームオーバーになり、手に入れたアイテムを全てばらまくことになる。

広いマップでプレイヤーたちが姿を隠したままバトルが行われないといったことを防ぐため、プレイ可能な場所をどんどん狭めるのだ。たいていミストがマップ全体を覆う前に、プレイヤー同士が激しく戦い、最後まで生き残った一人が勝利を収める。

そのファイナルバトルの舞台がどこになるかは、そのときどきのミストの広がり方によって異なる。マップの中央にあるセンターシティ・エリアのどこかになることしかわからないため、仲間と頑張って築いた砦が不幸にもミストに呑まれて全滅する場合もある。

「何度か、ミスト発生のあともしばらくチームが生き残れたプレイがあるだろ」

裕介がグラフのバーの一つを指さした。スタートから十分のところに横線が引かれており、何月何日の何回目のプレイでそうなったか一目瞭然だ。

「このときリンくんやタッキーくんだけじゃなく、ヨッシー、ミッキス、アカリン、あとあんたが、ミスト発生のあともけっこう頑張ってた。覚えてるか？」

「うん。なんとなく」

「このとき、おれがガーディアンだったことは覚えてるか？」

「えーと、みんな何度かユースケくんに回復させてもらったっけ」

暢光は、てっきり裕介がみなの信頼を得ようとしているのだと思っていた。いや、それもあるだろうが、それ以上のことを山ほど考えながらプレイしてくれていたのだ。

「このときたまたまミッキスもガーディアンだったんだよ。ヨッシーとミッキスって、ロールをいろいろ試すけど、おれが見る限り、ヨッシーがライダーで、ミッキスがガーディアンがいいと思う。あと、なんでかミッキスもウォーカーさんに従うし」

「そうだっけ」

暢光はプレイ中の亜夕美と美香さんについて記憶を探ったが、よくわからなかった。

「けっこう二人だけでチャットしてるぜ。気づかなかったのか？」

「え、なんでだろう」

「さあな。彼氏の事故のことで泣きついてる感じでもないし。ウォーカーさんに聞けよ」

「あー、うん」

「とにかく、そんな感じで、最適なグループ分けを考えてみた」

裕介が、班分け表を改めて指さし、暢光も、しっかりとそれを見つめた。

〈グループ1〉
役割　バトルで生き残る。高ランクのプレイヤーを倒す。
メンバー　リン（ライダー）、タッキー（ライダー）。

〈グループ2〉
役割　レベルの高い武器とアイテムを〈グループ1〉に渡す。
メンバー　ノブ（ノーマル）、ヨッシー（ライダー）。

〈グループ3〉
役割　建設素材を集める。砦を決まった所に作る。建設素材を〈グループ1〉に渡す。
メンバー　フーミン（アーマー）、ドクター（アーマー）、オクタマ（ライダー）。

〈グループ4〉
役割　回復アイテムを集める。担当グループの仲間を回復させる。狙撃で仲間を守る。
メンバー
ウォーカー（ガーディアン）は、〈グループ1〉をサポート。
アカリン（ガーディアン）は、〈グループ1〉をサポート。
ミッキス（ガーディアン）は、〈グループ2〉をサポート。
ユースフル（ガーディアン）は、〈グループ3〉をサポート。

「すごいねー！　すごく上手く行きそうじゃない」

暢光は目を輝かせたが、裕介にじろっと見つめ返された。

「まだ説明終わってねえ。本当に上手く行くかわかんねえし。最後まで聞いてくれ」

「あ、はい」

「ロールは五つだろ。ライダー、ノーマル、ガーディアン、アーマー、そんで今は誰も使わないソードマン」

「剣と銃の使い分けって難しいんだよね。近づいて戦わないといけないし」

「最初は一人はいたほうがいいと思ったんだ。アーマーに対してでかいダメージ与えられるゆいつのロールだから」

「アバターもかっこいいしね」

「ユーチューバー向けのロールなんだろ。つまり、ソードマンを諦めてガーディアンを選ぶことで、攻撃力は諦めて生存率を上げる選択をしてるってこと」

「なるほどねえ。〈グループ3〉は、武藤先生がライダーで、芙美子さんと錠前先生をアーマーにするんだ」

「デザインでロールを選んでるんだろうけど、我慢してアーマーになってもらう。そんで建設素材を大量に取れる森の城エリアに降りて、武器とアイテムと素材を集めてもらう。このエリアは建設素材をほしがるやつらが集まるから、バトルせずに済む確率が高いんだ」

「ああ、確かにみんな木を切ってるね。武藤先生がライダーなのはなんで？」

「建設素材を決まった量だけ集めたら、乗物で〈グループ3〉を運んでもらうためだ」

「あ、そっか。武藤先生、レースゲームは得意だって言ってたね。車好きだし。お孫さんともよく遊んでたって」

「実際、乗物の運転は上手いんだ、あの先生。で、〈グループ3〉は真ん中のセンターシティ・エリアに近い辺りで、ミスト前用の砦を作る。ここに他のグループも集まる」

「おれと善仁くんと美香さんは――」

「隣のサイバーエリアの工場で、武器とアイテムを速攻で集めまくる。バトルをふっかけられたら、ヨッシーが乗物にあんたとミッキスを乗せて逃がす」

「あー。ライダーが一人いれば、逃げるのにも集まるのにも乗物が使えるんだ」

「そういうこと。ヨッシーも……まあ、ライダーに向いてるっつーか」

「善仁くんも、乗物の運転が得意だよね。武藤先生みたいに車好きだって言ってたし」

暢光が平然と口にすると、裕介が頭をがりがり掻いた。

「あー……それ、他のやつらの前で、言わねえほうがいいと思う」

なんで？　と尋ねかけて、あ……と暢光は口ごもった。そもそも善仁くんが車で凜一郎をはねたからこうなっているのだ。それなのに運転を任されるのだから、善仁くんとしては複雑な気持ちになるかもしれない。いや、普通なるだろう。

「ごめん、考えてみたらそうだね」

「まあ……あんたらしいよ。ヨッシーがライダーを嫌がるなら、あんたかミッキスがロールを交換すればいい。リンくんとタッキーくんは二人ともライダーだから、どこに降りても集合しやすい。二人はウォーカーさんとアカリンのフォローで安心してバトルできるようにする。降りる場所は、たまにレアアイテムが出現する海賊船エリアがいいと思うけど、リンくんのチョイス次第かな。こんな感じだけど、どう思う？」

暢光は、裕介の観察と分析と思案の成果である十数枚もの印刷物を眺め、感動で大きく目を見開いてみせた。

「やっぱりすごいと思う。これしかないって感じ。きっとみんな賛成するよ」

「そんならいいんだけどな」

裕介はようやく気分が落ち着いたというように、生ぬるいファンタオレンジに手を伸ばし、背もたれに体を預けて飲んだ。喋りまくって喉が渇いたのだろう。

「こんなにも考えてくれてありがとう」

「攻略サイト見て回っただけだ。今は失業保険もらいながらゲームやれてるし」

「もらえるんだ、失業保険」

「あんたのおかげで娑婆に出られたからな。それは置いといて、裏技も考えてる」

「裏技？」

「ポイントをめちゃくちゃ稼いでるゲーマーがいて、いろいろ調べたんだ。そしたら、そいつ……っていうか、そいつら、集団だった」

「集団？」

「一つのＩＤを大勢で使い回して、常に誰かがプレイしてるようにするんだ。ポイント譲渡は各ＩＤごとに七割までだし、ミッションの成功ポイントやボーナス・アイテムは譲渡できないだろ。『ジョンソン田中《たなか》』っていうプレイネームで世界六十一位だったかな」

「六十一位⁉　百位以内に入ってるの⁉」

「ああ。ミニゲームとか、デイリーミッションを全部一つのＩＤでこなすから、かなりポイントが貯まる。もちろんチームのポイントも一つのＩＤに集中させてる。海外でも似たようなことやってるチームはけっこういるぜ」

「反則じゃないんだ？」

「大会のルールじゃ、オーケーらしい。ゲーマーたちの間じゃ批判とか議論もあるけど。ともかく最後の手段は、あんたのＩＤのポイントを全員で稼いで、リンくんに譲る。リンくんだけでも大会に出すことはできるだろ」

暢光は大きくうなずき、感謝だけでなく感嘆も込めて言った。

「ありがとう。やっぱり君って、本当に利口だし賢いんだね」

裕介が背もたれから体を離し、テーブルにコップを置いて苦笑交じりに言った。

「人より頭が回るから悪いことするんだって、母ちゃんに言われたな……。もっと馬鹿な息子なら良かったのにねって。そんなこと言う母親、いるかってんだよ。なあ」

「ユースケくん、お母さんのこと大好きだったんだね」

裕介がコップを見つめ、きつく眉をひそめた。その目が潤んでいた。

「ガキの頃、親父が死んだとき、おれのこと慰めてばっかでさ。自分だって辛いくせに」

「うん」

「世界で一番の母ちゃんだった」

「うん」

裕介が目尻を拭い、顔を上げて言った。

「勝とうぜ」

「え？」

「リンくんを大会に出して優勝させようぜってこと。なんだよ？　本当はその気はなかったなんて言うなよ。さんざん人を集めまくって」

「そんなことないよ。でも……やっぱ現実は厳しいから」

「ああ。プレイ動画を片っ端から見てるけど、どいつも半端ねえよ」

「うん……」

「でも、やろうぜ」

「うん。やろう」

「リンくんのためだろ」

「うん。リンのためだ」

裕介がグラスを再び握って突き出した。暢光は嬉しい気持ちを溢れさせながら、自分もちょっと目尻を拭い、カップを差し出して、裕介のグラスと打ち合わせた。

2

《へー、頭いいね、この人》
凜一郎が、アバターで「最高だぜ」のECを披露しながら言った。
「ユースケくんのアイディア、リンもいけると思うだろ？」
暢光は、卓袱台の前でかいたあぐらの上に「作戦書」を置き、誇らしげに尋ねた。
《いい感じ。ポイント稼ぎ、やっぱおれとタッキーだけじゃ、やばいって思ってたし》
暢光は、ほっとした。チームに期待しなくなっていた凜一郎の反応が不安だったのだ。それで今夜みなに作戦を教える前に、凜一郎にだけ話したのだが、意外に好感触だった。

今の凜一郎はひたすら『ゲート・オブ・レジェンズ』漬けだ。ゲームの中にいるのだから当然だが、自分の寝場所であるマップのクラフトで気分転換をする以外、連日連夜、バトルの腕を磨き続けている。当然ながらランキングもポイントも着々と伸び、相当自信をつけている様子だ。自分でやれるからチームは必要ないと言われたら、せめて十人でポイントを稼いで凜一郎に譲るしかないと暢光は覚悟していた。

だが凜一郎自身は、暢光が思うよりもずっと現実的だった。

《練習すればするほど、やばいってわかるんだよね。どうしても勝てないプレイヤーもいっぱいいるし。もし毎回、ファイナルバトルまで行けるなら良い練習になると思う》

凜一郎がそう言ってくれたおかげで、暢光も安心してチームのメンバーをゲーム・ロビーに迎え、作戦を開示することができていた。

「みなさん、今日もお忙しいところありがとうございます。画期的な作戦をユースケくんが考えてくれました。今日はまず、ユースケくんから作戦について――」

《えっ？》

裕介が、素っ頓狂な声を発した。画面の中で全員が、裕介のほうを向いた。裕介は棒立ちになり、慌てたようなメッセージがチャットで暢光のＩＤにだけ送られてきた。

『なんでおれなんだよ。あんたが話せよ』

暢光はそれこそなんで自分がという気持ちで、ゲーム用キーボードを叩いて返信した。

『ユースケくんが考えたことだし。おれだと何か話し忘れたりしちゃいそうだよ』

『おれが話したって信用しないだろ。あんたの元奥さんとか』

『そんなことないと思うよ。みんな待ってるから。お願い』

モニターの中では、凜一郎と達雄くんと明香里が、裕介のアバターを取り囲み、「なになに?」のECを披露しながら踊っている。むしろそっちのほうに説得されたのか、裕介のアバターが、「オーケー、オーケー」のECを返した。

それから、裕介の声がみなに向かって発された。

《えー……反町裕介です。どうしたら全員で、ミスト発生後のファイナルバトルまで生き残って、リンくんとタッキーくんにポイントを取らせることができるか、考えました。えっと、ファイル共有するんで、チャットのほうで見て下さい》

こうして作戦の説明が始まった。すぐに一人また一人と賛同の声を上げていった。

《確かに何をしたらいいかもわからなかったから、やるべきことを決めるのはいいな》

武藤先生が真っ先に言った。車の運転を任されたのが嬉しいらしく声が楽しげだ。

《亜夕美が使ってる、ごっついのになるのかい? なんか動かすの大変そうだけど》

《お母さん、建物を建てるのは好きだって言ってたじゃない。私のこれ、たぶん今のお母さんのそれより何倍も早く建てられると思うけど》

《えっ、そうなのかい? そんならそうと、早く言ってよ》

芙美子さんが言って、あっさりロールを変えた。剛彦も渋るかと暢光は思ったが、

《なかなか良い提案だと思うぞ。亜夕美くんはその姿のほうが本人っぽいしな。そうだ、私が衣裳をプレゼントしようか》

などと嬉しげに言ってロールを変えた。

亜夕美が黙殺し、芙美子さんが剛彦のアバターの背にパイを投げつけるECをしてやった。剛彦が気づかないので、明香里も面白がってその背にパイを投げた。

《僕、ライダーなんですか？　その、僕が、運転って……いいんですか？》
善仁は、裕介が指摘したとおり、すっかり気後れしてしまった様子だ。
《ねえノブ、善仁くんにやらせるのって、ちょっと……可哀想じゃない？》
《そうだよ。嫌なこと思い出させちゃうよ》
亜夕美と芙美子さんも同情を示し、美香さんも、
《善仁を信じてくれるのは嬉しいです。でも私がライダーで、善仁がガーディアンでもちゃんとやれると思います。お願いします》
と強く懇願するせいで、かえって真面目な善仁くんに、決意を促すことになった。
《僕、やります》
《そんな。私やるよ、善仁》
《そうよ。無理する必要ないのよ》
《車が嫌いになっちまわないかい？》
美香さんだけでなく、亜夕美や芙美子さんまで気遣ったが、しかしそれでむしろ善仁くんはますます覚悟を決めたらしく、毅然とした調子で言った。
《大丈夫です。リンくんが嫌でなければ、僕にやらせて下さい。いい、リンくん？　ベストを尽くすって約束する》
《うん。全然大丈夫。おれもゲームでなら運転するし》
《ありがとう。必ず良いアイテムを持っていくから》
凜一郎が「やったぜ！」のECを披露すると、善仁くんも同じようにした。
美香さんがちょっと涙声になって言った。

《亜夕美さん、ありがとうございます。芙美子さんも。善仁を気遣って頂いて……》
《美香ちゃんは大丈夫？　善仁くんやノブと一緒に乗るんだし。やなこと思い出さない？》
《大丈夫です。できれば亜夕美さんと乗りたかったですけど》
《最後のほうまで生き残ればそうなるかもね。頑張りましょ》
《はい！》
　二人のそんなやり取りが聞こえ、暢光は少々面食らった。裕介の言っていたとおりだ。いったいいつから亜夕美は美香さんに懐かれるようになったのだろう。確かに昔から亜夕美は女性にもモてるし頼られるのだが、美香さんまでそうさせてしまうのだから大したものだ、と暢光は自分のことでもないのに誇らしくなった。
　ぼんやり突っ立っている暢光のアバターの前に、裕介のアバターがやって来た。
《実際にやってみて本当に上手くいくか試そう。〈グループ1〉の着地地点を決めて、バトルロイヤルのマップに移ろうぜ》
「うん、そうだね。あ、ねえ、リン、タッキー。ユースケくんは二人が降りるのは海賊船のエリアがいいんじゃないかって。レアアイテムが出るから」
《そのエリアには〈身代わりクリスタル〉が出る。世界大会では使われないポイント稼ぎ用のレアアイテムで、宝箱でゲットできたら一回だけゲームオーバーを回避できる》
　裕介が言った。これまでこういうタイミングで裕介が喋ることはなかったが、作戦を説明させたことで、ずっと話しやすくなったようだ。
《そっか。それ手に入ったらラッキーだよね。タッキー、いい？》
《オッケー、リン》

亜夕美が印刷したマップを確認しているらしく、がさがさという音を立てた。
《海賊船、海賊船……ここね。明香里、ここに降りて、リンと達雄くんを守るからね》
《あいあーい》
《アーちゃん、違うゲームやるのやめて。リンとゲームしましょ》
《はいはーい》
明香里は大人たちの話に興味が持てないらしい。作戦を理解したか甚《はなは》だ怪しいが、亜夕美が一緒なら不安はない。裕介の観察力と配置は実際大したものだと暢光は感心した。
「ではみなさん、移動して下さい。バトルロイヤルですよ」
凜一郎と達雄くんが、はーい、と返事をして真っ先に姿を消した。
《今日は楽しくやれそうだな。良い乗物を見つけるぞ》
武藤先生がそんなことを言ってロビーを退室し、
《武藤さんの言う通り楽しくなりそうだ。亜夕美くんに立派な家と服を用意するからな》
剛彦が、いちいちみなが無言になるようなことを言いながら消えた。そろそろ、こいつだけは別のプレイヤーに替えてもいいのでは、とみなが考え始めそうだと暢光は思った。暢光自身からしてそうなのだが、しかしきっちり時間を守って参加し、無条件でポイントを凜一郎に譲る気でいるという点では、なんとも捨てがたい人材なのだ。
《さ、私たちも行きましょう》
亜夕美が言うと、
《あいよ》
《へいへーい》

《はい、亜夕美さん。行こう、善仁》
芙美子さんと明香里だけでなく、美香さんも応じ、みなロビーから消えた。
《あー、みなの前で喋らせてくれてありがとうな》
最後に、裕介が「サンキュー」のECを披露してから、姿を消した。
暢光は笑顔でマップを移動した。チーム結成以来、最もわくわくする気分だった。

3

「〈グループ2〉はサイバーエリアで集合。各リーダーは状況を報告して下さい」
暢光が呼びかけると、まず凜一郎が応じた。
《えっと、グループいち……じゃなくて、ワンは、砂浜でアイテム探してるところ。あ、タッキーは船の一つで武器探してる》
《リン、レベル4のショットガン二つ見つけた！》
《マジ？　タッキー、一個ちょうだい》
《弾集めてそっち行く》
ついで武藤先生から返事が来た。
《よし、〈グループ3〉も全員集合だ。みんなでせっせと木を切るぞ。ちょっと離れたところに別のプレイヤーたちがいるが、本当に誰も攻撃してこんとは、驚いたな》
そして亜夕美が、回復役のガーディアンたちの状況を報告させた。
《〈グループ4〉の人たち、みんな合流できてる？》

《はい！　善仁とノブさんのそばです。ライフルとアイテムを手に入れました》
《こちらユースフル。アイテムを手に入れて〈グループ3〉をサポート中》
《ノブ、予定通りよ。明香里、武器は手に入れた？》
《がははは、めちゃ見つけちゃった》
《その笑い方やめなさい。アーちゃんは私と一緒にいて》
《ね、リン、撃っていい？》
《駄目に決まってるでしょ。リンと達雄くんを助けるの。撃つなら他の人を撃ちなさい》
《はいはーい》
果たして、今までになく順調なスタートを切ることができていた。
これまで十一人が個別に呼びかけ注意を喚起していたせいで、通信がごちゃごちゃしていたのだ。四つのグループに分けたことで、とてもスムーズにやり取りできた。
混乱しがちだった芙美子さんと、意思疎通が下手くそな剛彦が、意外なほど上手に連携し、アーマーにしか使えない森の製材所で、木材と石材を大量に入手した。さらには溶鉱炉を見つけて石材を鉄材にするということまで指示されることなくやってのけた。鉄材はアーマー以外のロールが使うと、建設にとても時間がかかってしまうのだが、建設した建物を頑丈にするには欠かせない素材なのだ。
《撃たれる心配がないってのはいいね。これで、せっせと建物作りができるよ》
芙美子さんが満足そうに言い、錠前がかつてなく楽しげに応じた。
《まったくですな。亜夕美くんとご家族と私たちの夢のマイホームを作りましょう》
《武藤先生、乗物は見つかりましたか？》

当然のように芙美子さんが剛彦を無視し、武藤先生に尋ねた。
すると武藤先生のライダーが運転する、大型トラックが木々の間から飛び出し、芙美子さんと錠前の眼前で巧みにドリフトしてみせた。
《そら、でかいのがあったぞ！　二人とも悠々と乗れるはずだ！　さあ乗った乗った！》
乗物には、一人乗りから四人乗りのものまで色々ある。武藤先生が首尾良く全員乗れるものを見つけたことで、〈グループ3〉が役割を果たす可能性が、ぐっと高まった。
一人乗りの乗物しかない場合、武藤先生がそれに乗って大型の乗物を探すことになる。当然、武藤先生は孤立し、他のプレイヤーに倒されてしまうかもしれない。
芙美子さんと錠前がトラックの荷台に乗り込むと、周囲の警戒に当たっていた裕介が高い木から飛び下り、落下前に、床と壁を建設してダメージを上手に避けた。
《おれが後ろに乗って、追ってくるやつや、遠くから狙うやつがいないか注意します》
裕介が荷台に乗り込んで言った。
《まさか係争の相手方に背中を守ってもらうとはなあ。全速力で行くから、誰か振り落とされたら言ってくれよ》
武藤先生が言ってトラックを発進させ、とたんに浮き浮きと声を上げた。
《ひゅう！　一度、こういうものを走らせてみたかったんだ！》
暢光は隣のサイバーエリアで、善仁くんと美香さんと一緒に、せっせと武器とアイテムを集めた。他のプレイヤーを見かけたら素早く距離を取ってバトルを避けるということを繰り返し、高いレベルの武器とアイテムをひととおり揃えることができていた。
問題は、そのあとだ。工場の駐車場に、四人乗りのオープンカーが何台も並んでいることはわかっていた。幸い、他のプレイヤーに全て取られたり、競争で有利になるために自分たちが乗るもの以外は全て破壊していくといったことはされていない。
ただ、三人でオープンカーの一つに近づく途中で、善仁くんが棒立ちとなって固まってしまったのだ。事故の瞬間を思い出しているのだろうか。暢光はそう思い、やはり酷なことを頼まなければよかったと後悔した。
「善仁くん、無理をしなくていいよ」
《ごめんね。次から私がライダーやるから。今回は走って行こう》
ふーっ、と善仁くんが息を吐いた。
《違うんです……こんな風に償わせてもらえることに、感謝したくて……つい》
涙声で告げるや、善仁くんのライダーが颯爽とオープンカーの運転席に飛び込んだ。
《乗って下さい。必ず合流地点にお連れします》
「うん。信じてるよ」
暢光はにわかに頼もしい気持ちになって、オープンカーの助手席に乗った。
《頑張って、善仁。誰か追いかけてきたら、私が教えるから》
美香さんがオープンカーの後部座席に乗り、スナイパーライフルを構えた。
《行きます！》
善仁くんがオープンカーを発進させ、サイバーエリアから森の城へ向かう大きな道路へと危なげなく走り込んでいった。
バトルロイヤルのマップの構造は東京ディズニーランドと似て、中央にセンターシティのビルやタワーがそびえ立ち、周囲を八つのエリアが取り囲んでいる。

方位では、北に森の城エリアがあり、右隣の北東にサイバーエリアがある。
凜一郎たちがいる海賊船エリアは反対側の西にあって離れているが、裕介がそこに着地することを勧めた別の理由が、北西にあった。
三つのカーレース場とガレージ群がある、サーキットエリアだ。実際にカーレースをするわけではないが、ライダーが乗りこなせる乗物が山ほどあるだけでなく、乗物が壊れたときに修理できるアイテムや、バトルカーゴと呼ばれる、機銃つきの装甲車まで見つけることができる。イベント期間中などは、カーレース場が飛行場になり、車ではなく、気球やセスナ機、戦闘ヘリなど、空を飛べる乗物が配置されることもあった。
《やっぱ、レアアイテムはないなー。そろそろ行こっか、タッキー》
凜一郎が言うと、達雄くんが「了解」のECを返し、こう尋ねた。
《リン、車見つけたら、サーキット行くでしょ？》
《うん。ロケットカー残ってるといいよねー》
《いいねー》
そう話しつつ二人はひとまず砂浜に打ち棄てられた、木彫りの馬がつながれた馬車の御者台《ぎょしゃ》に乗り込んだ。ライダーが乗ると木彫りの馬が動き出して走れるようになるのだ。
《ママ——じゃなくてお母さん、もう行くよ！　乗って！》
《はーい。アーちゃん、行くわよ》
海賊船のマストに乗って辺りを見ていた亜夕美と明香里が、梯子《はしご》を下り始めた。かと思うと途中で面倒くさくなった明香里が、宙へダイブした。
《ちょっと、アーちゃん！　怪我する！》

果たして明香里は、何の防御もせぬまま高所から甲板に激突してダメージを負ったが、本人は「ぐふふふふ」と笑いながら当たり前のように回復アイテムを使っている。
《だいじょぶー、包帯とかお薬とか、いっぱいあるから》
《リンとタッキーのためにとっとかないと駄目でしょ》
《はいはーい》
亜夕美と明香里が馬車に乗ると、凜一郎が木彫りの馬を勢いよく走らせた。二人のガーディアンに背後を守らせ、一目散にサーキットエリアへ向かった。誰もいないカーレース場に突進し、立ち並ぶガレージ群の一つに馬車ごと飛び込んだ。
ガレージの奥のドアが開いているのを見た達雄くんが、慌てて馬車から降りた。
《やべ、誰かいるっぽい。リン、降りて降りて》
ドアは基本的に全て閉じている。開いたままなのは、他のプレイヤーがいるか、武器とアイテムを取って立ち去ったかだ。
《マ……お母さん、アーちゃん、壁壊して。ロケットカーあるといいなー》
みな馬車を降り、周囲の壁を、素材採集の道具である斧やハンマーやドリルで破壊した。石材や木材を手に入れつつ死角をなくすためだ。死角に隠れた他のプレイヤーに奇襲させないための突貫工事だった。
《イエーイ、あったー!》
凜一郎が歓声を上げ、達雄くんと「やったぜ!」のECを披露し合った。ガレージの一つに、四人乗りカヌーの大型ロケット版とでもいうべき乗物が鎮座しているのだ。操作は容易ではないが、このゲームで最速の移動機能を誇る乗物だった。

《おれ運転していい？》
《任せた、リン》
凜一郎が果敢に先頭に乗り、
《ほら、アーちゃんも乗って。ちゃんと武器を構えてて》
《あーい》
全員があとに続いたとき、ガレージの入り口に、他のプレイヤー三人が現れて、それぞれ武器を構えて撃ってきた。
《来た！　撃って！》
凜一郎がロケットカーを発進させながらわめいたときには、しっかり警戒して出入り口に武器を向けていた達雄くん、亜夕美、明香里が一斉に撃ち返していた。ガーディアンのスナイパーライフルは、一発撃つたび装塡に時間がかかるが、相手のアーマーやプロテクターだけでなく、プレイヤーのボディそのものを貫通する威力がある。
三人のプレイヤーは、凜一郎と達雄くんがECを披露し合っているのを見て、相手は子どもだと油断したのだろう。倒しやすいとみて、乗物に乗って身動きが取れなくなったところを不用心に襲ったのだ。そして結果、逆に真っ向から反撃されてしまった。
先頭の一人が、二発のスナイパーライフル弾を至近距離で受け、さらに達雄くんが速射したショットガンの弾丸を浴び、即ゲームオーバーとなってアイテムをばらまいた。
貫通したスナイパーライフル弾が残り二人に当たり、達雄くんの銃撃によって体力ゲージをゼロにされ、仰臥《ぎょうが》状態となった。こうなると仲間に回復してもらわない限り、立つこともアイテムを使うこともできず、のろのろ移動するほかない。回復されずに一分半が経つとゲームオーバーになって持ち物を全てばらまくことになる。

ロケットカーが、倒れた二人のすぐそばを突っ走って、ガレージから飛び出した。

明香里が、持ち物をスナイパーライフルから素早く爆弾に切り替え、のろのろと仰臥でガレージに逃げ込もうとする二人へ投げ放った。

《ぐはは、くらえー》

とどめの炸裂が二人を吹っ飛ばすのを尻目に、凜一郎はロケットカーを疾走させた。

カーレース場を猛スピードで横断し、そこにたまたま現れた他のプレイヤー二人に攻撃する間を与えず、センターエリアの北へ向かった。

その行く手には〈グループ3〉が築いた砦がそびえ立っていた。木材、石材、そして鉄材で作り上げた、二階建ての灯台のような形状をした建築物で目立つことこの上ない。

灯台のてっぺんで裕介がスナイパーライフルを構えて周囲を警戒しており、いち早くロケットカーの到来を確認してメンバーに伝えた。

《〈グループ1〉が来ました。〈グループ3〉、ドアを作って開けて下さい。〈グループ1〉へ、乗物ごと中へ入って下さい》

《あいよ、あいよ》

芙美子さんが言って、砦の内側から、壁の一角を扉に作り替えて開いた。

凜一郎が、開いた扉の中へ、ロケットカーをするりと正確に飛び込ませた。

そのあとすぐ、森からオープンカーが飛び出し、傾斜した草原を走って砦へ迫った。

《あ、〈グループ2〉も来ました。扉を閉めないで下さい》

善仁くんがオープンカーを砦の中に入れると、芙美子さんが扉を閉め、再び壁に戻した。扉のままにしていると、外から他のプレイヤーに開けられてしまうからだ。
二階をトーチカ風にして壁に銃眼を設け、他のプレイヤーの攻撃に備えていた武藤先生と剛彦が、丁寧に折り返しが作られた階段を使って、一階のガレージに下りてきた。一直線の階段だと他のプレイヤーに突入されやすいので工夫したことが見て取れた。
ガレージは、〈グループ3〉が乗って来た大型トラック、〈グループ2〉のオープンカー、〈グループ1〉のロケットカーが難なく入るほど広く、天井も高い。
《なんとなんと！　まだ全員生きとるぞ！》
武藤先生が歓声を上げた。凜一郎と達雄くんが改めて「やったぜ！」のECをみなに披露すると、明香里や善仁くんや美香さんが、同じように喜びを表明した。
「すごい！　立派な建物ですね！」
暢光も、建設に集中させた成果に感動して「最高だぜ」のECを披露した。
《このごつい体だと、すっごく簡単に建てられるのね。早く知っておけばよかったよ》
芙美子さんが、驚いたことに「やったぜ！」のECをしてみせた。
《二階にベッドルームを用意したかったが、家具を作る機能はクラフトモードとやらだけだそうだ。すまんな、亜夕美くん》
剛彦が、なぜか兎跳びダンスのECでぴょんぴょん跳ねたが誰も相手をしなかった。
《アイテムと素材の受け渡しをして下さい。そろそろ人が中央に集まって来ます》
裕介が言った。ミストに備えて大勢が安全地帯に向かうのだ。その途中で、この立派な砦を見れば、大人数のチームがいると誰もが思うだろう。そしてその誰もが、君子危うきに近寄らず、とばかりに避けてくれるとは限らない。むしろ逆だった。人数には人数で対抗するのが原則だ。

チームではないプレイヤー同士が即興で連帯し、そうした砦に集中砲火を浴びせることの方が多いという。
いつ攻撃されるかわからない緊張感の中、凜一郎と達雄くんの前に、みなが高レベルの武器や弾薬、アイテム、そして建設素材を投げていった。
《リン！　レア武器のマグナムが二つあるよ！》
《うっわ、最高！》
凜一郎と達雄くんが、クリスマス・プレゼントでももらったように喜びながら地面のものを受け取り、要らないものを投げ出していった。
そこへ、裕介から警告が来た。
《二人、近くの小屋に入ったまま出て来ません。もう三人が森に隠れました。こっちを狙ってると思います。〈グループ3〉と〈グループ2〉は所定の位置について下さい》
《どれどれ。そう簡単に崩せやしないってところを見せてやろうかね》
芙美子さんがいそいそと階段を上がってゆき、武藤先生と剛彦が続いた。
《うむ、初めてだぞ。負ける気がせんというのは》
《安心しろ、亜夕美くん。二階に私が作った部屋があるから、そこで寛いでいてくれ》
だが亜夕美は一階にとどまったまま、渡されたアイテムの整理に余念がない。〈グループ1〉とその乗物を無傷のまま温存することが〈グループ3〉とこの砦の役割なのだ。
「おれたちも行こう」
暢光が促し、善仁くんと美香さんとともに二階に上がり、あらかじめ決めていた位置について武器を構えた。〈グループ2〉は首尾良く武器の運搬という仕事を終えたが、まだ〈グループ1〉

の盾になって戦うという大事な役目が残っている。
《アーちゃんも上に行く！》
《駄目よ。あなたは私と一緒に、リンと達雄くんのそばにいるの》
《へーい》
凜一郎が、暇をもてあますように次々に武器を持ち替えながら言った。
《なんかおれたち、すごい楽してない？》
達雄くんが、「やったぜ！」のECを披露した。
《フル装備だし。レア武器あるし。最高じゃない？》
《んー》
凜一郎が気のない返事をしたとき、森で誰かがロケット弾を放ち、砦の壁で爆発が起こった。
スモーク弾が砦周辺にばらまかれ、色とりどりの煙が上がった。煙にまぎれて砦に取りつき、壁を壊すか扉に作り替えるかして、突入する気なのだ。
《森から三人！　小屋の二人も来ます！》
見張り役の裕介が、煙に向かって狙撃しながら言った。爆発でダメージを負った壁は、芙美子さんがあっという間に修復している。
砦の中から、みなが煙へ向かってありったけの攻撃を放った。煙は長続きせず、何秒かで消え、代わりに現れたのは即席の弾除けだ。何人ものプレイヤーが、協力し合って壁と屋根を出現させて身を守る場所を作ると、森からなんと新たな五人が駆け込んできた。
裕介と美香さんが、その五人のうち先頭の一人を集中的に狙撃し、ゲームオーバーにさせたが、残り四人が、弾除けの陰に入り、壁を左右に広げていった。

かくして、砦の二階より上にいる暢光たち七人と、集まってきた九人のプレイヤーが、激しい攻防を繰り広げることとなった。

暢光たちは、それぞれやるべきことに集中した。裕介は、狙撃と周囲の状況の報告。芙美子さんと剛彦は、激しく攻撃される砦の修理。武藤先生は、相手が築く足場を攻撃して破壊し、砦と同じ高さになるのを防ぐ。そして暢光は善仁くんと一緒に弾丸を惜しまず、群がるプレイヤーへ反撃し、撃ち返されて打撃を受けたら美香さんに回復させてもらう。

《さらに二人来ました。全部で十一人》

裕介からさらに報告が来た。チームではないプレイヤーが、どんどん集まってくるのだが、これは砦を破壊しようとしてのことではない。噴火が起こるまで暢光たちをその場にとどめ、ミストで全滅させる気なのだ。海外では「ネイル」、日本では「釘付け」と呼ばれ、強固な砦を築く大人数のチームを倒すための効果的な戦法とされている。

そして暢光たちがあえて釘付けにされているのは、その裏をかくためでもあった。

《噴火まであと十秒。〈グループ1〉は準備をして下さい》

裕介が言った。一階のガレージで、ほとんど暇つぶしに壁の修復や強化をしていた凜一郎、達雄くん、明香里、亜夕美がロケットカーに乗り込んだ。

《噴火まであと五秒。〈グループ2〉は準備をして下さい》

暢光、善仁くん、美香さんが、一階のガレージへ下り、オープンカーに乗り込んだ。

《噴火が始まります》

ふいに地震が起こり、画面が大きくぶれた。周辺のエリアに存在する山という山が一斉に噴火し、火の玉をまき散らしながら、真っ赤なミストを溢れ出させたのだ。

ミストと言うが、実際は霧ではなく燃える雲のようなものが、島の周辺から中心へと広がり、木々や建物を焼き尽くし、残されたアイテムを回収不能にしてゆく。その炎の波が森へ広がるのを見て、裕介が灯台の見張り台から大急ぎで下りながら報告した。

《ミストが森を焼き始めました。〈グループ3〉は準備して下さい》

武藤先生と剛彦が、砦を放棄して大型トラックに乗り、裕介が最後尾に跳び乗った。芙美子さんが慣れた様子で壁の一角を扉に作り替えた。障害物がないため身を守りにくく、暢光たちも特に攻め手に回り込ませないようにしていた、サーキットエリア側の壁だ。

《開くよ！》

芙美子さんが言って、扉を開け放った。

凜一郎が運転するロケットカーがまさに砲弾じみた勢いで走り出るや、明香里と亜夕美が、手にしたスモーク弾をありったけ周囲に放った。煙が立ちこめる場所を、オープンカーと大型トラックが続いて走り、美香さんと裕介がスモーク弾でさらに煙幕を広げた。

暢光たちが砦を捨てて逃走することを予期していなかった周囲のプレイヤーたちが、慌てて散り散りになろうとした。チームメイトではないプレイヤーが集まったのだから、砦が無人になった時点で、今度は互いにバトルし合うことになる。

実際、森側にいたチームらしいプレイヤー三人が、サイバーエリア側に陣取っていたプレイヤー三人を攻撃して釘付けにした。暢光たちを仕留められなかったので、人数を減らすため、すぐそばの、自分たちより不利な位置にいる相手を攻めたのだ。

結果、サイバーエリア側にいた三人は迫り来るミストに呑み込まれ、弾除けの壁から出るしかなくなったところを攻撃されて、全員ゲームオーバーになった。他にも、攻撃し合ってゲームオーバーになる者が続出した。

《大成功だな！　大したもんだ！》

武藤先生が、スピードで劣る大型トラックを巧みに走らせ、ロケットカーとオープンカーを追いながら大笑いした。

暢光も同感だった。裕介が立てた作戦が驚くほど上手くいったことで猛烈に興奮した。

センターシティの外周に砦を建てたのは、第一に、他のプレイヤーたちを集めて、弾薬とアイテムを消費させるためだ。弾薬もアイテムも割とそこらに落ちているので、すぐに補充されてしまうが、そうするにはセンターシティに入る必要がある。砦を攻めたプレイヤーたちは、弾薬とアイテムの数で確実に〈グループ1〉に劣る。たとえ砦が攻め落とされてメンバーの多くがゲームオーバーになったとしても、〈グループ1〉を有利にするという目的を叶えることができるのだ。

第二に、集まったプレイヤー同士を戦わせるためだ。そうなれば当然、残りプレイヤーが減って〈グループ1〉の順位を上げることができる。

どちらも目論見通りになったことで、みなが口々に喜びの声を上げながら高いビルが建ち並ぶ大都会風のセンターシティの大通りへ乗り入れた。

「みなさん、油断せずに。目的の建物まで全員で辿り着きましょう」

暢光が言ったとき、とんでもないものが建物の間から現れ、道を塞いでしまった。

《やべ！　バトルカーゴ来た！》

凜一郎が慌ててロケットカーを右旋回させ、建物にぶつかりながら見事にUターンした。善仁くんもそれに倣い、武藤先生もどうにかそうした。そしてすぐに機銃掃射が背後から襲いかかってきた。

《僕が引きつけます！　リンくんと武藤先生は逃げて下さい！》

善仁くんが、オープンカーを蛇行させて銃撃をかわしながら叫んだ。

《ありがとう！》

凜一郎が、交差点でロケットカーをまた旋回させて右折した。

《頼むぞ！　集合地点で会おう！》

武藤先生が、大型トラックを左折させ、ロケットカーとは逆の道を驀進《ばくしん》した。

オープンカーは直進し続け、来た道を戻っていった。バトルカーゴは頑丈で攻撃力がある分、小回りでは劣るため、真っ直ぐ逃げるオープンカーを追いかけてきたのだ。

バトルカーゴに襲われたときは〈グループ２〉が囮《おとり》になって、〈グループ１〉から引き離すと決めていた。すでに〈グループ２〉が全滅していた場合は、〈グループ３〉が壁を築いて止めることになっている。

裕介が立てる作戦の優れた点は、ありとあらゆる場合に備えて、誰が何をするか決めているということだ。非合法なことで稼いでいた経験のたまものだろう、と暢光も他の大人たちも思うが、それを裕介に対して口にした者は今のところいない。

「うわあ、全然壊れないなあ」

暢光は、美香さんとともに迫るバトルカーゴへ撃ち返しながら呆れる思いで言った。いくら撃っても、車体の壊れ度合いを示すバーがなかなか減らないのだ。車体を修理するアイテムも使っているに違いない。かたやオープンカーのほうは機銃掃射が一発当たるだけでバーがごそっと削られ、ドアが吹っ飛んでなくなるとかトランクが開いて閉じなくなるといった、ご丁寧な演出を間近で見ることができた。

《ノブさん、車体の修理をお願いします！》

美香さんが、懸命にスナイパーライフルで応戦しながら叫んだ。

暢光は慌てて武器から車体の修理アイテムに持ち替え、走り続けるオープンカーを修理した。オープンカーが破壊されれば、乗車する三人とも路上に放り出され、機銃掃射をその身で受けねばならなくなる。

《ミストに入ります。回復アイテムを用意して下さい》

それまで無言で運転に集中していた善仁くんが、真剣な調子で告げた。それ以外にバトルカーゴを振り切るすべがないと判断したのだ。暢光は大いに感心した。自分だったらミストに突っ込んだ時点で、役目を終えたと思ってゲームオーバーになるがままだろう。だが善仁くんは、あくまで三人で生き残って仲間と合流する気だった。そうでなければ回復アイテムを用意しろなどと言うはずがない。

「頼むよ、善仁くん！」

暢光は、プレイが始まって以来、何度目かわからぬ興奮と感動を覚えながら、いつでも車体の修理アイテムに持ち替えられるようにしつつ、回復アイテムを手にした。

善仁くんが迷わずオープンカーを迫り来るミストに突っ込ませた。たちまち三人の体力ゲージが削り取られていった。そして驚いたことにバトルカーゴも同様に追ってきた。

《ついてくるよ⁉》

美香さんが驚きの声を上げた。暢光もそうしたいところだったが、自分を回復させたあと、運転する善仁くんを回復させるのに忙しかった。

善仁くんは機銃掃射から逃れるために森へ逃げ込むと見せかけ、いきなりUターンというより、急ブレーキをかけつつ回転し、一瞬で前後逆に向きを変えるという、暢光にとっては映画でしか見たことがないスピンターンをやってのけた。いつの間に、そこまでライダーでの運転技術を習得していたのかと驚くばかりだ。いや、そもそも車好きなので、他のゲームなどで腕を磨いていたのかもしれない。

《乗物の修理をお願いします！》

善仁くんが叫びながら全速力でバトルカーゴに向かって走り込んでいった。

正面から攻撃されたら修理なんか間に合わないよ、と暢光が返すまでもなく、善仁くんが左へ急カーブし、さらに右へカーブすることでバトルカーゴの後方に回り込んだ。

まるで稲妻だ。暢光が感激し、美香さんが甲高《かんだか》い歓声を上げた。

バトルカーゴの運転手は、意表を突かれてオープンカーを見失ったようだった。装甲で覆われている分、視界が極端に狭いのだ。目の前を走るオープンカーだけを迷わず追いかけてきたのもそのためだろう。

《ガンナーを撃って下さい！》

善仁くんがまた叫んだ。バトルカーゴの屋根の銃座で、機銃を連射している者のことだ。銃座に陣取るプレイヤーは周囲を見渡せるが、前方に弾除けの板があるだけで、それ以外は無防備だった。加えて機銃を操作する間は、武器もアイテムも使うことができない。

ガンナーが急いで振り返ってオープンカーに照準を合わせようとしたが、暢光が美香さんとともに、そいつを斜め後方から狙い撃ちした。そいつは体力ゲージがゼロになるだけでなく、ゲームオーバーになってアイテムをばらまいた。

車内に二人以上いれば、誰かがガンナー役を代わるだろうが、その前に善仁くんはオープンカーを見事に駆ってミストから逃れ、野原を突っ走って、迷わずセンターシティの建物の間の小道へ走り込んだ。たまたまそうしたのではない。善仁くんはマップを細部にいたるまで頭に叩き込んでいて、おそらくセンターシティを出た時点で、生還するための道をイメージしていたのだ。生き残って仲間たちと合流できる道を。

その証拠に、バトルカーゴも急いでミストから出て、オープンカーを追ってきたが、車体が大きすぎて小道に入ることができなかった。彼らのすぐ背後にはミストが迫っており、センターシティに入れる大通りへ向かう間にゲームオーバーになってしまうだろう。

結局、バトルカーゴから三人が外へ飛び出し、オープンカーが入った道をその足で進んだ。そして彼らを、今度は暢光たちのほうが待ち伏せすることとなった。曲がり角に停めたオープンカーの目の前を、バトルカーゴを捨てた三人のプレイヤーがミストから逃げようと慌てて横切っていったのだ。

「撃って、美香さん！」

暢光が、自分も構えていたアサルトライフルを撃ちながらわめいた。美香さんがプレイヤーの一人を背後からスナイパーライフルで撃ち抜き、暢光が撃ってそいつの体力ゲージをゼロにし、他のプレイヤー二人にもダメージを与えた。

プレイヤー二人が、交差点の真ん中で壁を作って自分の身を防ぐ間に、美香さんが体力ゼロのプレイヤーにとどめを刺してゲームオーバーにさせた。暢光は、二人が作り出した壁を銃撃し、弾がなくなると爆弾を投げ、それがなくなるとショットガンで撃った。美香さんも、スナイパーライフルからサブマシンガンに武器を替えて壁崩しに加わった。

プレイヤー二人を倒そうとしているのではない。「釘付け」にしているのだ。
《ミストが来ます！》
善仁くんが叫んだ。
《よし、行こう！》
暢光が撃ち続けながら言った。善仁くんがオープンカーを発進させ、美香さんがスナイパーライフルに持ち替えて弾丸を装塡しながら警戒役に戻った。
交差点で釘付けにされた二人は自分たちが建てた防壁ごとミストに吞み込まれ、燃え上がる防壁から慌てて離れて逃げたが、途中で高いビルの壁にぶつかった。必死に壁を壊して通過しようとしたが間に合わず、結局どちらもゲームオーバーになった。

4

「まだ生きてます！〈グループ2〉はまだ全員生きてます！」

暢光が興奮してわめき散らすと、わっと歓声が返ってきた。

オープンカーはさらなる襲撃を受けることなく、合流地点へ向かった。センターシティにある建物の中でも、特に頑丈な、銀行の建物だ。受付カウンターを撃つと、このゲームのマスコットであるパイナップル・マンの肖像が印刷された千ドル紙幣が宙を舞うため、バトルの最中に銀行強盗ごっこをするプレイヤーが後を絶たない。

暢光たちが到着したときには、銀行はすでに立派な見張り用の塔がつき、接触すると二秒ほど身動きできなくなる鉄条網トラップが張り巡らされた砦と化していた。要塞というか、映画で見るような、アメリカかどこかの刑務所そっくりだった。
《来ました！〈グループ2〉が来ました！　扉を開いて下さい！》
見張り用の塔に位置する裕介が、珍しく大きな声で告げた。
《本当に三人とも無事なのかい！　大したもんだよ！》
芙美子さんが驚きの声を上げながら、壁を扉に作り替えて開いてくれた。
「善仁くんのおかげです！」
暢光がわめいた。善仁くんがオープンカーを砦の中に走り込ませ、ふぅーっ、と深い息をついた。芙美子さんがすぐに扉を閉じて壁に戻した。一階のロビーは、先の砦と同じくガレージに作り替えられている。案の定、誰かが銀行強盗ごっこをやったらしく、あちこち紙幣がばらまかれたそこに、凜一郎ら〈グループ1〉が待機していた。
《やったね、善仁。ほんと頑張ったね》
美香さんが本当に嬉しそうに労《ねぎら》った。
《ありがとう。でも勝負はここからだからね。頑張らなきゃ》
善仁くんが、静かだが闘志のこもった声で応じ、また、ふーっと深呼吸をした。
《弾丸とアイテムの補充してくる。亜夕美さん、建物の中を探していいですか？》
美香さんが言うと、亜夕美が、「こっちに来いよ」のECをしてみせた。
《集めといたわよ、美香ちゃん。ノブも取って》
亜夕美が、もとからある建物のドアを開いた。中は金庫室で、床に武器や弾薬、回復アイテムがどっさり集められている。この銀行内に散在するものを一箇所に集めたのだ。
「すごい。助かるよ。かなり使っちゃったから」

ガレージの一角に集められた弾薬を走り回って取る暢光と美香さんへ、
《バトルカーゴは？》
凜一郎が、一階でロケットカーに乗ったり降りたりしながら尋ねた。いかにも手持ち無沙汰という感じだ。ゲームが始まってからまだ一発も撃っていないからだろう。暢光からすると、それだけ凜一郎の安全が確保されているわけで、とても安心させられた。
「乗ってたプレイヤーをみんな倒したんだ！　善仁くんの運転、すごかったぞ！」
《へー》
凜一郎が呟いた。そのそばで達雄くんと明香里が「やったぜ！」のECを披露した。
《本当すごいじゃない。三人ともやられちゃったんじゃないかと思ってた》
亜夕美が、このゲームを始めて以来、最も楽しげに言った。
《合流できて良かったです！》
美香さんが、「亜夕美と」というニュアンスを強く込めて言った。
《なんとまあ、まだ全員生きとるぞ。今回のプレイはやはり楽しめるな》
《この調子だと、最後はお互いバトルということになりそうですがね》
砦の二階では、武藤先生と剛彦が、自信と楽観に満ちた様子で話しており、
《おっと、チームの仲間同士で戦うことになるのか？》
武藤先生がびっくりするのへ、
《いえ、バトルで最もポイントを獲得したメンバーが、自動的に勝利者になります》
裕介が答え、二階へ戻った芙美子さんが笑った。
《わざとやられてリンたちの点をあげてやりたかったけどねえ》

《そういうチートプレイを防ぐためのシステムで――》
裕介が言いさし、真剣な口調になって報告した。
《向かいのビルにプレイヤーが集まってきました。バトルの準備をして下さい》
通りを渡った向かいにある七階建てのオフィスビルだ。他のプレイヤーが攻撃してくるならその屋上からだろうと見当をつけ、見張り用の塔を同じ高さに作っていたのだ。
「よーし。絶対にお前を勝たせるからな、リン」
暢光は、やる気をみなぎらせて、「今行くぜ！」のＥＣを披露してみせた。
《んー》
凜一郎が、またロケットカーを乗り降りしながら、ぼんやり返した。
暢光は、凜一郎が安全であることに満足し、善仁くんと美香さんとともに二階に上がり、〈グループ３〉の面々と並んで武器を構えた。
《周りに大勢集まってきました。十五人まで確認。もっといると思います》
周囲のコーヒーショップ、駐車場、花屋にも、プレイヤーが集まっていた。ミストを逃れてきたプレイヤーの大半が「釘付け」に協力するため、砦の周りに集まったのだ。
《ビルの屋上に、ジョンソン田中を確認》
裕介の報告に、みながどよめいた。高ランクのプレイヤーを倒せば、その分、高いポイントをもらえるのだ。そのため裕介は「チャンス・リスト」と称し、サーバーに頻繁に現れる高ランクのプレイヤー十数名をリスト化し、見つけたら報告するようにしていた。
《あー、あの人か。よく見るよね》
《倒せるといいね、リン》

凜一郎と達雄くんがそう話すのが聞こえたとき、マンションの屋上から爆弾がいくつも降ってきて、砦の壁や鉄条網トラップにダメージを与えた。その攻撃がきっかけとなり、砦の四方八方から銃弾や爆弾が飛んできた。
芙美子さんと剛彦がせっせと修理し、暢光たちが懸命に反撃した。前回と違い実力者が多く、ただ撃ちまくれば持ちこたえられるものではなかった。多くのプレイヤーが、砦の隙間である銃撃のための小さな窓を正確に狙い、中の暢光たちにダメージを与えるのだ。
《やだ、なに⁉　どこから撃たれたの？》
回復役に専念していた美香さんが、いきなり撃たれて倒れ、善仁くんが慌てて回復させた。
窓の向こうでは、ガソリンスタンドの屋根に、ぴょんぴょん飛び跳ねることができるトランポリン・アイテムの床を設置し、高く跳び上がりながら撃つプレイヤーがいた。
《跳びながら撃ってる！　すごい射撃《エイム》です、気をつけて！》
善仁くんがみなに警告した。エイムとは銃で相手を狙うことだ。当然、これが迅速正確の者ほど強い。撃たれる箇所によってダメージは異なり、頭部は一撃必殺となる。ヘッドショットというやつだ。暢光には止まって相手に弾丸を当てるだけでも難しいのに、飛び跳ねながら小さな窓越しに相手をヘッドショットで仕留めるなど信じがたい腕前だ。
《うおっ、撃たれたぞ⁉》
武藤先生が倒れ、
《なんだ⁉　なんで私を撃てるんだ⁉》
続けて剛彦が倒れたため、美香さんが撃たれないよう屈んで二人を回復させていった。
「うわっ、ごめん、美香さん！　こっちも！」

爆弾を投げ込まれて吹っ飛ばされた暢光が、大声で呼んだ。
気づけば、あちこちでトランポリン・アイテムが使われるだけでなく、ワイヤーガンという、銛《もり》のようなアンカーを打ち込んだところへワイヤーで引っ張り上げられるアイテムを使って跳び回りながら撃ってくる者もいた。砦の周りは、さながらプレイヤーたちがECと銃の腕前を披露し合うエイム大会といった状態だ。
《一階が壊されそうよ！　お母さん！》
亜夕美が叫んだ。芙美子さんが慌てて下りて壁を修理した。元々の銀行の壁も、あちこち亀裂《きれつ》が生じていった。
《塔が壊れる。中に戻ります》
裕介が二階に戻り、天井を作って出入り口を塞ぐ間に、見張り用の塔が崩れて消えた。
「ミストはまだ来ないのか⁉」
暢光は信じがたい思いでわめいた。せめてミストが来るまでは持ちこたえたかった。そうすれば逃げるタイミングを逸したプレイヤーが自滅してくれるかもしれないのだ。
《来ました！　ミスト来ました！》
善仁くんが叫び、暢光はうっかり安心しそうになって歯を食いしばった。まだ凜一郎をファイナルバトルに送り出せたわけではないのだ。
《〈グループ1〉と〈グループ2〉は準備をして下さい！　ミストの広がり方からして、テレビ局の辺りがラストスポットになります！》
裕介が言った。ミストが最後になだれ込む場所がラストスポットだ。当然ながらこのバトルの最後の舞台になる。

《あー、やっとバトれる》
凜一郎が待ち侘《わ》びたというように呟き、ロケットカーから降りるのをやめた。
《だね。頑張ろう!》
達雄くんも嬉しげに凜一郎の後ろに乗った。
《バトルだぜえ、ぐふふふふ》
やる気に満ちた笑いを放つ明香里とともに、亜夕美も乗り込んだ。
《〈グループ1〉の準備ができました》
暢光、善仁くん、美香さんが一階に駆け下り、オープンカーに乗った。剛彦が続いて下りて道路側の壁の前に立った。
《君たちを送り出すときが来たようだ。幸運を、亜夕美くん》
《ありがとうございます、先生。こちらで失礼します》
やっとお前を置き去りにできるという響きを隠さず亜夕美が言った。
「リン、ここからだぞ。頑張れよ」
《パ……お父さんも頑張って》
「ああ」
芙美子さんが壁を修理して回るのをやめ、剛彦がいるのとは逆の壁の前に立った。
《さあやるよ。あんたら準備はいいね?》
《オッケー!》
《はい!》
芙美子さんの呼びかけに、凜一郎と善仁くんが力を込めて返した。

《よーし。錠前先生、そっちを開いて下さいな》
《任せて下さい、お母さん。さあ、開くぞ。一、二、の三！》
剛彦が壁を扉に作り替えて開いたが、そこからミストが立ちこめる道路に飛び出したのは、善仁くんが運転するオープンカーだ。
周囲のプレイヤーは、慌てずオープンカーを狙って撃ちまくった。その隙に芙美子さんが壁を内側から壊して穴を開けると、そこからロケットカーが駐車場へ飛び出した。
駐車場の向こうは大通りだ。ミストを背にして突っ走るロケットカーを誰も止められなかった。代わりに、砦に残る者たちが滅多打ちにされた。剛彦が扉を閉める前に、頭部を狙撃されて体力ゼロになり、さらにとどめの一撃を食らいゲームオーバーとなった。
《まったく、少しも反撃させてもらえんのか》
芙美子さんも穴を塞ぐまえに三人から撃たれ、一瞬でゲームオーバーとなった。
《あっ、もう！　こんなに早く壁を作っても間に合わないなんてねえ》
その三人が、砦に侵入した。裕介と武藤先生が階段を破壊して天井を塞いだものの、すぐさま別の場所に階段と侵入口を作られてしまった。二階に飛び出して来た三人を、裕介がスナイパーライフルで、武藤先生がサブマシンガンで攻撃したが、一瞬で壁を作られて防がれ、かと思うと全ての壁に小窓が開き、三つの銃口が突き出されて火を噴いた。
武藤先生は蜂の巣にされて倒れた。裕介は壁を作って身を守り、床を階段に変えて一階へ逃げた。だが相手は二手に分かれて裕介を挟み撃ちにして攻撃した。裕介もなすすべなく倒れ、武藤先生ともども、とどめを刺されてゲームオーバーとなった。
《やられた。すいません、〈グループ3〉は全滅しました》

裕介が悔しげに言った。

《ここまでしのいだんだから上出来だろう！　みんな、あとは頑張れよ！》

エールを送る武藤先生へ、

「う……こっちも、もたないかも」

暢光が、車の修理アイテムを使いながら呻《うめ》いた。善仁くんが懸命に運転してくれているが、この街では他のプレイヤーは建物の屋根を跳び渡るだけでオープンカーに追いつき、あるいは先回りしてしまう。暢光たちは弾丸を浴び、回復するだけで精一杯だった。

《二人はこの先の線路の下で降りて〈グループ1〉と合流して下さい。僕が囮になります》

善仁くんが、反論を許さぬ、決意に満ちた調子で言った。

「え、でも……」

暢光がまごついているのをよそに、美香さんが即、応じた。

《わかった！　行きましょう、ノブさん！》

「う、うん！　ありがとう、善仁くん！」

善仁くんがオープンカーを高架線路の下に入れながら前後逆にターンした。暢光と美香さんが降りると同時に、善仁くんが来た道を真っ直ぐ引き返し、攻撃を一身に浴びた。

その隙に、暢光は美香さんとともに駅の階段を登ってホームへ出ると、

《線路の上を走りましょう！》

美香さんの提案に従ってホームから高架線路へ降り、走ってミストから遠ざかった。

「リンは大丈夫か⁉　今どこだ？」

暢光が訊くと、凜一郎が楽しげな声を寄越してきた。

《テレビ局。さっきバトって、タッキーと一緒に二人倒した。忙しくなりそう》
《建物のあちこちに他のプレイヤーがいるのよ。ノブ、美香ちゃん、こっちに来られる？》
亜夕美の問いに、暢光と美香さんがそれぞれ応じた。
「なんとか頑張ってみる！」
《必ず向かいます！》
次の駅が現れ、その向こうに十五階建ての巨大な電波塔といった感じのテレビ局のビルがある。
道路を走る他のプレイヤー三人が、ビルの窓を壊して中に入るのが見えた。
「三人、ビルに入っていったぞ。気をつけろ」
暢光が言ったが、返事はなかった。どうやら本当に忙しいことになっているらしく、
《すごいぞ。リンくんと達雄くん、大活躍だ！》
代わりに、武藤先生が歓声を上げて教えてくれた。
《まあ大したもんだね！　そら行け、リン、タッキー！》
《おお、また一人やっつけた！　よし、回復だ、亜夕美くん！》
芙美子さんと剛彦も、すっかり応援モードになっている。ゲームオーバーになった者は、他のプレイヤーのプレイを観戦することができるのだ。
暢光は美香さんとともにビルに入ると、大きな足音を立てないよう、ゆっくり階段を登った。
上級者は、足音だけで相手の位置や人数を察し、巧みに待ち伏せしてしまうからだ。
幸い、十階まで奇襲されることなく上がることができた。十一階で仰向けに倒れてじりじり動いているプレイヤーがいたかと思うと、回復されないまま九十秒が経ってゲームオーバーとなり、キャラクターが消えて持っていたアイテムがまき散らされた。

《いきなりリンくんの得点が増えたぞ？》

《さっき、とどめを刺さなかったプレイヤーがゲームオーバーになったんです》

武藤先生と裕介のそんな会話で、凜一郎が倒した相手だったとわかった。

「リンは、どこにいるんだ？」

階段を上がり続けながら暢光が訊いた。

《屋上で戦ってる》

亜夕美が言った。何かすごいものを見ている、というような調子だった。

「すぐ行くからな！　走ろう、美香さん！」

暢光と美香さんが足音を立てながら階段を駆け上がった。倒れたプレイヤーがとどめを刺されずに放置されていたのだから、近くに他のプレイヤーがいる可能性は低い。

いつの間にかプレイヤーは残り十一人となっており、その少なさからしても待ち伏せされているとは思えなかった。暢光と美香さんは一気に階段を踏破し、屋上に出た。暢光は美香さんが武器を構える横で、壁と階段を作って、自分たちが有利となる足場を築こうと考えた。基本的に相手より高い位置にいる者が、視界も広いしエイムも楽になるのだ。

だが、何もできなかった。

目の前で行われていることが、速すぎる上に複雑すぎた。屋上のそこら中に、櫓《やぐら》のように建てられた壁や階段が乱立し、その狭間を、複数のプレイヤーが激しく跳び回りながら戦っている。一瞬で壁がドアになり、階段が床になり、プレイヤーが死角に隠れては予想外の場所から現れ、何人がどこで何をしているのか把握することもできない。

まさにファイナルバトルにふさわしい戦いだ。建設し、武器を駆使し、アイテムを惜しみなく消費し、縦横無尽に動きながら、相手を仕留めるチャンスをもぎ取り合う。
あまりのことに壁を作ったあと呆然と棒立ちになっていた暢光と美香さんのもとに、ガーディアン二人が走り寄った。亜夕美と明香里だ。
《亜夕美さん！　明香里ちゃん！》
美香さんが嬉しげに呼んだ。
「リンとタッキーは？　あそこで戦ってるのか？」
暢光が訊いた。明香里が「しーっ！」と相手を静かにさせるECを披露して言った。
《あーいうとき邪魔すると怒るんだよね、リン》
亜夕美も、「同意する」のECをしてみせた。
《助けが必要なときは呼ぶって言われた。それまでここで身を守ってましょ》
「わかった。すごいな。リンと達雄くん。何人と戦ってるんだ？」
暢光が声を低めて訊くと、裕介が答えてくれた。
《残り九人。チームは七人生存。ジョンソン田中とその仲間が、リンくんとタッキーくんと戦ってる》
「七人も生き残ったんだ」
暢光は目をみはり、そして首を傾げた。自分、凜一郎、達雄くん、亜夕美、明香里、美香さんで六人だ。かと思うと、体力ゲージがほとんど残っていない、ぼろぼろのライダーが階段を上がって屋上に飛び出した。
《遅くなりました！》
《善仁！》

美香さんが感激し、駆け寄って善仁くんを回復させた。
《あ、生きてたー》
《追いかけられてたんでしょ。すごいじゃない》
明香里と亜夕美が言って、善仁くんの回復を手伝ってやった。
《ミストで自滅してくれたんです。僕は回復アイテムがぎりぎり残ってたので助かりました。リンくんとタッキーくんは、あそこでバトルですか？》
「うん。助けが必要なときは呼ぶって」
だが、凜一郎と達雄くんがそうする気配はなく、
《あっ！　やばっ！　ごめん、リン！　やられる！》
達雄くんが叫び、暢光たちが息をのんでもなお、助けを呼ぶ声はなかった。ほどなくして達雄くんがゲームオーバーになったことが、プレイヤー残数表示で見て取れた。
《助けないんですか!?》
美香さんがわめいたが、明香里があっけらかんと言い返した。
《だーめだめ、呼んでないのに行っちゃ。キレて一緒にプレイしなくなるよ、リン》
暢光は何も言えず、ぐっと奥歯を噛みしめた。亜夕美も同様だろう。
さらにプレイヤー残数が減り、七人になった。凜一郎がやられたかと思い、暢光はひやりとなって、「リン！」と叫びそうになったが、
《リンくんが一人倒した》
裕介の報告で、大きく開いた口をつぐんだ。
《一対一だけど、ジョンソン田中が、仲間が落とした弾薬を全部拾いやがった。リンのほうはシ

ョットガンが弾切れ。回復アイテムも一つしかない》

ショットガンは、こうした接近戦で、最も頼りになる武器だ。その瞬間、暢光は自分が今ここですべきことを、明白に理解した。

「みんな、持ってる弾薬と回復アイテムを全部出して。早く」

暢光に言われ、亜夕美、明香里、善仁くん、美香さんがそうした。暢光のほうは武器を拳銃一つだけにし、四人が投げ渡した弾薬と回復アイテムを素早く拾うと、壁から飛び出し、凛一郎と相手プレイヤーが熾烈な戦いを繰り広げる場所へと駆けながら叫んだ。

「リン！　おれが落とすアイテムを取れ！　返事はしなくていい！」

凛一郎を除くみなが、暢光に何か言おうとして、ぐっと我慢するのが伝わってきた。

暢光は階段だけを作って、無防備のまま凛一郎がいるらしい辺りへ駆けのぼった。そして床を作って足場を作ると、壁を作り、もたもたと壁に窓を作って開き、ジョンソン田中がいるであろう櫓へ拳銃弾を放った。すぐにやや高い位置で櫓に小窓が現れ、マシンガンの弾丸を浴びせられた暢光は、あっという間に体力をゼロにされ、ついでゲームオーバーになってアイテムをばらまいた。

凛一郎が別の櫓から現れ、ぱっと暢光がいた場所に跳び移り、弾薬をかき集めると、すぐさま元いた櫓のどこかへ消えた。

暢光は、すぐに観戦モードを選択して凛一郎の視点で、戦いを見守った。

素早く激しく攻撃するジョンソン田中に対し、凛一郎は一歩も引かずに戦っていた。意表を突かれて狼狽《うろた》えたり、どうしていいかわからなくなって動きが止まるということはまったくない。持てる建設素材の限りを尽くして防御し、移動し、相手の死角に回り込もうとした。相手との距離に応じて複数の武器を使い分け、チャンスがあれば逃さず回復アイテムを使って削られた体力ゲージを元に戻した。

特訓の日々の成果が現れているだけでなく、凜一郎の勝利を求める強い意志を感じ、暢光は感動の嗚咽《おえつ》を堪《こら》えるために、またしても、ぐっと口をつぐまねばならなかった。

《ミストが来ました！》

善仁くんが言った。周囲の櫓が燃え上がり、亜夕美たちがミストを避けるため、じりじりと凜一郎が戦う場所へ近づいていった。

《いける》

ふいに凜一郎が呟いた。

暢光たちが固唾《かたず》を呑んで見守る中、ジョンソン田中がいきなり凜一郎がいる櫓へ跳びつき、凜一郎を仕留めようとした。だが凜一郎は余裕をもってかわし、相手の死角に入って最後の回復アイテムを使うと、武器をショットガンに持ち替えて跳んだ。それから凜一郎は階段と足場を作って、ジョンソン田中より高い位置につくと、わざと足場の上でぐるぐる走り回って足音を立てた。

それから凜一郎はさらに別の階段と足場を作ると、そちらへ移動してショットガンを構えた。すぐにジョンソン田中が階段を作って跳び、一秒前まで凜一郎がいた場所に向かってアサルトライフルを撃った。そのジョンソン田中の頭へ、ぴたりとエイムした凜一郎が、ショットガンの連射で体力ゲージを削りに削った。ジョンソン田中が跳び退いて反撃したが、凜一郎は軽やかにかわして別の足場を作り、相手をエイムした。

そして凜一郎が、確かなエイムでショットガンの一撃を放ってジョンソン田中の体力をゼロにし、そしてゲームオーバーにさせたとたん、暢光たちのボイスチャットに大きな歓声が沸き起こった。
『WINNER!!!!』
という文字が画面いっぱいに現れ、生き残ったチームのメンバーが一人一人クローズアップされてのち、最も高得点を獲得した凜一郎が最後に映し出された。
凜一郎のライダーが、笑顔で勝利を喜ぶポーズを取り、ついで光に包まれて加算ポイントを受け取るという短いムービーが流れた。驚くほど高いポイントが凜一郎に与えられた。暢光が同じポイントを得たら、ランクが十段は上がったろう。ポイントは最後の十人まで生き残った者たちにも与えられ、その七割まで凜一郎に譲ることができる。
勝利ムービーが流れる間ずっと、拍手と歓声が続いていた。
《作戦成功、かな》
裕介が、誰よりもほっとしたように言った。
《感動した！　スポーツの生中継みたいだったぞ！》
武藤先生が、拍手し続けながらわめいた。
《本当に勝つとはな。しかしなぜ、いけると思ったんだ？》
剛彦も拍手しながら疑問を口にすると、芙美子さんが確信を込めてこう言った。
《ナントカ田中は回復する道具がなくなってた。きっとリンはそれを見抜いたんですよ》
《リンくんが勝った……。本当によかった……》
善仁くんがそれ以外の言葉を失ったように繰り返して泣きじゃくり、
《よかったね、善仁。よかったね》
美香さんも涙声だ。かと思うと、善仁くんが小さな声で「現実でも、また車に乗れるようになりそう」と呟くのが聞こえた。当然、誰かがその発言を咎《とが》めるということはなかった。むしろ「みんなを守る運転だったな」「辛かったろうによく頑張ったねえ」と健闘を称える声を、武藤先生や芙美子さんからかけられていた。

《リーン、すげーじゃん》

がはは、と明香里が笑い、バトルが完結してみながゲーム・ロビーに戻るなり「かかってこい」のECで、彼女なりに凜一郎の勝利を称えた。

《すごいねえ、リン……すごかったよ》

亜夕美も、嗚咽をこらえつつ、「やったぜ！」のECをしてみせた。他のみなもめいめい喜びと達成感を込めて、互いにECを披露し合った。

《やられちゃったかー。リン、やったじゃん》

達雄くんが、からっとして言った。

「やったじゃないか、リン。すごいプレイだったぞ」

暢光が改めて称賛したが、凜一郎はすぐには返事をしなかった。

やがてみなECを披露するのをやめて棒立ちとなり、喜びを口にするのをやめた。

沈黙が流れ、やがておもむろに凜一郎が言った。

《おれ、こういうズルいの、やだな》

第五章　スーパー・スター　The top of the top

1

ズルい？　暢光は、我が息子の言葉ながら、わけがわからなかった。何が、なんで？

みんなで、裕介が立てた作戦に従ってプレイし、とても良い結果を出せた。

百人が同時にプレイするバトルロイヤルで見事に凜一郎を一位にさせてあげられたし、それ以上の成果もあったはずだと暢光は思う。みんなが『ゲート・オブ・レジェンズ』の面白さを味わい、積極的にプレイすることができたのだ。

加えて、なんというか、みんなが癒されるような気分を味わうこともできていた。

まず裕介が、いまだに詐欺師呼ばわりされながらも、その持ち前の頭の良さで、みんなに貢献してくれた。そして善仁くんが、交通事故を起こしてしまった後悔に負けずに、乗物の運転に全力を尽くしてくれた。仕方なく付き合ってくれていた武藤先生や、亜夕美につきまといたいだけの剛彦も、それぞれ活躍の場を持つことができていた。

おかげで、亜夕美も、明香里も、芙美子さんも、もちろん暢光だって、かけがえのない家族である凜一郎を、助けてあげられるようになった。

達雄くんの声も、ずっと明るくなった。凜一郎にとっては、ゆいいつ頼ることができるのが達雄くんだ。きっとそれが達雄くんにとってはプレッシャーだったはずだし、そばにいたのに自分だけ事故を免れたという罪悪感がずっとつきまとっていたはずだ。

こうした、後ろめたさや、及び腰の気分や、何をどうすればいいかわからない困惑といったものを、すっきりいっぺんに晴らすことができたではないか。いよいよチームとして結束するというときに、みなが支援すべき凜一郎が、異を唱えて拒絶するとは。

暢光は慌ててインカムに声を吹き込んだ。

「ちょ、ちょっと待て、リン。今の、ズルかったか？」

《うん》

凜一郎が断言した。そのライダーが、銃を抜いたりしまったりする動作を繰り返している。なんでわからないの、と苛立っている態度だ。

《ズルしてたら結局、勝てなくなるだけだって、マシューさんも言ってるし。そんなことして大会に出ても、すぐやられるだけで意味ないし。だからおれ、ズルはやだ》

暢光は思わず、マシューさんとかいうスーパー・プレイヤーに、余計なことを言うなと怒りを覚えた。中学校二年生の息子にフェアプレイの精神を教えてくれるのはありがたいが、親にも理解できないような頑迷固《がんめいこ》陋《ろう》といっていい観念を植えつけないでほしいものだ。

《リン、今の全然ズルじゃないでしょ。みんな頑張ったじゃない》

亜夕美も、こればかりは暢光と同感だというように言った。

《頑張っても、ズルしてたら意味ない》

凜一郎が、きっぱりとはね付けた。母親譲りの潔《いさぎよ》さが、完全に裏目に出ていると暢光は思ってしまった。本当は良いことのはずなのに。だが凜一郎は固い声でこう続けた。
《もしかしたら、おれ、このゲームからも消えるかもしれないし。最後に一番やりたいことやって、それでも駄目だったら、諦められる。おれがまだこのゲームやれてるのって、そういうことだと思うから》
明香里が、ぽつりと言った。ひどく悲しげな声だった。
《リン、消えたりしないよ》
《リンさ……》
《凜一郎……》
達雄くんと芙美子さんが、それぞれ凜一郎を宥めようと呼びかけたが、何を口にしていいかわからない様子で、言葉が続かなかった。
《リン、そんなこと言わないでよ》
亜夕美が、全然彼女らしくない、涙を堪えるような声で懇願するのを聞いて、暢光は胸の奥に釘でも打ち込まれたような痛みを覚えた。この先ずっと同じ箇所が痛み続けることになりそうだと思うだけで怖くなった。
こうして家族がすっかり萎縮してしまったところへ淡々とした声が入り込んで来た。
《教えてくれないか、リンくん。何がズルいと思った？》
裕介だった。作戦を否定されたことで怒る様子はない。むしろ興味を抱いた感じだ。
《えっとねー。まずおれ、ファイナルバトルまで何もしてないでしょ。砦建ててもらって、アイテムも弾丸も満タンにしてもらって、ガーディアンが四人もいて。こんなことしてたら、おれ、スタートバトルのやり方忘れちゃう》

《うん。確かにな。他には？》
裕介が、さもそう考えて当然だと同意するように促した。
《マップの同じところにばっか降りるのもヤバイ。マップ変更されただけで、めちゃ焦ることになるし。ポイントくれるの嬉しいけど、おれが弱くなったら大会出ても負けるだけだし。あと、何人チームなのか、わかんないのってズルいよね。前に、八人チームなのに同じナンバー二人ずつつけてるのがいてさ。四人チームだと思ってたら囲まれてたし》
《あー。あれか。せこかったよねー》
達雄くんが、思い出したように凜一郎に合わせて言った。
《つまりこういうことか》
裕介が、頭に電球が点《とも》るフキダシを出現させて「わかったぞ」のＥＣを披露した。
《リンくんがプレイしていない時間が長いとテクニックが身につかない。アイテム集めやダメージ回復も下手になる。マップ固定プレイはまずい。チームに何人いるかわからないのはズルい。こんな感じか？》
《うん。だいたいそんな感じ》
凜一郎が、やっと武器の出し入れをやめて「そう、それそれ」のＥＣを披露した。急に凜一郎の声が柔らかくなったことで暢光は安堵したが、裕介はさらにこう口にした。
《チームのナンバー以外は、おれもそう思ってた。作戦を変えるつもりだったんだ》
《え、そうなの？》
凜一郎が、「びっくりだぜ」のＥＣを披露しながら、驚きの声を上げた。
《たとえば、今はガーディアンが四人だけど、リンくんやタッキーくんがもっと上手くなって、回復役がそんなにいらなくなったら、二人くらいにしていいと思ってる。そうすれば残りはソードマンとかアーマーとかになって、チームの攻撃力や防御力をアップできるだろ。スピード重視ならライダー増やせばいいし》

《あー、そうなんだ》

《アイテムと弾丸を満タンにするのは、リンくんとタッキーくんに、レア武器を沢山練習させるためだ。強い武器だって、何度も使わないと上手く使えないだろ》

《うん。そうだねー》

《あと、ポイントを十分稼いだら提案しようと思ってた作戦がある。リンくんやタッキーくんが、めちゃ頑張らないとできないやつ》

《え、何それ？》

凜一郎が思わずという感じで食いつき、

《なになに、どんな作戦？》

達雄くんまでもが興味津々の調子になった。

《逆ネイル作戦》

裕介が、警笛を鳴らす「注目」のECを披露しながら告げた。暢光にはわからなかったが、凜一郎と達雄くんは知っているらしく、おおー、と声を上げた。

《マシューさんのチーム・ホワイト・カメレオンの最新技だ。あとでみんなに動画のアドレス送る。簡単に説明すると、まず、マップのセンターエリア前で砦を作って、わざと釘付けにされるだろ。で、プレイヤーが集まってきたら、砦を壁に変えたりして、そいつらを足止めする。そして、そいつらをミストで全滅させるまで戦う》

凛一郎と達雄くんが、「やったぜ！」のECを披露した。裕介がさりげなくマシューさんの名前を出したことで、凛一郎の興味を惹くことに成功したのが暢光にもわかった。
《二十人か三十人は集まってくる。いきなりファイナルバトルするようなもんだ。全体のプレイをテンポよくするためにマシューさんが考えた作戦らしい。これって、ズルか？》
《ううん。それなら、やってみたい》
《よし。ところで、チームを作ること自体はズルじゃないんだな？》
《うん。チームがあるから初心者も遊べるんだってマシューさんも言ってるし》
《じゃ、ナンバリングをこうしたらどうだ？》
裕介が言うと、そのアバターのIDが、『YOUTHFUL10』から『YOUTHFUL10(11)』に変わった。十一人のうちの何番目かを示しているのだ。
《あー、それわかりやすい。いいね》
凛一郎が言って、達雄くんとともに「そう、それそれ」のECをした。
はっきりと凛一郎がチームを肯定する態度を示してくれたことで、暢光は安心して肩の力を抜きつつ、上手く話を進める裕介に感心した。やっぱり彼をチームに誘って正解だと思ったが、他の大人たちが、ひそひそと話しているのが聞こえた。
《さすが詐欺師だな。説得が巧みだ》
武藤先生が、妙な褒め方をした。
《えっ、詐欺師だったんですか。亜夕美くん、さすがに教育に悪いんじゃないか？》
剛彦が、余計なことを口にした。
《ズルではないと凛一郎が言ってますので信じてもいいのでは……》

亜夕美は、そう言いつつも、ゲーム内の理屈がわからないせいか、困惑気味だ。
《詐欺師のほうが更生されてるって感じだけどね。凜一郎とあたしらのために骨を折ってくれているじゃないか》
芙美子さんのほうは、裕介の貢献を評価してやろうという態度だ。裕介をチームに誘った暢光としては、彼の働きが認められるのは素直に嬉しかった。
《つまり、お前のお父さんみたいに、正直全開でバトルしたいってんだろ？》
裕介が言うと、凜一郎が、「そう、それそれ」のECを返した。まったく何でもないような、さりげない会話だったが、とたんに暢光は胸が熱くなるのを覚えた。凜一郎が作ったトレーニング・マップを、是が非でもクリアしてみせたくなるほどだ。
《ポイント稼ぎが上手くいったら、難易度高いプレイを提案するつもりだった。でもそれじゃリンくんとタッキーくんが下手になるってんなら、プランを進めよう》
《最初から考えてくれてたんだ。そっか。ごめんなさい》
凜一郎が、短慮を反省するような調子で言った。
《お前たちが大会に出ても勝てないんじゃ意味ないって、おれもお父さんもわかってる》
《え、そうなの、パ――お父さん？》
暢光は急に話を振られて、ぽかんとなりかけたが、慌てて話を合わせた。
「あ、うん。そうそう。リンが勝てるようになるのは大事なことだ」
発言にかぶせるように、裕介が「そう、それそれ」のECを披露した。よく言えましたという感じでもあり、余計なことは言うなよ、という感じでもあった。
本当に裕介がそこまで考えてくれていたのかは不明だが、たぶん本当に考えていたんだろうと思う。先の先まで予想して考えるのが裕介なのだから。以前はそんな彼の詐欺を早々に見抜いた亜夕美も、今はまったく異論を唱えようとしない。
《え、待って。「たち」って？　大会に出るの、リンだけじゃないんですか？》
　達雄くんが、びっくりした声を上げた。これに、裕介がすらすらと説明を返した。
《ポイントが足りなかったらリンくん一人だけで大会に出ることになるが、それじゃ勝率が落ちる。だって世界大会じゃチーム人数が二人まで許可されてるだろ。チームっていうよりパートナーだな。たいてい一人はガーディアンで、もう一人のサポートに回る。リンくん一人じゃ不利だろ？　だからできれば二人分のポイントを稼ぎたいんだ》
　そっかー、と凛一郎と達雄くんが、納得の声を返す一方で、大人たちも、なるほど、そうなのか、といった感じで、裕介のプランへの同意を示す言葉を呟いている。
《あとはマップの決定方法だが、リンくんがリーダーになって決めるってのはどうだ？　みんなの動き方を考えて決めるから、それもトレーニングになる》
　裕介の提案に対し、そこで初めて凛一郎が難色を示した。
《えー。いつもタッキーと相談して決めてるし》
《僕は別にいいけど》
《タッキーくんがサブリーダーで相談役ってのは？》
　裕介がさらに提案したが、
《友だちをサブとか呼びたくないし》
　凛一郎は認めず、そこで意外な人物が声を上げた。
《二人ともリーダーでいいんじゃないか？　大統領が二人いる国もあるんだから》

剛彦だった。この発言に、凜一郎と達雄くんが食いついた。
《えっ、二人いんの？》
《それって本当ですか？》
《本当だ。サンマリノ共和国という、イタリア半島にある小さな国では、半年ごとに大統領が二人選ばれる。ちなみに任期が半年なのは不正や組織の硬直を防ぐためらしい。うちの病院とはえらい違いだ。ああ、医者じゃなくて旅行記者になりたかったなあ》
場違いと言っていい知識と愚痴を口にする剛彦に、亜夕美が呆れて言った。
《そんなことばかり言ってるから院長先生に叱られるんです》
暢光には、甚だしく話の腰を折る発言に思われたが、はからずも、チームのあり方を定めることになった。
《大統領が二人でも上手くいくものなんですね》
それまで遠慮していたのか、ずっと黙っていた美香さんが言った。
《リーダーが複数いてもいい、ということでしょうか？》
善仁くんが、そういう話なんですよね、と確認する感じで訊ねた。
《へー。ていうか、みんな順番にリーダーやるんならいいかも。どう、タッキー？》
凜一郎が「どう？」のECを、達雄くんが「オーケー、オーケー」のECをした。
《じゃ、グループごとに誰かが順番に着地点を指定するってことでいいか？　お互いが離れるリスクがあるけど、全体のマップ学習も兼ねてプレイする》
裕介が言った。凜一郎と達雄くんが二人して「そう、それそれ」のECを返し、大人たちも賛同した。リーダーと言っても降りる場所を決めるだけだから自分にもできるだろうと暢光は安心

し、みなが仲良く話し合っていることに満足していたが、

『あと頼むぞ。おれにばっか説明させんな』

急に裕介からチャットのメッセージが送られてきたので、慌てて声を上げた。

「えー、えっと、それではＩＤの表記を変えることから始めましょう。何人チームなのかわかるようにしたいと思います」

みなめいめいＩＤ末尾の番号表記を変更し、

《名前の番号もグループごとに変えたほうが混乱しなそうだが。リンくんやノブくんのそれって、ラッキーナンバーみたいなものなのか？》

武藤先生から意見があったが、まさにその通りだったので、番号はそのままになった。

「ではさっそくプレイを再開――」

だが暢光を遮るように、裕介からアドレスが送られてきた。『逆ネイル』の動画だ。そういえばあとで見せると言ってたっけ。

「えー、再開する前に、こちらを御覧下さい」

暢光が動画を開いた。すでにマップを共有しているので、動画をみなに見せるのも楽だった。ゲーム内のチャット用画面で、低容量に圧縮されたそれを流せばいい。

これも『ゲート・オブ・レジェンズ』ならではのコミュニケーション・システムだ。あまり一般的ではない理由は、サーバーに負荷がかかる上、不適切な動画が表示されないようにする仕組み作りにお金がかかるからだと暢光は何かの記事で読んだ。このゲームで流せる映像もあえて画質が低く五分以上のものは表示できないようになっている。

裕介が用意したのも、画質を落として編集した五分弱のものだが、それがみんなへもたらした

衝撃はとんでもなかった。マシュー・コヒーという世界的に有名なゲーマーでありユーチューバーである人物を中心としたチームの公式動画とのことで、画面右下にずっと『ホワイト・カメレオン』のロゴが表示されていた。

動画は、観戦モードによる三人称視点で、マップ南東の火山エリアの一角にある巨大な化石だらけの丘に、マシューのロールであるソードマンと他三人のプレイヤーが陣取るところから始まった。四人とも、マントや胸に『ホワイト・カメレオン』のシンボルをつけており、同じチームであることが一目瞭然となっている。

その四人が、巨大な竜の化石の頭蓋骨を建物に見立て、とてつもない速度で砦を築くさまに、芙美子さん、武藤先生、剛彦が、ええぇ、と言葉にならない声を上げた。

《倍速で見てるみたいだぞ。こんな速さで建てられるものなのか？》

剛彦がわめく間にも砦が完成し、そこでいったん時間が進んだ。集まってきた二十人近いプレイヤーが、砦に立てこもる四人に、ネイル戦術を仕掛けていた。

砦は四方八方から攻撃されており、釘付けどころか、そのまま崩されて中にいる四人ともゲームオーバーになるのではと思われた。だが砦は一向に崩れなかった。むしろ取り囲んでいる側が、砦からの巧みな反撃で、一人また一人と体力をゼロにされ、ついでとどめを刺されてゲームオーバーになっていった。

《スナイパーライフルだよ？　あんな速くエイムできる？》

美香さんがわめいた。善仁くんも他のみなも共感して驚きの呻き声をもらした。

《今から逆ネイルが始まります。砦のセンターエリア側から外に出るプレイに注目して下さい。あと、外にいるメンバーとの連携も》

裕介が言った。

《えっ、外にもいんの？　どこ？　全然わかんない》

《うわー、やっぱマシューさんのプレイ、すっごいなー》

凜一郎と達雄くんがはしゃぎ、他の面々は驚愕と戦慄とともに「逆ネイル」なるプレイに見入った。まず、砦がいきなり拡張された。センターエリア側、すなわちミストが到来したら逃げ込まねばならない方向へ、壁がみるみるうちに現れて回廊が築かれてゆくのだ。

そちら側にいた八名のプレイヤーが、回廊によって二手に分断された。

八名はチームではなく、三人と三人と二人のチームが集まっただけだが、全員が回廊の両側から壁を撃って崩しにかかった。そこへ、どこに隠れていたのか新たに二人の『ホワイト・カメレオン』のシンボルを身につけたメンバーが現れ、三人チームを側面から攻撃し、次々に撃ち倒していった。

その攻撃を防ぎながら数人が回廊の壁を壊して侵入したが、すでに砦にいた四人は回廊を通ってその先にある隘路《あいろ》に入り、壁の建設を開始している。そこへ二人の『ホワイト・カメレオン』のメンバーが合流して建設に加わり、数秒で隘路を塞ぐ壁が築かれた。

ミストが迫り、砦の内外にいたプレイヤーたちがその場を離れたものの、いつの間にか進路上に築かれた城壁のごとき壁に直面した。左右は急斜面の丘で、足場を建設しないと登れない。背後から迫るミストから逃れるには、直進して城壁を破壊するか、階段などを作って丘を登るか、来た道を戻って丘を迂回《うかい》するかだ。

プレイヤーたちはそれぞれ脱出を試みた。

三人が、早々に突破を諦めて丘を迂回するために来た道を戻っていった。

二人が、階段を作って丘を登ろうとした。

四人と三人と三人のチームが、マシューたちが築いた壁を撃ったり、取りついて作り替えようとしたり、即席の砦を作って対抗しようとした。

全てが無駄だった。

築かれた壁のあちこちから、マシューと五人のメンバーが攻撃し、壁の前のプレイヤーを釘付けにした。体力がゼロになったプレイヤーは放置し、階段を作って越えようとするプレイヤーを狙い撃ちにしていた。

ミストが隘路に立ちこめるとプレイヤーたちは必死に暴れもがき、そして面白いように次々と倒された。壁の向こう側はプレイヤーが消えてばらまかれたアイテムだらけだ。

暢光としては、残酷な何かを見ている気分にすらさせられたが、といっても二十人近い人数で取り囲んでいたのだから、倒された方も文句は言えないだろう。

丘を迂回しようとした三人は、ミストから逃れられずゲームオーバーになったことが、マシューたちへのポイント加算でわかった。ミストでゲームオーバーになると、最後にダメージを与えたプレイヤーにポイントが与えられるのだ。

裕介が考えた、ネイルされていると見せて素早く脱出するに任せるのとは、根本的に異なる作戦だ。マップの構造を巧みに利用し、集まってきたプレイヤーの逃げ場を奪い、残らず倒し尽くすなど、まさに序盤早々にファイナルバトルを繰り広げるようなものだ。

隘路にはまったプレイヤーの全員が、ゲームオーバーか体力ゼロになり、すぐさまマシューたちがきびすを返してセンターエリアへ向かったところで動画が終わった。

《ひゅー、すごかったね！》

《超やばかった！》
歓声を上げる凜一郎と達雄くんに、裕介が言った。
《逆ネイルに向いてる地形でもっと大勢のプレイヤーに囲まれることもある。ズルくないだろ？　リンくんとタッキーくんのグループが砦の外にいて、動画みたいにミストが来たら合流するのはどうだ？》
《いいね！　やろうよ、タッキー！》
《やばー。上手くいったらポイント半端ないけど、やれるかな？》
《練習すればいけんじゃね？》
《同じ火山エリアの化石の所で、やってみよっか》
すっかり乗り気の二人に励まされるようにして、他の面々が、よーし、とか、やってみるか、といった奮起の声を上げていった。
暢光は正直、スーパープレイを見せつけられて意気消沈しかけていたし、他の大人たちからも同様の雰囲気を感じていた。だが凜一郎と達雄くんが、あえて難易度の高いプレイに挑もうとしている様子が、みなを元気づけてくれているのがわかった。
いやいや、こっちが凜一郎と達雄くんを元気づけるべきだろう、と暢光は思い直し、コントローラーをぐっと握り直した。
「えー、動画は御覧になりましたか？　けっこう、まあ、難しそうに見えるプレイですが、ぜひみなさんでトライしてみましょう。いいですか？」
はい、とか、わかった、といった声が次々に返ってきた。
「では、各グループのリーダーが着地するマップを決めるということでお願いします」

すぐに決まった。今回のリーダーは、グループ1は凜一郎、グループ2は暢光、グループ3は芙美子さんになった。グループ4の亜夕美、明香里、美香さん、裕介は、付きそうべきグループを追って着地する。先ほど見た動画に倣《なら》い、化石が並ぶ丘で最初の砦を作ることにしたので、その近隣のマップを他のグループと重ならないよう選ぶだけだ。

「じゃ、リン。みんなでプレイするぞ。いいな？」

《うん》

凜一郎が達雄くんとともに、「今行くぜ！」のECを披露し、バトルロイヤルのモードを選択して姿を消した。みなが同様に今のマップから消え、暢光は両手で自分の頰をぴしゃりとやって気を引き締め、真剣な眼差しでバトルロイヤル・モードにインした。

2

《あったあった。あれよね。あの化石》

《ええ、お母さん。あれに違いありません》

《ここではフーミンですよ、先生》

《おっと、失礼しました。私はドクターTなのですが》

《ドクターなら先生でいいじゃありませんか》

芙美子さんと剛彦のアーマーが、どすどすと大きな足音を立てて丘をのぼり、半ば地面に埋まった巨大な竜の化石へ駆け寄った。

裕介のガーディアンがついてゆき、三人とも大きく開いた竜の口の中へ入った。中は化石の発掘所だが、半ば作業員の家という感じになっており、奥にはキッチンやダイニングが、二階にはベッドルームまである。さらに奥にはアイテムが詰まった木箱がいくつかある他、建設でとても重要な鉄を精製できる溶鉱炉がある。
芙美子さんが出入り口に壁を築く間、剛彦が冷蔵庫や流し台を破壊して建設素材に変え、すでにたっぷり手に入れてある素材ともども、手早く溶鉱炉に入れた。
《二階にベッドルームがあるのは良いな。今度こそ亜夕美くんに素敵なマイホームをプレゼントできます、フーミンお母さん》
芙美子さんが忙しいふりをして無視した。裕介が梯子をのぼってベッドルームに入り、竜の眼《がん》窩《か》にはめ込まれた窓を開いてスナイパーライフルを構え、周囲を見張った。
《他のプレイヤーはまだ見えません。あ、バスがこっちへ来ます。オクタマさんですか？》
《そうだ、私だ。またすごいのを見つけたぞ！》
武藤先生のライダーが運転するのは、屋根に竜の頭の形をした銃座がついた、ドラゴンバスと呼ばれる四人乗りの車だ。一人が銃座につき、竜の口からファイアーブレス、つまり火炎を放てる。バトルカーゴに比べて強度は低いが、炎を浴びると数秒ほど火だるま状態でダメージを受け続けるため、火炎をばらまけば他のプレイヤーへの牽制になる。
芙美子さんが出入り口を扉に変えてバスを迎え入れたとき、他のグループも首尾良く乗物を手に入れることができていた。
センターエリアを中心として、マップの真下にあたる南のサーカスエリアでは、武器とアイテムを集め終えたグループ1が、ポップコーン・バギーが何台も並ぶガレージを発見して盛り上がっていた。スティック・キャンディーみたいにカラフルな二人乗りの四輪バギーで、後部の射出機から機関銃のようにポップコーンを放つことができる。もちろん発射されたポップコーンに当たれば、弾丸と同じダメージを受けることになる。
問題は四人いっぺんに乗れないことだ。荷台に乗ってポップコーンをガレージの壁へ撃ちまくって遊ぶ三人へ、亜夕美が言った。
《これを使うの？　みんなで乗れないじゃない》
《攻撃しながら走れるやつのほうがいいと思う。おれとタッキーが運転するから、アーちゃんとマ……お母さんは後ろに乗ってよ。いい？　タッキー？》
《オッケー。前のシーズンのクラウン・バギーと操作同じだよね？　シャボン玉撃つやつ》
《たぶんね。三回だけ使える加速ユニットついてるし》
《ぐふふふ、ポップコーン食らえー！》
《アーちゃん、ママに当たるでしょ！　今は撃つのやめて！》
《はーいはい》
そうしてグループ1が分乗してサーカスエリアから火山エリアの丘へ向かったとき、グループ2は、マップ東の凍てついた宮殿エリアで善仁くんがレアな乗物を見つけていた。
《あっ、トナカイ・カーがありました！》
トナカイの頭部を模したコミカルな四人乗りの大型バンだ。走ると先端の赤い鼻が救急車の回転灯みたいに、ぴかぴか光り、シャン、シャン、シャンとクリスマスっぽい鈴の音まで鳴り始める。大変目立つため、他のプレイヤーを招き寄せてしまうが、代わりに乗っているだけでプレイヤーの体力が少しずつ回復するという特殊効果つきの乗物だった。
《バトルでダメージを受けたときに役立つと思います。これを使いませんか？》

「よし、そうしよう」
そこへ、美香さんのガーディアンが宮殿の窓から身軽に飛び降りてきた。
《レア武器見つけました！》
そう言って美香さんが、大ぶりなハンドガンを壁に向けて撃って見せた。弾丸の代わりに雪の結晶が放たれ、あっという間に壁が氷づけになった。
このエリアでしか手に入らない、アイスガンだ。撃ったものを凍らせることで、一時的に建物の強度を上げたり、地面をつるつるにして走りにくくさせたり、相手プレイヤーを氷づけにして動きを鈍らせることができる。
暢光は感心した。自分はノーマルアイテムばっかりだ。
「二人とも、レアアイテムの引きが強いなあ。こつでもあるの？」
《乗物とアイテム・ボックスの位置を、二人で覚えたんです》
《善仁は乗物、私はアイテム担当で、なるべく沢山見て回れるようにしてます》
二人とも、自分たちなりにチームに貢献することを心がけてくれていたのだ。ありがたいなあ、と思うが、実のところ暢光も同様にしているつもりだった。いや、ついつい凜一郎が困らないようにと弾丸や回復アイテムのほうを集めがちなのかもしれない。
「おれもアイテムの探し方、考えたほうがいいなあ。武器じゃないレアアイテムなら、けっこう見つかったんだけど。回復ボムとか、ワイヤーガンとか、グライダーとか」
《えっ。今それ、全部持ってるんですか？》
善仁くんがびっくりした声を返した。
「あ、うん。たまたまだけど」

《すごいじゃないですか。絶対、ノブさんの方が引きが強いです》
「え、そうかな？」
《そうですよ》
美香さんも言った。
《レアアイテムのほうがレア武器より生存率上がってリンくんも助かりますよ。善仁と私で乗物と武器をチェックしますから、ノブさんがレアアイテムをいっぱい引いて下さい》
なんか急に期待されたぞ。暢光は、とたんに奮起して言った。
「よーし。おれはアイテム担当になるよ。それじゃ、手に入れたものを渡しに行こう」
はい、と二人が返事をした。善仁くんがトナカイ・カーの運転席に座り、暢光と美香さんが後部に乗り込んだ。凍てつく宮殿エリアは、いたるところが凍っており、乗物もつるつる滑りがちだが、善仁くんの巧みな運転で、速やかに隣の火山エリアにある化石の丘に移動できた。
グループ3が立てこもる竜の化石は、早くも背骨に見張りの塔を備えた砦と化していた。芙美子さんが壁の一つを扉にして開き、そこに善仁くんがトナカイ・カーを乗り入れ、ドラゴンバスの隣につけた。
《ずいぶんと騒がしい車を選んだな。ここに大勢プレイヤーを集めるためか？》
二階から声をかける武藤先生に、暢光が言った。
《これに乗るだけで、ちょっとずつ体力が回復するんですよ》
《ほほう。良いものを見つけたな》
《プレイヤーを集めるという点でも役に立ってるぞ》
剛彦が、二階の窓を鉄製にして補強しながら口を挟んだ。

《ええ、あちこちから集まってきてます。二十人以上はいます》
裕介が、反対側の窓のそばで報告したとたん、周囲で多数の銃撃音が起こった。
《こりゃすごい！　集中砲火だ！》
《大変、大変、早く直さなくっちゃ》
《せっかくのマイホームが！》
たちまち亀裂が入る壁を、武藤先生と芙美子さんと剛彦が直して回った。裕介は塔に、暢光たちは二階に上がって壁に設けられた銃眼の前で武器を構えた。
外の光景に、暢光はぎょっとさせられた。すでに、こちらを攻めるための小規模な砦や足場が多数築かれている。建設物に隠れて大半の姿が見えないが、二十人どころか、三十人は集まっているのではないかと思われた。
雨あられと降り注ぐ弾丸、爆弾、火炎弾の勢いを減らすため、暢光、善仁くん、美香さんが懸命に応戦し、
《グループ3は、塔を諦めて、砦の修理に集中して下さい。二階に下ります》
裕介のガーディアンが、上がっていったばかりなのに、もう体力をぎりぎりまで削られた状態で下りてきて、自身を回復させた。
暢光はマシンガンの弾丸をばらまいて、近づこうとするプレイヤーを牽制したが、とても止められるとは思えなかった。
だがそのときグループ1が、砦を囲むプレイヤーの一部へ奇襲を仕掛けたらしく、
《ひゃー、難易度高すぎ！》
《マジやば！》

凜一郎と達雄くんが、言葉とは裏腹に楽しげな声を上げた。グループ1がバトルに加わった分、砦への攻撃が僅かながら軽減された。
《やる気まんまんなヒーローたちのために、こっちも骨を折るとするか。いや、骨の砦を守ってるわけだが》
武藤先生がそんな軽口を叩いた。多数に包囲されて気後れしていたところを、またしても凜一郎と達雄くんのやる気に励まされたのだ。
《外にいる人たちを骨折り損にさせてやりたいわね》
《ここに骨を埋めさせてやりましょう》
芙美子さんと剛彦も同様に口にした。暢光も何か気の利いたことを言いたかったが、その前に裕介が声を上げた。
《ミストが発生。逆ネイルの準備をして下さい》
善仁くんが、銃眼を壁に作り直し、一階に下りてトナカイ・カーの運転席に座った。
《グループ2の乗物は、いつでも出せます》
「行こう、美香さん。これ以上は守れない」
《はい》
暢光と美香さんも、銃眼つきの壁が壊れるに任せて一階へ移動し、トナカイ・カーに乗った。窓越しに撃たれて削られた三人の体力が、乗物の力で回復していった。この乗物なら集中砲火に耐えてくれるかもしれないと暢光は期待した。
武藤先生も、ドラゴンバスの運転席に座って言った。
《動画のように両側に壁を作る余裕はなさそうだ。乗物で突破するか》

芙美子さんが、砦の修理を放棄し、センターエリア側の壁へ移動した。
《途中まで、それっぽいのを作りますよ。ドクター、お先にどうぞ》
《いえいえ。マイホームのためですから。お手伝いします、フーミンお母さん》
剛彦が芙美子さんとともに、壁際に立った。
《おれがバスの武器で、外の邪魔な足場を焼き払います》
裕介が言って、ドラゴンバスの銃座についた。
いよいよ本当の作戦開始だ。暢光は、緊張を覚えた。このまま乗物で逃げるのもいいんじゃないかという考えがちらりとよぎった。難易度の高い作戦はまた次にして、ここは一目散に逃走し、少しでも長く生き延びてポイントを稼ぐべきではないだろうか。
だが、そこでみたび、凜一郎の朗らかな声が暢光の弱気を吹き飛ばした。
《行くよー、タッキー！》
《オッケー、レッツゴー！》
《アーちゃん、お母さん、撃ちまくって！》
それまで他の化石の陰に隠れていたポップコーン・バギー二台が飛び出し、砦のセンターエリア側にいたプレイヤー十二人の背後へ果敢に走り込んだのだ。
砦からの攻撃を防ぐため前面にだけ壁を築いていた十二人は、亜夕美と明香里が射出機からばらまくポップコーンの掃射をまともに浴び、一人が体力ゼロとなった。残りが慌てて壁を築いて防ぐ間に二台のポップコーン・バギーが彼らのそばを通り抜けていった。
《ぐははは！　ざぁーまー！》
《アーちゃん、言葉遣い！》

《ざまをみて下さい！》
《丁寧に言えばいいってもんじゃないの！》
《もー、じゃー、なんて言うの！》
亜夕美と明香里の母子のやり合いをよそに、凜一郎と達雄くんがポップコーン・バギーをジグザグに走らせて他のプレイヤーの注意を引きつけてくれた。
その隙に、芙美子さんと剛彦が砦を出て壁を並べ、回廊を築きにかかった。だがすぐに周囲のプレイヤーに気づかれて激しい銃撃を浴び、目的地の隘路まで半ばも届かず壁をボロボロにされてしまった。やはり芙美子さんと剛彦だけでは回廊作りは無理だった。
《フーミンさん、ドクターTさん、バスに乗って下さい。オクタマさん、行きましょう》
裕介が言った。武藤先生がドラゴンバスを発進させせながらわめいた。
《よし来た！　二人とも、乗った、乗った！》
ドラゴンバスに芙美子さんと剛彦が飛び乗り、裕介が銃座から炎を放って、進行の邪魔になる足場を燃え上がらせて他のプレイヤーを牽制した。
《こちらも砦を出ます！》
善仁くんがトナカイ・カーを急発進させ、可能な限り加速させた。
暢光は、二台の大型車が飛び出したことで、他のプレイヤーたちは、さぞ意表を突かれたことだろうと思った。いや、ぜひそうであってほしいと願った。
凜一郎たちに急襲された者たちは確かにそうだった。だが残りはそうではなかった。それぞれ驚くほど正確なエイムで、ドラゴンバスを、トナカイ・カーを、そして疾走するポップコーン・バギーを狙い撃った。それればかりか、先を進むドラゴンバスが、いきなり爆炎に包まれ、武藤先生が驚愕の声を上げた。
《なんだ今の⁉　撃たれたのか⁉》
《トラップの地雷です！　誰か、バスを修理して下さい！　みなさん気をつけて！》
裕介が火炎放射をスモーク代わりにして、銃撃を防ごうとしながら叫んだ。芙美子さんと剛彦が乗物の修理をする間にも、銃撃が車体とそれに乗る面々の体力を削っていった。
《修理が間に合わないわ！》
《我々も回復しないと！》
芙美子さんと剛彦が悲鳴を上げたとき、トナカイ・カーが別の地雷を踏んで横滑りした。トナカイ・カーの耐久値が一気に激減し、暢光たちの体力が半分も削られた。
「すぐ修理する！　美香さん、回復頼む！」
《はい！》
暢光と美香さんが、あらかじめ手にしていた修理アイテムと回復アイテムを使用したが、浴びせかけられる銃撃で、たちまち回復した分を削り取られた。トナカイ・カーの回復機能がなければ、三人とも瀕死になっていたところだ。
作戦通りに行動しているというより、ほとんど潰走《かいそう》しているようなものだった。グループ2とグループ3がまだ無事なのは、凜一郎と達雄くんが果敢にプレイヤーたちを攪乱《かくらん》し、亜夕美と明香里がポップコーンをひたすらばらまいてくれているからだ。
《やった！　ついたぞ！》
武藤先生が歓声を上げて隘路にドラゴンバスを走り込ませ、裕介が乗物から降りて壁を作り出しながら言った。

《グループ3は予定地点で壁を作って下さい。おれは、ここで時間を稼ぎます》
《この乗物を盾にします！》
善仁くんが、トナカイ・カーを、裕介が作った壁の前に横付けさせ、隘路を塞いだ。
あちこちから絶え間なく銃撃が来る中、トナカイ・カーから暢光たちが降りて裕介の壁作りを手伝ったが、アーマーに比べれば建設の速度も遅く、強度も低い。
それでも乗物を修理しながら自分たちを回復させることに比べれば、ひたすら壁を作ればいい分、まだ身を守りやすかった。加えて、凜一郎と達雄くんの奮闘のおかげで、ただちにプレイヤーたちが殺到してくることもなかった。
「リン！　タッキーくん！　もういい、こっちに来て身を守るんだ！」
暢光が呼びかけた。二台のポップコーン・バギーが、プレイヤーたちの攻撃を巧みにかわして隘路の入り口へと近づいた。だがそこで達雄くんと明香里が乗るポップコーン・バギーが、地雷を踏んで爆炎に包まれた。車体が一撃で破壊されて消滅し、体力が半減した達雄くんと明香里が地面に投げ出された。
《踏んだ！　ごめん！》
達雄くんが悔しげに言いながら壁を作って銃撃を防いだ。
《もー！　タッキーったらー！》
明香里がわめきつつ壁の陰に入り、回復アイテムを使って自分と達雄くんの体力を回復させた。一度に複数のプレイヤーを回復させられるのがガーディアンの強みだ。
《タッキー、アーちゃん、こっち来れる!?》
凜一郎が乗るポップコーン・バギーが大きく円を描いて走り、他のプレイヤーの注意を引こうとした。だが追いかけてきた七人が、乗物を失った達雄くんと明香里に狙いを定めて、銃撃を浴びせ始めた。
達雄くんが懸命に壁を作り、明香里がほうぼうへ爆弾を投げて牽制した。だが七人は止まらず、壁や階段を作って、達雄くんと明香里を頭上から狙い撃とうと迫った。
《むーりー》
明香里が、最後の爆弾を投げながら早々に音を上げた。
《ごめん、無理かも！》
達雄くんも、張り巡らせた壁が壊れるのを止められずわめいた。
《そっち行く！　お母さん、降りて！》
凜一郎が、ポップコーン・バギーを隘路の入り口の前で停めて飛び降り、トナカイ・カーの運転席に乗り込んだ。この行動に誰もが驚き、
《え？　リンが行くの？》
亜夕美が遅れて乗物から降りたときには、凜一郎はトナカイ・カーを発進させていた。
「おい！　リン!?」
暢光は反射的に即席の足場から跳び、走り出すトナカイ・カーにかろうじて乗り込むことに成功した。
《あれ？　もしかしてお父さん乗ってる？》
「お前一人じゃ修理できないだろ」
《あはっ。ありがと》
凜一郎の嬉しげな声に、暢光は無性に胸を熱くさせられた。凜一郎が、達雄くんと明香里を見

捨てて自分たちだけ壁に隠れるということを選択せず、ただちに迎えに行くことを決めたことが誇らしかった。

凜一郎は、善仁くんや武藤先生よりもさらに巧みに乗物を走らせた。銃撃によるダメージを受けることなく達雄くんと明香里の救助に向かったが、二人のほうは壁の大半を壊され、ついで狙撃を受けて両方とも体力ゼロとなってしまった。こうなると二人を回復させない限り、乗物に乗ることもできない。

《あー、これ、むりむーりー》

明香里が自棄《やけ》っぱちな調子で言った。

《リン、やられるから行って!》

達雄くんが叫んだが、凜一郎は聞く耳を持たずに、倒れた二人のそばにトナカイ・カーを停めて盾にした。そしてすぐに乗物を降りて、四方に壁を作り出しながら言った。

《おれが壁作るから、お父さん、二人を回復して》

「わかった」

暢光は、一瞬で壁を張り巡らせた凜一郎に感心しながら、まず明香里から回復させた。仲間を効率よく回復させられるガーディアンから先に復帰させるのがセオリーだ。

しかし周囲のプレイヤーの猛攻は熾烈の一語で、凜一郎が作る壁が片っ端から破壊されるばかりか、トナカイ・カーの耐久値がみるみる減っていった。早く二人を回復させなければ脱出手段を失い、取り囲まれて全員ゲームオーバーになってしまう。

「早く、早く、早く」

暢光は、明香里の体力ゲージが元に戻るさまをじりじりしながら見守った。だがもう少しで回復するというところで、壊れた壁の隙間から飛び込んだ弾丸に撃たれてしまった。

「ああっ！」

思わず絶望的な声がこぼれた。仲間を回復している最中に銃撃を受けると、回復の工程が全てやり直しになるのだ。暢光は慌ててまた回復アイテムを使用し、

《あーあ、これって、むりじゃないかな》

明香里が、他人事のように言った。

《リン、やばいって。行っていいから。お前の建設素材なくなっちゃうよ》

達雄くんが言ったが、凜一郎は返事もせずに、壊れた壁を作り直している。

その懸命な戦いぶりから、凜一郎がいかにこのゲームに心血を注いでいるかが伝わってくる。ただ勝つのではない。何かに本気でぶつかりたい、正しいことをしたい、自分の限界を超えたい、後ろめたさのまったくない達成感を得たい、といった様々な願いが一つになって、「大会に出て、勝ちたい」という思いが生み出されているのだ。

応援したかったし、支えてやりたかった。できるなら頼もしい存在として傍《かたわ》らにいたかった。それが無理なら、せめて凜一郎が望む通りに戦わせてやりたいと願った。

だがそこでまたしても壁が壊され、銃撃を受けたことで、明香里の回復がやり直しになった。なんでだよ。暢光はそう叫びたいのをこらえて回復アイテムを使った。なんで助けられないんだよ。なんでおれは、子どもたちを支えてあげられないんだよ。

涙でモニターがぼうっと霞み、慌てて目を瞬かせた。自棄になるな。今回のプレイが上手く行かないだけで投げ出すな。暢光は自分に言い聞かせた。きっと次は上手く行く。今回は、ここでゲームオーバーだけど――。

《サンキュー、パパ》

明香里の声がして、暢光は、はっと目を開いた。

いつの間にか明香里のガーディアンが復活し、達雄くんの回復に取りかかっていた。

暢光は急いで凜一郎の防壁作りを手伝おうとして、その姿を探した。

三段も積んだ高い壁の内側に設置された階段をのぼると、てっぺんの足場に、凜一郎がいて、棒立ちになっていた。てっきり激しい銃撃戦をしのいでいるのかと思ったが、びっくりするほど何もしていなかった。

一方で、先ほどまでさんざん浴びせかけられていた銃撃もやんでいる。いったい何が起こったのかわからなかった。まさか、凜一郎一人で全員倒したとでもいうのだろうか。

《え、マジ……？》

ふいに凜一郎が呟いた。暢光は、その視線を追った。

そこで、すごいことをしているプレイヤーがいた。

IDは『MATTHEW C.:YOUR ALLY』。

ロールは、ソードマン。剣と銃が一体化した、武器操作の難易度がずば抜けて高い代わりに、攻守に秀でたロールだ。

アバターの衣裳は、純白の鎧にマント。手にした剣は身長より長く、それを回転するように振り回すことで、なんと他のプレイヤーが放つ弾丸をことごとく弾き返している。

「え――？　ジェダイ？　ジェダイ来た？」

暢光は、呆気にとられて、そんなことを口にしていた。

ソードマンの武器は弾丸を防げるが、使えば使うほど耐久値が減って修理が必要となる。そして純白のソードマンは、決していたずらに剣を消費せず、ただちに反撃に転じた。

ソードマンにしかできない、超ダッシュと呼ばれる短距離を一瞬で移動する、全ロール中最速の踏み込みで、プレイヤーの一人に接近したのだ。相手はマシンガンからショットガンに持ち替えて撃ちまくったが、素早く壁や足場を作るソードマンには一発として届かなかった。逆に、いともたやすく頭上を取られ、頭部を斬りつけられたことで、体力が豊富に残っていたにもかかわらず、たった一撃で体力ゼロになって倒れた。

暢光は、驚きのあまりコントローラーをぽろりと落とし、慌てて拾いながら言った。

「なんだ今の。ソードマン使ってヘッドショットするとか、初めて見た」

《マジだ……》

凜一郎も、呆然と呟いている。

達雄くんと明香里を取り囲んだプレイヤーのうち四人が体力ゼロで倒れ、二人がゲームオーバーになってアイテムをばらまき、そして最後の一人がまだプレイ可能な状態だった。

壁を築いて逃げようとするその一人へ、ソードマンが飛ぶように追いすがり、いっとき、両者が作り出す壁や屋根で、どちらの姿も見えなくなった。かと思うと壁の一つに、光る線が斜めに走った。剣の一閃で、即席の壁が壊れたのだ。消えた壁の向こうからアイテムがばらまかれるとともに、純白のソードマンが現れて地面に降り立った。

足場の上で並んでいる凜一郎と暢光を、ソードマンが見上げた。

うわ、すごいプレイヤーがこっちを狙ってるぞ。暢光は、一秒でも早くみんなでトナカイ・カーに乗って逃げることしか考えられなくなった。

だがそこで、純白のソードマンが予想外の行動に出た。

剣を肩に担いで「グッジョブ」のＥＣを披露したのだ。凜一郎と暢光に向かって。

《うわあー！　マジだよ、あれ！》

凜一郎が声を震わせて眼下のソードマンに「大感謝」のＥＣを返した。

「マジって何が？」

そこでソードマンが「注目！」のＥＣを披露してから背を向けた。そのマントにホワイト・カメレオンのシンボルがあることに、暢光は、あんぐりと大口を開けた。

《マシューさんだ！　やさプレイのマシューさんだ！》

凜一郎がものすごい声で叫んだが、暢光にはさっぱり意味がわからない。

「え？　やさプレイ……？」

《優しいプレイのこと！　ほら、ＩＤに「あなたの味方」ってつけてる！　ソロでプレイしながら、気に入ったプレイヤーの味方をしてるの！　すごいよ、パパ！　マシューさんが一緒に戦ってくれるって！　マジのマジでマジすごいことだよ！》

3

「――では、本日はこれで終了です。みなさま、ありがとうございました」

暢光が丁寧に言うと、みなも、ありがとうございました、おやすみなさい、と行儀良く挨拶をしてゲーム・ロビーから消えていった。衝撃的なまでの昂揚感を味わったせいで、誰もが充実していると同時に、とても疲れていた。

《じゃーねー、リン》

文藝春秋の新刊

3

2023

「胴咲き桜」©大高有

文藝春秋の新刊

●史上最も愛された文豪／社長のすべて

文豪、社長になる

門井慶喜

ベストセラー作家にして、文藝春秋の創業者・菊池寛。59年の波乱万丈の人生を全力で面白がることで生き切った男の感動の物語

◆3月10日
四六判
上製カバー装

1980円
391667-5

●柴田錬三郎賞&中央公論文芸賞受賞の著者、最新刊！

本売る日々

青山文平

本屋の私が行商に出向いたのは、孫ほどの娘を後添えに迎えた名主宅。披露した画譜が無くなり、彼女が盗んだとしか思えないのだが……

◆3月6日
四六判
仮フランス装

1870円
391668-2

●魂は身体の細部にこそ宿る——極上の随筆16篇

からだの美

小川洋子

羽生善治の震える中指、髙橋大輔の首の美しさ、ゴリラの背中、赤ん坊の握りこぶし——身体が眩く光る瞬間を切り取る、静謐な眼差し

◆3月7日
四六判
上製カバー装

1760円
391669-9

●人気スープ作家、はじめての野菜レシピ本！

有賀薫のベジ食べる！

有賀薫

10年間毎日スープを作り続けたからわかった簡単で新しい野菜の使い方。単品で作る、野菜でメイン料理…繰り返し食べたいレシピ集

◆3月10日
A５判
並製カバー装

1540円
391650-7

◆発売日、定価は変更になる場合があります。
表示した価格は定価です。消費税は含まれています。

髙橋藍　カラフルデイズ

日本代表の中心選手で世界中にファンがいる髙橋藍の、キュンキュンするフォトエッセイ。東京、京都、イタリアで彼の1年に密着

◆3月29日
B5判変型
並製カバー装

1980円
391677-4

髙橋　藍

アンビシャス

北海道にボールパークを創った男たち

●ボールパークを創りたい、その夢を北海道で実現した男たちの物語

ファイターズ本拠地移転。13年前今までとは別の土地にボールパークを創る構想が生まれた。それを形にする為に戦った男たちがいた

◆3月29日
四六判
上製カバー装

1980円
391678-1

鈴木忠平

会話の科学

あなたはなぜ「え？」と言ってしまうのか

●会話の「普遍のルール」から人間の本性が見える

つい口にする「はあ？」「えーと」に重大な意味があった！　これまで言語学が見逃してきた日常会話から言葉の秘密に迫る革命的研究

◆3月27日
四六判
上製カバー装

2420円
391679-8

ニック・エンフィールド　夏目　大訳

いぶし銀のベテラン刑事・岩倉剛ができるまで
灰色の階段
ラストライン0《ゼロ》
堂場瞬一
836円
792007-4

シリーズ化も決定！ 西條奈加の〈ど真ん中〉傑作人情時代小説
わかれ縁《えにし》
狸穴《まみあな》屋《や》お始末日記
西條奈加
726円
792008-1

天才陰陽師・安倍晴明の世界へようこそ
妖異幻怪
陰陽師・安倍晴明トリビュート
792円
792009-8

勝負メシより勝負酒？
将棋指しの腹のうち
先崎 学
693円
792014-2

牛、馬、猪、鹿……「肉」と人の関りを描く前代未聞の書
肉とすっぽん
日本ソウルミート紀行
平松洋子
836円
792015-9

「人間・金子みすゞ」の真の姿に迫る
金子みすゞと詩の王国
880円
792017-3

《そんじゃねー、タッキー》

達雄くんがオフラインになり、

《お父さん、おれもう寝るね》

パパ呼びからお父さん呼びがすっかり定着した凜一郎が言った。もう少し練習すると言い出すかと思ったが、さしもの凜一郎も、興奮しすぎて疲れたらしい。

「ああ。ゆっくり休めよ」

《うん。おやすみ》

「おやすみ、リン」

凜一郎のライダーが、光に包まれる演出とともに、ふっと消えた。

ゲーム・ロビーにいるのが自分のノーマルだけになると、暢光はヘッドセットを外し、うーん、と唸りながら強ばった足腰を心地好く伸ばしてから、一歩で行けるキッチンでルイボス・ティーを淹れた。カップを両手で持って窓の縁に座り、暗い夜の用水路を見下ろしながらルイボス・ティーをすすり、深々と吐息をついた。全身の神経をぴりぴりさせる興奮の余韻を解き放たないと、眠れなくなって明日の仕事に影響しそうだ。

「すごかったなー……」

ぼうっと呟いたとたん、純白のソードマンの姿が、ぱっと脳裏によみがえった。

窮地の暢光たちの前に、颯爽と現れたそのソードマンが、迫り来るプレイヤーを、たった一人で撃退した。そして凜一郎とECを交わし合うや、そのIDが変わったのだ。

『MATTHEW C.《コピー》 is RINGINGBELLS' ALLY ×3』

マシュー・Cはリンの味方。

あの『×3』は何だ？　三回だけってことか？　暢光が疑問に思うのをよそに、凜一郎が、そして足場にのぼった達雄くんが、ぎゃーっ、という悲鳴じみた歓声を上げた。
《タッキー！　マシューさんだよ！》
《うわ、マジやっばい！　これ絶対、配信されてるよ！》
《うわうわうわ、めっちゃ緊張するー！》
確かに、この上なく明白な意思表示だったが、暢光には咄嗟に信じられなかった。やさプレイだって？　そんなことして、何の得があるんだ？
だが、凜一郎と達雄くんはすっかり信じ切っている様子だし、
《あー、あれ、リンの好きなユーチューバーね。ラッキーだねー、リン》
トナカイ・カーに乗って一人で立てこもっている明香里も、疑っていないようだ。
《せっかく助けてくれるんだから、急いで行かなきゃ！》
凜一郎が素早く足場から降りてトナカイ・カーの運転席に乗り込んだ。暢光も達雄くんとともに、その乗物の屋根に飛び降りるようにして乗車した。
「急ぐって？」
《たぶん手伝ってくれる！》
凜一郎がトナカイ・カーを発進させると、ソードマンが、どこに置いてあったのか一人乗りバイクを駆って追いかけてきた。
向かう先の隘路の入り口では、亜夕美、善仁くん、美香さん、裕介が、防壁を築いては他のプレイヤーに攻め込まれて後退し、また防壁を築き直すということを繰り返し、どんどん後退しているところだった。

そこへトナカイ・カーとバイクが接近すると、挟み撃ちを避けるためか、プレイヤーがぱっと左右に散って足場を作り、なるべく高所に位置しようとした。相手よりも高い場所から攻撃するほうが、エイムしやすいし、ヘッドショットで倒せる確率が上がるのだ。

おかげでトナカイ・カーもバイクも楽々と素通りすることができ、

《リンくんが戻ってきました！　グループ3がいる壁まで下がりましょう！》

裕介が言って素早く壁の一部を扉に変えて開き、トナカイ・カーとバイクを通過させ、また壁に戻した。すぐにその壁が攻撃されたが、亜夕美たちはもうそれには構わず、トナカイ・カーとバイクを追って走った。みなグループ3が築いた壁に到着し、芙美子さんに扉を作ってもらって壁の向こう側に入ることができた。純白のソードマンも。

《ねえ、その人、ユーチューバーなんでしょ？　配信されたりして大丈夫なの？》

亜夕美が困惑した調子で訊いた。ネット上にいる見知らぬ人間を、あっさり迎え入れていいものだろうかという、大人としては当然の反応だが、凜一郎たちは違った。動画配信などで自分をあらわにしている時点で、信頼すべきかどうかというより、ファンになるべきかどうかということのほうが大事なのだ。

凜一郎と達雄くんは完全にファンだし、信頼という点では、ソードマンが手早く壁の弱い部分を見抜いて補強し、みなのために足場を作り、迎撃に協力する姿勢を見せたことで、奇特にも手伝ってくれるらしい、とみな納得することになった。

《味方のふりをしていきなり攻撃してこんだろうな》

武藤先生が、ソードマンの「頑張ろう」のＥＣに、おっかなびっくり同じＥＣを返しながら言った。

「さっきも助けてくれましたから、大丈夫だと思います」

暢光はそう言ったものの、本当に何の得があってそんなことをするんだろう、という疑問は消えなかった。とはいえ、すぐにそれどころではなくなったのだが。

すでに十人以上ものプレイヤーがこちらへ来て壁や足場を築き始めたのに加え、たまたま近くにいた、もう十人ばかりが、ミストに追われて駆けてきたのだ。

このためグループ3が築いた、壁を縦に四つ積んで鉄素材を施し、内側にきっちり足場を組んだ頑丈な壁は、たちまちおびただしい数の弾丸と爆弾を浴びることとなった。

いかにも多勢に無勢だが、壁のこちら側にいる十一人と一人が、建設素材を惜しみなく使って壁が壊れるのを防ぎ、また壁の上からありったけの弾丸やボムなど攻撃アイテムを放ち、プレイヤーの体力を削り、彼らが作る足場を破壊し、侵攻を防いでいた。

誰もが言葉少なになるほど、やることが多く、相手が多い。暢光は、ファイナルバトルを戦ったことがないが、こんな風に真剣に集中し続け、それに耐えられなくなったほうが負けるのだということが初めて理解できた気がした。凜一郎がどれだけのものに耐えて一位を取ったのかを思うと、自分も何が何でも頑張らねばという思いで奮闘した。

だが多数のプレイヤーを食い止めることは容易ではない。中でも五人チームが確実に前進し、一人も脱落せず、壁と丘の斜面の両方に足場を築いていった。

《あのチームを止めないと、こっちに侵入されます!》

裕介が言いつつ、スナイパーライフルを可能な限り速く撃って、五人を牽制しようとした。グループ1の四人、そして飛び入りのソードマンが、裕介とともに壁の片側に集まり、五人を食い止めようとしたが、できなかった。

ミストが隘路に入り込んでくる前に、あちらの足場が、こちらの壁と同じ高さとなり、五人が次々に丘へ足をかけ、斜面の陰に消えていった。

《あっ、こっち来ちゃうんじゃない？》

達雄くんが壁から丘の上へ移動して壁を築こうとしたとたん、飛んできたスナイパーライフルの弾丸に襲われ、体力を奪われた。

《アーちゃん、お母さん、こっちに壁作って！》

凜一郎が丘へ跳び、達雄くんの周囲に素早く壁を作った。

《五人チームがこっちから来ます！》

裕介が、凜一郎と一緒に壁を作りながら報告したとたん、五人が殺到した。あっという間に壁と足場を作り、凜一郎たちグループ1より高所に位置した。おかげで、凜一郎たちだけでなく、壁に立つ暢光たちグループ2や、壁の内側で修復に努める武藤先生たちグループ3も、五人の攻撃射程に入ってしまった。

暢光は、斜め上から銃撃を受け、慌てて壁を作りながらわめいた。

「上に来てる！　みんな壁作って！　大丈夫か、リン！」

《頑張る》

凜一郎が短く返し、回復アイテムで体力を取り戻した達雄くんとともに、壁と足場を作って五人へ立ち向かった。その二人に、すぐさまソードマンが追随した。本当に凜一郎の言う通り、マシュー・コヒーこと『ゲート・オブ・レジェンズ』のリアルレジェンドたるスーパー・プレイヤーであると証明せんばかりに、すごいプレイを連発した。

剣を振り回して弾丸を弾き、凜一郎と達雄くんを守り、壁と足場を築いて五人の足場へ安全に入り込めるようにしてくれた。しかも侵入を防ぐために攻撃してくるプレイヤーに跳びかかり、近距離で銃弾を剣で弾き、あるいはかわし、剣を銃撃モードにするなど変幻自在の攻撃を繰り出すことで、ものの数秒でそいつの体力をゼロにしてしまうのだ。
《すっごい、プレイ！》
《マジ、めちゃうま！》
凜一郎と達雄くんの興奮ぶりから、暢光は、どうやら二人とも無事だと判断するのが精一杯だった。怒濤のように攻めてくる目の前の他のプレイヤーたちへ、ひたすら銃撃を浴びせ、なんとか壁の外に釘付けにする以外、目を向ける余裕とてない。
そしてやっと、隘路に炎の雲が立ちこめ、
《ミストです。乗物へ移動を。グループ1は先に行って乗物を探して下さい》
裕介が、死に物狂いで攻めてくるプレイヤーを狙撃で押しとどめながら、冷静にみなへ声をかけてくれた。暢光は身を屈めて銃弾を避け、そこでやっと凜一郎たちがいる丘のほうを見やった。
驚いたことに誰も戦っておらず、凜一郎たちとソードマンが、走って丘を下りて来る。
「リンたち、大丈夫だったか？」
《一人ゲームオーバーにできたけど、四人逃げた！　乗物探してくるから、あとでね！》
まるで今すぐ残り四人を追いかけて倒してくるとでもいうようだ。いや、本当にそのつもりなのかもしれない。それだけ強気になるほど頼もしい助っ人を得たということだ。
それが自分ではないことに暢光は一抹《いちまつ》の悲しさを覚えながらトナカイ・カーに乗った。善仁くんと美香さんがすでに乗っており、すぐさま発進した。グループ3のドラゴンバスが続き、背後では燃え盛るミストがプレイヤーと壁と丘をまとめて呑み込んでいった。脱出できたのは五人チームの四人だけで、二十人以上ものプレイヤーがゲームオーバーになったことで、暢光たちのそれぞれに、どっさりポイントが加算された。

暢光たちにとっては、これだけでも快挙だ。もちろん、ソードマンの助っ人があってこそだった。さもなくばこちらの大半がゲームオーバーになっていただろう。

ただ自分が勝つんじゃなくて、素人と子どもたちに勝たせるって、考えてみるとすごいことだなあ。自分はそうしたくても、なかなかできなかったしなあ。しみじみ思いながら、ルイボス・ティーをすする暢光の記憶が、そこで二つ目の砦でのプレイに飛んだ。

グループ3がセンターエリアの銀行を砦に作り替え、グループ2が弾薬とアイテムをかき集めて合流したのだが、なんとグループ1は砦に入らず、ここでも遊撃を選んだ。

すぐに十数人もプレイヤーが集まって砦を攻め、五人チームの生き残りもリベンジとばかりに猛攻に加わった。あっという間に砦はぼろぼろになり、見張り台にいた裕介が、台を破壊されて屋根に落ちたところを撃たれて体力ゼロとなった。

さらに一階の壁が壊され、修復しようとした芙美子さんと剛彦が次々に狙い撃ちにされて体力ゼロとなったとき、近くのビルのエントランスからグループ1が飛び出した。

ホバーボードという、膝上くらいの宙に浮かぶスノーボードみたいなものを手に入れた凜一郎たち四人とソードマンが、五つの流星みたいに、実にかっこよく登場したのだ。その光景に、暢光は腕に鳥肌が立つほど感動させられていた。

このグループ1の急襲で、一階に侵入しようとして道路に出たプレイヤーの多くが算を乱した。さらに砦の中にいる者たちが回復して反撃したことで、路上のプレイヤーを片っ端から倒すことができた。

ここで暢光が驚かされたのは、ソードマンが大活躍して他のプレイヤーを倒してくれたわけではないことだ。いや、大活躍したことは確かなのだが、それは凜一郎たちを守り、導き、プレイヤーを撃ち倒すチャンスを作ってやる、という意味でだ。

やがてミストが迫ると、ソードマンが「あっちだ」のECを披露しながらホバーボードを駆り、砦の一角の壁を拡張して、道路を塞ぎ始めた。

《あはっ！　マシューさん、ここでも逆ネイルするって！》

凜一郎が楽しげに言って、ソードマンの傍らで壁を作り始めた。

「今ここでか？」

四方からミストが迫るファイナルバトル直前に、殺到する上位のプレイヤーをまとめて片付けるなど、暢光には発想もできないことだ。つい、ランダムに決まる安全地帯に当たりをつけ、一刻も早くそこへ移動することを考えてしまう。

だがソードマンの導きに従い、すぐに達雄くん、亜夕美、明香里が加わった。

《すご！　ここでファイナルバトルやっちゃう気なんだ！》

《ぐははは、ぶっ殺すぞー！》

《アーちゃん、言葉遣い！》

《ぶっ殺します！》

《だからそういうこと言わないの！》

《もー、はいはーい》

ソードマンは、乱戦状態にもかかわらず、飛んでくる弾丸を的確に剣で弾き、撃った相手へすごいエイムで撃ち返すことで、凜一郎たちを守りながら、壁を築かせている。

しかもそれが最適な位置であった証拠に、近くにいる全てのプレイヤーがそこへ殺到した。しかも砦と壁が直角につながっているため、暢光たちは二方向から彼らを攻撃することができる。おかげで二十人以上ものプレイヤーが壁や足場を作る余裕もなく、ばたばた倒れていった。うわ、これは本当に全員倒せちゃうかも。暢光は、温存して凜一郎に渡そうと思っていた弾薬を使って、格好の標的と化したプレイヤーたちを、かつてなく容易に狙い撃ちしていった。それは、善仁くん、美香さん、裕介も同じだった。

《こんなに一度にポイントを稼いだの初めてです！》

《あ！　ヘッドショットできちゃった！》

《ほとんど反撃されません。グループ3も攻撃に参加して下さい》

グループ3の三人が砦の壁に窓を作り、

《はっは！　こりゃすごい！　十字砲火というやつだ！》

《えっ、今の私が倒したの？　え、ランクアップ？　すごい、ランク2になったわ！》

《私もです、フーミンお母さん！　ポイントの荒稼ぎですな！》

武藤先生、芙美子さん、剛彦まで、興奮して声を上げながら撃ちまくっている。

《あ！　さっきのチーム来た！　てか、逃げた！》

ふいに凜一郎が声を上げた。振り返ると、グループ1が築いた壁の内側で、五人チームの残りが道路を走ってミストから遠ざかっていく。

「えっ、どうやって壁を越えた？　あ——ミストくぐった？」

迫るミストに飛び込んで体力を削られながら建物を壊して移動してきたのだ。途中で一人が力尽きてゲームオーバーになったらしく、三人に減っている。

道路に集まってきたプレイヤーの最後の一人が、美香さんの狙撃で体力ゼロになったところで、裕介が言った。
《砦から出ましょう。ミストが来ます》
路上には体力ゼロで倒れたプレイヤーが何人もいたが、とどめを刺す必要はなかった。砦もろともミストが呑み込み、全員が火に包まれてゲームオーバーになった。
暢光たちがトナカイ・カーとドラゴンバスに乗って出ると、グループ1も壁を離れ、颯爽とホバーボードで移動した。ファイナルバトルの場所は大きな公園の一角だった。暢光たちが乗物で駆けつけると、そこで十人ほどが戦っていた。高く張り巡らされた壁や足場の間をプレイヤーが激しく跳んだり走ったりしているため正確な人数はわからない。
亜夕美と明香里が、暢光たちのいる方へホバーボードを滑らせてやって来た。
《リンとタッキーだけじゃなくて、みんなもあっちで戦えばいいのに》
《すぐやられちゃいそうだけど》
《頑張るもん》
すると凜一郎が、実に楽しげに声を上げた。
《みんなでやってもいいんじゃない？　楽しいよ！》
「よーし。では、参加したい方は行きましょう！」
暢光がぐっとコントローラーを握り直してトナカイ・カーを降りると、一人残らず乗物を降りた。そしてチームの全員が、ファイナルバトルの舞台へと足を踏み入れたのだ。
《邪魔だと言われそうだが、これも経験だからな》
武藤先生が笑って武器を持ち、元気よく駆け出した。

つられて全員が駆けた。バトル中のプレイヤーからすれば大人数のチームが押し寄せてきたことになる。すぐに何人かが反応し、足場を築いて高所からこちらを撃ち始めた。

芙美子さんと剛彦が慣れた調子で足場と壁を築き、暢光たちが一方的に攻撃されないようにしてくれた。裕介が真っ先に足場を駆け上がってスナイパーライフルを構えて撃ち、続いて別サイドで亜夕美と美香さんがそうした。暢光、善仁くん、明香里、武藤先生が、果敢に相手の足場へ走り込み、バトルを生き抜いたつわものに挑んでいった。

まさか自分がファイナルバトルで戦うなんて。暢光は猛烈に興奮し、緊張し、そしてかつてなく集中して、そのごく短時間のプレイを、存分に楽しんだ。

《やられちゃった！　あー、楽しかった。みんな、頑張って！》

芙美子さんが最初にゲームオーバーになり、観戦しながらの応援に回った。

《おっと、ここまでか。あと少しで、相手を倒せそうだったぞ》

《こちらもです。さあ亜夕美くん、ぜひ私が落とした回復アイテムを使ってくれ》

《ありがたく頂きたいところですが、私もやられました。もうちょっとやりたかったな》

武藤先生も剛彦も亜夕美も、倒されてのちも声は嬉しげなままだ。

《やられちゃったけど、一人倒したもんね！》

《ボムで相討ちになるのが精一杯でした》

明香里が、ついで善仁くんがゲームオーバーになり、足場を壊されて地面に降りた裕介と美香さんが互いに回復し合って善戦し、プレイヤーを一人仕留めたが、他のプレイヤー二人に背後に回られ、惜しくも撃ち倒された。暢光は過去最高に奮闘し、プレイヤーの一人を体力ゼロにまで追い詰め、とどめを刺すことまでできた。

「おれも一人倒したぞ！」

暢光は感極まって叫んだ。直後、飛び込んできた他のプレイヤーにショットガンの連射を浴びせられ、あっという間に体力ゼロにされてしまった。

あー、油断した。暢光は深々と息をついた。きっと、どっちかがやられたら、残りの一人を倒そうと思ってこっちを狙ってたんだ。くそー、今度は油断しないぞ。

楽しさのあまり早く次のプレイがしたいと思いながら暢光は観戦モードに切り替えて、残る者たちのバトルを見守った。

凜一郎、達雄くん、ソードマン、五人チームの最後の一人、そして暢光を撃った一人が残っていた。みな、残りの武器、アイテム、建設素材を惜しまず使い、戦う相手の頭上へ、あるいは背後へ回り込もうと、目まぐるしく動き回った。

凜一郎も達雄くんも無言で集中している。代わりに、すごい、とんでもない、なんだ今のは、という、みなの嬉々とした声が飛び交った。

やはりここでもソードマンは誰も倒そうとせず、凜一郎と達雄くんを守り、回復してやり、そしてチャンスを作ってやることに専念していた。当然ながら武器の耐久値が激減し、剣が一本また一本と折れて消えてゆくが、なんと一発もダメージを受けずにいる。

おかげで、凜一郎と達雄くんが、暢光を撃った一人を倒したが、そこでソードマンの剣が尽きた。それでもなお、ソードマンは自らを盾にして必死の攻撃から二人を守り続けた。そして最後はゲームオーバーになって、弾薬とアイテムを与えることで二人を支えた。

ぱちぱち手を叩く音がいくつも聞こえた。みなソードマンの献身に感謝と称賛を込めて拍手しているのだ。暢光も手を叩きながら戦いを見守った。すでにミストは最終段階の一歩手前だ。あと一分足らずで一人分のスペースしかなくなり、他は全て火に包まれる。

五人チームの最後の生き残りは落ちたアイテムを拾い、張り巡らせた壁に素早く隠れ、体力を回復した。かと思うと、まるで壁の向こうにいる凜一郎と達雄くんの姿が見えているというように、二人の背後に回り込んでいった。

《リンくん、タッキーくん、たぶんそいつの仲間が観戦して二人の位置を教えてる》

裕介が早口で告げた。ああ、そういうことか、と暢光は納得した。こっちも相手の位置を教えてやろうと思ったが、

《割とよくあるズルだよね》

《ねー》

凜一郎と達雄くんがきっぱりと言うので、暢光は口をつぐんだ。

教える必要もなかった。背後に回り込んだ相手と、二人が激しい攻防を繰り広げた。

やがて相手は凜一郎に狙いを定め、迅速に足場を組み上げて頭上を取った。だがそこで凜一郎が、驚くべきことをやってのけた。あえてミストに飛び込み、火に包まれてダメージを受けながら足場を作って高所へ移動したのだ。そして炎の雲を隠れ蓑にしながら、凜一郎は逆に相手の頭上を取り、素早くショットガンを連射した。

相手はあっという間に体力を削り取られ、慌てて屋根と壁を作り出して射撃を防いだ。そこへ今度は、達雄くんが横に回り込んで、サブマシンガンの連射を浴びせた。

相手が迅速にショットガンを撃ち返して達雄くんと体力を削り合いながら跳んで逃げ、地面に降り立った。そのそばで凜一郎がミストから飛び出し、相手が振り返るのに合わせて、悠々とショットガンの連射を浴びせた。

そうして相手がゲームオーバーになり、またボイスチャットに歓声がわいた。
《やったあああー！》
《いええええーい！》
今度は凜一郎もズルだとは言わず、達雄くんともども「やったぜ！」のECを披露し合った。
二人一緒に勝利したことが嬉しいのだろう。『WINNER!!!』という文字とともに、勝利者を称えるムービーが流れ始め、凜一郎と達雄くんのライダーが並んで称えられると、再び通信が歓声と拍手で満たされた。
ひとしきり喜び合ってのち、ゲーム・ロビーに戻るなり、凜一郎がわめいた。
《マシューさんから、バトルの招待来てる！》
達雄くんが、ひゅーっ！ と歓喜の声を返した。
《やる？ やるでしょ？》
《やろうよ！ いい？ お父さん、お母さん？》
《いいけど……今みたいにやってくれるかしら》
亜夕美が疑わしげに呟いた。暢光も、なぜ相手が協力してくれるのかわからないまま、
「トッププレイヤーのプレイを学べる良い機会ですから、みんなで招待に応じませんか？」
そう提案すると、みなが賛同した。
「じゃあ、リン。チームで招待にオーケーして」
《了解！》
凜一郎が大きな声で応じ、そうしてゲーム界のジェダイを迎えてのバトルが、再び始まることとなった。

×3って、やっぱり三回ってことだったんだなあ。暢光は、ルイボス・ティーの香りを楽しみながら思った。二度目のバトルでは、ソードマンのIDが『MATTHEW C. is RINGINGBELLS' ALLY ×2』になっていたのだ。

残り二度とも、暢光たち全員が、ファイナルバトルに参加することができた。たった一人の助っ人によって、子どもと素人の集まりが最強のチームになってしまったのだ。

そうして三度のゲームが終わると、メンバー全員に、マシュー・Cから「It was a great pleasure to be part of your team.」というメッセージが送られてきた。

一緒のチームで戦えて光栄だというのだ。こちらこそ光栄なのに謙虚だなあ。暢光は感心したかと思うと、全員に有料のはずの、ホワイト・カメレオンのシンボルがあしらわれたアバター用のTシャツをプレゼントしてくれた。

《マシューさん、マジで神!》

凜一郎の声に、異論を唱える者とておらず、マシューが去ったあともみんなで二度プレイしたのだが、みな、マシューさんならこうしたかも、といったマシュー基準をしばしば口にするようになっていた。そのおかげもあってか、残り二度ともファイナルバトルに凜一郎と達雄くんを送り込むことができたし、惜しくも一位は取れなかったが、全員の生存率がぐっと上がったことが暢光にも実感できていた。

何より、たった一日で、かなりのポイントを稼ぐことに成功したのだ。凜一郎も達雄くんも現時点では二千台前半だ。二人を出場させるには合計一万二千ポイントないといけないが、今日獲得した分だけで千ポイント以上も二人に譲れる計算だった。まだ二人とも出場できるかわからないのでポイント譲渡はしていないが、大変希望が持てる数字だ。

あんな人が、ずっと味方してくれたらなあ。暢光は素直にそう思った。いや、本当は自分が頑張らないといけないんだけど。でもトッププレイヤーなみに上手くなるなんて、ちょっと無理っぽいし。

本当にチームに入ってくれないかなあ。駄目元で頼んでみるの、ありかなあ。

暢光はルイボス・ティーの残りを口にふくんだ直後、閃きに打たれ、すっくと立ち上がった。うっかり口の中のものを噴き出さないよう、ぐっと顎に力を入れ、ごくりと音を立てて呑み込んだ。

駄目元で頼んでみるのは、ありなんじゃないか？

暢光の目が、自然と、棚に飾られたフィギュアへ向けられた。

ジェダイに助けを求めるのは、ありだろ？

急に確信にも似た気持ちがわき起こり、暢光はカップを流しに置くと、つけっぱなしのモニターに向かい合って座った。そしてゲーム内チャット用のキーボードを卓袱台の下から引っ張り出すと、暢光という人間の強みであり、もちろん欠点でもあるのだが、いつものようにまったく深く考えることなく、思いつくがままにメッセージを打ち始めた。

4

親愛なるミスター・マシュー・コピー・ザ・ホワイト・カメレオン

私はKNOB7（11）です。今日のプレイで、私の息子、RINGINGBELL9

（11）のチームを勝利へ導いて下さったことに感謝しています。あなたのプレイを間近で見られたことは、チーム全員にとっての喜びとなりました。
中でも息子にとっては、一生の思い出になったと言っていいでしょう。

息子は、あなたの大ファンなのです。あなたに憧れています。息子にとってあなたはまさにジェダイです。善き人であろうとするときのお手本が、あなたなのです。

私が今、こうしてメッセージを送るのは、あなたにお願いがあるからなのです。

どうか、息子を助けて下さい。

息子は交通事故でベッドから起きられない体になっています。

そんな息子のゆいいつの願いは、『ゲート・オブ・レジェンズ』の今シーズンの大会で優勝することなのです。息子は、大会で優勝すれば、快復して健康に生きることができると信じています。さもなくば自分は消えてしまうだろうと思い込むほど『ゲート・オブ・レジェンズ』に情熱を傾けているのです。

息子を大会に出場させるため、私たちはチームを結成しました。ゲーム内でポイントを稼いで息子に与えるためです。家族はもちろん、息子の親友や、交通事故を起こした青年とその恋人、私たちの側の弁護士、息子が入院している病院の医師、そして私のビジネス・パートナーだった者がチームに参加しています。

どうかお願いです。私たちのチームに参加して下さい。そして息子を優勝に導いて下さい。私は今日、あなたとともにプレイをして、強くそう願いました。

あなたなら息子の願いを叶えてくれる。私の一方的な主張であることを承知の上で、お願いします。どうか息子のジェダイになって下さい。

KNOB7ことN・アサクラ、あなたの善意を頼るほかない日本人より

暢光は、英文で書いた自分のメッセージを読み返して、期待と不安を覚えた。どっちの感情が強いのかわからなかったせいで、すぐにメッセージを送ることができないでいた。

自分のポイント稼ぎより、他プレイヤーを助けることを優先させる、やさプレイをするような善意のトッププレイヤーであれば、何かしら反応してくれるはずだという確信めいた期待があった。

ただ一方で、マシューほどの有名プレイヤーであれば、このような願い事は山ほど来ていそうだな、とも思っていた。

結局はやさプレイも、ユーチューバーとしての宣伝の一環に過ぎないのだから、顔も知らない子どものことなど知ったことではない、と一蹴されるかもしれない。

最悪なのは、こうしたメッセージを面白おかしく扱われてしまうことだろう。

父がこんなことを憧れのマシュー・ザ・ホワイト・カメレオンに頼んで、馬鹿にされたなんてことを凜一郎が知れば、彼の心を傷つけてしまうに違いない。

自分の名前を頭文字にしたのも、本当にマシューが素晴らしい人格者なのかどうか確信が持てなかったからでもある。ただ、ネット上の見知らぬ相手に対して、うかつに個人情報を教えてはならないという亜夕美の鉄則に従うなら、姓も名乗るべきではない。だがそこまで相手を疑っていては、本気で助けを求めていると思われなくなる心配もあった。

自分一人のことであれば名前どころか連絡先まで正直に記してしまいそうなのがこれまでの暢

光なのだが、やはり凜一郎のためを考えると慎重にならざるを得ない。

暢光は、ひとまずやるべきこととして、英文が変になっていないか、スペルミスはないか念入りにチェックした。英語は得意なほうだった。両親が、暢光が望むと望まざるとにかかわらず、やたらと留学させたがったおかげだ。

中学から大学まで何回も海外に行かされたっけ。ロンドン、カナダ、アメリカ東海岸、シンガポール。あとオーストラリアにも短期留学したっけ。両親としては暢光に家業の貿易業を継いでほしかったのかもしれない。いや間違いなくそうだと今になって思う。

どこに行っても、なんにも考えずに楽しんでいたっけ、と暢光は懐かしくなった。どこでもすぐに馴染んでしまうのが暢光の長所だった。現地の教師から、適応力が高くて素晴らしいと誉められたことが何度もある。根が素直で何でも疑わず丸呑みするように信じてしまう分、吸収が早いのだと。ただ、それ以外で誉められた記憶はなかった。

ゲームという世界ではどうだろう。素直で良いやつだから、ぜひ助けてやりたいと思ってもらえるだろうか。

「これ、返事もらえるかなあ」

暢光はそう呟き、文章のチェックを終えるや否や、ほとんど手癖で送信していた。

あっ！　と叫んだときには、もうメッセージは相手に向かって送られている。もうちょっと文章を見直したかったなあ。いや、そもそも送るかどうか考えるべきだったかも、などと思っても、後の祭りだ。

「こういうとこだぞ、おれ」

呆れて自分を叱ったが、どうせ送信してしまったのだし、こうなったからには考えても仕方がない。そう割り切って、寝る用意をした。

敷きっぱなしの布団の上から一歩半でバスルーム兼トイレ兼洗面所に入り、シャワーを浴びながら歯を磨いた。体を拭いてパジャマを身につけ、お休み前のルイボス・ティーを淹れて窓辺に座ったところで、ポーン、と音がした。

つけっぱなしにしていたモニターが、メッセージの新着を告げたのだ。

凜一郎か、チームの誰か——裕介辺りだろう、と暢光は思ったが、一方で胸の高鳴りを覚えてもいた。モニターに向かい合って布団の上に座ったときには、確信めいたものさえ感じていた。チームでのプレイを終えてから、もうだいぶ時間が経っている。こんな夜更けにメッセージを送ってくる相手などいないのだ。

果たして、暢光は送信者のIDを確認し、かっと目を見開いた。

『MATTHEW C. THE WHITE CHAMELEON』

うおお、来た！ 暢光は心の中で雄叫びを上げた。来たよ！ 来た！ 凜一郎であれば「やったぜ！」のECを連続で披露していただろう。暢光も、手振りだけだがそのECを真似て両手の親指を上げて腕を振り回していた。

いやいや、待てよ。暢光はぴたりと動きを止めた。返事が来ただけだぞ。丁重にお断りされてるかもしれないじゃないか。暢光は手を揉み合わせて祈った。どうか良い返事でありますように。我こそジェダイだとか、そういうことが書いてありますように。

それから思い切ってメッセージを開いた。

あなたのチームとのプレイは素晴らしく楽しいものでした。こちらこそ心から感謝しています。

そして、あなたの息子さんのことには、正直なところショックを受けました。あれほど快活なプレイヤーが、まさかそのような重荷を背負っていたとは思いませんでした。私にできることがあるなら、して差し上げたい、と強く思います。

ただ、世界大会での勝利を容易に約束することはできません。意図的に誰かを勝たせることができないようゲームが設計されているからこそ、世界大会は価値あるものとなるのです。そうでない世界大会など、そもそも勝利する価値があるでしょうか？　きっとゲームそのものの価値すらなくなってしまうでしょう。

あなたにならよくわかって頂けると思います。あなたのチームはフェアプレイを重んじている。ＩＤに人数を明記するチームは多くありません。逆ネイルのプレイも正々堂々としたものでした。だからあなた方とプレイしたいと思ったのです。

ですから、あなたの息子さんには、他にしてあげられることがあると考えています。そして同時に、私たちもあなた方に助けてもらうことになるでしょう。少し考えを整理する時間を下さい。近いうちに、また連絡するとお約束します。

マシュー・Ｃ　あなたの息子さんに御加護がありますよう

暢光はなんべんもそのメッセージを読み返した。

善意溢れる文言には大いに心癒されるものを感じたが、期待したとおりの返事ではなかった。八百長はやらないぞ、と言っているのはわかるのだが、代わりに何をしてくれるというのだろう？　ホワイト・カメレオンのグッズを山ほどプレゼントしてくれるとか？　でもそれなら考えを整理する必要はなさそうだ。何しろTシャツのスキンを当然のようにチーム全員にプレゼントしてくれたのだから。

気になるけど、考えてもわからない。わからないなら考えても仕方ない。また連絡すると言ってくれているのだから、大人しく待っているべきだろう。

暢光は、メッセージを読んだ証拠として、御礼のメッセージを手早く打った。

親愛なるミスター・マシュー・コヒー・ザ・ホワイト・カメレオン

早速のお返事ありがとうございます。息子への言葉に、私まで癒されました。あなたからの連絡を心待ちにしています。

N・アサクラ　あなたにも幸運がありますよう

暢光はゲーム機とモニターをオフにし、電灯を消して布団に潜り込んだ。マシューが何を考えているのか気になって眠れないということはなかった。思い切ってメッセージを送ったことへの満足感のほうが強かった。やってみるもんだなあ。マシューさんからメッセージが来たことを凜一郎に教えてやったらきっと喜ぶぞ、と思いながら暢光は眠った。

朝起きてすぐ、ゲーム機とモニターをオンにし、マシューからの新たなメッセージがないか確かめたが、なかった。

フード・デリバリーの仕事に出て昼過ぎにいったん戻ったが、やはりメッセージはない。時間が経つにつれて、いよいよ気になったが、結局、その日は連絡がないままだった。

そして翌朝、あまり期待せずにメッセージを確認した。

来ていた。

親愛なるミスター・N・アサクラ
私は今、『ゲート・オブ・レジェンズ』に関係するビジネスで、日本に来ています。あなたに会えませんか？　よろしければ、ぜひ息子さんのお見舞いに伺いたいと思っています。私は明日、京都から東京に移動します。これらの街は、あなたがいる街から、どのくらい離れていますか？

M・C　素晴らしい出会いを願って。

ぎょっとするほど、いきなりだった。

マジで？　日本にいるの？　そういえば、と暢光は思った。オンラインゲームは普通、あちこちの国にあるサーバーから、自国か自国から最も近い国のものにアクセスしてプレイする。集まるプレイヤーの言語が同じ方が遊びやすいからだ。中には外国のプレイヤーと交流したくて、わざわざ中国やアメリカのサーバーにアクセスする者もいるらしい。

だがそれはデメリットと裏表のようで、遠い国のサーバーにアクセスすると、通信速度に影響するのだという。ゲームでは応答速度を意味するPING値というものがある。ボタンを押すなどコマンドを入力してからサーバーが応答するまでに、どれくらいかかるかという数値だ。たとえばPING値が一〇〇なら、一〇〇ミリ秒、すなわち応答に〇・一秒かかることになる。日本のゲーマーにとって日本のサーバーを選べばPING値が一〇〇を切るのに、PING値がそれ以上になる国のサーバーにアクセスするメリットはない。

とりわけ『ゲート・オブ・レジェンズ』のようなスピードが要求されるゲームでは、〇・一秒の差が、ときに致命的となる。それゆえ大会出場者の多くは、オンラインでプレイできるにもかかわらず会場がある国へ渡航するのだという。

つまりマシューが自分たちとプレイしたからには日本にいる可能性は高かったのだ。

しかしビジネスとは？　ただの一プレイヤーではなく経営にも関わっているのか？　そういえば、マシューは『ゲート・オブ・レジェンズ』を制作したシムズ社の株主でもあるという記事をどこかで読んだような気もする。

それはさておき、東京に住んでいることを相手に伝えるべきだろうか？　亜夕美には大反対されそうだ。しかし、こうしてマシューと顔を合わせる機会など二度とないだろう。

だが問題は、凜一郎のお見舞いだ。それこそ個人情報にうるさい亜夕美が許してくれるかわからない。それに凜一郎の状態を見て、マシューはどう思うだろうか？　凜一郎がゲームの世界の中にいるという、説明不能の状態を、どう説明すればいい？

とにかく、相手が反応してくれたのだから、正直にきちんと返すべきだった。

親愛なるミスター・マシュー・コヒー・ザ・ホワイト・カメレオン

あなたが日本にいるとは驚きでした。幸い、私は東京に住んでいます。あなたが東京に来るのでしたら、私から会いに行くのは容易です。

ただ息子との面会については、母親と相談しなければなりません。息子の状態は、おそらくあなたが想像するより難しいものなのです。しかし、息子はあなたに直接呼びかけられることを、何より望んでいるでしょう。

N・アサクラ　あなたの善意に感謝を

暢光はメッセージを送ると、携帯電話を取って、亜夕美にもメッセージを送った。

『前に一緒にプレイしてくれたマシューさんが日本にいて、リンのお見舞いがしたいって言ってる。どう思う？』

それから身支度をして、フード・デリバリーのボックスを担いで家を出たところで、亜夕美から電話がかかってきた。

「あ、もしもし？」

《もう、何その暢気な声》

「いきなり怒るなよ」

《怒ってないわよ。呆れてるの。なんで、このマシューさんって人、リンが入院してること知っ

てるの？》
　ああ、そこからか。暢光は手にした玄関の鍵で頭を掻きながら言い訳を考えたが、何も考えつかなかったので正直に言った。
「マシューさんに、チームに参加してくれないかってお願いしたんだよ。大会で勝てば元気になれるっていうリンの思いを伝えたくて――」
《なんであなたは、ろくに知らない人に、そんなこと話すのよ》
「本当に親切な人なんだよ。リンのことも真剣に考えてくれてるっぽいし」
《そんなのわからないでしょ。だいたいその人、日本で何してるの？》
「仕事だってさ。『ゲート・オブ・レジェンズ』を作ったシムズ社の」
《えっ、ゲーム会社の人だったの？》
「どうだろう。株主らしいけど。京都から東京に来るってさ」
《なんで京都？　観光？》
「あ、そういえば、大きなゲーム会社の本社が京都にあるな。ほら、任天堂とか」
《うわ、すっごい有名じゃない》
「まあ、何の仕事かは聞いてないんだけど……」
《もしかして、その人に頼めば、リンを大会に出させてくれるとか？》
「それも会って話さないとわかんないなあ」
《うーん。わかった。リンのお見舞いに来てもらいましょ》
　暢光は目をみはった。こんなにすぐに亜夕美が許してくれるとは思わなかった。
「マシューさんのこと信じるのか？」

《違うわよ。会ってもいないのに、信じるわけないでしょ。武藤先生にも来てもらうわ。相手がどこの誰かちゃんと確かめなきゃ》
「うん。そうしよう」
《あ、ところでその人、リンが……ゲームの中にいるってことを理解してるの？》
「それも話すよ」
亜夕美が溜め息をつくのが聞こえた。
《理解してもらわないと。詐欺師だと思われそう》
「大丈夫だって。きっと信じてくれるよ」
また一つ溜め息が聞こえたが、今度のは唸るようだった。いい加減、どんな人間も、お前と同じように信じやすいと考えるのをやめろという亜夕美の内心がおのずと伝わってきた。元夫婦ならではの以心伝心というやつだな、と暢光は暢気に解釈した。
《まあいいわ。じゃ、その人が来る日時がわかったら教えて》
「うん、そうするよ」
暢光は電話を切り、玄関のドアの鍵と一緒に携帯電話を上着のポケットに入れると、自室に戻ってゲーム機とモニターを起動した。
当然ながらマシューからの返事はまだ来ていなかったが、続けてメッセージを送った。

親愛なるミスター・マシュー・コヒー・ザ・ホワイト・カメレオン

母親が、あなたと息子の面会を許してくれました。なお彼女は、息子がいる病院で働いています。また、私たちの弁護士も同席しますが良いですか？　この弁護士は、息子と同じチームでゲームに参加してくれています。

N・アサクラ

改めて仕事に出て、昼過ぎにいったん帰ってくると、もう返事が来ていた。

親愛なるミスター・N・アサクラ

東京！　それは幸運です。今日から一週間、私が宿泊するホテルのサイトのリンクを張ります。東京に来るのは三度目ですが、あなたに案内を請うことになるでしょう。
大切な息子さんとの面会を許して頂けて嬉しく思います。もちろん息子さんのプライバシーには十全に配慮したいと思います。弁護士の同席は、むしろ当然ですね。その方がスムーズに話を進めることができますし。
明日の午前十時に、ホテルのロビーで待ち合わせるのはいかがですか？　私は自前のブランドのシャツを着て待っています。他の時間がよければリスケジューリングします。

M・C

リンク先を確認すると、当然のように有名な高級ホテルのものだった。昔は自分も泊まれたんだけどなあ、などとつい思いながら暢光は「承知しました」と送信した。

これほどあっさりことが運ぶとは思っておらず、かえって不安にさせられた。まだマシューのいう提案がなんだかわからないのも気になるところだった。亜夕美が期待したように、大会に出させてもらえるとか？　代わりに何をさせられるんだろう？

疑問だらけだが、考えても仕方がないので仕事に出て、休憩の合間に亜夕美と武藤先生に電話をかけた。

《リンを勝手に撮影したりしないでしょうね。自分の人気のために勝手に配信するとか》

亜夕美はその点をいたく心配しており、

「マシューさんは、凜一郎のプライバシーに配慮するって言ってるよ」

だから大丈夫、と暢光が請け合ったが、亜夕美は譲らなかった。

《もしその人がカメラや携帯電話を出したら取り上げるって言っておいて。あと、リンのお見舞いはいいけど、ゲームでリンに直接話しかけたりするのも駄目だからね》

武藤先生のほうは、また別の点を懸念していた。

《ビジネスで日本に来てるってことは、リンくんを使ってゲームの宣伝をする気なんじゃないか？　ノブくんがまた変な契約をつかまされんよう見張っとるよ。絶対に、署名も捺印もさせんからな》

いつもそうなのだが、二人とも暢光が騙されるものと決めてかかっているのだ。

暢光としては、しっかり者の二人がいて頼もしいと思う反面、自分が二人に信頼されていないせいでマシューまで不当に疑われている感じがして申し訳なかった。

夕方まで働いて戻ってくると、マシューから律儀に「会えるのが楽しみです」というメッセージが送られてきており、ますます申し訳ない気分にさせられた。

暢光も、「こちらこそ」と返し、そこで初めて、凜一郎にこの件をいつ伝えるべきか思案した。まあ、黙って話を進めたとしても凜一郎が腹を立てることはないだろう。いきなりマシューから声をかけられた場合、むしろ凜一郎はサプライズを喜んでくれそうだ。

しかし、凜一郎を大会で勝たせてくれ、と暢光がマシューに頼んだことを知ったらどうだろう？　ズルいのは嫌だとまた言われそうだ。そのことに今になって気づいた。

マシューが断らなかった場合、凜一郎が拒んでいたかもしれない。そう思うと、ひどくやるせなくなった。おれだってズルいの嫌だよ。でも、お前は勝てば元気になれる気がするって言ったじゃないか。このままお前が消えるかもしれないなんて考えたくもない。

ああ、おれがマシュー・コヒーやジェダイみたいに頼れる存在だったらなあ。

切なさで涙がにじみそうになり、慌ててその感情を押しやった。

とにかく少しでも凜一郎が喜ぶことをしてやろう。マシューがどのようなことを言い出すかわからないが、言う通りにするかどうかは、凜一郎の気持ちに従えばいい。

決心と一抹の切なさを抱えながら、暢光はせめて今できることとして、凜一郎が作ってくれたトレーニング・マップでみっちり練習してから眠った。

翌日、目覚めてすぐに身支度を整え、軽く朝食を摂って家を出た。

さあ、チャンピオンとの面会だ。考えてみればすごいことだぞ。自分に発破をかけ、自宅から駅まで自転車で行き、電車を乗り継いだ。目的のホテルに到着したときは十時少し前だったが、相手はロビーの真ん中にある円形ソファに座って待ってくれていた。

マシュー・コヒー、二十九歳。生まれ育ったシンガポールに在住。プロゲーマーとして活躍する傍ら、ブランディング・コンサルタント会社も経営する鋭才だ。

健やかに日に焼けた、すっきり整った顔立ち。ちょっとびっくりするくらいの長身。自分のブランドのホワイト・カメレオンのTシャツの上に、白い上下のスーツを身にまとっている。なんとオシャレな鞄や紙袋、革靴までが白い。そういえば、何かのインタビュー記事で、白が自分のラッキーカラーだとマシューが言っていたのを思い出し、本気でそう信じているんだ、と暢光は感心した。

これは芙美子さんなみに、いやもしかするとそれ以上に、験《げん》を担ぐ人なんじゃないか。暢光は、相手の白一色の出で立ちを見て、この人なら凜一郎の状況を理解してくれるかもしれないと期待を抱いた。世の中には説明のつかないこともあると、受け入れてくれる人物に思えたのだ。

「ミスター・コヒー?」

暢光が歩み寄って声をかけると、マシューがぱっと顔をこちらに向け、颯爽と立ち上がって右手を差し出してきた。

「ハロー、ミスター・アサクラ。会えて嬉しいです。私のことはマシューと呼んで下さい」

「こちらこそ、あなたに会えて光栄です。私のことはノブと呼んで下さい」

暢光は手を握り返した。久々に英語で喋ったが、自然と口が動いてくれてほっとした。コミュニケーションを取ろうとしてまごつくうちに相手が興味を失うのが不安だったのだ。しかしマシューは手をぎゅっと握ったまま、ものすごい近距離でにこにこ言った。

「ありがとう、ノブ。こうしてプレイヤー同士が顔を合わせる機会は、非常に少ない。私は幸運です。日本にいる間、『ゲート・オブ・レジェンズ』であなたたちのチームに出会えたのは、偉大な導きであると感じています。きっと宿泊した場所のフェングシュエイが良かったのでしょう。

京都はその点、素晴らしい街ですね」

フェングシュエイは、風水のことだとすぐにわかった。以前、芙美子さんが「アメリカでも信じられているんだ。部屋の間取りを決めるときに、フェングシュエイするなんて言うらしいよ」などと言って、ソファや棚の配置に口を出してきたことがあったのだ。

亜夕美はそうした実母の主張を一顧だにしなかったが、マシューのほうは暢光の第一印象通り、だいぶスピリチュアルな考え方をしそうだった。

「私もそう思います、マシュー。この幸運には感謝しないといけませんね」

マシューは嬉しげな顔で、またもや力を込めて握ってから、ようやく手を離した。かと思うと、ソファに置いたままの鞄から名刺入れを取り出した。こちらのポケットに入れる気だろうかと暢光が思ったほど近づいてきたが、マシューはそうはせず、代わりに、暢光の手を取り、名刺を押しつけるようにした。

「私の名刺です。どうぞ受け取って下さい」

「あ、はい。ありがとうございます。私のほうは、今、名刺がなく……すいません」

「あなたが私の名刺を受け取ってくれたのですから問題ありません。車を手配しましたので道案内をお願いします。あなたの息子さんがいる場所へ私を連れて行って下さい」

「ええ、もちろんです」

マシューは鞄と紙袋を持って暢光にうなずきかけ、一緒に来るよう促した。暢光は素直に従い、ホテルの玄関先に停められたハイヤーの後部座席にマシューと並んで座った。

うわあ、ハイヤーだよ。暢光は改めて感心しながら、運転手に病院の場所を教えた。

ハイヤーが出発した。横にいるマシューは、いかにも若くして成功した者という感じだ。見せつけるのではなく、豊かな生活がすっかり日常になったと全身で告げていた。

リラックスしきった彼に比べると、過去にビジネスの話を自分に持ち込んできた人々が、どこか無理をしていたことがよくわかる。とにかく大げさで、なんでも強引に決めつけ、絶対に成功する、などとくどくど述べるのだ。マシューはそういうことをしそうになかった。証拠に、こんなことを言った。

「正直に打ち明けますが、あなたたちとプレイしたときの私のメンタルは、最悪でした。京都で交渉した感触が、非常に悪かったからです。落ち込んでしまわないようゲームで気分転換しようと思い、そこであなたたちと出会ったのです。それ自体、素晴らしい幸運でした。三度のプレイで、私はすっかり気持ちを立て直すことができたのですから」

「そう仰って頂けるなんて、私はもちろん、息子やチームのみなが喜びます。差し支えなければ、どんなビジネスで日本に来ているか聞かせて頂けませんか？」

「はい。ぜひ、お話ししたいと思っていました。私は『ゲート・オブ・レジェンズ』の世界大会のブランディングに協力しており、協賛企業を集めるため、いくつかの国を巡っています。日本企業の協賛は特に重要です。世界的な認知度が抜群ですからね」

「世界大会のための来日なんですね」

暢光は言った。ぐっと期待が増していた。もしかすると、亜夕美が言っていたように、マシューが手配するだけで、凜一郎を大会に出させてもらえるかもしれないのだ。

「はい。ですが今、シムズ社は様々なトラブルを抱えています。ほとんど自業自得と言っていいのですが……。おかげで、世界大会の開催が危ぶまれてしまっていましてね。シムズ社のＣＥＯの頼みで、こうして交渉のため旅をしているのです」

いきなり風向きが変わったのを暢光は感じた。

「危ぶまれる？　それって、つまり――？」

マシューは、さも深刻そうに眉間に皺を寄せ、うなずいた。

「このままでは『ゲート・オブ・レジェンズ』は今シーズンの世界大会を開催できなくなる……。そしてもし今シーズンが開催不可能となれば、『ゲート・オブ・レジェンズ』というコンテンツは致命的な打撃を受け、世界大会を二度と開催できなくなるでしょう」

5

「えええっ⁉　なんですって⁉」

暢光は思わずシートから腰を浮かしそうになりながらわめいた。

「世界大会が開催されない？　そんなのって！　息子は何のために――」

「落ち着いて下さい。これから、我々の内部事情について、お話しします。非常にセンシティブな情報ですので、具体的な資料をお渡しすることはできません。インタビューのように私の発言を記録されることも避ける必要があります」

暢光は自分の携帯電話を肘《ひじ》かけの上に置いた。録音などしないという意思表示だ。

「はい。ぜひ聞かせて下さい」

マシューは鞄からタブレットを出して起動させ、ファイルからインターネット記事のキャプチャー画像の一覧をあらわした。

「まず、これらの記事を御覧下さい」

マシューがタブレットのモニターをこちらへ向けた。

英文の記事だった。イギリスの経済専門誌の記事がネットに転載されたものらしい。最初に見たタイトルは『シムズ社の呆れ果てるほどハラスメントに満ちたガバナンス』というものだった。

『ヨーロッパにおける娯楽産業の発展において、とりわけネットゲームを主力商品とする企業は、長らく風通しの良い、生産的で倫理的な、つまるところESG評価が高い投資対象としてもてはやされてきた経緯がある。だが今回のシムズ社の内部告発は、そうした信頼を根本から揺るがすこととなった』

ESG評価ってなんだ？　と思ったが、親切にも注釈がついていた。環境・社会・ガバナンスの略語だ。つまり投資する上で、相手企業が儲かっているかどうかだけでなく、環境に優しく、社会的に立派で、ガバナンスすなわち企業内の意思決定の仕方がまっとうかどうかも大事だというのだ。そしてその記事は、シムズ社の社員の内部告発によって、実はちっとも環境に優しくなく、社会的に立派でなく、意思決定の仕方が独善的で傲慢なハラスメントに満ちていることが明らかになった、と告げていた。

うわあ、辛辣《しんらつ》だ。単に記者がシムズ社を嫌っているのではと思わされるほどだ。

「他にも記事があります。どうぞ、自由に御覧下さい」

マシューからタブレットを渡された暢光は、スワイプして次の画像を見た。『シムズ社の内部告発者　サーバー仮想化が完全な虚偽であることを暴露』という記事だった。

サーバー仮想化というのは、一台のサーバーを分割して複数のサーバーとして運用することをいう。なんでそうするかといえば、サーバー一台当たりのCO2排出量は、乗用車一・五台分に匹敵するかららしい。サーバーの冷却もふくめた電力消費で生じるCO2の量について書いてあり、つまり電気を使う限り、IT技術も環境に優しくないということだ。

シムズ社はかねて各国のサーバーを仮想化することでCO2削減に協力していると言い張っていたが、実際にそうしているのは全サーバーの一％以下だという。内部告発者いわく『シムズ社が本気で環境問題にコストをかけているとは思えない』らしい。

時間がかかりそうなので軽く読んだだけで次々に画像を見ていったが、そんな調子の記事が、びっくりするほど続いた。

『シムズ社の税逃れの仕組み』『シムズ社で実際にあったハラスメント一覧』『シムズ社の超ブラック企業体質があらわに』『私はシムズ社のCEOにおならをかけられた』

暢光は最後の記事で手を止め、眉をひそめた。

「おなら？」

マシューが、沈痛といっていい面持ちでうなずいた。

「アレックス――アレクサンデール・オルセンCEOが、会議中に突然、テーブルの上に乗り、女性社員の顔にお尻を向ける動画が流出したんです」

小学生が考えるギャグみたいだと暢光は思った。それを現実に大人がやらかすというのは、常軌を逸しすぎていて笑える要素がないどころか、怖いものすらあった。

「なんでそんなことを？」

「シムズ社のコンテンツ力では、ディズニーとのコラボは難しい、というマーケターの意見に憤慨してやったそうです。本人は他の表現をすべきだったと反省していますが」

表現の問題か？　暢光は、そのCEOは頭のネジが外れているのではと危惧した。

「自分たちが開発したゲームの成功に人生を賭けている者の中には、プレッシャーから奇行に走る者もいます。コンサルタントとして何人もそうした経営者を見てきましたが、アレックスは情熱的すぎて幼稚な分、まだ可愛げがあります。中には、デスクを斧で叩き割ることで、解雇を宣告する者もいるんですよ」

すごい業界だなあ。社長室に斧がある会社なんてギャグを通り越してホラーだ。

「でも、明らかにハラスメントでは……？」

「はい。アレックスはこのとき、かなりの額の和解金を支払っています。加えて経営陣全員がハラスメント・レクチャーを受けることになりました。ですが、CEOの性格や、企業に根づいたカルチャー、そして悪いブランドイメージというのは、なかなか払拭できません。そしてほどなくして、次のバックファイアが起こりました」

「バックファイア？」

「ネット上で、批判が渦巻くことです」

「ああ、なるほど。日本では炎上と言います」

「まさに火炎地獄です。次の記事を見て下さい」

暢光はそうした。

『シムズ社のEC窃盗問題　有名ティックトッカーたちが連帯して抗議の声を上げる』

ECとは言うまでもなく、ゲーム内でキャラクターが披露する動作、すなわちエモーショナル・コミュニケーションのことだ。今、世界中の多くの若者の間ではティックトックやユーチューブといったサービスで、自分たちが考案したダンスを披露することが流行しているという。そしてその彼らのダンスをシムズ社が無断でコピーして『ゲート・オブ・レジェンズ』内のECとして使用していたことが、次々に明らかになったのだ。

「昨今では、有名なインスタグラマーや、テレビのダンス番組などが、若者のダンスを紹介する際は、ハッシュタグで考案者のティックトックやユーチューブのＩＤを明記することがマナーとなっています。というのも振り付けには著作権の設定が難しいのです」

「では勝手に使っても違法ではない？」

「ええ。しかし、だからといって許容されることでもありません。アメリカのダンス協会をはじめ、複数の団体がシムズ社に抗議しました。そしてシムズ社は、私が推奨しなかったやり方で応じたのです」

「というと……？」

「シムズ社を訴える者を、逆に訴える、とやり返したのです。アップルやグーグルがよくやることで、著作権や特許を巡る裁判は莫大なお金が必要になるため、多くの者が抗議を諦めます。しかしダンスは、あるアプリケーションを作動させるプログラムを巡る特許訴訟とはまるで違います。何しろティックトックで若者がしているのとまったく同じ動きを、ゲームのキャラクターがするんですから。『盗んだ』ことは誰の目にも明らかです」

「確かに……」

暢光は呟き返すことしかできなかった。記事では、アメリカの著名なダンサーが『シムズ社は恥を知れ』と憤っている様子が紹介されていた。凜一郎がひたすら情熱を傾けているゲームで、そんなことが起こっていると思うと悲しくなる。

「今では『ゲート・オブ・レジェンズ』でも、ダンス考案者のハッシュタグづけをするなど改善されていますが、多くのユーザーが離れることになりました。さらに問題になったのが次の記事です。見て下さい」

まだあるのかあ。暢光は目を背けたくなったが、マシューに促されてその記事を見た。

『シムズ社がまた窃盗　新興ゲーム・クリエイター・グループが皮肉る〝僕らが開発したゲームそっくりのミニゲームが『ゲート・オブ・レジェンズ』でローンチされたけど、良く言って急ごしらえのベータ版てところ。僕らに相談してくれていたら、もう少しましになったんじゃないかな〟』

プレイヤー同士のちょっとした遊びを提供するミニゲームのことだ。それすら、他者が作ったものをそっくり真似て、自分たちのものとして発表したのだという。

「この記事で紹介されているクリエイターたちのゲームは、いまや爆発的な人気を誇っています。それを、コラボするのではなく完全に真似てしまった。当然、ネット上で激しいバックファイアが起きました。過去のマイナスイメージの相乗効果で批判の声が広がるばかりか、プロゲーマーたちによる声明や呼びかけにまで発展してしまったのです」

マシューが指を動かしてみせ、タブレットをスワイプして次の記事を見ろ、というジェスチャーをした。もうやだなあ、こんなの。暢光はげっそりさせられつつスワイプした。

『有名プロゲーマーが『ゲート・オブ・レジェンズ』世界大会のボイコットを呼びかけ』

果たして、暗澹《あんたん》たる思いにさせられるタイトルが現れた。お願いだからよしてくれ。こんなものを凜一郎が見たら、どれだけ傷つくと思ってるんだ。

だが、このプロゲーマーの主張は確固たるものであり、誰が傷つこうとも構わないという感じだった。シムズ社に改善が見られない限り、今シーズンで『ゲート・オブ・レジェンズ』のＩＤを削除し、二度とプレイしないと誓うプロゲーマーもいるらしい。

暢光は心底がっかりし、もう読みたくないという思いを込めてタブレットをスワイプした。幸いそれが最後の記事だったが、内容はどの記事にも増して悲観的で辛辣だった。

『大手投資機関もシムズ社の株式売却を示唆　相次ぐボイコットの声により『ゲート・オブ・レジェンズ』は今シーズンの世界大会の開催が危機的状況に』

内容をしっかり読みたいとは思わなかった。大会がなくなるかもしれないなんて、どう凜一郎に伝えればいいんだろう。暢光は絶望的な気分でタブレットをマシューに返した。マシューも京都で同じ気分だったのだとやっと理解できた。

「バックファイアの連続の結果、私は日本にいます。アレックスに言われてね。大会のチャンピオンが、シムズ社の大会運営チームに協力していることをアピールしたいと。しかし、ニンテンドー、ソニー、マイクロソフトといった大手から協賛を渋られているのが現実です。例年、大会の様子をゲーム内でも配信してもらっていたのですが……今シーズンは確約はできないと言われてしまいました」

「そんなこと息子にとても言えません。どれほど大会を楽しみにしているか……」

「私もです。『ゲート・オブ・レジェンズ』もその世界大会も、私にとってなくてはならないものです。なんとしても失地回復をはかり、大会開催を実現したい。そう思っていたとき、あなたたちと出会いました。私はこの幸運に賭けたい。どうか助けて下さい」

「はあ……いえ、あのう、何を期待されているのでしょう？」

「病院から出られない子どもがゲームに希望を見出しているというストーリーは、実に感動的です。多くのプレイヤーが共感し、あなたの息子さんを応援するでしょう」

うわっ。ストレートに言われた。なんとなく予想していたが――というか武藤先生に言われたことだが――こうもはっきり言われると、どう反応して良いかわからなくなる。

「うちの息子を、メディアに出すとか、そういうことですか？」

「最大限、プライバシーに配慮する必要があることはわかっています。シムズ社が、子どもを搾取しているなどという新たなバックファイアのネタを、ネット上の批判者たちに提供するつもりはありません。ましてやその結果、あなた方が傷つくなどということは、あってはならないと考えています。難病のお子さんの治療費を募るクラウドファンディングのように、とても慎重に進めるつもりです」

「母親は、子どもの顔や実名が公表されることを拒絶するでしょう。私もイエスと言うわけにはいきません」

「当然ですね。だから、息子さんのお見舞いを希望したのです。私が息子さんに会い、その実在を保証すれば、多くのプレイヤーがフェイクではないと信じてくれます。フェイクだと主張する者も多少は出るかもしれませんが、だからといって、わざわざ息子さんの存在を世界中にさらす必要はありません」

「子どもがどこの誰か、特定したがる人もいるのでは？」

「日本人であることは使用サーバーから推測されるでしょうが、プレイヤーの個人情報が特定されることはありません。過去、ハッキングによってゲームネットワークにおける大規模なデータ流出があったのは事実です。しかし登録されているのはクレジットカードや引き落とし用の口座を持つ大人の情報であり、子どもの情報はありません。せいぜい、チャイルドモードにした形跡から、未成年の家族がいると推測される程度です」

「うーん……なるほど」

だんだん反論の余地がなくなってきたことに暢光は困惑した。このままでは説得されてしまいそうだ。とはいえ亜夕美と武藤先生の同意がない限り決められないので、心配はしていなかった。マシューにはまだ言っていないが、何しろ離婚されているのだから親権がない。暢光がうっかり何か約束しても、凜一郎に関することであれば亜夕美は無視できる。何の自慢にもならないが、自分は完全に中立なのだ。というか無関係と言っていい。自分がマシューにメッセージを送った手前、言いたくないのだが。

「母親と弁護士、そして息子自身にも尋ねねばなりませんが、私はあなたの気持ちと配慮を理解しました。息子が望む限り、協力したいと思っています」

「ありがとうございます！」

がばっとマシューが身を乗り出し、両手で暢光の右手を握りしめた。

「どうか、私たちの救世主となって下さい。危機に瀕する『ゲート・オブ・レジェンズ』を救って下さい。あなたの息子さんが、全てを変えてくれると私は確信しています」

6

暢光は正直なところ、マシューが本当に確信しているのかどうか、彼の確信が何をもたらすのか、よくわからなかった。自分たちは凜一郎を有名にしたくて頑張っているわけではないし、ましてや企業ブランドの再生に寄与するなど現実的とも思えない。

なんであれマシューはすっかり正直に話してくれたらしい。となれば今度は暢光の番だ。眠れる凜一郎を前にして、この子の心はゲームの中にいると言わねばならない。問題はマシューが赤の他人で、ゲームの中の凜一郎が本人だと証明するすべがないことだった。

病院が近づくにつれ、マシューに信じてもらうのはどうあがいても無理である気がしてきた。ゲームを通して凜一郎に声をかけたところで、マシューから気の毒に思われるだけではなかろうか。ゲームにアクセスしている別の子どもを、自分の息子と思い込んでいる暢光を憐れみ、丁重に別れを告げるマシューが想像された。

どうしたら信じてもらえるだろう？　病院に到着し、マシューとともにハイヤーを降りながら考えたが、わからなかった。

亜夕美や武藤先生と一緒に話し、説得するしかない。

病院のロビーに入ると、ベンチに座っていた武藤先生が立って手を振った。暢光はマシューと一緒にそちらへ歩み寄った。

「彼が私の弁護士、ミスター・ムトウです。先生、こちらがマシューさんです」

暢光が英語で言った。

「お目にかかれて嬉しいです、ミスター・ムトウ。マシューと呼んで下さい」

マシューが鞄と紙袋を一方の手で持ち、空いたほうの手を差し出した。

武藤先生がその手を握り、「ナイス・トゥー・ミート・ユー・トゥー」と返した。だいぶ日本語訛《なま》りが強いが、武藤先生も英会話に慣れていた。暢光の父がしていた貿易業で法務を任されていたのだ。当然、英語の契約書を翻訳なしですらすら読んでしまう。

マシューが手を離してロビーを見回した。

「大きな病院ですね。ノブの奥さんがここで働いていると聞きました」

「ええ。元妻がね」

武藤先生に、エクスワイフと言い直されたマシューが、目を丸くして暢光を見た。

「私は復縁したいと思っているのです」

暢光は言い訳めいたことを口にした。

「失礼ですが、子どもの親権は……」

「リンくんと彼の妹のアーちゃんの親権は、元妻のアユミ・ミヤタにあります」

武藤先生が、にっこりして言った。暢光がここに来るまでの間にどんな約束をしたか知らないが、関係ないんだぞと暗に告げているのだ。

マシューは、これは予想外だった、と素直に認めるように肩をすくめた。

「アユミサンとあなたに、ノブにしたのと同じ話をしたいと思います。その前に、これをリンクンに渡してもいいですか？」

マシューが、わざわざ「アユミサン」「リンクン」と日本語の呼び方で言った。

「私の会社が販売している、『ゲート・オブ・レジェンズ』のオリジナル・グッズです。Tシャツやポーチなど各種用意しました。二人のお子さんで分け合うこともできます」

「リンが喜びます。ええと、アーちゃんも喜ぶでしょう」

暢光は言った。個人情報というか家族の情報をどこまで守ればいいのか、だんだんわからなくなってきた。武藤先生のほうは、亜夕美に何をどこまで話すか確認しているらしく、ためらいなく亜夕美の名や明香里の愛称を口にしている。

「これはご親切に。ただ、リンくんが直接受け取ることはできないので、亜夕美さんか妹のアーちゃんに預けることになりますがね」

「直接受け取れない？　面会が困難な状況なのですか？」

「まだ、面会自体はできます。ノブくん、さっそく病室に行くかい？」

「あ、はい。行きましょう、マシュー」

三人でエレベーターに乗って目的の階に行き、病室へ向かった。途中、ぼそっと武藤先生が暢光へ日本語で言った。

「リンくんのこと説明してないのかい」

「はあ」

暢光が曖昧《あいまい》に返すと、武藤先生が唇を引き結んで鼻息をついた。代わりに、どう説明してやろうか考えてくれているのだ。

病室に入ると、芙美子さんと明香里がおり、眠れる凜一郎の傍らで『ゲート・オブ・レジェンズ』の攻略本を芙美子さんが明香里に読み聞かせてやっているところだった。

マシューさんだぞ、と暢光はつい、凜一郎のほうに心の中で声をかけていた。お前の憧れの人だぞ。凜一郎がふいに目を開いて大喜びするさまを想像して胸が痛くなった。誰が来ようと凜一郎は眠り続けたままだった。外傷が癒えた代わりに、一回り小さくなったように思えた。体を動かさないせいで筋肉がどんどん衰えているのだ。

「あ、来た」

明香里が暢光たちに気づき、ぴょんと跳ぶようにして立ち上がった。

「芙美子さん、アーちゃん、こちらがマシューさん」

すっと芙美子さんが攻略本を小テーブルに置いて立ち、マシューへ丁寧に頭を下げた。

「凜一郎の祖母の芙美子です。先日は私どもを助けて頂いてありがとうございます。母親はここで看護師として働いていましてね。もう少ししたら巡回で顔を見せると思います」

芙美子さんが日本語で口にしたことを、暢光が通訳した。

「いいえ、こちらこそ素晴らしいチームとプレイできたことに感謝します。これはリンクンとアーチャンへのプレゼントです」

マシューが、眠れる凜一郎のほうをちらちら見ながら、紙袋を差し出した。

「リンとアーちゃんへ、お土産ですって、芙美子さん」

「アーちゃんのもあんの⁉ やったね！」

「まあまあ、ご親切に。それにしても、タレントみたいにかっこいい方なのねえ」

芙美子さんが、ほれぼれとしつつ、受け取った紙袋を明香里へ渡した。

暢光が通訳すると、マシューは「いえいえ」と謙遜する様子でかぶりを振り、それから真っ直ぐ凜一郎を見て言った。

「リンクンが眠っているときに来てしまいましたね。改めて来るべきでしょうか」

「いつ目覚めるかは不明なんです」

武藤先生が、暢光に代わってきっぱり告げた。

「なんですって？」

マシューが、明らかに面食らって訊き返した。

「交通事故に遭って以来、一度も目を覚ましていないんです」

マシューはぽかんとなり、武藤先生、暢光、芙美子さん、紙袋の中身をがさがさ漁《あさ》る明香里を見てから、目を閉じて横たわる凜一郎に視線を戻した。

「いわゆる、植物状態《ベジタブル》だと言うのですか？」

英語で、はっきり野菜を意味するベジタブルと口にした。いやな喩《たと》えだなと暢光は思ったが、むろんマシューに悪意があるわけではない。

「そのような状態かどうかはわかりません。現状では昏睡《コーマ》です。経過観察中なのです」

武藤先生が訂正した。目の前で眠る子どもが野菜に喩えられるのは、暢光でなくとも嫌な気分にさせられるのだろう。

「目覚めていないのに、どのようにしてゲームをプレイしたというのですか？」

ほら来たぞ。暢光は、武藤先生が説明してくれるだろうと思って黙っていた。だが武藤先生はそうせず、まずはお前から話すべきだろう、と呆れた顔で暢光の肩を叩いた。

「あ……はい。あの、息子は今、ゲームの中にいるんです」

「なんですって？」

「息子の体はこの通り眠ったままですが、なぜか『ゲート・オブ・レジェンズ』の中に心がとらわれているんです。リンは大会に出て勝つことで目覚めると信じています」

マシューが、あんぐりと口を開けた。そんな馬鹿なことがあるかとわめきそうだ。暢光だけでなく、武藤先生もそう思ったらしく、こう助け船を出してくれた。

「マシュー、ノブの言う通りなんです。私もとても信じられませんでしたが……」

マシューが「オー、アンビリーバブル」と小さく呟いた。信じられない、という意味だが、口調はそうではなかった。どちらかといえば驚嘆の念がこもった言い方だった。

「つまり、彼はスリーピング・ピープルになってしまった、と言うのですね？」

「ええ、昏睡状態に……」

武藤先生がまた言い直そうとすると、マシューが手を振って遮った。

「違います。スリーピング・ピープルです。ある人の魂が、聖なる場所とか、他の人の夢、あるいは古い鏡の中などにとらわれてしまい、眠ったままになってしまうんです」

うわ、来た。暢光は思わず、武藤先生と目を合わせ、今、魂って、ソウルって言ったよな？と二人して無言で確認した。

「私の一族は、風水と霊を尊びます。私も親戚から様々な話を聞かされました。叔母など、古い寺院を訪れたことで魂が漂い出し、一週間以上も眠ったままだったそうです」

「ははあ、そんなことが」

暢光が、曖昧に相づちを打った。まさかこうもあっさり信じてくれるとは思わず、芙美子さんなみのスピリチュアルな言葉に、武藤先生ともども呆気にとられていた。

「この目で見る日が来るとは思いませんでした。念のため訊きますが、ここにいるみなさんは、ゲームの中にいる相手が、リンクンであると確信しているのですね？」

「あ、はい。最初は疑いました。アカウントがハッキングされて誰かがなりすましているとか……。でも間違いなくリンです。息子しか知らないことを知っています」

「アカウントを奪ったなら、登録した親になりすますのが普通です。わざわざ課金やアクセスやプレイ時間まで制限されるチャイルドモードで子どもになりすますメリットはありません。また、もし子どもを狙う犯罪者であれば、親に話しかけはしないでしょう」

「なるほど……確かに、あなたの言う通りですな」

武藤先生が、マシューの筋の立った理屈に感心し、何度も大きくうなずいた。

「こちらも念のため聞きますが、脳波コントローラーは開発されていないんですね？」

暢光が、かねて訊こうと思っていた質問を口にした。

「え？ ああ、あれはエイプリルフールのジョークです。十年後には商品化されているかもしれませんが、今の技術では無理でしょう」

あ、やっぱりそうなんだ。暢光が、武藤先生と一緒に、そりゃそうだよね、という感じでうなずき合った。

そこへ、亜夕美がつかつかと現れ、

「ごめんなさい遅くなって。あ……この方？　え、役者さんみたい」

マシューが振り返るなり、芙美子さんと似たような感想を口にした。

「ぐへへへ、お土産もらっちった」

明香里が頭上に紙袋を掲げてみせた。

「丁寧で物腰の柔らかい人だよ。何を言ってるのかよくわからないけど」

芙美子さんが、すっかりマシューに肩入れした調子で言った。

「こちらが、リンの母親の亜夕美です、マシュー」

暢光が告げると、マシューは手を差し出すのではなく、日本式に深々とお辞儀をした。

「会えて嬉しいです、アユミサン。私はマシューです。リンクンとあなた方のフェアプレイにいたく感動し、こうしてお見舞いさせて頂きました」

亜夕美も頭を下げ返し、

「えー、サンキュー、ベリー、マッチ、ミスター・コヒー」

いつものしっかり者の顔で礼を述べ、暢光に視線を向けた。

「この方、リンの状態とか……ゲームの中にいるってこと、理解してくれてるの？」

「うん。親戚に、眠りっぱなしになった人がいるんだって」

「適当にこっちに合わせてるんじゃないの？」

武藤先生が暢光に代わってこう言ってくれた。

「そういう感じはしないよ、亜夕美さん。とても公平で論理的な考え方をする人物だと私は思う。リンくんがなりすましではないと考える理由を聞かされたが、感心したよ」

「先生がそう仰るなら、その方の話を聞いてみます。先生も同席して頂けますか?」

「もちろん。そのために来たんだ」

「じゃ、ノブ。その方に、ここじゃなんだから、カフェテリアでお話ししましょうって言って。リンに何をさせたいか聞きますって」

7

眠れる凜一郎を除いて、全員でカフェテリアへ移動した。

暢光、亜夕美、武藤先生、マシューが四人掛けの席につき、芙美子さんと明香里がその隣の席についた。明香里だけケーキのセットを頼み、他はコーヒーやお茶を頼んだ。

マシューが鞄からタブレットを出し、亜夕美と武藤先生に記事を見せた。暢光とマシューが交互に記事の内容を説明することになり、暢光は、まるでマシューの側に立って二人を説得しているみたいだな、と思った。

記事の説明が終わると、亜夕美が溜め息をついた。

「ひどい。リンには聞かせたくない話ね。それで、リンにどうしろっていうの?」

暢光が通訳し、マシューが言った。

「まず、リンクンが世界大会への参加に向けて努力しており、そこで私があなた方と出会ったことを公表します。私は、あなた方のバックアップをしたいと願っており、シムズ社にも協力を求めます。病院で戦っているリンクンを、世界中のプレイヤーに応援してもらうため、クラウドファンディングを立ち上げるといったことを考えています」

今度は武藤先生が、亜夕美のために通訳してやった。

「リンをさらし者にするわけ？」

たちまち亜夕美の眉間に皺が刻まれた。その反応を予期していたように、マシューが暢光と武藤先生へ言った。

「今、アユミサンはおそらくリンクンのプライバシーについて懸念していると思います。決して、個人情報が拡散してしまうといったことがないよう、慎重にプランを立てますし、もちろん皆さんの意見をプランに取り入れます」

「プライバシーを守るための具体的な対策を聞かせてもらえますか？」

武藤先生が尋ねた。

「きわめて単純です。プレイ時のＩＤや、所属するチームなど、ゲーム内でわかること以外、情報を出さなければいいのです。シムズ社にも徹底させますし、そもそも私がシムズ社に教えないという手段も取れます。あくまで私と私の会社がやっていることとし、シムズ社は私を通してリンクンをサポートします」

「サポートというのは、大会に出させてくれるということですか？」

「リンクンが何を望むかによります。大会への参加条件を免除することもできます。ポイントや課金なしでレアアイテムを得ることも、有料マップへのアクセス権を与えることもできます。もちろん、私があなた方のチームに参加し、プレイレベルの向上をはかることも可能です。ただ、リンクンに訊いてみないと、かえって嫌がられるかもしれないとノブから聞きました。あと、セミプロゲーマーとして扱うことで、報酬を支払うことも考えています。治療費のバックアップとお考え下さい」

そこでいったん武藤先生が会話を訳すと、亜夕美がまた溜め息をついた。

「ありがたいんですが、子どもをだしにして、お金をもらうなんて……」

「あくまで選択肢の一つだよ、亜夕美さん。あちらはけっこう柔軟に考えてくれている。クラウドファンディングは個人的にはやっていいと思う。実際、ここに入院しているお子さんの治療費を集めるため、そうしているご家庭もあるらしいじゃないか」

「確かに……意地を張って困窮しても子どものためにならない、とは思います、正直」

亜夕美が肩と視線を落とした。気丈な彼女が、うなだれている様子は、暢光にとって何より痛ましく泣きたくなった。ごめんなあ、お金なくしちゃって。思わず涙声で詫びるところだったが、そうしてしまう前に、武藤先生が言った。

「マシューさんが一緒にゲームをやってくれるだけでもリンくんは喜ぶんじゃないか？」

亜夕美が小さくうなずくと、マシューがやや身を乗り出して言った。

「今ここで何かを決定してほしいのではありません。私からの提案について考え、チームの了承を得る必要があるでしょう。ただ、私からもう一つここでお願いがあります」

「なんでしょう？」

暢光が訊いた。

「リンクンと話させて下さい。もちろん、ノブやアユミサン、ムトウセンセイの立ち会いのもとで。彼がスリーピング・ピープルであることは、あなた方の態度から九〇%確信しました。直接彼と話すことで、私は一〇〇%確信できるでしょう」

このマシューの願いには、亜夕美も反対せず、暢光と武藤先生へ言った。

「私は仕事があるし、お母さんにはこのあとアーちゃんを習い事に連れて行ってもらうから、今日は無理。先生とノブにお願いできると助かります」

武藤先生が、暢光を見た。

「マシューさんもゲーム機を持ってるんだろう？　彼はどこに泊まってるんだ？」

暢光がホテル名を告げると、武藤先生が顔をしかめた。

「遠すぎるな。私も、今から家に戻ってゲームをする余裕はない。事務所に戻る途中、ちょっとだけノブくんの家に立ち寄ることはできるが、どうだい」

「うちですか……。えー、わかりました」

暢光が頭を掻きつつ、マシューを見た。

「では、私の住まいに来て下さい。ちょっと狭いですが……」

マシューはまったく気にする様子もなく「喜んで」と言った。

みな席を立って玄関ロビーへ行き、亜夕美と芙美子さんがマシューと互いに丁寧に礼を述べ合った。明香里が、もらったホワイト・カメレオンのTシャツをさっそく肩にかけて「さんきゅー、かめれおーん！」と叫び、マシューが「シーユー、アーチャーン」とイントネーションを真似て応じてくれた。つくづく優しくて良い人だと暢光は思った。

暢光とマシューがハイヤーの後部座席に、武藤先生が助手席に乗った。暢光が運転手に住所を告げて出発した。車なら十分足らずで到着する。その間、暢光は新たな不安を抱いた。自分が住むぼろアパートを見たらマシューはどんな態度を取るのだろう。急に冷淡になって、やっぱりこの話はなかったことにしようと言い出すのではと心配になった。

だが到着してハイヤーを降りたマシューは暢光の住まいを見ても動じなかった。むしろ懐かしげと言っていい様子で、錆びついた看板を指先でつつきながら、こう口にした。

「私の幼い頃の住居によく似ています。私と二人の弟、両親に祖母がいました」

「それは大所帯ですな。あなたは、きっと大いに努力をして、自分にふさわしい環境を手に入れたのでしょう」

武藤先生が感銘を受けたように言った。

「私だけではありません。兄弟全員が必死に学び、働きました」

すごいなあ。暢光も感心し、階段を上がりながら、正直に告げた。

「逆に私は、もっと広い家に住んでいましたが、いろいろ失敗し、今はこの状態です」

「失敗？」

マシューが、ミステイクという言葉を繰り返した。

「詐欺ですよ」

武藤先生が、いちいちスカムという言葉に直すという余計なことをしただけでなく、

「ノブくんは資産家の子息だったのですが、いろいろと騙されて財産を失ったんです」

などと、言わぬでもいいことをマシューに教えた。

「でも、戻ってきたお金もありますよ。ビジネス・パートナーが返してくれたんです」

玄関のドアの鍵を開けながら、つい暢光は言い訳めいたことを口にした。

「返してくれた？」

眉間に皺を寄せて訝しがるマシューに、武藤先生が説明した。

「パートナーのふりをした詐欺師が、考えを改めてノブくんに返金したのは事実です」

「そのパートナー……詐欺師は逮捕されていないのですか？」

「ノブくんが告訴に消極的だったため、釈放されたのですよ」

「釈放？」

「ええ。驚くでしょう」

実にね、とマシューが感心した。暢光としては、そんな話は終わらせて二人を部屋に招きたいのだが、マシューは依然として玄関先に立ったまま、こう質問してきた。

「あなたを騙したその人物は、なぜお金をあなたに返したのですか？」

「お母さんが亡くなったんです」

「なんですって？」

「彼は大切なお母さんにお金をあげたかったんです。でも亡くなって私に返しました」

マシューが、ぽかんとなって暢光を見つめた。あ、呆れられたっぽいぞ。暢光はそう思って恥ずかしい気分にさせられた。

「すごいことだ」

だがマシューは、インクレディブル、などと大げさな言葉で何かを誉めた。暢光には、何を誉められたのかもわからない。皮肉や冗談だろうかと思った。

「あなたは、チームにビジネス・パートナーも参加していると言っていましたね？」

「はい」

「それは、もしかして、その、お金を返したという人物のことですか？」

「え、よくわかりましたね。そうなんです。裕介くんと言います」

オーウ、とマシューが感嘆の呟きを漏らした。

「では、話半分に思っていたのですが、リンクンが遭った事故の加害者が、チームに参加しているというのも、本当のことなのですね？」

「あ、はい。善仁くんという、真面目な好青年です。私がお願いしたところ、事故の時、一緒に車に乗っていた恋人の美香さんとともに、チームに参加してくれています」

オオーウ、とマシューがより強い調子で呟いた。

「信じられない。そんなことがあるんですね」

「同感ですよ、マシューさん。ノブくんは、金遣いはルーズだし、考えなしに行動しますが、なぜかこういう不思議なことを起こすんです。最近は特にそうですな。何しろあなたがリンくんのための提案を持って現れたのですから、マシュー」

武藤先生が言うと、マシューは、まさに、などと呟いて大きくうなずいてみせた。

「あのう、そろそろ部屋に入りませんか？」

暢光が、遠慮がちに言った。

「ああ、そうだな。私ももうほとんど時間がない。さ、入りましょう、マシューさん」

ようやく武藤先生とマシューが余計な話をやめて、部屋に入る暢光のあとに続いた。

狭苦しい室内にもマシューは顔色一つ変えず、武藤先生に促されて万年床のそばであぐらをかいた。暢光は卓袱台の前に座ってモニターとゲーム機を起動し、ウェブカメラをオンにした。モニターに『ゲート・オブ・レジェンズ』のロビー画面が現れ、右上にウェブカメラの映像を表示し、フレンド一覧から凜一郎のＩＤを選択して呼びかけた。

「おーい、リン。聞こえるか？」

《はーい》
元気な声とともにライダーが現れて「ハロー！」のECを披露した。
《お父さん、早いね。今日はお仕事お休み？》
病院での痩せゆく姿とは異なり、快活そのものだ。近頃は二人だけのときも「お父さん」呼びが定着し、ゲームの中でだけ成長しているのを感じて切なくなった。
「お仕事の前に話したいことがあってさ。というか、お前と話したい人がいるんだ」
《え、誰？》
「びっくりするぞー。あ、こっちのカメラの映像って見えてるか？」
《ちょっと待って》
ライダー姿の凜一郎が頭上を仰ぐようにした。ウェブカメラの映像が相手側と同期されたことを示すサインが現れ、そして消えた。どうやら向こうからは、空中にウェブカメラの映像が見えているらしい。以前は、わざわざクリエイティブ・マップの自室のテレビでこちらを見ていたが、今では自由にウェブカメラの映像を見ることができるようだ。
《えっ？　お父さんの後ろにいる人って、武藤先生と——え？　え？　え？》
「ハロー、先日一緒にプレイしたマシュー・コヒーだ。君に会えて嬉しいよ」
マシューが暢光の隣に来て手を振った。暢光が通訳するまでもなく、凜一郎がゲーム・ロビーで飛び跳ねながら「なんてこった！」のECを連発した。
《マシューさん!?　えっ!?　なんでお父さんといるの!?　えー、信じられない！》
「おれがメッセージしたらさ、マシューさん、お仕事で日本に来てたんだ。それで、わざわざお前に会いに、病院にお見舞いに来てくれたんだ」

《えー、マジで⁉》
「プレゼントいっぱいもらったぞ。Tシャツとかポーチとか」
《わー、マジやった！　おれ、ゲームの中のことしかわかんなくて、ごめんなさい》
　はしゃぐ凜一郎と、にこにこするマシューの言葉を、暢光がせっせと通訳した。
「謝らないで、リンクン。君と話せるのが嬉しい。君とのプレイはとても楽しかった」
《うわー、おれも嬉しい。あ、マシューさんのフリー・トレーニング・マップ、アップデートされてたねって言って。今日ずっと、そのマップで練習してたんだ》
「それは光栄だな。エイム・トレーニングをもっと楽しくできるよう工夫したんだ」
《うん、すっごく楽しい！　友だちのタッキーと一回だけAランクとったって言って！》
　マシューが、演技ではなさそうな様子で、目をみはった。
「それはすごい。君たちが才能あるプレイヤーであることは、強く感じていたよ」
《えへへ。マシューさんに誉められるなんて思わなかった》
「私は、君が世界大会を目指していると知って、その手助けをしたいと思っているんだ。君が迷惑だと思わないのであればね」
《ええっ⁉　それって、一緒にトレーニングしたりしてくれるってこと？》
「もちろん。君が望むなら、シード枠を用意するし、私のポイントを譲ることもできる」
《えっと……それだとズルすることになっちゃわない？》
「君のフェアプレイ精神は何より尊重するし、予選から戦い抜くほうがギャラリーも喜ぶ。たとえば私がしばらく君のチームに参加して、ポイント獲得に貢献するのはどう思う？」
　このマシューの提案に、暢光と武藤先生も目を丸くし、凜一郎は歓喜の声を上げた。

《うおー！　マジすっごい！　おーまい、ごーっど！　いえーす、いえーす！》

「ありがとう、リンクン。ただそのためには、君のお父さんとお母さん、そしてチームのメンバーから、ちゃんと許可をもらわなければいけない。その上で、君のチームメイトとしてプレイできることを祈っているよ」

《えー、そうなんだ。うん、わかった。すごい楽しみ！》

「またすぐに会おう、リンクン」

「イエス！　シーユー、マシューさん！」

大興奮の凜一郎に微笑み返し、マシューが暢光と武藤先生へ言った。

「もしこれがハッキングによるなりすましなら、本気であなたの息子だと信じ切っている誰か、ということになりますね。そんなことがあるとは思えませんが」

暢光は自分でも意外なほど頼もしい気持ちにさせられた。赤の他人が、ゲーム内の凜一郎を本物と認めたのだ。そのこと自体、暢光にとっては素晴らしい応援に等しかった。

マシューはその暢光の気持ちを察したように、大きくうなずいて言った。

「私もこれで一〇〇%確信しました。彼が世界大会で戦う姿を、ぜひ見たいと思います」

8

凜一郎との面会のあとすぐ、マシューと武藤先生は去り、暢光はエキサイトする凜一郎が落ち着くまで話し相手になった。

《ねえ、チームのみんなにはいつマシューさんのこと教えるの？》

「あ、そうか。今やるよ」

暢光はキーボードを膝の上に置き、「緊急会議！　先日やさプレイをしてくれたマシュー・コヒーさんがリンの大会参加に協力したいと申し出てくれています。そのことについてチームで話し合いたいと思います。お時間がある方は、今夜いつものプレイスタート時間にゲームにインして下さい」とメッセージを打ち込んでチームのみなに送った。

「これでいいかな。じゃあ、パパは仕事に行くから」

《うん。頑張ってね！》

「リンも練習、頑張ってな。あんまり無理するなよ」

《オッケー！》

暢光はゲーム機とモニターをオフにして家を出ると、夕刻までフード・デリバリーの仕事に精を出した。近頃はゲームの戦略について考えることが多いせいか、ずっと効率的に配達できた。どこかにあるアイテムを拾って凜一郎に届けるのと同じ気分だ。

おかげで、お得意さんのお爺さんの話にも余裕をもって耳を傾けられた。

「君みたいな人こそホスピスの仕事に向いてると思うんだよねえ。君に経営を譲ってさ、私が入居したいねえ」

「いやあ、潰しちゃわないか心配で」

このときも、やんわりと断ってのち何軒も回り、けっこう稼いだ。今月の家賃も光熱費も通信費も、ばっちり払えると思うと、無敵になった気分だし、働くのが楽しくなる。

お金があるときは働くのではなく働き甲斐を求めて目移りしてただけだなあ。もっと普通に働く楽しみを求めればよかったのに、確かに夢ばかり見てたなあ、と思う。もっと早くわかってたら家族に迷惑かけなかったのに。
やり甲斐と情けなさとを抱きながら仕事を終え、家の前のベンチで夕食のシャケ弁を食べて自室に戻り、シャワーを浴びてさっぱりしてからゲーム機とモニターを起動した。
急な呼びかけだったのに、ちゃんと十一人全員が参加してくれた。暢光はマイクとウェブカメラをオンにして、チームへ呼びかけた。
「えー、本日もお集まり頂きありがとうございます。実はマシューさんから、いろいろと提案を頂きまして。そのことについて、チームで話し合いたいと思ってます」
《えっ、マシューさん⁉　リン、マジ⁉》
《マジのマジだよ、タッキー！》
《先日のソードマンの方ですよね？　世界チャンピオンですよね？》
《ええーっ、チームに入ってくれるとかですか？》
《そんなに我々とのプレイが忘れられないとは。まったく大したものだな、我々は》
驚く達雄くん、善仁くん、美香さん、剛彦の声をひとしきり聞いてから、暢光ではなく武藤先生から、マシューの提案と、亜夕美が懸念していることを口にした。
《信用できる人だと思うけどねえ。リンのことだって理解してくれたし》
芙美子さんが私見を述べる一方で、裕介が真っ先に疑問を口にした。
《質問。リンくんを大会に出すことで、相手は何の得があるんだ？》
「えーと、どうも、今のままだと、大会がなくなっちゃうかもしれないんだ」
凜一郎と達雄くんが《へっ？》と驚いた声を同時に上げたが、裕介のほうは《ああ、炎上してるからか》とさっそく察している。

《え、なに、炎上って？》
凜一郎が不安そうに訊いた。今のゆいいつの目標が消えてなくなってしまうかもしれないのだ。ぞっとする思いだろう。暢光は全力でその不安を払拭してやりたくて言った。
「大丈夫だよ、リン。マシューさんは大会を実現するために日本に来てるんだ。日本のゲーム会社に協力してもらうためにね。それで、リンやタッキーみたいに大会を楽しみにしてる子がいるってことを、みんなに伝えたいんだ」
《なるほど。リンくんを客寄せに使うわけか》
剛彦が大いに余計なことを言った。
《え、リンを？　何に？》
達雄くんの声まで不安そうになった。
《みんなって、誰？　大会に出る人？》
凜一郎が警戒するように声を硬くした。
「えっと、大会を楽しみにしてるゲームファンとか、大会を開くために協力してくれるゲーム会社の人たちとかかな。マシューさんもその一人だよ」
《大会、炎上してるの？》
えーと、と口ごもる暢光に代わり、裕介が割って入った。
《シムズ社が炎上してるんだ。リンくん、タッキーくん、聞いたことないか？》
《あー、なんか動画で見た。ＥＣのパクりとか？》
《あと、あれだよ、リン。他の会社が作った人狼ゲーム、パクってたじゃん》
二人がシムズ社の悪い面も把握しているのを知って暢光は意外な気分にさせられた。

《あれ、本当まんまだったよねー》
《しかも面白くなかったし》
《シムズ社が、ブラック企業だってバレたりな。それで大会に出ないって言ってるプロゲーマーがけっこういるんだ》
《ふーん。でも、おれに何かできるの？》
《それは、マシューさんと話したお前のお父さんたちに訊いてくれ》
　裕介から急にバトンを渡され、暢光は慌てて言った。
「あ、うん。リンが何かするわけじゃないんだ。マシューさんが、リンのために何かをしたいってこと。大会に出られるようにしたり、あと治療のためのお金を集めたりとか」
《良いことをしてるふりをしたいってこと？》
「ふりじゃないよ。ゲーム会社が悪いことをした分、マシューさんが良いことをするの」
《えっと、なんで？》
「マシューさんだって大会に出たいんだよ。マシューさんにとって『ゲート・オブ・レジェンズ』はすごく大事なんだ。リンも気持ちはわかるだろ」
《うん、そっか。マシューさんが悪いわけじゃないのにね。でも、おれなんかに親切にして良いことあるの？》
　そこで武藤先生と剛彦が、次々に発言した。
《親切にするのは大事なことだよ、リンくん。親切にすることで信用が得られるんだ》
《そうそう。うちの病院も、ほうぼうに寄付してますからな。病院を建てるとき、祖父がよろしくない金の使い方をして土地を安く買ったことがあとでバレたからなんです。名誉回復のために

かえって大金がかかり、ずいぶん苦労させられました》
《苦労したのは院長先生でしょう》
亜夕美が指摘したが、剛彦は聞いていないそうだ。なんであれそうした言葉を聞いて、凜一郎もだんだんと納得しているようだった。
《怒られるようなことしたから良いことしたいってことかあ。どう思う、タッキー？》
《えっと、マシューさんがしたいんなら、いいんじゃない？　マシューさん、もともと親切だし。大会の賞金とか全部寄付してるじゃん》
「そう、達雄くんの言うとおりマシューさんがしたがってるんだ。シムズ社じゃなくて」
《うーん。わかった。それで、何すればいいの？》
「リンが何かするんじゃないんだ。マシューさんに何をしてもらいたいかってこと」
《うーん》
《治療費のための寄付を募るのは良いことじゃないか、亜夕美くん？　あの病棟じゃやってないご家族のほうが少ないんだし》
剛彦が、武藤先生と同じ意見を述べた。
《ええ、それは、そう思っています》
亜夕美も渋い声ながら同意した。
《じゃ、そうしてもらう》
凜一郎があっさり言った。
「あと、チームに入ってくれるってマシューさんは言ってるけど、どうだ？」
《うわ、それ最高！　緊張するー！　いいよね、タッキー？》

《もちろん！　やったね！》

たちまち凜一郎と達雄くんが、今までの話し合いなど忘れたように盛り上がった。

《あ、決まったの？　良かったじゃん、リン》

どうやら別のゲームをしていたらしい明香里のライダーが急に動き出して「やったぜ！」のEＣを披露し、凜一郎と達雄くんがそれに応じた。

そんな子どもたちの喜びを実現するためにすべきことを、武藤先生が口にした。

《亜夕美さん。何をしてもらい、何をするか、整理して書面にしよう。マシューさんにチームに入ってもらうのは、きちんと契約を交わしてからだな》

《はい、お願いします》

ふいに、裕介から暢光へテキストでメッセージが送られてきた。

『マシュー氏は、リンくんを大会に出させるって言ってるんだよな？』

ボイスチャットではなく、なんでわざわざテキストで訊くんだろうと暢光は首を傾げてキーボードを手に取り、打ち返した。

『そうだよ。リンが納得するやり方で出させたいって』

『出させるだけなのか？』

『だけって？』

『話を聞く限り、マシュー氏は大会のためにリンくんに協力するけど、だからといって勝たせる気はないってことじゃないか？』

暢光がぽかんとなっている間に、裕介はさらにこう打ち込んできた。

『マシュー氏にとっても大事な大会なんだろ？　だったら自分が大会で優勝することが一番の目

的だ。リンくんに負けてやる気なんてないだろうな』

9

暢光は、キングサイズのベッドの横のソファに座り、高級ホテルの一室をぼんやり眺めた。明らかに今のうちより広いなあ。自分じゃ一泊もできない部屋に、仕事とはいえ二週間も滞在する予定だなんて、すごいなあ。

感心する暢光をよそに、マシューは備え付けの大きなモニターと向き合っている。モニターにパソコンを接続し、リモート・ミーティングの相手を映しているのだ。

相手はシムズ社のCEOであり『ゲート・オブ・レジェンズ』の開発を主導した、アレクサンデール・オルセンだ。金髪碧眼のノルウェー人で、まだ三十歳にもなっておらず、快活を通り越して明らかに多動気味の、やたらと動き回る人物だった。

《君から送られてきたプレイ動画はしっかり見たよ。早送りせずにね。本当にティーンエイジャーかって思ったね。君がサポートしているにしてもだよ。これだけのプレイができるなんてね。彼はトッププレイヤーになる素質があるぞ》

そうまくしたてる間も、アレクサンデールの背景は、書斎、キッチン、リビング、廊下、ログハウスつきの広大な庭など、どんどん変わった。ラップトップを持ちながら歩き回っているのだ。自宅を見せつけたいのか、落ち着いて座れる場所がどこにもないのかわからないが、おかげで暢光は巨大で北欧風味のおしゃれな邸《やしき》の様子をとくと拝まされた。

「だろう、アレックス？　ところで従業員の環境改善のほうはニュースになりそう？」

マシューが尋ねた。二人とも英語で話してくれるので暢光にも内容が理解できた。
《大々的に広報させているが、マーケターの評価はいまいちだ。ミニゲームの件はちゃんと説明したんだぞ。チームがサードパーティに依頼した際のチェックが甘かったんだ。僕だって、てっきりコラボだと思ってたくらいだ。なのにプラットフォーム上のレビュー評価も、こっちを叩きまくることしか頭にない連中ばかりのものに見える》
「反論しては駄目だ、アレックス。信頼を取り戻すことが重要なのだから。私の提案が上手く行けば、君の声を好意的に受け止めるプレイヤーも増えるはずだ」
《心からそう願うよ。君が全面的に大会開催を支持してくれているのが頼みの綱さ。さらに新たなスターが誕生してくれたら万々歳だ。大会の目玉になるんだから》
アレクサンデールが、ようやく腰を落ち着けた。と思ったら、どうやら庭のブランコに座ったらしく、背景が空になったり地面になったりと、さらに忙しなくなった。
《RINGINGBELL9って子のケアは、君に任せていいんだな、マシュー？　クラウドファンディングの設定も、彼との契約交渉も、君の会社がやる。こっちは善意で、プレイ上の優遇措置をはかる。それでオーケイ？　僕が病気の子どもを引っ張り出したなんて思われたら、ゲームじゃなく僕をこき下ろすレビュー爆撃で、木《こ》っ端《ぱ》微塵だ》
「オーケイさ、アレックス。シムズ社からRINGINGBELL9への永久メンバーシップの認定、大会の参加料の免除、全ての課金アイテムの無償開放は問題ない？」
《まったく問題ない。シード枠を設定して、ファイナルまでスキップさせてもいい》
「それは今のところ、RINGINGBELL9の意思に反する。彼はフェアに自分の実力を試したいんだ。考えが変わる可能性は低いと私は見ているよ」

《せっかく大会に出ても序盤で消えちゃ勿体ない。敗者復活戦の枠を用意するのは？》
「私は必要ないと思う。短期間だが、私が彼のチームに入ってトレーニングする。トップ１００に名を連ねることができるプレイヤーだと信じている」
《君が彼のパートナーになって大会で助けるのは？》
「彼の考え次第だが、その可能性も低いな。なんであれＲＩＮＧＩＮＧＢＥＬＬ９の意思に従って、柔軟に対応できるよう契約書を設定する」
《至れり尽くせりだな》
「大会のためさ。私自身のためでもある」
《どっちにしたって開発者冥利に尽きるよ。君がいなければ『ゲート・オブ・レジェンズ』という船は座礁して、もしかすると海の底に沈んでいた》
「今後も長い航海を願うよ。ではＲＩＮＧＩＮＧＢＥＬＬ９と契約したら連絡する」
《オーケイ。それじゃ》
　ブランコの前後運動の最中に、ぱっと画面が暗転した。
　マシューが息をつき、目をぱちぱちさせながら暢光を振り返った。
「大人しく席に座って話すべきだと何度も言っているんですが。彼とミーティングをするたびにジェットコースターに乗っている気分にさせられます」
「エネルギッシュな人ですね」
「エネルギーが有り余るほどにね。さて、これで私のほうはムトウセンセイと細かく話を詰めるだけでよくなりました」
「一つ気になっているんですが、クラウドファンディングで、リンの状態をどう説明するんですか？　眠ったままというのは――」

「その点は伏せるべきだと思います。スリーピング・ピープルを信じる者は限られているでしょうし、アジア人は気絶しながらゲームをするなどと言われるのは避けたい」

「では、どのように説明を？」

「交通事故の後遺症で、ベッドから出られない。その事実だけで十分です。もっと大事なのは、大会の中継が行われる全ての国での子どもに関する法律と一般常識の調査です。せっかくのリンクンの活躍に水を差されないよう、私の会社がしっかり調べ上げます」

何から何まで頼もしいなあ。暢光は感心しきりで、言えることがなくなってしまっていた。亜夕美や武藤先生からは、マシューとシムズ社のやり取りをちゃんと聞いておくよう言われていたが、本当にただ聞くだけで他に何をしたらいいかわからない。

「あなたのように、誰かを導けるようになりたいです、マシュー」

暢光は、ぽろっと本音がこぼれ出したせいで恥ずかしくなった。自分の愚痴を聞いてもらいに来たわけではないのだ。マシューに笑って流されるだろうと思ったが、

「不思議なことに、あなたは自分がしていることに気づいていないらしい。私は自分のために最善と思うことをしているが、あなたは違う」

などと真面目な顔で言われて、ますます恥ずかしい思いがした。

「すいません。余計なことを言いました」

「いいえ。私が言いたいのは、今、誰かを導いているのはあなたであって、私ではないということです、ノブ」

「まさか。あなたに助けを請うことしかできないのに」

「そして多くの者をチームメイトにした。私もふくめて。それは才能です」

「騙される才能はありますが……」

「逆に言えば、信じてあげる才能がある。だからあなたの呼びかけに応じるのです。しかもあなたは、どんな目に遭っても、自分を見失わない」

「しょっちゅう見失ってると思いますが……お金もなくなりましたし」

「なくなったのはお金に過ぎず、あなた自身は健在だ。自分を騙す者を許し、子どもをはねた相手を憎まずにいる。息子さんは、あなたにたいそう励まされていることでしょう」

「頼りにならない父親だと思われてますよ。変なことを言ってすいません」

すっかりマシューに同情されてしまったらしい。恥ずかしいやら情けないやらで、早く話を切り上げたくなったが、マシューはやめなかった。

「いいえ。私なら、詐欺師が自分から金を返しに来たという父親を尊敬します。あなたはもしかすると、今まで適切ではない期待のされ方をしていたのかもしれませんね。本来のあなたの良いところを発揮できないような」

「まあ、両親のように立派な仕事をしたいと思ってはいましたが」

「なぜ、ご両親の仕事を継がなかったのですか？」

「うーん……向いてないと思いましたし。亡くなった両親が驚くようなすごい仕事ができたらと思っていろいろ手を出して、失敗が続いたんです」

「失敗というのは、騙されたわけですね？」

武藤先生と話しているときみたいに言い直されて、暢光は頭を掻いた。

「ええ、まあ、そうです」

「あなたに信じてもらおうとする人ではなく、あなたが信じてあげたいと心から思う人のために働いてはいかがですか？　その方が、あなたの才能を活かせると私は思います。もし有望なビジネスになりそうなときは、ぜひ出資させて下さい」

にこやかに言われたが、暢光には見当もつかなかった。確かに宅配で会うお爺さんから、熱心にホスピスの仕事を勧められているが、正直まったくぴんときていない。

「今は、息子のことで精一杯です」

これ以上この話は勘弁してほしいと思いながら返した。

「はい。そのことについて、ここで私からあなたに、はっきり言うべきことがあります」

「え、なんでしょう」

「私は今回の大会で、プロゲーマーを引退すると決めています」

「ええっ？　どうしてですか？」

「年齢的にも、今年が限界でしょう。eスポーツも現実のスポーツと同じく、比較的若いうちに引退する者が多いのです。動体視力も瞬発力も、ピークは二十代ですから」

「引退したあとは……」

「会社を経営する傍ら、ゲーム業界に貢献できるよう事業を拡大します。ゲームの開発、プロゲーマーの育成、イベントの運営などに協力したり、投資するつもりです。しかし、私が愛する『ゲート・オブ・レジェンズ』をプロとしてプレイするのは、今シーズンが最後です。だからこそ大会の開催に必死なのです」

「そうだったんですか。そうとは知らず――」

多大な協力に感謝します、と言いかけて、違和感を覚えた。そんなに必死ということは、つまり、どういうことだ？　ふと裕介の言葉が思い出された。マシューはあくまで自分のためにやっているのであり、凜一郎を勝たせる気はないのではないか。

果たして、マシューはまったく遠慮する様子もなく、堂々と告げた。

「あなた方にも協力を惜しみません。確実に大会に参加できるようにし、勝つための様々な方法をリンクンやあなた方に教えます。ですが、トップの座を譲る気はありません。チャンピオンとしての名誉を保ち、私は引退の花道を勝利で飾ります」

今度こそ本当に何を言っていいかわからず、呆然となる暢光に向かって、マシューは力強い笑みを浮かべ、容赦なく、きっぱりと断言した。

「ですから、大会で優勝するのは私であると先に断言しておきます」

10

その夜はチームでプレイする予定で、暢光はみなが集まると、さっそくマシューとシムズ社のCEOの話し合いについて報告した。やや迷ったが、マシューの勝利宣言もそっくり伝えた。暢光はみなの意気阻喪を心配したが、誰も後ろ向きなことは言わなかった。
《ひゃあ、言うわねえ》
芙美子さんが、大したものだと誉めるように言った。
《我々はもとより、どんな相手にも負ける気がしないということか。すごいな》
武藤先生も同感のようだ。
《なんでリンを助けてくれるのかよくわかったわ。かえって信用できるわね》

亜夕美のほうは、逆に負けん気を刺激されたように、声に力を込めている。
《自信満々だから、助けてやっても問題ないというのは、ずいぶん上から目線だな》
剛彦も、そう言って不快そうに鼻息を漏らした。
《でも、トレーニングしてもらえるのは、とても貴重な機会だと思います》
《そうですよ。その人から技とか作戦とか沢山教えてもらえば、きっと勝てますよ》
善仁くんと美香さんがこれまでになく意気込んだ調子で意見した。
《倒してやれ、リンくん》
だしぬけに裕介が言った。
《えっ?》
それまで黙っていた凜一郎が、素っ頓狂な声を返した。
《引退するってことは、もう現役には勝てないってことだ。ミッキスさんの言う通り、学べるだけ学んで、リンくんとタッキーくんの二人でマシューさんをやっつけてやれ》
《あー、うん。どう、タッキー?》
《相手はマシューさんかあ。そりゃ、わかってたけどさ》
凜一郎も達雄くんも、実感がわかないという様子だ。
《ぐはははは、やっつけろー、リン》
明香里が言った。亜夕美が珍しく明香里の笑い方を咎めず、むしろ《やっつけちゃいましょう》と同意し、多くの者が賛同した。凜一郎と達雄くんだけが、周囲の人々が早くも前のめりになっているのを、ぽかんと眺めている感じだった。
暢光は、それまで漠然と凜一郎の優勝を願っていたみなが、マシューの影響で変化したのを感じていた。強力な支援者であり鉄壁の難関でもあるマシューという具体的に攻略すべき相手が現れたことで、自分たちが何をしたらいいかわかった気になっているのだ。
暢光もそんな気分になったことが何度もあった。マシューが言ったように、自分を信じてもらいたがっている人々が口にする夢物語を信じ込まされたのだ。
暢光は、なぜか熱意をあらわにするみなに合わせる気にならず、凜一郎へこう尋ねた。
「リン、大丈夫か？　マシューさんの提案が嫌なら、別にいいんだぞ」
みなが、ぴたっと黙った。
《あー、大丈夫》
凜一郎はそう返したが、棒立ちのままECを披露することもなかった。
《びびるよね、マシューさんとバトルとか》
達雄くんが、凜一郎の意を汲んだように言った。
《んー、その前に、マシューさんのトレーニングが楽しみかなー》
「あと、いろんな武器やアイテムを自由に使えるぞ。課金のやつも全部」
《それはけっこう嬉しい。ちょっとズルいけど》
「プロはみんな持ってるし、そんなにズルくないだろ。使いこなさないと勝てないぞ」
《そっか。もっと上手くならないとだなー》
「じゃ、さっそく練習しよう。みなさん、ゲームを始めたいと思いますが、いいですか？」
みなが了解の声を返した。どの声にも、今まで以上にやる気がこもっていた。凜一郎は何も言わず、真っ先にバトルロイヤルのマップへアクセスした。
誰もが、凜一郎と達雄くんを勝たせる気満々だったし、ポイントを稼ぐことに貪欲だった。マシューならこうするだろうといった意見を出し合い、逆ネイル作戦をしっかり遂行し、おのおのの役割を積極的に担った。

だが一体感を増すチームに、凜一郎だけが遅れた。凡ミスを連発し、エイムは乱れ、明らかに精彩を欠いたプレイだった。しかも凜一郎は途中からライダーではなく慣れないソードマンを選び、それまでと異なるプレイスタイルに挑んだが何も功を奏さなかった。

マシューに倣おうとしているんだということは暢光のみならず、全員が察していたが、誰も、そうすべきだとも、やめた方がいいとも言えなかった。

結局、その日は一度も凜一郎をファイナルバトルに送り込むことができなかった。達雄くんだけが何度かファイナルバトルに挑んだが、凜一郎の不調に引きずられるように粘りを見せられず、トップ10に入れないまま敗退した。

《おれたち、今日なんか調子悪いね》

達雄くんが、凜一郎を気遣うように言った。

《エイムが全然駄目だったなー。ごめん、タッキー》

凜一郎が気楽な調子で返したが、上手く行かずに落ち込んでいるのが暢光には自然と伝わってきた。

「今日はここまでにしましょう。みなさん、お疲れ様でした」

暢光が解散を告げ、みなが凜一郎を気遣いながら、オフラインになっていった。

《リン、次のプレイ頑張ろう》

達雄くんが励ましたが、凜一郎は「オーケー、オーケー」のECを返したのみだ。

ゲーム・ロビーにいるのが自分と凜一郎だけになると、暢光は改めて尋ねた。

「なあ、リン。お前が今思ってること、正直に言ってくれないか？　マシューさんのことで、おれ、余計なことしちゃったか？」
《え、そんなことないよ。マシューさんとお話しできたなんて夢みたいだし。チームに入ってもらえるって言われて、めちゃくちゃ興奮した》
「じゃあ今日は、なんでそんなに調子悪かったんだろう。ていうか、ソードマンなんて、ほとんど使ったことないだろ」
《なんかね、みんなに急に頑張れって言われて焦っちゃったみたい。やっぱ、ソードマン、操作が難しいし。マシューさんに使い方を教えてもらえるといいな》
「無理に使う必要ないだろ。ライダーのほうが使えるアイテム多いんだし」
《うん》
「向いてないことすると、おれみたいに失敗するぞ」
《そうかな》
「自慢じゃないけど、どうすると失敗するかはよく知ってるんだ。ごめんな。やっぱ、おれが余計なことみんなに言ったからだな」
《ううん。マシューさんが、ズルしておれを勝たせようとしてないってわかったし。よかったって思う。でも本当にマシューさんと戦うんだって思ったら、焦った》
「そりゃそうだよな。世界チャンピオンだもんな」
《嬉しいけど、すごい焦る》
「うん」
《ねえ、おれって今、どんななの？》

「どんな?」
《病院のおれ。ちゃんと生きてる? 目を覚ましそう?》
「そりゃ……健康だよ。ちょっとまあ、痩せたかもしれないけど、頭を強く打ったから眠ってるだけで、いつか目を覚ますよ。お前だって、大会が出口だって言ってただろ」
《眠ったままの人って、そのまま死んじゃったりする?》
暢光は、声が震えたり、怒った調子にならないよう、ゆっくりと息をついて言った。
「リンはそうならないよ」
《優勝できるなら、そうなってもいいかも》
「おい、リン」
《そうなっちゃう前に、一番やりたいことができたらいいや》
凜一郎なりに、マシューと戦う覚悟を決めようとしているのだ。暢光は危うく、馬鹿、そんなこと言うやつがあるか、とわめきそうになった。だがそうしたところで、かえって凜一郎を意固地にさせそうだと思って堪えた。いや、きっとそうさせてしまうだろう。
「なあ、リン。不安になるのもわかるけど、病院でお母さんが見てるし、お医者さんもいるから、大丈夫だよ。あとな、リンの気持ちもわかるけど、それじゃ駄目なんだ」
《え、駄目?》
「おれも、すごいことができるならお金なんてなくなっていいって思ってたけど、間違いだった。すごいことなんてできないまま、お金もなくなっちゃった。なくなっていいなんて思っちゃいけないんだ。そのせいでお前たちに、ひどく迷惑かけちゃったよ」
《そうなんだ》

「おれは、どうすれば勝てるか、正直わかんないよ。でも、どうしたら勝てなくなるかは、けっこうわかるんだよ。経験上」
凜一郎が「参ったね」のECを披露し、暢光も「そう、それそれ」のECを返した。
《優勝できるなら消えてもいいやって思うと、勝てなくなるってこと？》
「うん。きっとそれじゃ勝てないよ。なんでそう思ったんだ？　焦ったからか？」
《んー、怖くなったからかも。マジでマシューさんと戦うって、超マジ怖い》
「そうだよなあ。おれなんか勝てる気しないよ、全然」
《なんか怖いと変なことしちゃうね。ソードマンとか、やっぱ向いてないや》
「おれも緊張すると変なことしちゃうよ。あ、でも、おれのお父さんとお母さんから、そういうとき緊張しなくなるための、おまじないを教えてもらったっけ」
《え、どんな？》
「ちっちゃい、ちっちゃいって呟くだけ。おれのお父さん、世界中に行ってたからな。どんなに大変なことでも、世界から見れば、ちっちゃいことなんだってさ。だから怖がったり緊張したりしないで、自分らしくしたいことすればいいって」
ああ、でも、そんな大きなこと言われたから、かえって何をしていいかわからなくなったのかもな、と暢光は思った。だが凜一郎は、その考えにいたく感じ入ったようだった。
《そっかー。ちっちゃいことだって思うと、確かに安心するね》
「そうそう。世界大会はでっかいけどさ、やってることは、お前が大好きなゲームだ」
《うん。練習はけっこうきついけど。あー、どうしたら勝てるかなぁー》
凜一郎が脱力したように言いつつ、「参ったね」のECをまた披露した。

「リンくらい真面目に練習してるのに勝てないってことあるのかなあ。おれなんて、そんなに頑張ったことないよ。リンがその調子で頑張れば、勝てると思うんだよ」
だがそこで、いきなり沈黙が返ってきて、それこそ暢光を焦らせた。
こんなに頑張ってるんだから勝てるというのは安易すぎたろうか。何しろ世界中のプロゲーマーが猛烈に努力した上で大会に集うのだ。しかし、かといってリンの努力が不足しているとは思わないし、無理をさせているとも思えなかった。暢光自身にはいまだにできずにいる、自分が向いていると思うことに、とことん打ち込んでいるのだから。
《そっか。なんかすっきりした》
だしぬけに凜一郎が「やったぜ！」のECをしてみせた。気楽さを装っているのではなかった。心の靄《もや》が晴れたような、からっと明るい声に、暢光のほうが安心させられた。
だが何にすっきりしたんだ？　暢光は困惑したが、まあ凜一郎が元気ならいいや、と思って深く考えなかった。
《安心したら眠くなっちゃった。エイムの練習しようと思ったんだけど、寝ようかな》
「早起きして練習すればいいよ」
《そうする。おやすみなさい》
「おやすみ。また明日な」
《うん。お父さん、ありがとう》
凜一郎のライダーが消えた。自分のマップに移動したのだ。
暢光は、心が満たされるような思いを味わった。凜一郎をとらえてしまっていた一時的不調は、きっと明日の朝には立ち去ってくれているだろう。

暢光は、凜一郎が空回りしてしまうことがないよう、棚の上のジェダイのフィギュアに祈った。そしてそこで初めて、凜一郎が勝つことを信じている自分に気づいた。大変なことだけど無理なことではないと、ごく自然に思っていた。

マシューの言う通り、それが自分の才能かどうかはわからないが、暢光はただ、凜一郎が怖さも焦りも乗り越え、望んだ勝利を手にすることを、そのとき心から信じていた。

第六章　ヒーローの選択　Find your way

1

《ハロー、みなさん。マシュー・コヒーです》
たちまち通信にどよめきが起こった。みな彼が来るとわかっていたのだが、やはり実際に純白のソードマンがゲーム・ロビーに出現したことに驚嘆したようだ。
暢光は何よりそのIDに喜びと頼もしさを覚えた。
『M.C. WHITE CHAMELEON12 (12)』
チーム最後の枠である十二人目として参加する意思を、マシューはIDではっきり示してくれていた。暢光たちも、IDの末尾を『(12)』にすることで歓迎の気持ちを表しており、さっそく凜一郎、達雄くん、明香里が、物怖じせずに声を返した。
《ハロー、マシューさん!》
《ハロー!》
《ハロハロハロー!》
マシューは三人と「ハイタッチ!」のECを交わし、ソードマン特有の騎士っぽいお辞儀のE

Cをしてみせた。
《またみなさんとプレイすることができて嬉しく思います》
すると亜夕美が、保護者代表として、きびきびと英語で挨拶を返した。
《こちらこそ、息子のチームに参加して下さることに感謝します、ミスター・コヒー》
続いて芙美子さんが浮き浮きと「やったぜ！」のECを連発した。
《やっぱりゲームでもカッコイイのねえ。えっと、ウェルカム、ベリー、ウェルカム》
それから善仁くん、美香さん、裕介が、
《ハロー、ヨッシーです。チャンピオンとプレイできることを光栄に思います》
《ミッキスです。ぜひ私たちのコーチになって下さい》
《ユースフルです。先日のあなたのプレイはとても参考になりました》
と順番に声をかけた。善仁くんと美香さんは英文科とのことで、積極的に英語でのやり取りに加わってくれそうだ。裕介のほうは、武藤先生いわく「日本語が通じない連中とも一緒に詐欺を働いていた」らしく、過去の罪はともかく会話に問題はなさそうだった。
かと思うと剛彦が、
《あなたはチャンピオンだ！　すごい！　私も一緒にゲームをプレイ！　楽しい！》
などと、だしぬけにノイズ混じりの電子音声を放った。
《うーむ。海外旅行用の通訳機を買ったが、やはり時間差が生じて喋りにくいな》
日本語でぼやく剛彦へ、武藤先生が笑いを嚙み殺しながら言った。
《錠前先生、私が通訳しますよ。亜夕美さんと芙美子さんも、訊きたいことがあれば私が訊きましょう。リンくんたちはノブくんに任せていいんだな？》

「あ、はい。あと、全員へのアナウンスは、おれがやります」
暢光が日本語で応じ、それから英語でマシューに尋ねた。
「マシュー、さっそくですが、どんなトレーニングをするのか教えてもらえますか？」
マシューが、「やったぜ！」のECを芙美子さんだけでなくみなに披露して言った。
《やる気に満ちていますね。素晴らしいことです。ではみなさんに、コントローラーを置いて立つよう伝えて下さい》
「え、立つ？」
《はい。ウォーミングアップをします。目と手をつなぐのは？　脳です。脳に必要なものは？　血液です。脳にきちんと血液が流れるよう、全身の筋肉を温めておきましょう》
暢光が伝えると、《へえー、何すればいいの？》《ストレッチとかですか？》《ねー、何すんの？》と凜一郎、達雄くん、明香里が興味津々となって口々に質問した。
「ちょっと待って、訊くから――マシュー、どんな運動をすればいいですか？」
《みなさんが習慣的に行っているものであれば、なんでも》
《となると、ラジオ体操かな》
武藤先生が日本語で呟くと、マシューがすかさず聞き取って言った。
《レイディオ・タイソーですね。私もYouTubeで様々な健康体操を見て実践していますが、日本のタイソーはとても良いと思います。全員でそれをやりましょう》
そんなわけで暢光がYouTubeのラジオ体操の動画を再生し、みなでやることにした。
《おれはどうしよう》
凜一郎が困ったように言って「どうする？」のECをした。それだけでマシューには通じたらしい。

《リンクンは体を動かすイメージをするのが良いと思います。スリーピング・ピープルであってもイメージの力で体に影響を与えることができると聞いています》

その言葉を、暢光は半信半疑ながら、そのまま凜一郎に伝えた。

《わかった。マシューさんって何でも知ってるんだね》

「うん、そうだな」

暢光はスピリチュアル方面の話題を避け、

「では始めましょう。動画を再生します」

そう言ってラジオ体操の動画を流し、コントローラーを卓袱台に置いて立ち上がった。ゲーム画面を放置して運動するのは妙な感じがしたが、《健康に良いわねえ》《ゲームは腰が痛くなりますからな》と芙美子さんや武藤先生には特に好評だ。

体操が終わると、マシューが「ＯＫ」のＥＣをして言った。

《大変良い運動です。ぜひプレイの前とインターバルでやりましょう。では、次はしっかりとプレイするためのポジショニングをしましょう》

マシューの横にウィンドウが現れ、画像が表示された。マシューがコントローラーを握って座っている姿を正面と横から撮ったものだ。

《コントローラーと顔の位置を、体の中心の縦軸に合わせましょう。力まず、かといってリラックスしすぎないようにし、画面の一点を見つめず全体を眺めるようにして下さい。つい姿勢が前のめりになって両肘で上体を支えるプレイヤーが多いのですが、それでは視野も狭く、反応も遅くなります。自分がゲームの世界にいる気持ちでプレイしましょう》

《プロは違うわね》
亜夕美が感心した。凜一郎、達雄くん、明香里も、面白がって真似をし、
《お茶やなんかの習い事みたい。上手くやれそう》
《形から入るというやつですな。確かにもう上達した気がしますぞ》
芙美子さんと剛彦が、まだ何もしていないうちから上機嫌になって言った。
《では続いて、こちらを見て下さい》
マシューの画像が消え、『☆　★』という記号が左右に並んで表示された。
《左目を閉じて、右目で左の白星を見つめ、画面に顔を近づけていって下さい。右の黒星が消える瞬間があると思います》
暢光がマシューの言葉をアナウンスすると、いっとき誰もが沈黙した。やがて、《あっ、消えた！》と達雄くんが声を上げ、ついで次々に同様の声が飛び交った。
《あー、なんとなく消えたかも。これって、なんで？》
凜一郎が訊いた。暢光がマシューに尋ねると、
《マリオット盲点《もうてん》です》
という答えが返ってきた。
《眼の内側の鼻に近い辺りに、神経や血管が出入りしている場所があります。そこには光を感じる細胞がありませんから、脳に視覚情報を届けることができず、視界から消えてしまうのです。ゲーム画面を食い入るように見つめ、顔を近づけすぎると、この盲点の影響が現れ、見えない箇所が生じてしまいます。もちろん一点に集中しすぎれば、意識が他に向かなくなり、別の意味で盲点が増えていきます》

へえー、おお、なるほど、とみなの感心する声が起こり、《そういえば検査であったな。何箇所か消えるやつが》と呟く剛彦に、《盲点以外で消えたら緑内障です》と亜夕美がすかさず指摘した。
「みな理解しました、マシュー」
暢光が告げると、《では次にこれを》と言ってマシューがまた画面を変えた。
ゲームのキャプチャー画像で、縦横二本ずつの白い線で九個の長方形に分割されており、中央の長方形の角に丸い点がついている。
《三分割法という、視線を誘導するカメラの撮影法です。三×三の九つのブロックに分かれていますが、重要なのは中央のブロックと、その四つの角です。被写体がこれらの角のどこかに配置されることで、人の注意を引く、上手な画像を配信することができます》
急に配信の話になった。暢光は戸惑いつつも、そのままアナウンスした。
《人の注意を引くわけですから、もちろんプレイ中の画面の見方にも応用できます。大事なのは画面の中央を見つめ続けないこと。それよりも、中央のブロックの角に注意を払うことで、動くものを目でとらえやすくなります。逆に言うと、人間は動くものをこのブロックの角がある辺りで最も素早く認識するのです》
この言葉を伝えると、果たしてまた感心の声がいくつも起こった。
《縦横を四分割する方法もありますが、私は三分割で十分だと思います。経験上、このブロックを意識すると、エイムと攻撃回避の両方が上達しやすくなります。猫ではなく鼠に、ライオンではなくカモシカになるのです》
「猫ではなく……というのは？」

と暢光はまず疑問を返した。
《捕食者《プレデター》である肉食獣が視線を一点に集中できるのは敵がいないからです。脅威を恐れる必要がなく、獲物に逃げられることだけが心配の種です。しかしゲームでは誰もが被食者《プレイ》であり捕食者《プレデター》ですから、視野が広く、警戒を怠らない被食者《プレイ》のほうが有利となります》
へえ、そんなこと考えたこともなかったぞ、と思いながら、暢光はみなに伝えた。
《あ、だからカメレオンなの？》
凜一郎が嬉々として訊いた。暢光がその点について尋ねると、マシューが「そう、それそれ」のＥＣをしてみせた。
《もちろん、カメレオンのようにものを見ることは人間にはできません。ただ、全てに気を配ることを自分に意識させるのには有用なＩＤですね》
いろいろ考えてるんだなあ。暢光は凜一郎とみなに伝え、息子の気づきにも感心した。
「よくわかったな、リン」
《へへへ。おれもカメレオンに名前を変えようかな》
それじゃチーム・カメレオンになっちゃうぞ、と暢光は返そうとしたが、その前にマシューが言った。
《さっそく実践しましょう。私のトレーニング・マップに来て下さい》
オリジナル・マップへの招待が全員に送られ、凜一郎と達雄くんが歓声を上げた。
《マシューさんのマップだ！》
《行こう、行こう！》
すぐに二人とも姿を消し、《ぐははは、待てー》と笑いながら明香里が続いた。

「みなさん、マシューさんのマップに移動して下さい。招待ボタンはわかりますか？」

暢光が気を遣うまでもなく、みな凜一郎たちを追って移動した。どのマップで合流するか指示するだけでも大変だった頃とは雲泥の差だ。暢光が最後に移動すると、そこはバトルロイヤル・モードのサーキットエリアを土台に、障害物競走のコースと広々とした射撃場を併設した、近未来SF西部劇カーレース場といった感じのマップだった。

「よくこんな風に綺麗に作れますね」

暢光は思わず辺りを見回して言った。

《こつを教えますよ。みなさんを射撃場に案内しますので、ついてくるよう伝えて下さい》

あちこち走り回って楽しんでいた凜一郎たち三人が、真っ先に純白のソードマンの後を追って、ゴルフの打ちっ放しみたいに広い射撃場に入った。暢光たち残りの面々もそうしたところ、いきなり縦横の線が現れて視界を九個の長方形に分割した。

《先ほど説明したブロックの線が見えますか？　線は消すこともできます。射撃位置につくと、武器とターゲットの選択ができますので、やってみて下さい》

暢光たちは横一列になって射撃位置についた。ボーリング場の投擲《とうてき》スペースに似ており、全員同時に練習してもまだスペースに余裕があった。

暢光が位置につくと、武器とターゲットの一覧が表示されたので、アサルトライフルと、カボチャのターゲットのレベル1を選択した。

暢光のノーマルの手にアサルトライフルが、射撃場の床にでかいカボチャが現れた。中央のブロックからはみ出るほど大きいターゲットだ。何も考えずに撃つと、ぱっとカボチャが弾けて『NICE!』と誉められた。

さすがにレベルが低すぎると思ったら、ひと回り小さなカボチャが二つ現れた。それらを撃つと、小さなカボチャが三つ現れた。四つになるとそのうち二つが宙に浮かんだ。

そうしてカボチャの数を増やすうち、自分の視界が広がるのを実感した。中央のブロックから始まり、外側へターゲットが広がるからだ。カボチャは十六個で増殖をやめたが、そのときには中央ブロックの内と外側、同時にとらえるようになっていた。たったそれだけで、画面全体に気を配るということがどういうことか、感覚的に理解できた。

《すごい！　めっちゃエイムしやすい！》

凜一郎が喜び、達雄くんと明香里とともに激しく動くターゲットを撃ちまくった。

《そっか。ターゲットで視線を誘導してくれてるんだ》

《トッププレイヤーって、こんな風に画面を見てるの？　きゃー、忙しくて大変》

善仁くんと美香さんも、動くターゲットを次々に撃っており、気づけばレベル1の動かないものを撃っているのは暢光だけになっていた。

暢光は、隣の裕介が早くもレベル4をこなしているのを見て、自分も武器とターゲットのレベルを同じだけ上げた。高速で画面じゅうを動き回るカボチャと、強力だが反動でエイムがぶれる武器に面食らい、慌ててレベル2に戻した。

跳び回るカボチャを地道に撃ち、命中させると数が増え、動きが複雑になっていった。そしてある時点で、エイムを素早くかわそうとするプレイヤーに上手くヘッドショットを撃ち込む練習なのだということが、これまた感覚的に理解できた。

つい中央と周囲の九つのブロックのどれかに視線を固定し、自分から死角を作ってしまわないよう、ターゲットが注意を引いてくれるのだ。そして中央のブロックの四つの角が、エイムすべき位置やタイミングをつかませてくれる。
ちょっとやっただけで上手くなってないか？　暢光は、今まで、ただざまよわせがちだった自分の視線が、意味あるものになっていくことに感動を覚えた。
加えてマシューがみなの後ろを行ったり来たりして、アドバイスを与えてくれた。
《中央のブロックの角が自然と画面に浮かぶようになるよう、目に焼きつけて。ブロックが、画面内で動くものの角度と速度を教えてくれます》
暢光がみなにアナウンスするだけでなく、
《アユミサン、スナイパーライフルはぎりぎりまでスコープを覗かず、しっかり角度をつかんでから狙いましょう》
《フーミンサンは、自分に近い大きなターゲットから正確にエイムするといいですよ》
《ドクターTサン、右を見たら左、左を見たら右です》
亜夕美、芙美子さん、剛彦への個別のアドバイスを、武藤先生が通訳した。
暢光は、順調に何かをこなしている気にさせられて楽しくなった。武器も何種類か試したところで、マシューが言った。
《みなさん、手を止めて下さい。エイムの練習の仕方はわかりましたね。いつでもこのマップに来て練習して頂ければと思います。では次の練習場に行きましょう》
マシューの先導で射撃場から出て、『バンプ・ショット』という看板がついた大きなホテルへ入った。ロビーの受付カウンターに近づくと、射撃場と同じように武器とターゲットの選択コマンドが現れた。
《視線と同じく重要なのは音です。プレイヤーが立てる音が距離や位置を教えてくれます。ぜひ性能の良い、ご自分に合ったヘッドホンやイヤホンを使用して下さい。壁、天井、床の向こうにいる相手の位置を正確につかみ、出会い頭《バンプ》の撃ち合いを制するのです》

このときチームでヘッドホンやイヤホンを使っていたのは、暢光、達雄くん、裕介、剛彦だけだった。凜一郎はヘッドホンをしているようにクリアに聞こえると言い、明香里、善仁くん、美香さんは、さっそく探してきて装着した。

《ヘッドホンをしていない方も、ぜひここでの練習を経験してみて下さい》

マシューが言い、みなめいめい、十二階建てのホテル内をうろうろした。

ターゲットはカカシやロボットなど数種類から選べたが、その姿が見えるのは遭遇したときだけだ。自分たちの足音を追って、どこからともなくターゲットの足音が近づいてくるモードと、遠ざかるターゲットを追いかけるモードがあった。どちらもはじめはターゲットの姿が見えず、緊張感たっぷりの練習場だった。

《音にも意味があるのね。お母さん、明日、買って来てもらえる?》

《どんなの買えばいい? なるべくコードの長いやつかねえ。ラジオのとか》

《コードレスがいいよ、芙美子さん。ラジオのは片耳しかないから上手く聞こえないぞ》

亜夕美、芙美子さん、武藤先生のそんなやり取りをよそに、見えざるターゲットとの鬼ごっこに精を出す面々へ、マシューが言った。

《目と耳をフルに使うことがエイムの基本です。では最後にタイムレース場へ行きます》

みなマシューについてホテルの外へ出て移動した。

障害物だらけの陸上競技場といった感じのその場所では、自分たちも攻撃のターゲットにされるとマシューは言った。至るところに武器を持つロボットがいてプレイヤーを攻撃してくるのだ。

素早く攻撃をかわし、あるいは壁を建設して防ぎ、ロボットを撃ち倒し、障害物を越えてリミット内にゴールできるよう練習するのだとマシューが説明した。
《ここでも画面にブロックの線を表示できます。ジャンプしたときに障害物を越えられるか、攻撃を避けられるかなど、ブロックの線が適切な距離感をつかむ助けになります》
てっきりそのタイムレース場に入るのかと思ったが、マシューはそうしなかった。
《これは建設のベーシックができた方からやりましょう。ベーシックとは、攻撃を防ぎ、かわし、反撃するという動作を無意識にできるよう操作手順を手に覚えさせることです。楽器を弾くために指の運びを覚えるようにね。こちらで、何種類かのベーシックを身につけることができます》
マシューがみなをつれてタイムレース場の横の『ベーシック』という看板がある、サッカーフィールドのような場所に入った。するとすぐにベーシック1から5までのどれかを選ぶコマンドが現れた。暢光が試しにベーシック1を選ぶと、各種のボタンと移動キーの入力指示が、カラオケの歌詞のように画面下部に現れた。その通りに入力するだけで、たとえばジャンプしつつ階段を作って攻撃を防ぎながら、相手より高い位置から反撃する、という一連の動作が可能だった。加えて、正しくできたところだけ入力指示の色が変わるので、どこで失敗したかも一目瞭然だ。
《このマップで練習するのとしないのとじゃ、ポイントの稼ぎが全然変わるぞ》
裕介が感心するというより、完璧すぎて圧倒されたというように呟いた。
《みなさん、いったん出て下さい》
マシューの指示に従って、みなフィールドから出て、次の指示を待った。
《ここの説明は以上です。最後に、とても重要なことを教えます。みなさんの中には、プレイ動画を保存している方がいると思います。マイプレイを見直すことは有意義ですが、一つ気をつけ

て。上手く行かなかったマイプレイは見ずに削除すること。いいですか？》
暢光は意外に思ったが、疑問の声を上げたのは裕介だった。
《上手く行ったプレイだけ見ていたら、ミスに気づけないのでは？》
暢光が通訳すると、うんうん、だよね、と凜一郎や達雄くんだけでなく亜夕美たちも、裕介の疑問に同意するような呟きを発した。
だがマシューは「ノー、ノー、違う」のECをしてみせてこう告げた。
《そう思いがちですが、経験上、失敗したマイプレイを繰り返し見るのは、まったく逆効果です。先ほどのベーシックのようにミスしたときの操作が心に焼きつき、つい同じことを繰り返すようになるのです。いったんそうなってしまうと、修正に大変苦労します》
確信のこもった言葉に、みなが、おー、へえ、アイ・シー、などと感嘆した。
《ですから、繰り返し見るとしたら、これが今の自分のベストプレイだと思える動画にして下さい。その方がモチベーションも上がります。さて、このマップでの練習は一人でもできます。こうしてチームのメンバーが揃っているのですから、ぜひ先日のように、みなさんとバトルロイヤルでプレイしたいと思いますが、いかがでしょうか？》

2

《姿勢が崩れていませんか？　ワンプレイごとに立ち上がって体を動かしましょう》
マシューのアドバイスに支えられ、暢光はこれまでで最もリラックスし、かつプレイに集中できている自分に驚いた。それは凜一郎やみなも同じだろう。

マシューはまさにこのゲームの案内人だった。彼が参加してくれれば良いことがあるだろうと暢光は漠然と期待していたが、それをはるかに上回る恩恵がもたらされていた。誰もが落ち着いてプレイできたし、明香里も勝手な行動をぴたりとやめて暢光が伝えるマシューの助言を聞くようになった。その方が、明らかに上手になって楽しいからだ。

《今日は、みなさんがミストに慣れることを目標にしたいと思います。ミストの中にいると、どんどんダメージを受けますよね。そこへさらに攻撃を受けると、つい焦ったり、体力ゲージばかり見つめて注意が疎《おろそ》かになりがちです。そうならないよう、ミストによるダメージを計算しながらプレイできるようになりましょう》

マシューの提案に従い、砦を築いて逆ネイルをする際、全員ぎりぎりまでミストの中にいるようにした。これがまた緊張感たっぷりで楽しかった。あえてダメージを受けていると思うだけで、慌ててミスをしがちな局面でも冷静に戦えた。みな適切に互いの体力を回復し、てきぱきと建設し、建物の壁を壊したりして、ミストからの脱出路を確保した。おかげで、プレイの前半で脱落する者はいなくなり、誰もがファイナルバトルの手前まで生き残れるようになった。たった一度のプレイで得られる成果としては最高の一語だ。

マシューのＩＤに気づいて集中攻撃してくるプレイヤーも大勢いたが、脅威というより格好の練習相手となってポイントを与えてくれた。それもこれもマシューが惜しみなく共闘し、本気で必勝法を授けようとしてくれているからだ。

そうしてバトルロイヤルを繰り返しプレイしてのちゲーム・ロビーに戻ると、凜一郎一人だけで百ポイント以上稼いだことがわかった。暢光も他のメンバーも驚くほどポイントを獲得している。凜一郎とパートナーの大会出場に必要な六千ポイントを確保することが決して不可能ではないどころか、一週間もあれば達成してしまえそうだ。
《ねえ、解散したあと、タッキーと一緒に、ちょっとだけマシューさんのマップでトレーニングしてていい？》
凜一郎が言ったが、これにはマシューが異論を唱えた。
《私としては、夜中に未成年者が保護者の目の届かないところで、他の大人が作ったマップでプレイすることは賛成できません。たとえ同じチームのメンバーだとしてもです》
しっかりしてるなあ、と暢光は感心した。
「では、私がリンに付き添います」
《はい。そのあとで、二人ともきちんと休みましょう。オーバーワークはゲームでも普通のスポーツでも上達の助けにはなりません》
暢光がマシューの言葉を伝えると、凜一郎と達雄くんが「やった！」のＥＣをした。
「チームに加わって下さって、本当にありがとうございます」
暢光とみなが、口々にマシューに礼を述べ、
《みなさんとの次のプレイを楽しみにしています。おやすみなさい》
最初にマシューが去り、めいめい解散となった。
暢光は、凜一郎と達雄くんのトレーニングに付き合ったのだが、マシューの言うとおりだと思った。目一杯、集中してプレイしたあととあって、手も頭も疲れていてミスばかりする。これではミスの仕方のほうを覚えてしまいそうだ。
凜一郎たちも同じように悟ったか、二十分ほどで《今日はもういいかな》《うん、超眠い》などと言って、互いに「バイバイ」のＥＣを披露した。

二人が去ると、暢光はちょっと呆然とする思いで画面を眺めた。
ジェダイだ。
すごい極意とゲームの楽しさ、そして子どもへの気遣いを教えてくれる最高のジェダイだ。暢光は棚のフィギュアを見上げ、自分がそうなりたかった、なってあげたかった、という思いを、そっと胸の奥にしまい込んだ。
翌日、フード・デリバリーの仕事の合間に昼食を摂っていると、亜夕美から電話があった。最高のコーチであり助っ人であるマシューの会社から契約書が送られて来たのだ。
《武藤先生に見てもらって、リンとアーちゃんのプライバシーを守れるか確認してるところ。でね、リンたちを表に出さない代わりに、あなたを立てたいってマシューさんが》
「おれを？」
《そう。あと、元詐欺師さん》
「え、裕介くんも？」
《お金を返しに来たのは、実に良いストーリーになるって》
「そうなのか？」
《知らないわよ。善仁くんや美香さんが、あなたに誘われてリンと一緒にゲームをしてるのも良いストーリーですって。つまり直接リンを助けるんじゃなくて、親の私とあなたを助けるクラウドファンディングにすれば、リンのプライバシーは守れるってこと》
「ああ、なるほど。いいんじゃないか」
《あなたを宣伝に使うってことだけど、いいのかしらね》
「おれは何も困らないと思うけど」

《じゃあ、そうなると、あなたも契約する必要があるから、武藤先生が、まとめて見てくれるって。もしかしたら、元詐欺師さんや、善仁くん、美香ちゃんも》
ありがたいなあ、と暢光は心から思った。
「おれは何をすればいい？」
《マシューさんとの話し合いはひとまずこっちでやるから、あなたは今の仕事と、リンとのゲームに集中してあげて》
「うん。あ、裕介くんと、善仁くんと、美香さんに協力してもらえるか話すよ」
《元詐欺師さんだけでいいわ。美香ちゃん、今週から来る予定だから》
「来る予定？」
《院長に言って、うちの病院の図書室の貸し出しスタッフにしてもらったの。週三日のね。本当は学生のバイトは認めてないんだけど》
「ああ、善仁くん、罰金とかあるから」
何しろ深刻な人身事故だ。交通刑務所行きを免れたとしても、罰金以外にも損害賠償金などを支払わねばならないと武藤先生が言っていた。美香さんも善仁くんを助けて働くのだと思うと、感心するというより、今はどうしても可哀想な気にさせられる。
だが亜夕美はこう言った。
《罰金なんて、善仁くんの親があっという間に払ったわよ。何度も会ったけど、けっこう裕福なんだから。善仁くんもちゃんと保険に入ってくれてて、正直助かったわ》
じゃあ、なんで美香さんは、亜夕美にバイトの口を頼んでまで働くんだ？　暢光は首を傾げ、そういえば以前にも違和感を抱いたな、と思い出した。

「なあ、それって、実は運転してたのは美香さんだったたってことじゃないよな？」
《えっ？　何それ。違うわよ。なんでそう思うの？》
「なんかいつも申し訳なさそうだったし」
《助手席でふざけてたから、自分にも責任があると思ってるのよ。実際、罰金の何割かは出したって。でもまあ、病院の仕事は別の理由ね》
「別の理由って？」
《善仁くんの家が裕福だから。合わせようとして……ちょっと、もう、なんで聞くの》
「そりゃ気になるよ。チームのメンバーだし」
《だから余計に、口を滑らせないか心配よ》
「じゃあ、聞いたら忘れるよ」
《まあ、確かに本当に忘れるわよね、なんでも。いいわ。つまりね、善仁くんに合わせようとして、よくある高額のバイトなんてしてるから、軽く説教したの》
おっと、聞かなきゃよかったぞ。参ったなあ。善仁くんが知ったらショックだろうなあ。暢光はそんな風に後悔したが、すぐに忘れてしまう自信もあった。少なくともゲームのプレイ中は、さっぱり頭から抜けているに違いない。
「そっかあ。そんなバイトしてるって、なんでわかったんだ？」
《昼間っからボディソープの匂いさせてりゃわかるわよ。病院でも兼職してる子、意外に多いんだから》
「やめさせたんだ」
《別に本人が続けたいなら無理に止めないわよ。でも、善仁くんに合わせるためにやるようなことじゃないし。お洒落《しゃれ》してしょっちゅう旅行や遊びに行くんじゃなくて、好きな人に会えたことを大事にしたらって言ってやっただけ。それが嫌な男なんて選ぶもんじゃないし。善仁くんならわかってくれるでしょって》

ははあ。暢光は大いに納得した。美香さんが、亜夕美に懐いているというか、慕っている理由がよくわかった。もとから亜夕美はやたらと慕われるタイプだが、自分の息子をはねた車に乗っていた女の子に対しても面倒見がいいことに感動してしまった。

「惚れ直すなあ」

《ちょっと何よ》

「あ、つい。ごめんなあ。お洒落させて旅行や遊びに連れて行けなくて」

《さんざん使い過ぎたわね。善仁くんの反面教師にいいんじゃない》

ぐさりと言われて、つい目をつむってうつむいてしまった。

「ごめん。いつか必ず成功するから」

《あのね。あなたに大成功してほしいわけじゃないの。まっとうに……じゃないか。あなたの場合、なんていえばいいんだろ。いまだにわからない》

「利口になれって言われたよ」

《あなたは、まあ、善いお馬鹿さんだし。すごいところもあるの、知ってるし》

暢光はぱちりと目を開いて身を起こした。

「そうなのか？」

《普通、ゲームの世界チャンピオンなんか連れてこないでしょ。気づいたら、私たちや武藤先生だけでなく、善仁くんや美香ちゃんや元詐欺師さんまで、みんなあなたに付き合ってるし。それ

も全部、リンのために。それには感謝してるし、感心してる》
これって見直してくれてるってことか？　暢光が一抹の希望を抱いたとたん、それを察したように亜夕美がすかさず釘を刺した。
《あ、でも、まだ許す気はないわよ。じゃ、今の仕事を頑張って》
「ああ。それじゃ」
返事もそこそこに、あっさり通信を切られたが、亜夕美の口調は悪くないという印象だった。まだってことは？　そのうち許してくれるんだろうか？
暢光は携帯電話を握る手を膝の上に置いて青空を見上げた。もしかすると今度こそ良いドアが開けるんじゃないか、という久しぶりの期待を強く抱いていた。

3

《爆発しました。とても大変なことになりました》
マシューが、両手で山の形を作り、それが爆発するようなジェスチャーをし、
《どっかーん《カブーム》！》
と、わざわざ付け加えた。ゲーム配信用カメラとマイクを使った一対一のオンライン通話でのことで、暢光は、てっきり大炎上したのかと思い、ぞっとした。
「例のクラウドファンディングで、トラブルが生じたのですか？」
マシューが、えっ？　という顔になり、両手の平で画面を拭うように左右に動かした。
《ノー、ノー、ノー。すいません。こう言いたかったのです。想像を遥かに超える、今までに見

たことのない大反響ですよ、とね》

暢光は、何よりマシューの屈託のない笑顔に、心底ほっとした。自分も亜夕美ほどではないが、ネットにプライバシーを露出することで何か悪しきことが起こるのではないかと心配するたちなのだと自覚させられた。

「それはよかった。リンを応援してくれる方が、大勢いてくれるのは嬉しいです」

《リンクンだけではありません。チーム・リンギングベルの全員のプレイネームが、熱くバズるキーワードとなりました。証拠に、こちらを御覧下さい》

マシューのパソコンの画面が共有され、『ダディ・ノブと息子リンギングベルのチームを応援するクラウドファンディング』のサイトが現れた。

メインは英語だが、日本語をふくめ多言語に対応している。下部には、サイト管理者だけが見られる棒グラフやチャートが表示されており、マシューが見せているのはそちらだった。発表から三日間でどれほどの人間がサイトを見て、どんな反応をしたかを意味しているらしい。だが暢光には色とりどりの図形が並んでいることしかわからなかった。

《すごいでしょう！》

ぼんやりしたままの暢光をよそにマシューが興奮気味に言った。

《あなたとチームのみなさん、そしてリンクンの言葉が、大変良い意味で、多くの人の心に届いたことを示しています。特に、あなたが私に送ったメッセージは素晴らしい。私が心を動かされたように、百万人以上の人々が感動しています》

暢光は不思議な気分だった。別にそんなつもりでメッセージを送ったわけではない。

とはいえ味方が大勢いる気分になれるのは悪いことではなく、寄付金も想定以上に集まっているとのことで、その分、亜夕美を苦労させずに済むのはとてもありがたかった。

また、サイトに掲載されたチーム・メンバーのコメントを読むだけで、嬉しい気分にさせられた。それらはマシューが彼の弁護士や会社のスタッフ、そして武藤先生の同席のもと、オンラインでインタビューしたものだ。辞退する者もいるだろうという暢光の予想に反して、全員が積極的にコメントを提供してくれたとマシューは言った。

『私はダディ・ノブから訴えられるはずの人間でした。でもダディ・ノブはそうしなかった。代わりに息子のリンギングベルを大会に出すために協力してくれと私に言った。自分は彼の期待に応えたい。あと、私の言葉を公開する条件は、誰も嘘をつかないことです。もう二度と、嘘で金を稼ぐ真似はしたくありませんから。これ以上、天国にいる母親を失望させたくないんです。私がダディ・ノブとリンギングベルのためにプレイするのは、何一つ嘘がなく、純粋に善いことだと心から信じられるからです』

裕介のコメントだ。マシューいわく、とても真実味のあるコメントで共感されやすいはず、とのことだった。確かに暢光も、裕介のこんな素直な言葉を知ることができて思わず感動してしまったほどだ。

『私は、ダディ・ノブのおかげで、犯してしまった過ちを償う機会を得ることができました。リンクンのサポートのためにプレイできることは僕にとって一番の救いなんです。僕の今の願いは、リンクンが大会で活躍できるよう、最善を尽くすことです』

こちらは善仁くんのコメントだ。とても前向きで、よかったなあ、と暢光は思う。後悔と自責の念に支配された学生生活なんて、想像するだけで悲しくなってしまう。

『リンギングベルの両親、ダディ・ノブとママ・ウォーカーに出会ったことは、間違いなく私とヨッシーにとって幸運でした。二人は、私たちが彼らに不運をもたらしてしまった事実を受け入れ、私たちにチャンスと、そしてより良い人生を与えてくれました』

美香さんのコメントだ。亜夕美に対する感謝の念がにじんでいて、微笑ましかった。

『ダディ・ノブは不思議な人物だ。暢気者ですぐに騙《だま》されるくせに、彼を信じたくなる。たぶん彼は人を信じる天才なんだろう。悪いことをした人間も、良いことをした人間も、区別なく信じるというのは誰にでもできることではない。被害者も加害者も一緒になってゲームをプレイすることを、変だとも思っていないのが、ダディ・ノブの面白いところだ。彼らとのプレイ自体、弁護士としては、得難い報酬だと思っているよ』

武藤先生のコメントだ。へえ、こんな風に思ってくれてるんだ。それも嬉しいが、それよりも、次から次に増える仕事を快く引き受けてくれる武藤先生には感謝しかない。

『リンギングベルの主治医のドクターTです。彼の回復については未知数なことが多いと言わざるを得ません。しかし彼がゲームをプレイするたび、私はむしろ彼に勇気づけられています。彼は自分が夢を叶えると信じて疑わず、その身に起こった不幸をものともせず努力し続けている。そんな彼に勇気づけられない人がいるでしょうか。彼の姿に、私は自分の人生のポイント獲得を忘れていたと気付かされた。どうか彼とダディ・ノブを応援して下さい。私はママ・ウォーカーのサポートに全力を尽くします』

剛彦までコメントを提供するとは思わず、ちょっと驚いたし、そもそも主治医だったことも暢光は知らなかった。亜夕美に関してのコメントは相変わらず、いちいち引っかかるものだったが、凜一郎に肩入れしてくれているのは確からしい。

『息子のリンギングベルの願いを叶えることには、正直、戸惑いがありました。ナースである私は、彼に必要なのは治療だと思っていたからです。でも今は、家族全員でゲームをプレイする時間を何より大切にしています』

亜夕美のコメントだ。最初に読んだとき、「家族全員」という言葉を、暢光は何度も見つめてしまったものだ。自分もまだ家族だよな。亜夕美にわざわざ確認するのも気が引けるので訊いていないが、きっとそう思ってくれているのだと素直に信じた。

『兄のリンギングベルが大会に出られたら嬉しいです。そして、早く元気になってベッドから出られると良いなと思ってます』

明香里のコメントだ。短い言葉に明香里の思いが詰まっているのを感じて暢光は胸が苦しくなった。正直、亜夕美がコメント提供を許すとは思わなかったが、それだけマシューと武藤先生を信じているのだろう。

『ダディ・ノブは善いお馬鹿さんです。そんな彼が集めたチームメイトは、過去に何があったにせよ、みんな善人です。そんな環境を子どもに与えてやれるんだから、私はダディ・ノブを見直しましたよ。善い行いをしたいというみなの願いは、きっと良い運気を招くでしょうね』

芙美子さんのコメントに、暢光のほうは頭が下がる思いだ。スピリチュアルな一言を忘れないところが芙美子さんらしい。

『リンギングベルは僕の大事な友だちです。彼に起こったことはとてもショックでした。でも、今も僕たちが大好きなゲームを一緒にプレイできることが嬉しいです。『ゲート・オブ・レジェンズ』の大会に出るという夢をリンギングベルと一緒に叶えたいです』

達雄くんも、両親の立ち会いのもとでコメントを提供してくれたとのことだ。暢光としては凜一郎だけを大会に送り出すのではなく、親友の達雄くんもパートナーとして出してやりたいと改めて思わせられる言葉だった。

最後に、マシュー自身もこのように言ってくれていた。

『なぜ私が、自分のチームのポイント・アップではなく、チーム・リンギングベルに協力するか？　なぜなら彼らは私の理想とするゲームプレイを体現してくれているからです。勝利は、善き行いの結果としてあるべきだという理想を。私はリンギングベルと、そのパートナーとなる人物が大会に出られることを望みますし、彼らとバトルすることに、チャンピオンとして醍醐味を感じています。どうか私と一緒に、ダディ・ノブとリンギングベル、そして彼らのチームを応援して下さい』

暢光は、思えばメンバーに面と向かって参加の理由を問うたことなどなく、凜一郎のためにポイントを取るのに夢中だったことを反省させられもした。

他方でマシューは、抜かりなく会社のことを考えてもいた。

《私の会社のリサーチによれば、ダディ・ノブとリンギングベルの話題が広まったことによって『ゲート・オブ・レジェンズ』の世界大会に対する否定的な意見が激減しました。シムズ社の株価も回復の傾向を示しています。この調子なら、世界大会開催を阻む要素を一つずつクリアしていけるでしょう。私に協力してくれる頼もしいスポンサーやインフルエンサーもいますから、必ず大会を開催させてみせます。ありがとう、ノブ》

「御礼を言うのはこちらです、マシュー。大勢があなたを信頼しているからこそです」

《大勢のアンチもいますけどね》

マシューが、目をぐるりと回してみせた。知ったことではないが、という感じだ。

《心ない人間はいくらでもいるものです。チーム・リンギングベルのプレイ環境は、我が社のスタッフが全力でクリーンに保ちます。いやらしい皮肉が殺到してうんざりさせられるといったことがないよう、くれぐれもチームメイト全員のＩＤ設定を、私が指示した状態に保つよう徹底して下さい。特にチャイルドモードのＩＤに何とかアクセスしようとする、ダーティな大人を遠ざけねばなりませんから》
「わかりました。あなたがいてくれて助かります。私たちだけでは、何に気を遣っていいかもわかりませんでした」
《お安い御用です。あなたたちを応援してくれる人たちの期待を裏切らないよう、今夜もしっかりポイントを稼ぎましょう》

4

びっくりするくらい、ポイントが入らなかった。

マシューを迎えた初日の好調が嘘のようだ。マシューは日本滞在中は毎晩、一緒にプレイすると約束してくれた。なのにプレイするほどに獲得できるポイントが減っていく。

さすがに暢光だけでなくチームメイトのみなが焦りを隠せずにいたが、マシューは、さもありなんというようにこう言った。

《この時期は大会を目指すプレイヤーが一気にポイントを稼ごうとします。試験本番が近づけば模試の平均点は上がるでしょう？　いわば予選が始まったと考えて下さい》

「どうすればいいんですか？　この調子だとポイントが足らなくなるかもしません」

暢光が訊くと、マシューは「ノー・プロブレム」のＥＣを返して言った。

《焦らず、すべきことをすればいいのです。大会出場のための六千ポイントは必ず稼げます。私を信じて下さい》

すべきこととは、最初に参加してくれたときにマシューが教えてくれた秘訣、プレイの基本をみなが身につけることだ。

マシューの言葉に従い、いよいよチームの誰もが真剣に、上達を目指して特訓することになった。みっちりエイムの練習をし、音でプレイヤーの位置を把握する訓練を積み重ね、待避・建設・エイムのコマンドを手に覚えさせた。

もちろん、プレイ前には、みなでラジオ体操をして身体を整えた。

《このフィットネスは素晴らしいですね。太極拳も良いですが、レイディオ・タイソーの方が短時間で血行を良くしてくれる気がします》

凜一郎も、気分だけ一緒に体操していると言っていたが、

《カルテを見ると実際に心拍数が上がってるの。全員でラジオ体操をしてる時間に》

亜夕美がそう言うので、暢光は驚かされた。

マシューが示唆したように、ゲーム内での凜一郎の行動が、現実の体に影響を与えているらしいと聞けば、いずれ本当に目覚めるのではという期待が否応なく高まるものだ。

そうしてポイント獲得と練習を地道に繰り返し、あっという間に一週間が過ぎた。

急にびっくりするくらい、ポイント獲得が容易になった。

みんな、ものすごく上手くなってないか？　暢光は、自分もふくめて、という点に大変驚かされた。アイテムと建設素材の収集速度が格段に向上し、他のプレイヤーに襲撃されても誰も動揺しなくなったのだ。逃走すべきか踏ん張って撃退すべきか、迷うことなく、誰もがどの場合にど

うすべきか自然とわかるようになっていた。

おかげで弾丸もアイテムも無駄遣いしなくなり、当然、豊富な弾丸やアイテム、大量の建設素材、よりレベルの高い武器を、凜一郎と達雄くんに提供できた。

凜一郎も達雄くんも巧みなバトルで大人たちを打ち負かし、亜夕美と明香里はより的確に二人をサポートするようになっている。裕介、武藤先生、芙美子さん、剛彦は、ただ砦を築いて守るだけでなく、逆ネイルの開始タイミングを自分たちで示し合わせ、そろそろ始めましょう、とマシューに提案するまでになった。

マシューの導きのたまものに、みなが感謝したが、マシューは朗らかにこう言った。

《参加人数の上限いっぱいまで人を集めたチームほど、互いの役割が曖昧になり、上手く機能しなくなりがちです。しかしこのチームはみなの役割がはっきりしていますから、必要なのは地道な練習だけでした。最初から私は素晴らしいチームだと思っていましたよ》

一方で、クラウドファンディングのほうも、驚くばかりの反響が続いたという。多額の寄付金が集まったことについて話すたび、亜夕美が声を詰まらせるようになった。

「顔も名前も知らない大勢の人たちへの感謝で泣けてくるなんて、生まれて初めてよ」

感謝すべき点は他にも多々あった。マシューが推奨するＩＤ設定のおかげで、心ない野次馬に邪魔されることもなく、それどころかマシューがしてくれたような、やさプレイをするプレイヤーも現れるようになった。クラウドファンディングのサイトを見た誰かが、プレイを通して応援してくれるのだ。

やがて大会出場のためのポイント獲得期限と、マシューの日本滞在の期限が同時に迫ると、マシューがこんな提案をした。

《総仕上げのプレイは、バトルロイヤルではなく、フラッグバトルで行いましょう》

バトルロイヤルはゲームオーバーになったプレイヤーは復帰できない生き残り戦だ。他方、大勢のプレイヤーが二つの陣営に分かれて旗を奪い合うフラッグバトルは、ゲームオーバーになってもフラッグの奪い合いが続く限り復帰できる。フラッグバトルで相手プレイヤーを倒してもバトルロイヤルほど高ポイントにはならないが、全員が弛《たゆ》まずプレイするので、参加人数が多いチームほど、結果的に高いポイントを稼げるという。

《それに、旗を追いかけてマップじゅうを激しく動き回ることになります。マップの構造と、素早い操作を覚えるには、うってつけです》

最後までプレイ向上とポイント獲得を両立させてくれるマシューの提案に従い、三日がかりでフラッグバトルに集中することになった。

そうして、マシューを迎えてから十四日目のその夜。

暢光は、全力で走っていた。

旗を抱えて、自陣のゴールまで辿り着くことに全神経を集中させているのだ。

自分の陣営の誰かが旗を奪ってゴールまで運ぶ途中、相手陣営の襲撃に遭って倒れたところへ、さらに暢光、善仁くん、美香さんで旗を奪い返したのだ。

善仁くんと美香さんが相手陣営のプレイヤーを翻弄《ほんろう》する隙に、まんまと旗を手に入れた暢光は、しっかりと良い姿勢を保って操作しながら、ふと、今までこれほど必死に頑張ったことなどなかった、という思いに襲われた。

そんな自分が恥ずかしかった。マシューの地道な指導の結果、派手なことにばかり気持ちが向いていた自分を、今もろに自覚させられた感じだった。

最初にマシューと会ったとき、信じたいと心から思える相手を信じるべきではないかと言われたのを思い出していた。こうやって、凜一郎や家族のことなら、とことん信じることができるのに。これまでちっとも家族のほうを見ていなかった。自分自身のことも。愚かな話を信じさせようとする人々を信じてしまった。

画面の中心ばかり見つめて他の何も見えなくなっていた。盲点ばかりの人生だ。それじゃ何も手に入らなくて当然じゃないか。

よく見ろ。よく聞け。暢光は歯を食いしばって自分に命じた。一つのことばかり見るな。多数の音に惑わされるな。周囲にいる他のプレイヤーの動きを読んで走り抜けろ。

《その調子です、ノブ！　そのままリンクンとタッキークンがいる方角へ向かって！》

声とともに純白のソードマンが飛び出し、暢光を襲う銃撃を剣で受け弾いてくれた。

暢光は走り続けた。目の前に相手陣営のプレイヤーが現れた瞬間、何も考えずに一連の操作をしてのけた。旗を持っている間は銃やアイテムの使用が制限されるので、すぐさまその場に旗を置き、階段を建設し、斜めに跳んだ。

相手プレイヤーが、自分も階段を作るのではなく、暢光の階段を破壊しにかかるのに合わせ、その頭上を取った。相手プレイヤーの頭部が、マシューのトレーニング・マップで見たでかいカボチャなみに、たやすいターゲットに思われた。

暢光は迷わずショットガンを選んで三度続けて撃った。強力な銃撃が、相手プレイヤーの頭部とそれ以外の部位に叩き込まれた。相手はすぐさまゲームオーバーになり、アイテムをばらまいたが、暢光はそちらには目もくれず、再び旗を取って走った。

そこへ、ロケットカーに乗る凜一郎が、後部座席に達雄くん、亜夕美、明香里を乗せて追いかけてきた。
《乗って、ノブ！》
亜夕美がロケットカーから飛び降りた。
「ありがとう！」
空いた席に暢光が乗り込み、凜一郎がロケットカーのアクセルをふかした。
《行くよー！》
みるみるゴールが近づいてきた。途中、乗物に乗った相手陣営のプレイヤーが複数追ってきたが、武藤先生が運転する乗物が現れ、それに乗った裕介、芙美子さん、剛彦が、見事に防いでくれた。
《行け行け！　ゴールまでまっしぐらだ！》
武藤先生がはしゃぐようにわめいた。
《あと少し！　あと少し！》
《ぐははは、飛ばせー、リン！》
達雄くんと明香里が叫んだ。
凜一郎は黙ってロケットカーを操作し、そしてゴールへ到達した。
通信にみなの歓声がわいた。フラッグバトルの勝者を称えるムービーが流れ、それからみなにポイントが加算された。旗を持っていた暢光が最も高いポイントを得た。
「あれ、これって、もしかして――」
暢光がゲーム・ロビーに戻った画面を見つめて呟いた。
誰も応じなかった。みな、自分のポイントと、互いに分け与えられるポイントの上限を確認しているのだ。それから、先ほど以上の歓声が、わあーっ、と起こった。
《ポイント獲得完了です。あなたたちだけで、リンクンともう一人を、大会に送り出せます。みなさん、よく頑張りました》
　マシューが穏やかに言うと、すぐに亜夕美が感極まった涙声を返した。
《ありがとう、マシューさん。本当にありがとう》
　もらい泣きした善仁くんと美香さんが洟をすする音がした。
《え、マジで？　マジのマジ？　大会出られるの？》
　凜一郎が、ゲーム・ロビーで、周囲を見回す「どこどこ？」のECをしてみせた。
《やったじゃーん！》
《行け行け、リン！》
　達雄くんと明香里が、はしゃぎ声とともに「こっちこっち」のECを返した。
《ノブ、ムトウセンセイ。これで、ポイントの獲得に関する私の役目は終わりました。もちろんクラウドファンディングの管理は続けます。みなさんはよく話し合って、リンクンと一緒に戦うパートナーを選んで下さい》
《そうします。ありがとう、マシューさん》
《引き続き宜しくお願いしますよ、マシュー》
　暢光と武藤先生が言うと、マシューが「やったぜ！」のECを返し、
《ソレデハ、リンクン、ミナサン、タイカイデ、アイマショー》
　日本語でそう告げた。たちまち凜一郎、達雄くん、明香里が嬉しげに興奮した笑い声を上げ、チームメイトのみなが感謝の言葉を口にした。

そうしてマシューは、ロビーから去った。
暢光は、残る面々へ言った。
「みなさん、ここまでありがとうございました。おかげで無事に凜一郎ともう一人を大会に送り出すことができます。もう一人のパートナーの選択ですが、凜一郎に決めてもらうといいのではと思いますが、どうでしょう」
これは実のところ凜一郎と達雄くんで話し合ってもらうためだ。世界大会に出るプレッシャーに加え、大勢から注目されることでプライバシー上のリスクもある。達雄くんには両親とよく話し合うよう暢光と亜夕美からお願いしようと考えている。とはいえ、達雄くんが凜一郎と一緒に戦ってくれると暢光は信じていた。
真っ先に裕介が賛同の声を上げた。
《ノブの言う通りだと思います。リンくん、誰と大会に出たい？》
凜一郎は意外なことに即答せず、「考え中」のECをしてみせた。
《本当におれが決めていいの？》
「お父さんはそう思ってるけど。みなさん、いかがでしょう？」
達雄くん、善仁くん、美香さん、武藤先生、剛彦がすぐに応じた。
《リンが決めていいと思います》《もちろん賛成です》《私も賛成です》《はなからそう思ってたよ》《誰とプレイすると勝てそうか、リンくんが考えて決めるべきですな》
「亜夕美は？」
《私もお母さんも、そうした方がいいと思ってるわよ》
《アーちゃんもだよ！》

《はいはい、そうね。私たちみんな、リンが決めることに反対しないわよ》
凛一郎が、「参ったね」のECをしてみせた。
《うーん、今すぐ決めなきゃ駄目？》
「考える時間はあるよ。大会のエントリーまでまだ何日もあるから」
《じゃあ、ちょっと考えたい》
「焦らなくていいからな」
《うん》
「ではみなさん、今日もありがとうございました。大会までもうしばらくありますが、引き続き参加できる方は、ぜひお願いします。今日はここで解散です。おやすみなさい」
みな、凛一郎と「ハイタッチ！」や「バイバイ」のECをかわし、ロビーを去った。
《おやすみ、お父さん》
「おやすみ、リン」
暢光は、最後に凛一郎が去るのを見届け、立ち上がって背筋を伸ばした。
これで凛一郎は、大会に出られる。
一気に肩の荷が下りた気分だった。ルイボス・ティーを淹れて窓枠に座り、つけっぱなしのモニターと、棚のフィギュアを交互に眺めた。凛一郎にとってはこれからが本番だということはわかっている。何しろ大会に出るだけではなく、そこで勝つことを願っているのだから。
あのマシューさんとバトルするのかあ。
世界中から強豪が集まるのに、そこまで辿り着けるだろうか。マシューとバトルする前に敗退することもあり得る。マシューにもっとトレーニングしてもらえるようお願いすべきかもしれない。いや、凜一郎は嫌がるだろうが、シード枠を用意してもらったほうがいいのではないか。

そんなことを考えつつ、暢光は心地好い脱力感と、一抹の寂しさを味わった。

あとはもう見送るだけだ。家族と一緒になって頑張る、必死だが心地好くもあった時間が、終わりを告げたのだ。そのことを受け入れないといけないのはわかっていた。全ては凜一郎のためで、この自分のためではないのだから。

暢光は、寂しくても泣いたりするなよ、と自分に言い聞かせながら、ルイボス・ティーを切なくすすった。そうしていると凜一郎のライダーが颯爽とバトルする様子がおのずと浮かんだ。ああ、心から信じられるなあ。暢光は思った。お前が大会で大活躍することを、マシューさんにだって負けないことを、おれは信じてる。とことん信じてやれる。

やがて卓袱台の前に戻り、ゲームの電源を切ろうとして、メッセージに気づいた。

凜一郎のＩＤから送られたもので、件名には、こうあった。

『お父さんにお願いがあります』

5

――お願い？

大会出場が確実となった今、どんな『お願い』があるのだろう。暢光は不思議に思いながら、凜一郎から送られて来たメッセージを開いた。

お父さんにお願いがあります。

おれといっしょに『ゲート・オブ・レジェンズ』の大会に出て下さい。

さっきタッキーとも話しました。

タッキーと大会に出るのは、きっと楽しいと思います。

でも、お父さんとなら勝てる気がします。マシューさんにも負けないで、いっしょに頑張れると思います。

なぜかというと、お父さんはあきらめないからです。

お母さんは、お父さんがいつもだまされるって言って怒ってました。でもおれは、だまされても怒らないお父さんは、すごいなと思います。

ふつう、だれのことも信じられなくなるのにってお母さんは言います。でも、お父さんは変わらず、かなえたい夢があるって言い続けます。

お父さんは、あきらめない人なんだなと思います。

ユースフルさんが、お金を返しに来たって聞いても、おれは驚きませんでした。

お父さんは、人を信じることもあきらめません。だからユースフルさんも、いっしょにゲームをしてくれてるんだと思います。

そんなお父さんを、おれはかっこいいと思います。

大会で勝てたら、元気になるのか、自分でもよくわかりません。

でもこうして大会に出られるよう、お父さんはものすごくがんばってくれました。とてもうれしかったです。そして本当に大会に出られるようになって思ったのは、お父さんとならジェダイになれるかもってことです。お父さんといっしょに、大会でいっしょうけんめいプレイしたら、きっと勝てるって信じています。

だからお父さんも、同じように信じてほしいです。

おれといっしょに『ゲート・オブ・レジェンズ』の大会に出て下さい。

凜一郎より

暢光は、最初の数行で早くも泣きべそをかいていた。半分ほど読むうちに耐えられず涙がこぼれ落ち、そして読み終えるなり声を上げて泣いてしまった。

こんなメッセージを息子からもらった父親が、泣かないわけないじゃないか。暢光は言い訳するというより、大声で誰かに訴えたい気持ちで周囲を見回し、バスルームへ膝で進んでいくと、トイレットペーパーで何度か洟《はな》をかんだ。トイレットペーパーをトイレに流し、拳で涙を拭うと、毅然《きぜん》となって膝でずいずい進み、モニターの前に戻った。

ふーっと大きく息をつき、両手で頬を叩き、しゃきっとして凜一郎からのメッセージを読み直した。

ちょっと前まで、家族だけのときはパパと呼んでいたのに。いつの間にか、お父さんとだけ呼ぶようになっていた。事故のあと、チームを結成したからというより、凜一郎の成長とともに、ごく自然にそうなったという感じがした。

こうして自分で考えて決断できるのも成長の証しだ。ほんの少し前は、自転車に乗る練習をするたび、後ろで父親が車体を支えてくれているか不安で振り返ってばかりいたのに。気づけば母親へのプレゼントを内緒で買いに行く優しい子に成長していた。

そんな感慨《かんがい》にふけっていると、また泣けてきた。

泣いている場合じゃない。返事をしてやらないと。全ては凜一郎が目を覚ますためだ。

もちろん、凜一郎自身も言うように大会で優勝すれば目を覚ますかどうかなんて、わからない。

だが暢光には、素直に信じることができた。他に信じられるものがないとか、不安だから信じることで安心するとかじゃない。

自分が心から信じているのが凜一郎だからだ。

マシューが示唆したことが、やっとわかった気がした。相手を信じるということがどういうことかが。相手が喜ぶから、いい加減な話を信じてやるのではなかった。逆に相手が苦しんだり、がっかりする結果になったとしても、信じたことを後悔することもない。

信じることが、相手の扉を開く鍵になることがあるのだ。

扉のノブをつかんで押し開ける力を与えてやれるのだ。

そうしてやれるのが他ならぬ自分の子だなんて、嬉しいだけでなく光栄ですらある。

おれは誰よりも凜一郎を信じている。そうするという点で、誰にも負けることはない。

暢光は、胸いっぱいにその思いが広がるのを覚えながら、メッセージを返した。

凜一郎へ

メッセージを読みました。

すごく嬉しいです。今まで生きてきた中で、一番嬉しい言葉でした。

凜一郎が、きちんと考えて選んだことに、反対しません。

お父さんは、凜一郎を信じます。

今までお前がしてきた、たくさんの努力が、最高の結果になると信じています。

凜一郎は、お父さんのジェダイです。

お父さんも、凜一郎のジェダイになれるよう、チームのみんなにも大会のパートナーとしてふさわしいと思ってもらえるよう、一所懸命に頑張りたいと思います。

ただ、その前に一つだけ、試させて下さい。

凜一郎がお父さんのために作ってくれたマップを、今からクリアします。

お父さんにとってベストのプレイができるよう頑張ります。

でも、もし頑張ってもクリアできなかったり、お父さんのプレイが良くないな、と思ったら、大会のパートナーを誰にするか、またきちんと考え直して下さい。

それでは、プレイしてきます。

お父さんより

メッセージを送ったとたん、ぶるっと武者震いした。コントローラーを手にする前に立ち上がり、ラジオ体操をしながら頭の中でマップを思い浮かべた。

座り直してコントローラーを手に取り、目を伏せ、深呼吸を繰り返した。しっかり集中し、かつリラックスしている状態になってから、顔を上げ、モニターを見た。何度もトライしては難しさに音を上げたマップも、今ならクリアできるという自信がわいていた。

マップを選択して『リンリン・ワールド』に移動すると、迷うことなくタイムアタック・モードにし、最も難しいコースへ飛び込んだ。

建設素材、武器、弾薬、アイテムを素早く拾い集め、障害物を跳び越え、あるいは床や階段を建設して突破すべく、冷静にコントローラーを操作した。自分自身が何かにふさわしいことを証明しようとするなんて、亜夕美にプロポーズして以来かもしれないと思った。いや、常にそうしようとしてきたが一度もしなかったに等しいのだと思い知らされた。

両親のように立派な人物になりたいという気持ちばかり強くて空回りし続けた。ちゃんと自分の足で立とうとせず、誰かに答えを用意してもらえるのが当たり前だと思い込み、怪しい話に飛びついてばかりだった。

それでも諦めない。そんな風に凜一郎から言ってもらえると思わなかった。自分では諦めてばかりだった気がする。だが凜一郎がそう思ってくれているということが、今の暢光に自信を与えてくれていた。

コース後半では、障害物を越えるだけでなく、そこら中からロボットが撃ってきた。ちょっと前までの自分だったら、あっという間に混乱し、何をしていいかわからないままゲームオーバーになっていた。だが暢光は適切に建設し、階段で障害物を越え、壁で身を守り、的確に撃ち返してロボットを破壊していった。ほらみろ、やればできるじゃないか。暢光は自分を鼓《こ》舞《ぶ》するというより叱咤《しった》した。以前はそれほどこのゲームに興味がなかったとはいえ、せっかく息子が作ってくれたマップさえ放置していたなんて。

暢光はそんな自分に悔しさを覚えながら、努めて冷静に最後のロボットを破壊し、峡谷の狭間を駆けた。落ちれば一発でゲームオーバーだが、床を連続して建設して橋を作り、一気に谷を駆け抜け、『おめでとう』の垂れ幕に飾られたゴールへ到達していた。

ゴールインを祝う効果音と演出とともに、成績が現れた。

射撃の命中率はAランク、建設速度もAランク、タイムもAランク。

暢光は大きく息をついた。マシューのトレーニング・マップで鍛えた成果が出たと思いたいところだが、さすがにランクが高すぎる。クリアしたときに暢光がやる気と自信を得るよう、多少ミスをしても高いランクになる設定にしてくれていたのだ。

とはいえ、これで胸を張って凜一郎の提案に応じられるという思いだった。大会で勝つには、もっと練習が必要なのは当然として、何かをやり残したままにはならずに済む。

それにしても、手の込んだマップを作ってくれてたんだなあ。改めて暢光はそのことに感謝した。一緒にプレイすることを楽しみにしてくれていたことが伝わってきて、感慨にふけっているところへ、ふいに声をかけられた。

《やったね、お父さん》

暢光は、急に現れた凜一郎のライダーを振り返った。

「まだ起きてたのか?」

《うん。メッセージ来たから、お父さんがクリアするところ見てた》

「やっとクリアできたよ。ありがとうな、マップ作ってくれて」

凜一郎が「やったぜ!」のECをした。暢光も同じECを返し、そして訊いた。

「大会に出るの、本当に、お父さんとでいいのか?」

《うん。タッキーも、そうしなよって言ってくれた。優勝して元気になったら、また一緒に大会

を目指そうねって》
凜一郎の勝利と回復の両方を、達雄くんもまた信じてくれていることが伝わり、暢光はありがたさに、じんときた。
「いい友だちを持ったな」
でも、おれとじゃ勝てないとは思わなかったのか？　そう尋ねかけてやめた。期待に応えられないのが怖くて、息子に大丈夫だと言ってもらいたがるなんて情けない。
「明日、チームに話そう。あと、大会までの練習の内容も」
《課金のレア武器とアイテムの使い方、全部覚えないとだね》
「ああ。マシューさんのおかげで、本当に全部使えるからな。全部使おうとせず、気に入ったものだけ練習したほうがいいんじゃないか？」
《どれもかっこいいからなー。ソードマンの剣を壊すならショットガン系がほしいかも》
そう言って、凜一郎が「参ったね」のECをしてみせた。
《うわー、マシューさんとマジでバトれるのかー》
そうするには大会のかなり上位まで勝ち抜かないといけないが、暢光はいちいちその点に言及しなかった。二人して勝つために大会に出るのだから。
「そうだぞ。チャンピオンと戦えるんだ。楽しみだな」
《楽しみ》
暢光は率先して「よろしく」のECをし、握手するジェスチャーをしてみせた。
「一緒にジェダイになろう」
《うん。オッケー》

凜一郎が軽口で返した。照れ隠しだと暢光にはわかった。それから同様にECをしてみせ、暢光のアバターとしっかり握手した。

6

「というわけで私が凜一郎と大会に出ようと思いますが、皆さんはどう思いますか？」
暢光は、モニターの向こうにいるチームのみなへ、きちんと尋ねた。これまで共に努力してきてくれたチームに敬意を表してのことで、誰も反対しなかった。
《私は、そりゃいいけどね。達雄くんだって大会に出たいんじゃないのかい？》
芙美子さんが気を遣って訊いたが、
《リンが元気になったら、そうします。でも今は、リンとお父さんの二人を、全力で応援したいと思ってます》
達雄くんが、この上なく真剣にそうするというように、きりっとした調子で言った。
《パパも、なかなか上手くなったもんね！》
明香里のアバターが、「よくできました」のECをしてみせた。
「ありがとう、アーちゃん」
暢光は、娘から評価されるという、あまりない体験に胸が熱くなる思いで「サンキュー」のECを返した。
《確かにね。チームのリーダーなんだし、しっかりプレイしてくれるでしょ》
亜夕美が言った。これまた珍しく誉められた気がして暢光は大変気分が良かった。

《私と亜夕美くんが観戦できるようリンくんの看護シフトを決めねばなりませんな。はて、ところで大会は、どこで行われるんでしたか？》
剛彦の独り言のような呟きも、このときは珍しくスルーされなかった。
《今年はシンガポールです》
美香さんが即答し、
《二日間にわたっての開催です。一日目に賞金が出るバトルロイヤルと勝ち抜き式のタイムレースがあります。二日目は自由参加のフリー・フラッグバトルや、ファンイベント、ビジネス向けの発表だそうです》
善仁くんが詳細を述べてくれた。二人して大会の情報サイトを見ているらしい。
《リンくんをシンガポールに移送するのは、なかなか大変そうだな》
剛彦が深刻そうに言ったが、
《いえ、リンくんの体を動かす必要はないと思います。そもそもオンラインですし》
裕介が返し、美香さんや善仁くんも口々に同意した。出場者の中には大会の開催地に赴かずにプレイする者もおり、凜一郎などはもとからゲームの中にいるのだから大会のマップにアクセスすればいいだけだ。
《なるほど。では大会開催中、個室にリンくんを移すとしましょう。ゲーム機を持ち込んで、リンくんと一緒にみなでプレイを観戦できますからな》
この剛彦の提案を、誰もスルーしないどころか、亜夕美の《ありがとうございます、先生》という言葉を皮切りに、みなが感謝の声を上げげた。剛彦がありがたがられるなど、チームを組んで初の出来事といっていい。

《ノブくんはどうするね？　日本にいたままリンくんのそばでプレイするかい？》
武藤先生が尋ねると、暢光よりも先に、凜一郎が声を上げた。
《お父さんは行って来てよ。大会がどんなだったか、後で聞きたいから》
暢光は「おれに任せろ」のECをしてみせ、
「わかった。携帯でたくさん写真撮ってきてやるからな」
そう言うと、凜一郎が「やったぜ！」のECを返してくれた。
《旅費やなんかは、マシューーさんの会社が出してくれるって聞いたけど……》
亜夕美が、金銭面まで頼ることに抵抗を覚えているのがはっきりわかる調子で言った。
《そこはしっかりやってもらおう、亜夕美さん。何しろあっちにも得があるんだから。それよりも、ノブくん一人だけで行かせるというのが心配だな》
武藤先生が余計なことを指摘するや、亜夕美と芙美子さんに、そうねえ、と同時に呟かれ、暢光は首をすくめた。
《マシューーさんのほうは、必要な人数分だけ費用を出すと言ってるんだ。誰かもう一人ついていったらどうだ？　ノブくんには大会に集中してもらわなきゃいかんのだから。こっちとの連絡とか、何かあったときのあっちでの交渉とか、やれる人間がいるだろう》
《武藤先生に行ってもらうことはできませんか？》
芙美子さんが訊いた。
《そうしてやりたいんですが、仕事がありましてね。三日もあけるわけにはいかんのですよ。これは私からの提案ですがユースフルくんに行ってもらうのはいかがかな？》
《えっ？　おれですか？》

裕介が素っ頓狂な声を上げたが、この提案に大人たちが、いい考えだ、と賛同した。
「確かに、裕介くんが一緒に来てくれると頼もしいなあ」
暢光が言った。
《英語も喋れるし。ゲームにも詳しいし。いいんじゃない？》
亜夕美が言った。
《ずる賢いのが寄ってきても、元詐欺師なら見抜けるでしょ》
芙美子さんがずけずけと言った。
《そうか、ちょうど二人とも無職ですから、仕事を気にせず旅行できますな》
剛彦が、さらに遠慮のないことを口にした。
《えー……と》
裕介が、予期せぬことに呆然としたような声をこぼすのも構わず、凜一郎、達雄くん、明香里、美香さん、善仁くんが、「やったぜ！」や「頼む！」のECをした。
これに棒立ちのままだった裕介も、勢いに負けたように「ＯＫ」のECを返した。
《えー、では、おれが連絡役になります。あとノブさんが騙されないよう見張ってます》
親しげな笑いがさんざめいた。チームとしての信頼に満ちた笑いだった。
こうして、大会出場者と現地へ赴く者が決まったことを、その夜のうちに、暢光がゲームの通信でマシューに伝えた。まだマシューは日本にいたが、滞在するホテルに行くには遅いし、ゲームをリモート会議代わりに使う方が、お互いの時間を取らずに済む。
《リンクンから送られて来たというメッセージと、あなたが返したメッセージを、見せて頂くことはできますか？》

暢光はちょっと迷ったが、マシューの真剣さと、これまで凛一郎と家族のプライバシーを気遣い続けてくれたこともあり、両方のメッセージを英訳して送った。
マシューはそれらを読むなり、がばっと両手で目を覆った。
うわ、泣いてるよ、この人。暢光は呆気《あっけ》にとられた。そういえば、プライバシーに関わるやり取りは、ほぼ亜夕美と武藤先生に任せてきたため、こうしたマシューのリアクションを見るのは初めてだった。さんざん渋っていた亜夕美が、最終的に凛一郎のプライバシー保護をマシューに託したのは、こんな反応によるところも大きいだろう。
《なんて素晴らしいのでしょう。このやり取りに涙しない人などいるでしょうか。読ませて頂いたことに大変感謝します》
マシューが目尻を拭いながら言った。良い人だなあ、と暢光はしみじみ思ったが、
《ぜひクラウドファンディングのサイトに掲載したいと思いますが、いかがでしょうか？　このドラマは万人の胸を打ちます。父子での参加となれば、リンクンの出場のニュースは、いっそうバズることでしょう》
すかさず提案をされて、ビジネスマンだなあ、と感心させられた。
「亜夕美と武藤先生に伝えますので二人から返事をするようにしてもよろしいですか？」
《ええ、もちろん。ぜひそうして下さい》
マシューはにこやかに言い、
《これで私は、いよいよあなたたちのファンから、恨まれることを覚悟しなければなりません。私が優勝するということは、あなたたちが負けるということですから》
しごく自然体で断言した。

良い人で、ビジネスマンで、超負けず嫌いのプロゲーマーだ。その三つの要素が、きっちり均等に組み合わさったマシューの微笑みに、暢光はこのとき初めて対抗心のようなものを抱かされた。正確には、亜夕美やチームのみなが、どれだけ親切にされようとも勝つのは凜一郎であるべきだと反発する気持ちをやっと理解していた。
その思いが顔に出たらしく、マシューが目を丸くしたが、競争心をぶつけられたところでその微笑みは消える様子がない。むしろ、心から対決を楽しみにしているという調子で言った。
《失礼。私のこの燃えるような勝利への意欲はさておき、せっかくですから、クラウドファンディングに関する最新のリサーチデータを御覧下さい》
モニターに、例の図形だらけの画面が現れた。棒グラフを見る限り、最初に見たときより、ぐんと数字が大きくなっている、ということしか暢光はわからなかったが、マシューは《なんてすごいのでしょうね》と実に嬉しげだ。
《リンクンが『ゲート・オブ・レジェンズ』世界大会への出場資格である六千ポイントを無事に獲得したというニュースには、ざっと百十万人の熱心なファンが喜びをあらわし、千八百万人が何らかのリアクションをしています。私が今まで手がけたプロジェクトの中でも最高の結果で、我が社の評価も上々です。あなた方には大変感謝しています》
「こちらこそ感謝しています、マシュー。本当に」
《サイトには厳選した温かいメッセージを掲載し、引き続き我が社が、炎上予防に全力を尽くします。こうした善意の行いに、かえって憎々しい思いになる人々もいますから》
「ありがとうございます。あのう、それで、大会は開催されるのですよね?」
《はい、もちろんです》

　マシューが頭を大きく上下に振った。何かの運動みたいに大げさな動作だ。大会開催に向けて努力してきた分、マシューも相当嬉しいのだろう。
《おかげさまで大会の開催を妨げていた不安要素は一掃されたと言っていいでしょう。シムズ社の体質改善の努力も、ようやく好意的に受け取られるようになりました。渋っていたスポンサー陣も協賛を表明し、ボイコットを訴えていたプレイヤーたちの多くが大会に戻ることを決め、参加希望者の総数はむしろ例年より増加しています》
「ああ、それはよかった」
《リンクンの参加方法ですが、彼の体を移動させるのは現実的ではないと私も思います。リンクンのＩＤから現地サーバーに問題なくアクセスできることは確認済みです。観戦用アクセス権の設定は大丈夫そうですか？》
「そちらのアクセスも確認しました。大会当日は病室にゲーム機を持ち込んで、チーム全員で観戦するそうです」
《時差が少ないのはいいことですね。万一何か問題が生じましたら速やかに対応します。現地にいらっしゃるのは、あなたとユースフルで間違いありませんか？》
「間違いありません、マシュー」
《あなた方のストーリーを思うと、なんて興味深いのでしょうね。再びユースフルにマネジメントを任せるんですから》
「そうですか？」
　暢光が真顔で返すと、マシューがにっこりした。暢光の態度をすっかり予期して楽しんでいるというような顔だ。

《共感を覚えるストーリーがまた一つ増えたと私は思いますよ。ぜひユースフルには、あなたへのインタビューのまとめ役になって頂きましょう。もちろん彼へのインタビューもセッティングさせて頂きたいところです》

「えー、わかりました。たぶん大丈夫だと思います」

マシューは、ますますにこやかに、しかし彼の言う勝利への意欲を隠さず言った。

《母国で、あなた方をお迎えできることを楽しみにしています。ともにファイナルバトルまで勝ち抜き、大会の歴史に残る素晴らしいプレイをしてみせましょう》

7

暢光は、裕介に言われて中古品店に行き、それぞれ安物のトランクを一つ買った。

出発のために必要な品はそれだけだと思っていたが、裕介から、あれこれ注意された。

「パスポートの有効期限が切れてないかちゃんと確かめておいてくれよ。あとゲーム機だけ持ってったって、海外用のプラグがなきゃ、電源入れられないからな」

「プラグ？　あ、そっか。日本と形が違うの忘れてた。海外旅行とか久しぶりすぎて」

「あー、両替は空港でするから、現金は多めに持って来ること。クレジットカードを停止されたりしてないだろうな？」

「たぶん大丈夫」

「確認しといてくれ。他に何か持ってくものあるか？」

「うーん。フィギュア、どうしようかなあ」

「フィギュア？」

「ジェダイのフィギュア。お守りになると思って。でも箱から出すの嫌なんだよねえ」

「どれくらいの大きさなんだ？」

「これくらいのが三つ」

暢光が両手を広げてだいたいの大きさを示すと、裕介が呆れ顔で言った。

「そんなかさばるもん持ってくな。携帯で画像とか撮ってお守りにしろ」

「ああ、なるほど、良い考えだね」

こんな風に裕介が率先してアテンドっぽいと言うかマネージャーっぽく振る舞ってくれたおかげで、暢光は、きちんと出発の準備を整えることができた。

大会参加が確実となってマシューがチームから離れてのちも、みなでプレイすることはやめなかった。引き続きマシューのトレーニング・マップを使う権利を与えられていたし、凜一郎も暢光も、全てのレア武器とレアアイテムを使いこなすだけでなく、どれを大会で使うかという思案に余念がなかった。

とはいえ、あまり気を張ってしまうのも良くないとマシューが言っていたのと、ポイントを心配する必要もないので、プレイは和気藹々《わきあいあい》としたものになることが多かった。いや、みなが、あえて和らいだ雰囲気でのプレイを心がけてくれた。

何しろ、自分たちを助けてくれたマシューが、これから最強のプレイヤーとして立ちはだかるのだ。凜一郎と暢光が、そのプレッシャーに負けず、全力でプレイできるよう、チームの誰もが支えてくれていた。

その間も、暢光はフード・デリバリーの仕事は続けた。大会を理由に働くのをやめたと亜夕美や芙美子さんから思われ、せっかく良くなった印象がまた悪くなるのは嫌だし、お得意様を放っておくわけにもいかなかった。

「息子と一緒にゲームの大会に出ることになりまして」

いつも暢光を指名してくれるお爺さんに、何日か来られなくなることを告げると、相手は笑顔になってこう言った。

「いいねえ。うちのホスピスでもねえ、しょっちゅうやってるよ。ビンゴ大会が多いんだけどさ。それにしても、事故に遭ったっていう息子さん、元気になって良かったねえ」

ええ、まあ、と曖昧に返すと、お爺さんが暢光の顔を覗き込むようにした。

「そっか。まだそんなに良いってわけじゃないのかい」

「大会で元気になれると信じてるんですが……」

「一緒に何かできるってのは良いことさ。あんた、そういう事業をしたらどうだい？」

「え？」

「体の不自由な子とゲームしてやるとかさ。うちのとこは、大きなとこに吸収されるのが決まったから。でもね、あんたみたいな人に継いでほしかったんだよねえ」

「すいません」

そんなことを考える余裕とてなかった。凜一郎のために頑張るだけで精一杯なのだ。

しかしそれではいけなかったと、出発直前になって反省させられることとなった。

《明香里がすごいの。遊びに連れてけって。こんなときに悪いけど、頼める？》

亜夕美から電話で言われ、暢光は溜め息をつきたい気持ちになった。明香里のわがままに対してではない。凜一郎のことにばかり気を取られ、明香里のことを「チームの一人」にしてしまっていた自分に対してだ。

そんなの寂しいに決まってるじゃないか。兄のことを心配して心細いだろうに。

「もちろんだよ。芙美子さんにお願いしっぱなしだったし」

そんなわけで翌日、学校が休みだったこともあり、暢光は朝から明香里と一緒にいた。明香里が望む通り、ダンス教室の見学に行き、百均ショップでネイルグッズを買いそろえてやり、二人で食事をし、学校でのできごとやお友達との面白い話を聞いてやった。

暢光とて娘と一緒にいられるのは大変嬉しく、はからずも大会出場のプレッシャーをすっかり忘れて過ごすことができていた。

かと思うと、夕方になって家に連れて帰るという段になって、「病院に行きたい」と明香里から言い出した。体調が悪いというのではない。凛一郎の見舞いのことだ。

暢光は、明香里の望む通り病院に向かい、凛一郎の体が眠る病室に入った。

「あーあ、起きてるかなーとおもったんだけどなー。まーだ、おねぼーさんのままかー」

明香里が、はあー、と溜め息をついた。

「そうだね」

としか暢光には言えなかった。明香里は凛一郎の手を握って、ちょっと揺すってみせた。だが凛一郎は目を開かなかった。

暢光も、そばに立って眠る凛一郎の顔を見下ろした。伸びてきた髪を、介護士の人が切ってくれたそうで、おかげでさっぱりはしたが、かえって痩《こ》けた頬があらわになった感じだった。明香里が握る手も、以前より細く薄く骨張っているのがわかる。

「リン、だいじょーぶだよね？　またふつーにゲームするようになるよね？　ねんねしたまんまじゃなく」

「きっとそうなるよ」

「優勝すれば、起きるんだよね？」

本当にそうなるか、わかるはずもない。だが暢光は、はっきりと確信を込めて告げた。

「うん。きっとね。パパも凛一郎もみんなもそう信じてる」

明香里が、急にぽろぽろ涙をこぼし、凛一郎の手を離して暢光の脚にしがみついた。

「パパ、頑張って。リンを起こしてあげて」

暢光は、明香里の頭を優しく撫でてやった。

「ありがとう、アーちゃん。パパもリンも頑張るから。アーちゃん、応援してあげてね」

明香里が、暢光の脚に額を押しつけ、しがみつく手に、ぎゅっと力を込めた。彼女自身の心細さを紛らわすためではなかった。彼女は自分の中にある何かを、父親に分け与え、託そうとしているのだ。

暢光は娘の小さな背に手を当てて感謝し、他方で凛一郎の細くなった手を握った。二人の子どもにふれながら、マシューの笑顔を思い出し、心の中で言い返してやった。

燃えるような勝利への意欲だって？　そんなの、おれにだってあるぞ。あなたにも負けないくらい、めっちゃくちゃに燃えてるんだぞ。

第七章　ヒーローは戦う　Game start

1

　暢光は、裕介とともにシンガポールのチャンギ空港に降り立ち、その南国風の未来都市然とした広大なターミナルを進んだ。人工の滝を備えたアトラクションやショッピングモール付き複合施設が隣接し、到着してすぐ現地のテーマパークに入り込んだようだ。

　うわあ、こんなのあったっけ。暢光は目を丸くし、トランクを転がしながら見て回ろうとした。シンガポールには学生の頃と、子どもたちが生まれる前、まだお金が山ほどあった頃に亜夕美と来たことがある。当時の記憶とはかけ離れている派手さに暢光は大いに驚き、家族全員で旅行に来ていたら楽しかっただろうなあ、と寂しさを覚えた。

「うろうろしすぎだろ。観光に来たのかよ」

　裕介が、暢光の腕を引っ張って注意した。

「いやあ、すごいねえ、最近のシンガポール」

「ネットで見たけど、毎年なんか話題になる施設ができてるらしいな。それより、いかにも観光客って顔してると変なのが寄ってくるから気をつけろよ」

「変なのって？」

「ちょっと荷物を持っててくれとか、両替してくれとか、絶対に無視しろ」

「なんで？　別にそれくらい――」

「荷物に麻薬が入ってたり、両替してもらうふりして財布に幾ら入ってるか見て盗むんだよ。あんたみたいなのが運び屋にされたり、財布やパスポート盗まれたりするんだぞ。マジで気をつけろよ。シンガポールで麻薬持ってたらガチで死刑だからな」

「うわ、怖いねえ」

裕介は暢光が期待する以上にアテンド役を務め、さっそくポケットＷｉ－Ｆｉに携帯電話をつないで、マシューの会社のスタッフと連絡を取っている。

空港を出てすぐ、日に焼けた顔に晴れやかな笑みを浮かべる若い男性が、白いバンの前で携帯電話を握る手を大きく振り、「ウエルカム・トゥ・シンガポール！　プリーズ・エンジョイ！」と言って出迎えてくれた。

暢光と裕介は礼を述べ、荷物を車のトランクに入れてもらった。相手はデズモンド・ウォンといい、マシューの会社で働くドライバー兼ディレクター補佐とのことだ。

さっそく二人がバンの後部座席に乗り込むと、エアコンがしっかり利いていた。空港から出たとたん汗だくになりそうなほど蒸し暑かったので「大助かりです」と暢光は真面目に感謝し、デズモンドに面白そうに笑われた。

「慣れるまでは無理に外を歩かない方がいいでしょう。建物の中はどこも涼しいですよ」

「寒いくらいです。上着がいりますね」

裕介が言った。意外に寒がりで、飛行機の中でもずっとカーディガンを羽織り、毛布にくるまっていたのだ。

「ホテルから会場へは歩いて行けます。周囲はショッピングエリアやレストランも多く、少し足を延ばせばギャラリーや博物館もあります。あと会場から橋を渡ってすぐのところにマーライオン公園があります」

「ああ、いいですねえマーライオン、見たいなあ」

「観光で来たんじゃないぞ」

裕介が日本語でぼそっと呟いたが、デズモンドは快く応じてくれた。

「マシューとの食事の時間まではまだだいぶありますから、ホテルに行く前に寄りましょう」

空港からホテルまでは車で二十分ほどで、さらにその少し先にあるマーライオン公園まで連れて行ってもらった。暢光と裕介は、自分たちの携帯電話をデズモンドに渡し、口から水が噴き出す大きなマーライオン像を背景にして撮影してもらった。

「横を向いて、大きく口を開けて下さい」

デズモンドが言うので、暢光と裕介はかわりばんこにそうした。デズモンドが、しゃがんで上手い具合に角度を調整し、マーライオンが放つ水を、暢光や裕介が大口を開けて飲んでいるように見える写真を撮ってくれた。

「マジでウケるな、これ」

観光しに来たんじゃないと言っていた割には裕介が面白がって笑った。

このちょっとした観光を楽しんでのち、ホテルにチェックインした。デズモンドは夕食の時間にまた迎えに来ると告げて去り、暢光と裕介はエレベーターで部屋へ向かった。

「高所恐怖症になりそうなくらい高いな」

裕介が肩をすくめるほど、高い吹き抜けをエレベーターがのぼっていった。二人とも同じフロアに降り、トランクを転がして隣同士の部屋にそれぞれ入った。

狼狽えそうになるほど広くて綺麗で豪華な部屋だった。暢光はベッドの足元のオットマンに座って見回し、緊張を覚えた。こんなに良い部屋を用意してもらえるとは思わなかったのだ。マシューなりの心遣いだろうし、会社の経費として支払われるのであってマシュー個人が支払うわけではない。だがそれでも経済力の差を見せつけられるし、どれだけこちらに塩を送ろうとも勝つのは自分だとマシューから宣言されているようで落ち着かない。むしろこれから負けるお前たちを慰めてやると言わんばかりだ。

家族で来たらすごく楽しそうな場所なのに、目に見えない圧力をかけられる感じがした。暢光はその感覚を追い払うため、立ち上がってトランクを開き、大会のために持って来た品々を、オットマンの上に並べていった。

ゲーム機、素敵なマイ・コントローラー、チャット用カメラとヘッドセット、電源プラグ、芙美子さんから渡された数珠、明香里が作ってくれたミサンガ、達雄くんからもらった必勝祈願のお守り、亜夕美がくれた姿勢の維持に役立つというチェアクッション、武藤先生がくれた盛り塩、善仁くんと美香さんが作ってくれた『TEAM RINGINGBELL』『KNOB7』『必勝』と胸や背にプリントされたTシャツ、そして剛彦から押しつけられたシンガポールの旅行ガイドブック。さらに暢光が個人的に旅の必需品だと思うルイボス・ティーの箱入りティーバッグとインスタント味噌汁の六種パックを置いた。

携帯電話を取り出してジェダイのフィギュアの画像を表示させてオットマンの上に置くと、ようやく見知らぬ豪華な部屋の中に、自分の空間ができた気になった。

暢光は気を強くしながら、壁掛けの大きなテレビモニターの下に、チェアクッション以外の品々を並べ直した。モニターにゲーム機と付属機器を接続して『ゲート・オブ・レジェンズ』を起動し、サーバーに接続できることを確かめた。
ゲーム・ロビーを表示させると、チームで接続しているのは凜一郎だけだった。
カメラで自分と部屋を撮影しながら『シンガポールに到着！』と凜一郎にメッセージを送った。すぐゲーム・ロビーに凜一郎のアバターが現れて「やったぜ！」のECを披露してくれた。時差があまりないおかげで生活時間帯がずれることもなく、こうしてつながることで凜一郎や家族から遠く離れているという感覚が、すっと薄れてくれた。
《すっご！　なにその部屋！》
「マシューさんが会場に近いホテルの部屋を用意してくれたんだ。なんか申し訳なくて、ちょっと緊張しちゃうな」
《それ、マシューさんの作戦だったりして》
凜一郎が笑って「そう、それそれ」のECを披露しつつ、あながち的外れではないと確信しているような調子で言った。
「お父さんもそう感じるよ。今日、お前を個室に移すって亜夕美が言ってたけど」
《あー、うん。その部屋にゲーム機をセットするって言ってた》
「ユースケくんが、ポータブルのゲーム機で撮影するから、全員で会場の様子を見られるよ」
《ありがとう。いよいよ明日かー。ひゅー、緊張するね》
「緊張するよなあ」
暢光は笑った。実を言えば、こうして凜一郎と話しながら、並べた品々を眺めるだけで、緊張はあまり感じなくなっていた。あるのは、戦うぞ、という強い気持ちだけだ。
そんな暢光の表情を見て取ったか、凜一郎が「頑張ろう」のＥＣを披露した。
《緊張するけど、めっちゃ、やる気出る》
「お父さんもだよ。頑張って、マシューさんに勝とうな」
ふいに裕介のガーディアンがゲーム・ロビーに出現し、「注目！」のＥＣをした。
《こんにちは、ユースフルさん！》
《リンくん、こんにちは。ノブさんも無事に接続できてるな？》
「うん、これでギリギリまで作戦を立てられるね」
《リンくんの緊張をほぐす程度にな。考え過ぎて寝られなくなっても、よくないだろ》
裕介が、すっかりセコンドかトレーナーのような調子で言った。
《おれ、大丈夫。めちゃめちゃ、やる気ばっちりだから！　テンション上がるー！》
凜一郎が「行こうぜ！」を連発し、裕介が「グッジョブ」のＥＣを同じくらい連発した。
《その調子だ。おれがプレイの状況を教えるから、好きなように思い切りプレイしてくれ》
暢光は、二人のやり取りのおかげで、さらに胸を熱くさせられた。ものすごく勝てる気がしていた。それ以外の結果を考える気が起こらなかった。不安で眠れなくなったらどうしようなどと思いもしない。ただ熱く滾《たぎ》ったやる気に満ちるばかりだ。
これもひるがえって、マシューのおかげかもしれないと暢光はちらりと思った。勝つことをとことん求め、ちっとも不安を見せず、無邪気なほど自信満々な彼の態度に、いつの間にかみなが感化されていたのだとしたら。それこそ、マシューと出会って得ることができたどんなテクニックやレア武器よりも貴重な、最高の力なのではなかろうか。

「準備はばっちりだ。あとは勝つだけだぞ」

暢光はそう言って、三人して笑いが込み上げてくるくらい「行け行け！」のECを連発し合った。

2

「陽の気が霊の力を高めますからね。風水上、お二人が泊まるホテルも今大会の会場も、大変素晴らしいと保証しますよ」

相変わらず真っ白な衣服に身を包むマシューが、にこにことスピリチュアルなことを述べた。シンガポール人にとって風水は生活の一部なのだと言われたが、暢光には具体的に何がありがたいのかよくわからなかった。とはいえ暢光自身、部屋のゲーム機の横に武藤先生から教わったとおりに盛り塩をし、腕には芙美子さんからもらった数珠と、明香里からもらったミサンガをしっかりつけ、達雄くんからもらったお守りを財布に入れているのだから、御利益のありがたみを否定する気はない。

暢光と裕介は、デズモンドに案内されてホテルから歩いて行ける場所にあるシーフード・レストランに移動すると、そこでマシューと、レオナルド・サリムと名乗る、もう一人の男性に迎えられた。

デズモンドをふくめ五人で中華風の円形のテーブルを囲む前に、レオナルドが近寄り、マシューに勝るとも劣らぬ近距離で、暢光と裕介と握手をした。

「初めまして、ダディ・ノブ！　ユースフル！　私はあなた方の大ファンの一人です！」

レオナルドは、二人が目を白黒させるのも構わずハグでもしそうな距離で握手をしてから名刺を渡した。マシューの会社の共同経営者であり、ディレクターであることを示す肩書きの他、名前の横に『S．Par』とあった。どういう意味か暢光が尋ねると、

「サルジャナ・パリウィサタ。観光学の学位を取得しているという意味です」

とマシューが横から誇らしげに答えた。

「学位を名刺に記すのは、一般的な習慣なのです。ただ近頃は、自慢だととらえて批判的な態度をとる方もいるので、外してもいいとは思うのですけれど」

レオナルドがはにかんだ調子で付け加えたが、マシューはやたらと親しげに相手の肩を撫でながら反論した。

「君が信頼できる知識とスキルの持ち主であることを示しているんだから、つまらない批判なんて気にする必要はないさ、レオ」

「ありがとう、マシュー」

レオナルドが微笑んでマシューの腰の辺りをぽんぽんと叩きながら、少々ぽかんとしている暢光と裕介へ肩をすくめてみせた。

「彼のブランド戦略に間違いはないと信じ、こうして従っているわけです」

「そうなんですね」

としか暢光には言えなかった。デズモンドは、マシューとレオナルドの親密な様子に慣れているらしく、ただにこにこしている。

「彼は、色々な意味で私のパートナーなんです。さあ、みなで美味しいものを食べて、明日のために良い気を高めましょう」

マシューが手振りで着席を促した。全員が着席し、ビールを注文して乾杯した。マシューが、名物のチリクラブをふくむお薦めのコースを頼んでいること、それから風水的なことをひとしきり説明すると、裕介が傍らにいるレオナルドに尋ねた。

「あなたが明日の大会で、マシューのパートナーを務めるんですか?」

「はい、そうです。バトルを楽しみにしていますよ、ダディ・ノブ」

レオナルドが両脇をぐっと締めてファイティング・ポーズを作った。

「こちらこそ」

暢光は鷹揚に応じつつ、テーブルの下で手でも握っていそうなほど親密な様子のマシューとレオナルドへこう尋ねた。

「えっと、お二人はゲームだけでなく……いわゆるパートナーなんですか?」

よくぞ訊いてくれたというようにマシューが嬉しげに微笑んだ。

「はいお互い大学を卒業してすぐ、出会いました。それ以来のパートナーなんです」

「ただ、こういう場ではずっと隠していましたけれど。この国では最近まで、同性愛は違法でしたから」

レオナルドも、口にできることが喜ばしくて仕方ないという調子で言い添えた。

「まさに禁断の愛というやつです。まあ、お互いの家族からも応援されていましたし、特に問題はありませんでしたが」

マシューがむしろ自慢げに告げた。

暢光は、そもそも貧しい生い立ちであったこともふくめ、意外にというか、ひたすら苦労してきたんだろうなあ、と改めてマシューに感心させられてしまった。

そうして五人で歓談し、食事を進めるうち、マシューが頃合いと見たか、暢光と裕介に、大会の進行についておさらいしておきましょう、と言いだした。

「大会は本日行われる前夜祭もふくめ、二日半にわたります。メインイベントである、タイムレースとバトルロイヤルが行われるのは明日。二ヶ月間のポイント獲得戦による予選ラウンドをくぐり抜けたつわものである二百人が腕を競います。明後日は予選も賞金もない、自由参加のフリー・フラッグバトルが行われる一方で、ビジネス・デーや、プレイヤー同士の交流を促す種々のイベントが開催されます」

暢光も裕介もうなずいた。大会の進行は二人とも頭に入れてある。というか裕介が二十分刻みで、どこにいて何をしているべきかというスケジュール表を作ってくれている。

だがマシューは入念に「今大会のビッグゲスト」である暢光たちへ説明を続けた。

「メインイベントは、八ヶ国でパブリックビューイングが実施されます。スポンサーの提供による賞金総額は当初の見込み通り五十万ドル。おかげさまで過去最高額となりました。午前中にまずタイムレースの第一ゲームがあります。それからバトルロイヤルの第一ゲームが、百人ずつの二グループに分かれて同時に行われ、各グループの上位五十人が、午後からの第二ゲームへ進みます。ノブとリンクンは全ゲームに参加するということでよろしいですね？」

「はい。リンは参加を希望しています」

「バトルロイヤルにだけ集中しても問題ありません。もちろんレースで勝てば総合ポイントもそれだけアップし、より多くの賞金獲得につながります。とはいえレースの賞金のほうは大した額ではありませんから、疲労を避けてバトルロイヤルに集中するため、二百人のうち約三分の一から四分の一は、レースに参加しない見込みです」

「他のプレイヤーの得意なロールや動き方を見ておくためだとリンくんは言っています。あなたたちもそうするだろうから、と」

裕介がそう告げると、レオナルドとデズモンドが感嘆の声を上げ、

「心構えはもはやプロですね。わかりました」

そう言うマシューの顔が、ぐっと引き締まった。

「タイムレースとバトルロイヤルは交互に行われ、どちらも第三ゲームで優勝者を決します。ノブとリンクンであれば必ず勝ち抜けると信じていますが、シムズ社の意向で、最終戦への特別枠が用意されています」

「つまりシード権ですか？」

裕介が眉をひそめた。かねてから不要だと凜一郎が告げていたものだ。

「すみません。ノブとリンクンの意向はわかっています。ただ、シムズ社は、もはやリンクンの存在なしにこの大会は盛り上がらないと考えているのです。リンクンのコンディションなど、万一、アクシデントが起こらないとも限りませんし」

マシューが申し訳なさそうに言ったが、暢光はとことん鷹揚になって返した。

「勝てばいいだけですから。ご厚意に感謝しますが、要らないことを証明してみせます。だろ、ユースケくん」

裕介がにやりとし、イエス、と自信を込めて言った。

マシューのほうも、ますます競争心を刺激されたように力強く微笑んだ。

「私としても、ぜひ、ファイナルバトルで、あなたたちに勝ちたいと思っています」

レオナルドがそのマシューを、肘で小突いた。

「ああ……失礼。ともにプレイしたいと心から願っています」

暢光の方も、マシューの競争心につられて気分が高揚するのを覚え、「そう、それぞれ」のECの真似をしてみせた。どっと笑いが弾けた。たちまち五人でECの物真似を披露し合い、レストランのウェイターを面くらわせた。

食事ののち、五人で会場に行き、プレコンと呼ばれる前夜祭の様子を見て回った。

世界中から来た人々が、かなり本格的なコスプレをして会場を練り歩いていた。グッズ販売やインフルエンサーたちのトークショーや公開ゲームプレイが行われており、暢光と裕介は、凜一郎やチームのみなに見せるために携帯電話で撮影しまくった。

隣接するレストランで大会参加プレイヤーのための交流パーティが行われているというので二人してついていった。その会場にマシューたち三人が暢光と裕介を連れて現れるや、すぐさま「ホワイト・カメレオン！」と歓声が湧いた。マシューとレオナルドが両手を挙げて応じ、「ディス・イズ・ダディ・ノブ！　チーム・リンギングベル！」とその場にいる人々へ紹介した。さらに大きな歓声が起こり、わっと人が集まってきて、「ダディ・ノブ！　あなたのストーリーに大変感動しました！」などとわめき、暢光に握手や乾杯や一緒の自撮りを求めた。

一人一人に対応する暢光の腕を、「もういいだろう。ベロベロにされる前に帰るぞ」と言って裕介が引っ張った。二人はマシューたちに断り、パーティ会場を後にした。親切にもデズモンドが付き添い、歩いてホテルに戻った。

「ゲームにアクセスだけはしとくから、何かあったら呼んでくれ」

エレベーターの中で、裕介があまりガラスの向こうの吹き抜けを見ないようにしながら言った。高所恐怖症になりそうだと言いつつ、もうだいぶ怖がっている様子だ。

「ゲームはしないの?」

「必要ならトレーニングに付き合うけど、あんたとリンくんの時間を邪魔したくないしな。作戦はおれがチェックしておくから。余計な気を回さないで早く寝ろよ」

暢光は、大いに気を回してくれる裕介に礼を言って、部屋に戻るとさっそくホテルのWi-Fiに携帯電話をつなげ、撮影した画像や動画を共有サーバーにアップした。

アップロードが終わるまでの間にお湯を沸かしてルイボス・ティーを淹れた。それをすすって酔いを覚ましつつゲームを起動した。

すぐに凜一郎のアバターがゲーム・ロビーに現れた。

《お父さん、こんばんは。いっぱい撮ってくれてありがとう。楽しそうだね》

「うん。ものすごく沢山の人が集まって、お祭り騒ぎだ」

《明日の大会、ユースフルさんがリアルタイムで撮影して見せてくれるってメッセージ来てた。お客さんの声も聞こえるようにしてくれるって》

「気が散らないか?」

《邪魔ならオフにすればいいだけだから。おれも盛り上がりたいし。マシューさんのパートナーのレオナルドさん、優しそうな人だね》

「実際、優しい人だなと思ったよ。明日のバトルを楽しみにしてるって」

暢光は、マシューとレオナルドの関係をどう説明すべきかわからず、それだけ言った。

《ねえ、バトルロイヤルで降りるところ、サーキットでいいよね?》

「ああ。リンが好きなエリアから始めよう」

《サーカスも楽しいけど、やっぱサーキットかなー。ロケットカー、ゲットできるといいなあ。

あ、そうだ。マップに降りたらECやらない？　ハイタッチとか》
「いいね。余裕だな、リン」
《ううん。なんか急に緊張してきて、そういうときどうするか、マシューさんの動画とか見て調べた。そしたら、そういうときはマップに降りて最初にECして、楽しい気持ちになってリラックスするってマシューさんが言ってたんだ》
「ECでリラックスか。わかった。じゃ、ハイタッチするか？」
《いいね。あとなんかもう一つくらいノリで》
「二つもやれば十分楽しい気持ちになりそうだ」
《あー、わくわくするけど、緊張するね》
「おれもだよ」
《本当に大会に出られるんだー。ありがとう、お父さん》
「お前が頑張ったからだよ。今日は早く寝ような」
《マシューさんも、大会の前はよく寝ることに集中するって言ってた。すぐベッドに行くね》
凛一郎の肉体はもうずっとベッドの上であることを思い出させられる言葉に、暢光は胸が締めつけられるような思いを味わったが、笑顔を崩さずうなずいた。
「おれもそうするよ」
《おやすみ。また明日！》
「ああ、おやすみ」
凛一郎が去り、自分のマップに移動したのがわかった。誰もいないマップに。
暢光は両手でルイボス・ティーが入ったカップを握りしめた。必ずそこから出してやるからな。

ECじゃなく、実際にお父さんとハイタッチできるようにしてやる。勝てばそうしてやれると信じる気持ちは、もう疑うことのできないものになっていた。いや、実現性は疑わしいとしても、それはそれだった。ここまで努力してきた凜一郎を、勝たせられないはずがない、という気持ちが込み上げてきたとき、電話が鳴った。
　亜夕美からだった。暢光はカップをモニターの下の棚に置いて出た。
「もしもし？」
《これ、通話料とか大丈夫？》
「あ、うん。Wi-Fiだし。何かあったのか？」
《別に何も。ここまで頑張ったじゃないって言いたかっただけ。あと写真とかありがとう。明香里が行きたがってて、リンが元気になったら行こうって言っておいた》
「言うこと聞いたか？」
《リンを置いて行けないかーって納得してた》
　亜夕美が、明香里の口ぶりを真似して言った。
　暢光は小声で笑いつつ、おれが馬鹿じゃなければ家族で行けたのにな、という言葉を呑み込んだ。お前とも、一緒にお洒落して旅行できたのにな。
《あなたの方は？　何か困ったことはない？》
「ああ……うん。大丈夫。なんか、単身赴任て感じだな。三日で日本に帰るけど」
　寂しい気分を隠してついそんなことを口にし、ははは、と笑った。沈黙が返ってきて、暢光は笑いを収めて頭を掻いた。
「いや、もちろん、親は君だけど」

《あなたもよ。ものすごく今さらだけど、頼れるお父さんになってくれて、ありがとう》
「え？　あー……うん」
《明日は大会なんだから、ちゃんと休みなさいよね》
「うん、わかってるよ」
《応援してるから》
「勝つよ、必ず」
暢光はなんとか声を震わせずに言った。
《頑張ってね。じゃ、おやすみ》
「おやすみ」
電話を切ったとたん、どばっと涙が溢れた。
曇る目でどうにか携帯電話を充電コードにつなぎ、豪華な部屋の真ん中に突っ立ったまま嬉しさと情けなさがごた混ぜになって額が痛くなるくらい泣いた。それから、ぴしゃりと両頬を叩き、盛大に洟をすすって、さあ、これからだぞ、と自分に言い聞かせた。
今までしてやれなかったことを全力でやってやれ。ダディ・ノブの本気を見せてやれ。

3

暢光は、七時少し前にぱちっと目が覚めた。
アラームを設定した携帯電話と部屋の目覚まし時計を鳴らすことなくオフにした。日本との時差が一時間程度なので生活リズムを変える必要がないのがありがたかった。

歯磨きとシャワーで全身を覚醒させ、ゲームを起動して凜一郎に呼びかけた。
「起きてるか、リン？」
すぐに凜一郎のアバターがゲーム・ロビーに現れて「ハロー」のECを披露した。
《おはよう、お父さん》
「おはよう。調子はどうだ？」
《ばっちり！　お父さんは？》
「ばっちりだ」
《おれ朝ご飯に、めちゃチキン食べた》
凜一郎が言って、クリスマス用の「七面鳥を丸かじりする」ECを披露した。
《お父さんも、ご飯食べてね。緊張したりして食べられないと、きっと疲れちゃう》
「大丈夫だよ。ユースケくんと朝ご飯食べたら会場に行くから、そこで会おう」
暢光は微笑みながら、痩せ衰える一方の凜一郎の体のことがよぎり、亜夕美と家族が見てくれているのだと言い聞かせて頭の中から押しやった。
《うん！　行ってらっしゃい！》
凜一郎が「バイバイ」のECをし、暢光はECではなく自分の手を振ってからゲーム機をオフにした。そうしておかないと会場で自分のIDにアクセスできなくなるからだ。二つの機材で同時に一つのIDを使うことはできない。
一階のレストランに行くと、朝食はバイキング形式だった。果物やヨーグルトやシリアルを選び、オムレツを作ってもらううちに裕介がいることに気づいて手を振り合った。
適当に席を選んで座ると、裕介もトレイにコーヒー、パン、サラダ、オムレツを載せて暢光の向かいに座った。「おはよう」と挨拶を交わし、暢光はさっそく「マップに降りたらハイタッチのECをし合う」という凜一郎の提案について話した。

「いいんじゃないか。ネットの動画で、プロゲーマーが同じことしてるの見たし。あと、おれのポータブルで日本のチームの応援がリンくんにも聞こえるよう設定できてる」

「よかった。その方が、大会の雰囲気に吞まれずに済むだろうからね」

「ああ。リンくんの方でいつでもオフにできるから邪魔にはならないだろ。あんたのヘッドセットにはつなげないようにしとく。おれのゲーム機で応援は聞こえるし、おれの指示が届かないと困るから。プレイに集中できた方がいいだろ」

「うん、それでいいよ。ありがとう」

「じゃ、しっかり食って準備するか。ランチはおれの方で手配するから。チキンライスとアイスティーでいいよな?」

暢光は「やったぜ!」とECの真似をした。裕介が「そう、それそれ」のECの真似で暢光の朝食を指さし、「遊んでないで食うぞ」と真面目な顔で言った。

朝食を摂って、二人ともまた部屋に戻った。

暢光は、マイ・コントローラー、ヘッドセット、亜夕美から渡されたチェアクッション、ホテルのサービスでもらえるミネラルウォーターのペットボトルを二本、手提げバッグに入れた。達雄くんのお守りが入った財布をズボンのポケットにしまい、右手首に数珠を、左手首にミサンガをつけた。善仁くんと美香さんが作ったTシャツを着て、盛り塩の形を軽く整えた。ホテルの清掃員に盛り塩を捨てられてしまわないよう、清掃不要の札をドアの外側のノブにかけておいた。剛彦から手渡されたガイドブックにも目をやったが、手に取らなかった。お薦めの店に印をつけておいたと言われたが、どうも役立ちそうにない。

ノックの音がし、ドアを開けると裕介が荷物を持って立ち、善仁くんと美香さんに作ってもらった『TEAM RINGINGBELL』の必勝Tシャツを着ていた。『YOUTHFUL10』というIDもプリントされている。

暢光も裕介も、互いのTシャツを見て、力強くうなずいた。チームのみなに支えられている実感を味わいながら、二人してエレベーターに乗ってロビーに降りた。

待っていてくれたデズモンドが、顔をほころばせた。

「ワオ、素敵なTシャツですね！　人気商品になりそうです。商標登録はお早めに」

ビジネスマンなところは、やはりマシューの会社の社員だなと暢光は思いつつ、「ありがとう」と言ってデズモンドの案内で会場へ向かった。

まだ朝の九時前だというのに、会場のエントランスには人だかりと行列ができており、コスプレをしている人々が見られた。昨日の前夜祭で大騒ぎしていた人々もいれば、朝早くにシンガポールに到着して会場に駆けつけた人々もいるとのことだ。

暢光と裕介はデズモンドに渡されたゲスト用の通行証を首にかけ、電子キーでもあるそれで関係者用ゲートを通過した。

大会に参加するプレイヤーたちや、大会スタッフたちが行き交う長い通路を進み、会場に入った。そこは収容人数が四万人を超えるスタジアムで、ライブやコンサートに用いられる、すり鉢状の空間だ。無数の鉄骨に支えられた屋根の下では、巨大モニターが四つ、四方に向けてステージの直上に設けられている。

ステージの周囲には、現地で参加するプレイヤーのための小ブースが百個以上も並んでいる。

どれも『ゲート・オブ・レジェンズ』内の乗物や小道具にちなんだデザインで、色とりどりの蛍光色で輝いている。

四方の客席側は、ステージ上のモニターが見えやすいよう暗めの赤っぽい光で照らされており、空間自体が熱く燃えるようなそこへ、早くも多数の観客が入って来ていた。

暢光と裕介は、デズモンドと会場スタッフの案内で、小ブースの一つに案内された。凜一郎が好むロケットカーのデザインが施され『TEAM RINGINGBELL』と記したプレートが立てられている。ブースにはプレイヤー用のモニター、ゲーム機、付属機器の接続用ソケット、コンセント、座席が二つ、飲み物などを置く台がある。

デズモンドたちに礼を言い、暢光も裕介もセッティングに取りかかった。

暢光は、チェアクッションを昇降可能なオフィス用チェアっぽい椅子に敷き、マイ・コントローラーとヘッドセットを接続し、座り心地を試しつつゲームを起動させた。

裕介は持ち込んだポータブルゲーム機の電源アダプターを座席のコンセントに差し込み、会場内のWi-Fiに接続させてから、ゲームを起動させた。

二人ともすんなり自分たちのIDでゲーム・ロビーに入ることができ、大会用のマップへ移動した。暢光は参加プレイヤーとして、裕介は観戦者としてだ。

裕介が、ふーっと息をついて緊張を解いた。

「よし、オッケー。今んとこ、システムトラブルはなし。九時になったらウォーカーさんがおれのロビーに来るから、観戦用マップに案内する」

暢光は、椅子の高さを調節し終え、二本のペットボトルを台に並べた。

「こっちもオッケー」

「リンくんは?」

「おーい、リン」

暢光が椅子に座って呼びかけ、すぐに凜一郎のライダーがブースの画面に現れた。

《はいはーい。もう会場?》

「ああ。すごくでっかい会場だぞ」

「リンくん、見えるか?」

裕介がポータブルゲーム機のカメラで、座席や会場を動画撮影しながら言った。

《うっひょー、めちゃすご! そんなとこいたら緊張しちゃう! お父さん、大丈夫?》

「ちょっと緊張したけどな。お前の声聞いたら安心したよ」

《ありがとう、ユースフルさん。大会が終わったらまた見る》

「たくさん撮影しとく。応援してるからな、リンくん。ゲームが始まる前に、接続の確認を兼ねて、お父さんとウォーミングアップしてくれるか?」

《うん! おれのトレーニング・マップでいいよね?》

「ああ。軽く一周するぞ」

暢光が姿勢を正し、コントローラーをきちんと持った。さっそく二人でマップへ移った。裕介が、暢光、凜一郎、自分のポータブルの接続を入念にチェックした。

「ハーイ! 失礼します、チーム・リンギングベルの方々! 素敵なシャツですね!」

突然、マイクを持ったアジア系の女性が現れた。背後に大きなテレビカメラを抱えたアジア系の男性がいる。ぽかんとする暢光の代わりに、すっと裕介が間に入った。

「ハロー、大会の公式レポーターですか?」

「はい、そうです。大会でプレイするみなさんに、一言ずつコメントを頂いています。あなたたちの意気込みを伺ってもよろしいですか？」

「いいか？」

裕介が暢光へ訊いた。

「あー、うん、イエス」

暢光は、突き出されたマイクへ言った。

「ウィー・ウィル・ウィン」

女性がノリノリでグッジョブサインをしてみせた。

「ワオ！　力強い勝利への言葉ですね！　息子さんのコメントは頂けますか？」

「リンくん、聞こえてるか？」

裕介がポータブルゲーム機に向かって尋ねた。

《あー、うん。何か言えばいいんだよね》

裕介が、手振りで女性にマイクをポータブルゲーム機に近づけるよう指示した。

《アイ・アム・リンギングベル！　ビクトリー！　イエーイ！》

凛一郎の声がポータブルゲーム機から放たれた、女性が楽しげに、ワーオ！　と自分の声をマイクに吹き込んだ。

「チーム・リンギングベルはやる気十分です！」

そう言って女性たちは暢光たちに礼を述べ、次のブースへ移っていった。

「他のプレス・インタビューは大会が終わってからにしてもらうようにする。あと開始のアナウンスのときに名前を呼ばれるから、ノブさんは立ち上がって観客に手を振って、リンくんはＥＣ

で挨拶すればいい。特別なことはしなくていいから、リラックスしてな」
「この状況で名前呼ばれるのか。さすがに緊張するなあ」
《頑張って、お父さん》
「名前っつーかIDだけどな。二人とも本名は伏せるから。ほら、何も考えず、というか何も考えないために、ウォーミングアップの続きをしてくれ」
「よーし。やろう、リン」
《はーい。なんか楽しくなってきた》
さらに五分ほどウォーミングアップを兼ねて接続チェックをするうち、裕介が、「ウォーカーさんがゲーム・ロビーに入った」と告げた。
《リーン、聞こえるー？》
亜夕美の声がした。
《あ、お母さん。聞こえるよ！》
《みんなでねー、見てるからねー》
遠いところから呼びかけていると思っているせいか、やけに間延びした調子だ。
《頑張れー、リーン！》
《応援してるよ、リン》
ついで明香里と達雄くんの声がした。
《精一杯、みんなの気を送るからね！》《ノブさんと一緒に頑張って！》《リンくんなら勝てるよ！》《楽しんでプレイするんだぞー》《うちで一番良い個室に移したから、きっと落ち着いてプレイできるぞ》

芙美子さん、善仁くん、美香さん、武藤先生、剛彦の声が、いっそう暢光の胸を熱くさせた。

凜一郎とて同様らしく、ECを連発させた。

《ありがとう！　お父さんと一緒に頑張る！》

こうして通信チェックを終えると、裕介から今のうちにトイレに行っておけと言われたので暢光はそうした。裕介はどうするのかと訊くと、二人同時に席を立って何か盗まれないよう交代で行く、と当然のように言われた。

暢光がちょっと迷いながらトイレに行って戻ると、客席の大半が埋まっており、モニターには今回の大会の宣伝ムービーが流れていた。裕介がトイレへ行き、暢光はものすごい熱気が四方から押し寄せてくるのを感じながら「もうすぐ始まるぞ」と凜一郎に告げた。

《うー、楽しみすぎてヤバい！》

という力強い声が返ってきた。それからすぐに裕介が戻り、暢光の隣に座った。

「あと十分くらいでアナウンスが入る」

暢光は、開始時刻までの緊張感溢れる時間を、凜一郎とともに味わった。

その間、大会スタッフがブースを足早に回り、接続や操作に支障はないか最終チェックをし、

「オーケー！」という声が、ほうぼうで聞こえた。

気づけば客席は色とりどりのキャラTシャツを着たりコスプレをした人々で、ぎっしり埋まっている。会場に流れていた『ゲート・オブ・レジェンズ』のテーマ曲がボリュームを落とし、モニターと照明が暗転していった。観客がざわめき、そして熱気と興奮に満ちた沈黙が訪れた。

「長らくお待たせしましたァーッ！」

だしぬけに、英語によるアナウンスというより叫び声が会場に響き渡った。

「選ばれし者たちよ、伝説となれェーッ！　グランドファイナル戦が、今始まるーッ！」

大歓声と万雷の拍手が起こった。照明とレーザーがそこら中を照らし、大音響による音楽とともにモニターに多数のアバターがバトルを繰り広げるオープニング映像が流れた。

「厳しい予選をくぐり抜けて来た伝説の戦士たちを称えよ！　今年のポイント・トップ5は彼らだァーッ！　予選ポイント五位ッ、ドイツ出身、ヨーロッパ大会のトップ常連、ルカ・ケスラー・ジ・アイアンベア！」

長髪のブロンドをポニーテールにして『TEAM　IRONBEAR』のロゴ入りTシャツを着た若い男が立って歓声に応えた。

「四位ッ、GX-Eスポーツ代表！　韓国出身、ドンジュン・キム！」

いかにもスマートで頭の回転が良さそうな風貌の、眼鏡をかけた青年がすっくと立ち、『GX-Esports』というロゴ入りTシャツだけでなく、チーム名とサイトのアドレスがプリントされたハンドタオルを広げてみせた。

「三位ッ、シンガポール出身、チーム・ホワイト・カメレオンのトップ2！　インドネシア出身、レオナルド・サリムーっ！」

レオナルドが優雅に立ち、ロゴ入りTシャツを披露するように両手を広げ、そしてソードマンがやる紳士っぽいお辞儀のECを真似て観客へ頭を下げてみせた。

「二位ッ、ヨーロッパ大会ビッグ・ゲート・カップの初代優勝者！　イギリス出身、マイケル・スミィース！」

びっくりするくらい大柄な男が立って『Red　Phoenix』とプリントされたTシャツの胸元を拳で叩き、両拳を頭上へ突き出して歓声に応えた。「行け行け！」のECの真似だが、やたらとさまになっていた。

「ポイント・トップッ、世界大会グランドファイナルバトル三年連続チャンピオン！　シンガポール出身、マシュー・ザ・ホワイト・カメレオォーン！」

暢光から見て右の方のブースでマシューが颯爽と立ち、レオナルドがしたのと同様の紳士風のお辞儀のECを真似て、観客へ頭を下げた。

「マシュー！　マシュー！　マシュー！」

たちまちその名を連呼する声が上がり、マシューが両手を挙げて応じつつブースの席に戻った。何万人もの視線を浴びながら、予選トップの五人はいずれも泰然とした様子だ。マシューなどは笑顔で隣のブースのレオナルドと拳をぶつけ合っている。みんな根っからのチャンピオンって感じだなあ、と暢光は感心し、急にどきどき鼓動し始めた心臓を抑えるため、ふーっと息をついた。

「さらに、今大会への参加を目指して病院のベッドの上で戦い続けたことが大いに話題となった、若き戦士とその父親が参戦するッ！」

モニターに、マシューが手がけたクラウドファンディングのサイトのトップページが現れ、『息子の夢を叶えることができたことに心から感謝を申し上げます』という暢光のメッセージが英語で表示された。

「日本出身！　リンギイイングベェエエル、アーンド、ダディィイイ・ノォオオオブ！」

暢光は、しっかりと落ち着いて、ブースの飾りにぶつかったりせず立ち、胸を張ってTシャツの文字を見せながら四方の観客席へ手を振った。

「ダディ・ノブ！」

という歓声がいくつも起こった。頭上のモニターに凜一郎のライダーが映し出され、「ありがとう！」のECを披露すると、ものすごい拍手が起こった。

「リンギングベル！　リンギングベル！」

と声援を送ってくれる人々もおり、暢光は注目されることへの緊張よりも、クラウドファンディングで支援してくれた人々への感謝の念でいっぱいになり、ほとんど無意識に観客席へ向かって深々と直角にお辞儀していた。そのいかにも「日本人的」な所作に、また拍手がわいてのち、暢光は席に戻った。

「お疲れさん。いい感じだった。緊張したろ。深呼吸して。リラックスだ」

裕介が、暢光の肩を斜め後ろから叩いた。ふーっとまた暢光は息をついて言った。

「大丈夫」

凜一郎も緊張したのではないかと思ったが、まったく別のことに気を取られていた。

「予選を勝ち抜いた二百名が、新たな伝説を築く！」

というアナウンスとともに、二百人の名と順位がモニターに映し出されたのだ。

観戦用・参加用の両方のゲーム・ロビーには、すでにその順位表が掲示されており、そちらを見た凜一郎が、《うわ、下のほうだー》と口惜しげに言った。

凜一郎と暢光はポイント同点のため百九十五位タイ。上位のほうを見ると、五十二位にジョンソン田中の名があった。

「ゲームが始まれば全員ポイントゼロからの勝負だ。二人の本気バトルを見せてやれ」

《うん。絶対に頑張る》

凜一郎が参加用ゲーム・ロビーで「行け行け！」のECを披露した。

暢光もコントローラーを手に取り、ノーマルを凜一郎のそばに駆け寄らせ、「ハイタッチ！」

のECを披露した。凜一郎がそれに応じ、

《ねえ、お父さん》

と、ふいに口調を改め、言った。

《ありがとう》

暢光は涙ぐんでしまわないよう顎に力を込めてうなずいた。

「一緒に頑張るぞ」

そして二人がまた「ハイタッチ！」のECを披露し合ったとき、モニターが参加用ゲーム・ロビーの映像に切り替わり、アナウンスの声が降り注いだ。

「競われるのは、三つのレース、三つのバトルロイヤルだ！　六つのゲームを勝ち抜き、栄光のレジェンズ・カップを手にする者は誰だ!?　さあああああ、最初のレースが始まるうううう！　レエェエエエッツ、ゲエエエエエエム、スタアアアアアトォオオオオオ！」

4

スタート地点からゴールへ走り、かかった時間に合わせてポイントを獲得するタイムレースの第一ゲームが開始された。

参加用ゲーム・ロビーが暗転し、明るい丘に巨大な扉が出現するムービーが流れ、そしてその扉が開いてプレイヤーたちが丘へと飛び出した時点で、ゲームがスタートした。

参加者は二百人中、百六十六人だった。それだけの数のプレイヤーが『ゲート・オブ・レジェンズ』版の障害物トライアスロンといった趣のコースを疾走する。

コース上に、プレイヤー同士で攻撃し合うための武器は存在せず、純粋に建設のための素材を収集し、階段や床を作って、谷や山や都市を走破する。

なお他プレイヤーの妨害も認められており、手段は三つあった。

素材収集の道具で攻撃して足止めする。ただしダメージによるゲームオーバーはない。

迅速に素材を集めることで独占し、他プレイヤーが建設できないようにする。

そして、頑丈な建設物を作って道を塞ぐ。

暢光と凜一郎は、妨害のことなど考えず、ひたすら突き進むと決めていた。そして、スタート直後に、これまた決めていたとおりに二人で「ハイタッチ！」に加えて「行くぞ！」のECを素早く披露すると、ともにコース序盤にある森へ走り込んだ。

そこで木や岩を、素材収集のための斧で破壊し、木材や石材を片端から手に入れるのだ。素材収集で有利なロールはアーマーで、多数のプレイヤーがそのロールを選択していた。特大の素材収集用ハンマーや、マップに設置された素材加工機械を用いるアーマーたちが、たちまち森を平地に変え、ごっそりと素材を奪った。そして、たっぷり手に入れた素材を、より身軽なロールのパートナーに渡し、先に行かせるのだ。

アーマーと素材収集で競っても勝てるわけがない。暢光と凜一郎は必要最小限の素材を手に入れると、すぐ森を出て、凍てついた宮殿エリアへ入った。

湖に沈んだ宮殿の一部が水面から突き出て、雪や氷をかぶっている。湖は氷に覆われていてつるつる滑るだけでなく、ところどころ乗ったり叩いたりすると氷が割れる箇所がある。レースでは湖に落ちてもゲームオーバーにはならないが、全身が氷に包まれてぷかぷか水面に浮かび、数秒ほど動けなくなるのだ。

暢光と凜一郎が湖に踏み込んだとき、早くもそこら中の氷が割られ、先行のプレイヤーが多数、凍りついていた。そこで凜一郎が素材を惜しみなく使って床で橋を作り、湖を真っ直ぐ突っ走ったことで順位がどんどん上がっていった。床は作ると数秒で氷に覆われるため、その前に通過しなければならない。

暢光は凜一郎のあとについて走り、「リンくんの素材量が半分を切った」という裕介の声に合わせ、自分の手持ちの素材の一部を、凜一郎の背へ投げ与えた。凜一郎の建設素材がゼロにならないようにするのが、ここでの暢光の役割だ。もし少ない素材を、しくじってあらぬ方へ投げれば、氷の上を滑ってどこかへ行ってしまう。

ひたすら地味で正確さを要求される操作を、暢光は懸命に行った。幸い、二人ともミスをすることなく湖の対岸へと渡り、順位は八十位より上になった。マシューとレオナルドのソードマンのコンビはトップを走っているが、暢光たちとの差は五秒ほどであり、前方でマシューたちが次のエリアへ入るところをしっかりとらえている。

さあ、しくじるなよ、と暢光は自分に言い聞かせ、湖岸に半ば埋まった宮殿の屋根を凜一郎とともに並んで跳び越えた。だが着地したそこは、まだ湖だった。いや、他のプレイヤーが、宮殿の一部を破壊して湖岸に水を溢れさせていたのだ。

「うわっ、しくじった」

暢光が痛恨の呻きをもらした。ノーマルが氷づけにされて動きを止めたが、凜一郎のほうは念のため床を作り、凍結を免れている。なんで自分もそうしなかったんだ、この馬鹿。暢光はぞっとする思いで自分を罵った。

凜一郎が、暢光を覆う氷を斧で叩きまくった。そうすることで、氷が割れてプレイヤーが自由になるまでの時間が短くなるのだ。

「ごめん、リン！　おれを置いていってていいから！」

《ドンマイ、お父さん》

だが凜一郎が明るい調子で返し、裕介が冷静に暢光を宥めた。

「落ち着いて行け。まだ挽回できる」

他のプレイヤーが次々に追い越していったが、ほどなくして暢光のノーマルを覆う氷が消え、再び走れるようになった。

《行こう！》

もう絶対に失敗するな、と暢光は自分へ言い聞かせながら凜一郎を追った。

暢光は自分へ言い聞かせるよう呟きながら追いかけた。

順位は九十位より下になっていた。暢光は下唇を嚙みながら凜一郎とともにサーキットエリアに入った。ミス一つで勝利を諦めるものか。凜一郎はまったく諦めていないに違いないのだ。そう思って暢光は凜一郎からのメッセージを思い出していた。

お父さんは、あきらめない人なんだなと思います。実はそうじゃないのに。自分はことごとく何かを諦めてきた。死んだ両親には敵わないとずっと思い込んでいた。両親がしていたこととは全然違う何かを探し、心のどこかで自分は何をしても失敗して当然だと思っていた。それだけ両親が偉大だったというより、失敗することで楽になろうとしていただけかも――。

おいおい、なんでそんなこと考えてるんだ。暢光は凜一郎とともにサーキットエリアの建物へ飛びつき、必死に壁を壊して素材を集めた。

凜一郎のライダーが壁を壊し終えて、屋内に入り、また別の壁を壊し始めた。暢光は反対側の壁を壊しながら、置いてっていいなんて二度と口にするな、と自分を叱った。息子の背を今ここで見送るだけで満足してたまるか。あの背をもっともっと支えて押して応援してやらなきゃいけないんだぞ。

無我夢中で壁を壊すと、ガレージと特徴的なデザインのものが二つ現れた。

一つは、棚に並ぶいくつものワイヤーガンだ。銃の形をしているが武器ではない。ワイヤーを飛ばして壁を越えたり、建物から建物へと跳び渡ることができる。このレースにおいて、ひときわ頼もしいレア・アイテムだった。

そして、もう一つは細長い形をした乗物――ロケットカーだ。

「あんたマジで、引きすげえな」

裕介が感嘆の呟きをもらすのをよそに、暢光は叫んだ。

「リン、こっちにロケットカー！　ワイヤーガンもある！」

《ひゅう！　サンキュー！》

凜一郎がきびすを返し、暢光とともにワイヤーガンをゲットし、そこら中にあるものを叩きまくって素材を集めた。目の前に素晴らしい乗物があるため、余裕をもって、あらかじめ決めていた量の素材を確保することができた。

《乗ろう！》

凜一郎がロケットカーの運転席に、暢光が後部座席に跳び乗った。ただちにロケットカーがジェット噴射でガレージから飛び出し、猛スピードでエリアを突っ切っていった。

レースでは乗物に乗れる回数と時間が限られており、第一ゲームから第三ゲームにかけてその時間はどんどん少なくなる。そのときロケットカーに乗れたのは一分少々だが、凜一郎は、操作の難易度が特に高いそれを巧みに乗りこなし、何かにぶつかってあらぬ方へ行ってしまうことなく、多数のプレイヤーを追い越した。

《最高！》

凜一郎が歓声を上げて、次のサーカスエリアにあるメリーゴーラウンドの前にロケットカーをつけた。ぼん、とロケットカーのエンジンから煙が噴き出し、動かなくなった。

暢光と凜一郎は、壊れたロケットカーを捨てて走った。凜一郎が、ワイヤーガンを使って大きなサーカステントの屋根へと、ひとっ跳びした。暢光も負けじと追った。二人でサーカステントの屋根を駆け、その向こうにある観覧車へとワイヤーガンで跳んだ。

周囲では走るのではなく跳ぶプレイヤーたちが何人も見られた。ワイヤーガンだけでなく、床にトランポリンを敷いて跳ぶ者もいれば、大きな風船で浮かぶ者もいる。

どのアイテムも使用回数が制限されており、ワイヤーガンは六回使えば壊れてしまう。もし一回でも無駄に撃てば、凜一郎に後れをとり、足を引っ張ることになる。

暢光は緊張で脇の下に汗をかきながら、一度もミスをすることなく凜一郎とともにセンターシティ・エリアへ入り、ワイヤーガンの最後の一発を使ってビルの屋根に立った。

そこで裕介が、「三十位以内に入れた。その調子だ」と二人に声をかけた。

暢光と凜一郎は、ビルや家が建ち並ぶセンターシティ・エリアを真っ直ぐ進んだ。そうするには建物を破壊するか、建物の上を渡る道を作るしかなく、二人は迷わず後者を選んだ。凜一郎が床と階段を次々に作り出して空中に橋を架け、暢光がその背後から素材を渡していく。一歩踏み外せば真っ逆さまに落下する。地面に激突してもゲームオーバーにはならないが、再び立てるようになるまで数秒を費やすことになる。

凛一郎は臆せず空中を渡り、うっかり落下する他のプレイヤーを尻目に突っ走った。

暢光もミスせず凛一郎を追った。途中、ビルの外見は無事だが、屋上とその下のフロアの床だけ、そっくり破壊された場所に踏み込んだ。湖で誰かが足止めを仕掛けたのと同じで、屋上に乗ろうとして落下するよう仕向けたのだ。

《床！》

凛一郎が短く叫んだ。暢光は一瞬で状況を悟り、冷静に床を作って足場を確保して凛一郎を追った。裕介が抑えた声で「いける。十位以内に食い込める」と呟いた。

ふいに暢光の耳に歓声が届いた。凛一郎を応援する「リンギングベル！　リンギングベル！」という声だ。どうか一緒に、息子の背を押してくれますように。暢光は必死に操作しながら祈った。どうか一緒に息子の力になってくれますように。

そして実際に応援の声から力を得たように、凛一郎はいっそう建設速度を上げて走り、最後のビルを越えた。そして建設テクニックが最も試される、下りの階段を難なく作り上げていったことでいっそう歓声が大きくなった。

暢光も、一度として凛一郎へ素材を渡すタイミングを逸さず、ともに地面に降りた。二人とも、ほぼ素材を使い尽くし、あとはただ走るだけだ。もし誰かに障害物を作られたら、暢光は残る素材を凛一郎に渡し、そこで初めて自分を置いて行かせるつもりだった。

だが障害物はなく、平らな道路があり、その先にゴールである大きな扉が見えた。扉は開かれて内側は光に満ちている。その光へ、二人のソードマンが颯爽と駆け込んだ。

「ゴオオオオル！　ホワイト・カメレオンの二人が、ツートップでゴオオオオル！」

アナウンスが勝利者を告げた。続いて四人が次々に光の中へ消えていき、そのたびにプレイヤー名が叫ばれた。暢光は言葉にならない唸り声を上げながら、凜一郎とともに、扉の光へ跳び込んだ。画面がホワイトアウトし、そして紙吹雪が舞った。そこはゴールインした者たちを称える華やかなゲーム・ロビーだった。

「リンギングベエエエル、アアアンド、ダディ・ノオオオブ、七位同時ゴオオオル！」

はああーっ、と暢光が深い息をついてコントローラーを膝の上に置いた。緊張と興奮で両手が震えていた。その肩を、裕介が、ぐっとつかんだ。

「しょっぱなからトップ10入りかよ。マジでやったな。最高だったぜ、リンくん」

凜一郎が「やったね！」のECを返した。

《バトルもこの調子で行こうね、お父さん！》

「ああ、やってやる」

暢光は顔を上げて、何十人ものプレイヤーが遅れてゴールする様子を頭上のモニターで見た。まだ始まったばかりだというのに、最高に良い気分だった。

5

《七位⁉　本当に⁉》
亜夕美の声が、裕介のポータブルゲーム機から聞こえた。
《本当だ！　やったね、リン！》という達雄くんの興奮した声や、《すごいじゃーん！》という明香里の笑い声がした。
《あそこで良い乗物とアイテムが手に入るとは、これは来てますよ芙美子さん》武藤先生の喜びの声に、《この強運をもっと高めないとね》という芙美子さんの真面目な声とじゃらじゃら数珠を鳴らす音が続いた。

《総合ポイントで十位以内に入ったからには次のバトロワでマークされるかも》善仁くんの緊張した呟きに、《でもだったらバトロワの序盤で逃げてくれる人も増えるし、負担が減るんじゃない？》と美香さんが意見し、《そうか、変だと思ったら、さっきのはバトルロイヤルというやつではなかったんだな》剛彦がいつも通りずれたことを言った。

会場のモニターでは下位のプレイヤーたちが次々にゴールし、やがてタイムレースが終了して参加した全員の順位が表示された。それまでゴール地点のマップにいたアバターたちが光に包まれて消え、自動的に大会参加用ロビーに移動した。

《みんな、見てくれてたんだね》

凜一郎が言って、暢光のアバターと「ハイタッチ！」のECを交わした。

「気が散るなら、あっちの声のボリュームを落とすか、オフにしてくれ」

裕介が言って、ポータブルから聞こえる応援組の歓声のボリュームを落とした。

《大丈夫。集中してたから、あんまり聞こえてなかった》

「おれもだ。あ、でもリン、会場の人たちが応援してくれてたぞ」

《そうなんだ。嬉しいなー。でも、まだマシューさんに追いつけないかー》

「ソードマンがダッシュを使えるのと、マシューさんたちの建設が超速いからだ。勝つにはコース選択で勝負するか、ライダーだけが乗れる乗物を連続してゲットするかだな」

裕介が冷静に分析して言った。

《もっと真っ直ぐのコース狙う、お父さん？　でもそうすると素材足りないかなー》

「うん、とにかく素材を集めないとな。それより今はバトルロイヤルに集中しよう」

《あ、マシューさんと練習してたときみたいに、ラジオ体操やったら？》

「よし。携帯電話に動画入れてあるぞ。第一だけでいいかな」

《うん！　ユースフルさんもやる？》

「おれも？　まあ……頭の切り替えにはなるか」

裕介が目を丸くして周囲を見回すのをよそに、暢光は携帯電話で動画を再生して台に置き、裕介と並んでブース脇に立つと、おもむろにラジオ体操を始めた。マシュー直伝のプレイ上達法であるので暢光は大真面目だが、裕介は首をすくめて恥ずかしそうにした。

果たして周囲から遠慮がちな笑い声が聞こえ、「ラブユー、ダディ・ノブ！」などという声が飛んだ。観客だけでなく、近くにいるプレイヤーたちまで笑っていた。

だがマシューとレオナルドの方を見ると、彼らも体を伸ばしたり、その場で足踏みするなどして体を動かしている。二人とも、暢光と裕介の様子に気づいて「グッジョブ」のＥＣの真似をこちらへしてみせたので、暢光と裕介も同じように返した。

気づけば他のプレイヤーたちも感化されたか、ブースから出て体を左右にひねるといったことをしていた。暢光と裕介と画面の中の凜一郎がラジオ体操を終える頃には、たいていのプレイヤーが立って体を動かすことで戦いに備えていた。

「よーし。ばっちり準備できたぞ」

暢光は満足してブースに戻り、正しい姿勢でコントローラーを握り、凜一郎と「力がみなぎってきた！」のＥＣを披露し合った。

「あんたのそういうとこ、見習わねえとな」

裕介がまだ恥ずかしそうに頭を掻き、席についてポータブルを膝に置いて言った。

「そろそろ時間だ」

ふいにプレイヤーたちの頭上でレーザー光線が飛び交い、モニターにバトルロイヤルの開始を告げるムービーが流され、けたたましいアナウンスの声が響き渡った。

「さあ、お待ちかね！　これより、バトルロイヤル第一ゲームを開始するゥウウ！　グループA百人、グループB百人に分かれ、それぞれ勝ち抜いたトップ五十人が第二ゲームに進出だ！　準備はいいか、伝説の戦士たちよ！　いざバトルのときだ！」

モニターに『10』からのカウントダウンが始まった。ゲーム・ロビーに集うプレイヤーの前に突如として巨大な扉が現れ、それが開いて光を溢れさせた。プレイヤーたちが次々に光に包まれ、スタート用ロビーである何もない真っ白な空間に移されていった。

「グループAだ。マシューさんたちと世界二位のマイケルのチームもいる」

裕介が告げ、暢光は身が引き締まる思いでモニターが島の上空を映し出すのを見た。

「スリィイイーッ！」

アナウンサーが叫び、観客たちが声を合わせてカウントした。

「トゥウウウウ！　ワアアアアーン！　ゲーム、スタアアアアトオオオオー！」

島の上空に巨大な扉が現れ、百人ずつ、異なるマップへと一斉に放り出された。

暢光と凜一郎は、決めていた通りにサーキットエリアの一角に着地すると、「ハイタッチ！」と、「行け行け！」のECを交わした。たまたま頭上のモニターの分割画面に二人の様子が映され、客席のどこからか「行け行け！」という声が上がった。

暢光と凜一郎が落ち着いて素材と武器とアイテム集めに精を出し始めるのを見計らって、裕介が言った。

「マシューさんはサイバーエリア、マイケルは海賊船エリアに降りた。五十位以内になるまで、トッププレイヤーとのバトルは避けろよ」

暢光は、うん、とうなずき、ゲームに集中した。ラジオ体操のおかげか、思い通りに操作することができ、早くもレベル五のショットガンをガレージの一角で見つけた。

「リン！　武器！」

《ひゅう！　やったね！》

暢光が投げたショットガンを、凜一郎がさっと取った。

「ほんと引きがいいな」

裕介が感心した。暢光はさらに壊した棚の中からレベル四のサブマシンガンとアサルトライフルを見つけ出して装備に加えた。回復アイテムと、ボムを二種類——手投げ爆弾と煙を噴出させて身を隠すものを揃えた。

ガレージ二つをあらかた解体し、アイテム収集を終えたが、乗物が見つからなかった。そのため凜一郎とともに少し離れた場所にある建物へ入ろうとしたところへ、暢光は遠距離からの狙撃弾を受けて、ごっそり体力を削られた。

「狙撃された！」

暢光は凜一郎に告げつつ、残った体力をきちんと有効に使った。跳び回って相手の狙いを外しつつ、壁と階段を建設して防御し、回復アイテムを使いながら狙撃手の位置を探った。こうした一連の操作も思い通りに——ほぼ無意識にやってのけた。おかげで凜一郎に回復させてもらうまでもなく体力を元に戻した上で、危機を告げることができた。

「バトルカーゴに乗ってる！　急いで乗物探して！」

凜一郎が建物の中で壁を叩きまくった。暢光も地面に降り、建物の出入り口を壁で塞いでから乗物探しに加わった。その間に裕介がポータブルの観戦画面で相手を確認した。

「ガーディアンとアーマー、バリバリ先制のチームだ。序盤からバトルするやつらに付き合う必要ないからな」

狙撃と回復に長《た》けたガーディアンと、防御および素材収集に優れたアーマーの組み合わせは、序盤と中盤以降でプレイスタイルが異なることを意味している。広々としたマップを動き回れる序盤ではガーディアンが狙撃によって積極的にプレイヤーを排除していく。逆に中盤でミストが生じて空間が狭まり、バトルが激化してからは、アーマーが前に出て防御と建設でしのぎ、ガーディアンは仲間の回復に努めて生存率を上げる。チーム・リンギングベルでも、亜夕美、明香里、裕介、美香さん、芙美子さん、剛彦が、同様のプレイスタイルで、ライダーの凜一郎と達雄くんの生存率を上げる役割を担ったものだ。

だが今は暢光と凜一郎だけで戦うしかなく、ノーマルとライダーの組み合わせの強みを最大限に発揮する必要があった。機動力に長け、あらゆる武器・アイテムを使用できることで、どんなプレイスタイルにも対応しうるという強みだ。

とはいえ動く要塞たるバトルカーゴを手に入れた相手と戦っても粉砕されるだけだ。ここで乗物を見つけねば、建物を出たとたん、なすすべもなくゲームオーバーにされる。

暢光が必死に壁を壊し、乗物が現れることを祈っていると、ふいに凜一郎がわめいた。《乗物あった！》

「よっしゃ！」

暢光が快哉を叫んでそちらへ走ると、ダイナモ・エアカー、略してダイナカーがあり、すでに凜一郎が運転席に乗り込んでいた。

ホバークラフトのような形をし、両サイドに円筒形のダイナモ風エンジンがあるだけでタイヤがないSFチックな乗物だ。宙を滑るように走るため、低めの障害物なら速度を落とすことなく走破でき、たいていの斜面をのぼることができる。

ただし、使えるようにするには準備が必要だった。エンジンをスタートさせるとダイナモ内部が回転し、車体が充電されて走行可能になるまで数秒かかるのだ。しかもこの充電を一定距離ごとに繰り返さねばならないのがこの乗物の弱点だった。

暢光はダイナカーの後部座席に乗って武器を構えた。先ほど出入り口を塞いだ壁が、外からの攻撃で徐々に壊されていった。じりじりとした緊張を覚え、暢光はふーっと息をつき、壊れゆく壁を凝視しないよう努めた。壁を壊して入ってくると見せて、意外なところから奇襲を仕掛けてくる可能性もあるのだ。

《充電完了!》

「よし、前の壁を壊す!」

暢光は素早く武器からボムに切り替え、ダイナカーの前方にあるガレージの壁へそれを正確に投げた。ボムが爆発して壁に穴が空き、凜一郎がそちらへ猛然とダイナカーを発進させ、建物から飛び出すなり一目散に隣の森の城エリアを目指した。

後方からバトルカーゴが追ってきて銃座のガーディアンが撃ちまくったが、ダイナカーは一発も被弾することなく相手を引き離し、丘を越えて森へ跳び込んだ。

バトルカーゴが追撃を諦め、センターシティ方面へ進路を変えた。大きな乗物で森に入ればばかえって不利になるからだ。木にぶつかれば跳ね返されてコントロールが困難になるし、木々に挟まれて身動きがとれなくなることもある。

暢光は安堵の息をついた。サメかクマに追いかけられた気分だった。そんな経験はないが、喩えとしてはしっくりくる。

凜一郎も森にちょっと入っただけで、木々が密集する場所を避けてセンターシティ・エリアへ向かう道の前に出た。そこでいったんダイナカーを停めて充電する間、せっかく森に来た機会を逃さず、暢光はそこらの木を倒して建設素材を集めた。チームに十二人もいたときと違い、どこから攻撃されるかわからない緊張に耐えての作業だ。そうして必死に集めても、凜一郎の所有素材を満タンにしてやるにはほど遠かった。

《さっきのバトルカーゴ、レースで邪魔してた人たちじゃない？　アーマーがガーディアンに素材渡して、二人で壁とか作ってた》

「よく見てるな」

暢光は木を切り倒しながら感心した。レースに出るのは、競争相手のプレイスタイルを片端から頭に入れるためだと凜一郎は言うが、暢光などは目立つトッププレイヤーの様子を見るのが精一杯だ。

「妨害タイプは相手にしないのが一番だ。付き合ってバトルしないでくれよ」

裕介が、頼み込むような調子で言った。

《でもめっちゃ狙われると思う。アーマーはライダーを潰したがるし。あ、充電完了！》

暢光は後部座席に乗り、発進するダイナカーの上で油断なく武器を構えて警戒した。

「もしさっきのが来たら、ガーディアンから叩くのがセオリーだ。アーマーを狙っても回復されるだけだからな」

裕介が、二人へ言った。

《了解！》

凜一郎が、まるで今から戦うというように勇ましく返し、センターシティ・エリアへ続く道を進んでいった。左右が急斜面になってダイナカーでも登れなくなった辺りで、裕介が慌てた調子でわめいた。

「ストップ！　引き返せ！　その先でマシューさんたちが逆ネイルやってる！」

「えええっ!?　大会で？　二人だけで？」

《すっご！》

凜一郎がさっとダイナカーをUターンさせ、丘が始まるところで斜面をのぼった。岩や木を巧みに避けて走ると、果たして一本道を塞ぐ壁と、その上に立つ二人の純白のソードマンが見えた。ホワイト・カメレオンのシンボルつきマントを翻す、マシューとレオナルドだ。二人とも、とてつもない速さで動き、剣を振るい、壁を築き、殺到する十人近いプレイヤーを、バタバタとなぎ倒している。

《絶好調じゃん、マシューさん！》

凜一郎が、むしろたいそう嬉しげにわめく一方、暢光は心底ぞっとさせられ、裕介がひやひやした調子でこう言った。

「リンくん、あんなのと今戦わないでくれよ。やるならファイナルバトルでやってくれ」

はーい、と凜一郎が返して、素直に方向転換し、マシューたちから離れた。

「序盤で七十五人まで減った。あと二十五人」

裕介が報告した。周囲では、ゲームオーバーとなった者たちが、天を仰ぎ、嘆きの声を上げ、頭を抱えるなどして敗退の苦しみに喘《あえ》いでいる。その一人にならないよう、暢光はバトルが激化する中盤に備え、いよいよ注意深く周囲を警戒した。

「ミスト発生」

裕介が告げたすぐあとで、それが来た。

《あ、道が塞がれてる。けっこうやられたみたい》

凜一郎がダイナカーを停車させて充電モードにした。暢光が振り返って前方を見ると、行く手のセンターシティの道路に壁が築かれていた。何人かのプレイヤーがそこでゲームオーバーになった証拠に、アイテムがばらまかれている。

かと思うと右手のビルの陰からバトルカーゴが現れ、さっき見たガーディアンが銃座の機関銃を連射した。待ち伏せをすっかり読んでいた凜一郎は、ダイナカーを発進させてUターンし、すぐさま距離を取った。そのまま進むと押し寄せてくるミストの中へ突っ込むことになるため、凜一郎は右折して別のルートを選んだ。

だがバトルカーゴがなおも追ってくる上に、行く手には、誰かが築いた砦があって挟み撃ちにされてしまった。

「そっち、世界二位のチームがいるぞ！」

裕介がわめいた。なんとマイケル・スミスとそのパートナーが——ライダーとガーディアンが——築いた砦だった。接近するダイナカーに気づいたガーディアンが狙撃してくるのを、凜一郎がいち早く読んでかわした。暢光は、世界二位のチームとバトルカーゴがぶつかってくれることを期待したが、そう上手くはいかなかった。

凜一郎は左折してセンターシティ・エリアからいったん出ざるを得ず、バトルカーゴがしっかりその後を追ってきた。世界二位のチームは砦から動かず、静観の構えだ。

《仕方ないからミストに入るね》

凜一郎が、なんとも平然と告げた。

「わかった！」

暢光は、回復アイテムを手にしてダメージに備えた。燃え盛るミストへダイナカーが突っ込みながら左へカーブした。バトルカーゴはミストに入る前に左へ曲がり、ダイナカーと併走することで、暢光と凜一郎が安全地帯へ戻ることを封じにかかった。

《やっぱ狙ってきたしー。倒すしかないよ、お父さん》

凜一郎が、ミストの中にいるにもかかわらず緊張を感じさせない調子で言った。

「わ、わかった」

暢光はぐっと顎に力を込め、まずは凜一郎と自分を回復させることに努めた。

「その先、丘からビルへ橋を作れるところがある」

裕介が、凜一郎の意見に反対せず、適切にアドバイスを口にした。

《そこで降りて橋作るね。めちゃ撃ってくると思うけど、いい？　お父さん？》

「よし、やるぞ」

暢光はせっせと回復アイテムを使い、可能な限り二人のダメージを抑えた。丘を登りきると、ぱっと凜一郎がダイナカーを乗り捨てた。暢光も遅れず降りてついていった。

道路を挟んだ向かい側に、ちょうど丘と同じ高さのビルがある。凜一郎が丘の上にまず床を作り、それに乗って新たな床を接続していくことで橋を作り、素早く渡っていった。暢光もそれを追い、二人ともミストから逃れることができた。凜一郎はその巧みな建設テクニックで走りながら橋を作るだけでなく、両側にびっしりと壁を建てて防御するということをしてのけた。さんざんマシューと一緒にプレイした経験のたまものだ。

凜一郎のそのテクニックを暢光が誉める間もなく、下の道路からバトルカーゴが機関銃の連射を浴びせてきた。壁がみるみるダメージを受け、後方の床が破壊された。だが凜一郎は建設と疾走を止めず、暢光を連れて空中を走破し、ビルの屋上へ到達した。

ミストとバトルカーゴからの見事な待避に、一部の観客がどよめいたが、凜一郎の実力発揮はこれからだった。

《お父さん、そこでボム投げてて！》

凜一郎はそう言うと、ただちに隣のビルへと橋を渡していった。床一枚壊されたら落下する空中から、やっと安全な場所に来たのに、すぐにまた空中へ走り出したのだ。

そうして、銃座についたガーディアンを狙いやすい位置へ凜一郎が回り込む間、暢光は下方へ二種類のボムを連投した。爆発するボムでバトルカーゴと搭乗者にダメージを与え、煙をまき散らすボムで相手の視界を奪い、凜一郎の移動を察知させないよう努めたのだ。

煙はバトルカーゴを釘付けにすることにも功を奏した。数秒後に煙が晴れたとき、それは道路の真ん中で停まり、ガーディアンが仲間の回復も忘れてきょろきょろしていた。動かないのは頑丈な乗物に守られているという油断のあらわれだ。そしてガーディアンの斜め後ろから、凜一郎が迅速かつ正確なエイムでアサルトライフルを三連射した。全てガーディアンに命中したばかりか一発がヘッドショットとなり、問答無用で撃ち倒した。

観客のどよめきが広がった。ガーディアンが倒れてバトルカーゴから投げ出され、アーマーが慌てて降りて防壁を築き、仲間がとどめを刺される前に復活させようとした。

暢光は容赦なく爆発するボムを投げつけ、アーマーが築いた壁を破壊した。そして凜一郎が、壊れた壁の隙間を狙い、アサルトライフルを撃った。タタン、タタン、タタン、とエイムの乱れを最小限にするリズミカルな連射が、倒れたガーディアンにとどめを刺してゲームオーバーにするだけでなく、アーマーにヘッドショットを浴びせて撃ち倒すや、どよめきが歓声に変わった。

モニターの分割画面はバトル中の者をメインに頻繁に切り替わるため、すぐに別のプレイヤーを映したが、明らかに凜一郎に向けた拍手が起こった。

だが暢光も凜一郎もすっかりプレイに集中し、歓声も拍手も耳に届いておらず、「アーマーもミストに呑まれた」という裕介の報告に軽く意識を向けただけだ。

二人は回復アイテムを使って体力を最大にしてから、最初に渡ったビルで合流した。それからまた凜一郎が橋を架け、中心部に近い別のビルへ移り、ミストから距離を取った。

「ビルの中のアイテム取るか？　誰か中にいるかもだけど」

暢光が訊いた。弾薬やアイテムをギリギリまで回収しようというのだ。

《いたら倒そう！　また十位以内に入りたい！》

凜一郎が元気に返し、率先して屋内へ入っていった。すごい意欲だ、と暢光は感心しながら追いかけた。

「よーし、やってやる」

「ミストが近づいてることを忘れるなよ」

裕介が注意したが、二人を止めず、代わりに別のことを報告した。

「残り五十一人。リンくんは確実に第二ゲームに進める」

《あと一人倒せば、お父さんも進めるね》
凜一郎はあくまで強気に言った。二人して階段を下り、踊り場や廊下に落ちている素材、弾丸、回復アイテムを拾ううち、複数の足音が近づいてきた。下の階からのぼってくるチームがいるのだ。凜一郎が足を止め、接近戦で威力を発揮するショットガンを手にした。戦う気まんまんだ。暢光も同様にショットガンを手にしたとき、同じフロアのどこかで建物を壊す音が聞こえてきた。
相手も暢光たちに気づいて、建物の階段をのぼるのをやめ、天井を破壊して階段を建設し、こちらの死角から同じフロアにのぼってくるつもりなのだ。
《こっち、お父さん》
凜一郎が、裕介の報告よりも早く相手の位置を察し、廊下に壁を作るや、その壁にさらに扉を作って開いた。果たして部屋の一つから、廊下へライダーの二人組が飛び出し、サブマシンガンを連射させながら、別の部屋へと消えた。凜一郎もすぐさま扉を閉じて弾丸を防いでいる。これで互いのロールと位置を確認したわけだ。相手チームにバトルを避ける気がないこともはっきりした。もし避ける気なら階段を下りて去っていたはずだ。
暢光も覚悟を決め、廊下の左右の壁を壊して死角をなくした。相手も同様にしているのが音でわかった。暢光は、相手が壁を壊して突っ込んできたときに備え、左右の部屋に、窓側に向かってのぼり階段を作った。ライダー二人組が部屋の壁を壊して突っ込んで来ても、目の前を斜めに横切る階段に遮られて入りづらくなる。さらにその階段を天井ぎりぎりまでのぼって相手より高い位置に立てば、ヘッドショットを狙いやすくなる。
暢光が左側の階段にのぼり、凜一郎が右側の階段へのぼった。直後、相手が放ったボムが炸裂し、部屋の壁が片端から破壊され、暢光が乗る階段がダメージを受けた。

さらに相手が放ったパンクロック爆弾が炸裂し、閃光とともに激しいドラムとギターの音が鳴り響いて、あらゆる音がかき消された。

だが暢光も凜一郎も、突入してくるライダー二人組を冷静に目で追った。彼らが、まず暢光が作った階段を撃って破壊するのに合わせて、暢光と凜一郎が跳んだ。相手の頭上を越えるようにしながら、ぴたりとエイムし、そして撃った。

ショットガンの連射が、ライダー二人組の頭上から浴びせられた。たちまち二人組の体力がゼロになって倒れ、暢光と凜一郎がすれ違いながら着地し、互いの背を守り合いながら二人して空のショットガンからフル装塡のアサルトライフルに武器を切り替えた。

大きな拍手が観客席から贈られたが、暢光と凜一郎には聞こえず、それぞれ目の前の倒れたプレイヤーにとどめを刺した。それから当然のように油断することなく空になったショットガンに弾丸を込め、アサルトライフルで撃った分の弾丸も装塡した。それから、ミストが迫っているので急いで建物の階段をのぼり、二人して屋上へ戻った。

「よし、残り四十九人！　好きにやっていいぞ、リンくん！」

裕介が大きな声で告げると、凜一郎が意気盛んな明るい声を上げた。

《おっしゃー、マジバトルだー！》

「ファイナルバトルの場所はどこになりそう？」

暢光が、振り返らずに裕介に訊いた。

「公園の辺りだ。建物が少ないから、建設素材を拾いながら行け」

《オッケー！》

凜一郎が、むしろ惜しむことなく建設素材を使ってビルからビルへ橋を架け、やがて広々とした公園が眼下に見えたところで、また建物に入った。

暢光も凜一郎を追って建物の階段を下り、素材、アイテム、弾丸を拾った。そうする間にも裕介が、「残り四十人」「残り三十五人」「残り三十人」と告げた。ミストが四方から迫ることでバトルが激化しているのだ。ビルの一階まで下り、道路に出て公園へ向かったときには「残り二十人」にまでプレイヤーが減っていた。

公園には、噴水、花壇、ベンチ、トイレ、売店があるだけで高い建物はない。そこに早くも複数のプレイヤーが足場を建て、公園に入る者を高所から撃とうと待ち構えている。

《行くよー!》

凜一郎が叫び、たちまち床と階段と壁を作り出して高所へ身を置き、暢光がその足場や壁を強化したり増設したりしながら追いかけた。プレイヤーが築く足場が増えるほどに、互いが築いた建設物へ渡れるほど隣接していく。当然ながら、バトルの進行に従い、誰かが作った足場へ移り、自分たちが作った足場へ誰かが入り込んでくる。

まさに入り乱れての戦いだ。暢光は必死に凜一郎の背を守ることに努めた。周囲を行き交う足音が多すぎて混乱しそうになりながら、位置と人数を可能な限り把握し、ノーマルの機動力と使用可能アイテム数の多さを活かして戦うことに専念した。ショットガン、アサルトライフル、ボム、回復アイテムを惜しみなく使い、迫り来るプレイヤーへ、あるいは凜一郎を狙う誰かへ、ありったけの力で反撃した。

「残り十人」

ふいに裕介が言った。暢光は懸命にプレイし続けながら信じがたい思いで目をみはった。世界大会だぞ。なのに、おれが生き残ってるなんて。凜一郎と一緒に戦えてるなんて。喜びのあまり涙がにじみ、それを拭う間となく、ただひたすら凜一郎の背を守るためのバトルに没頭した。どこか遠くで、「リンギングベル！　リンギングベル！」とか、「ダディ・ノブ！　ダディ・ノブ！」といった声援が聞こえたが、ほとんど意識しなかった。

マシューやレオナルドと接近しては距離を取り、世界二位のマイケル・スミスのチームと撃ち合いながら壁に隠れた。ミストは公園を完全に取り囲み、じわじわ狭まって花壇や街路樹を焼き払っている。

凜一郎がレオナルドに向かってショットガンを連射し、レオナルドが剣を回転させてその攻撃を防ぎ、誰が作ったものかもわからぬ壁の陰へ待避した。すぐさまマシューが入れ替わりに壁の陰から現れ、凜一郎へ剣を振るった。暢光はアサルトライフルを連射させてマシューを牽制し、凜一郎がショットガンに弾を込め直す時間を稼いだ。

その斜め後ろから、いきなりガーディアンが跳び込んできて、暢光がかわす間もなく胸元へ至近距離の一撃を放ち、そしてすぐさま跳んで壁のどこかへ消えた。ちらりと見えたIDは『ＲｅｄＰｈｏｅｎｉｘ』だ。世界二位のマイケルのパートナーだった。

その痛撃で暢光の体力は一発でゼロになり、誰かが作った足場の上に仰向けに倒れた。

「やられた！　復活させなくていいからな！　おれのアイテムを取れ！」

暢光は叫びながら、弱々しく移動し、足場の真ん中へ近づいた。アイテムをばらまいたときに足場から地面へとこぼれ落ちないようにするためだ。直後にガーディアンがぱっとまた現れ、とどめの一撃を放ち、そして消えた。暢光のノーマルのアバターが光の粒となって消え、持っていた武器、弾丸、ボム、回復アイテム、建設素材がばらまかれた。

そこへ、凜一郎が跳び込んできて、拾えるものを片端から拾い、さっと足場を作ってその場から離れた。暢光を仕留めたガーディアンが追ってくるや、凜一郎は逆に果敢に躍りかかった。相手のスナイパーライフルとハンドガンの攻撃を全てかわした上で、建設で頭上を取り、流れるような動作でショットガンを連射した。

強烈な打撃を頭上から浴びたガーディアンは、体力をゼロにされて倒れただけでなく、そのまま高い足場から落下し、地面に激突したダメージでゲームオーバーとなった。

「七位だ」

裕介が言った。暢光は息をついてコントローラーを置き、裕介を振り返った。

「え？　何か言った？」

「さっきやられたガーディアンが六位。あんたが七位。上出来だぜ」

裕介が言い直し、暢光の肩をぐっとつかんだ。

暢光はぽかんとなった。七位？　おれが？　またぞろ涙がにじむのを覚えながら、力強く笑みを浮かべる裕介へうなずき返し、モニターへ顔を戻した。まだ終わっていない。凜一郎の戦いを見守り、応援せねばならないのだ。

いつの間にかプレイヤーは四人だけになっており、凜一郎は高所から、暢光から受け取ったボムを投下しているところだった。足場を破壊して他のプレイヤーの移動先を狭めるためだ。だが生き残った他の三人は――マシュー、レオナルド、世界二位のマイケルは、いささかも動じず、それぞれ足場を組んで自在に動き回った。

凜一郎は、マシューを狙って銃撃を放ち、それ以外には目もくれない様子だ。それはマイケルも同様で、マシューは剣を回転させて攻撃を巧みに弾き、あるいはかわし、レオナルドとともに迎え撃った。事実上、二対二と言っていい状態だが、マイケルは自分のパートナーを倒した凜一郎が近づけば、即座に倒そうとした。

そうなると三対一で凜一郎が圧倒的に不利だ。それでも凜一郎は最後までマシューに食いついた。だがその背後からマイケルに撃たれてダメージを受け、そしてマシューが、凜一郎に回復アイテムを使う余裕を与えず、猛然と剣を振るって追い込んだ。

《うわ、めっちゃ攻める！》

凜一郎が叫び、手持ちの武器をありったけ使ってマシューの剣を一本破壊することに成功した。だがそれが限界だった。マシューはすぐに別の剣を手にした。凜一郎もショットガンの弾丸を素早く一発だけ装塡し、撃った。だが弾丸はマシューの剣に弾かれ、そしてその刃が凜一郎を斬り払った。凜一郎は体力ゼロの状態にされて足場から叩き出され、地面に落下したダメージでゲームオーバーになった。

《うわー！　もうちょいなのにー！》

凜一郎が口惜しげにわめいたが、暢光も大喜びで手を叩いている。

「四位だぞ。すごいぞ、リン！」

「世界一位と二位相手に、めちゃくちゃすごいバトルだったよ、リンくん！」

《うーん》

だが凜一郎は、不満を抱くというより不審がるように呟いた。

凜一郎が観戦モードでマシューのプレイを見ているらしいとわかり、暢光も裕介もトッププレイヤーたちの戦いを見届けた。

決着がつくのに一分とかからなかった。レオナルドがマイケルのショットガンでダメージを受けて退き、そのマイケルをマシューが数秒間の猛烈な攻防の末、斬って捨てた。

会場は大歓声に包まれ、「マシュー！　マシュー！　マシュー！」というチャンピオンを称える声がほうぼうから聞こえた。モニターが勝者を称えるムービーに切り替わり、光を浴びる純白のソードマンが颯爽と現れるとともに、ブースでマシュー本人が立ち上がって手をかざすと、さらに歓声が高まった。

裕介が手にするポータブルのゲーム機からは、暢光と凜一郎の健闘を称える家族とチームの面々の声が聞こえていたが、凜一郎はなおも《うーん》と呟き続けている。

「どうした、リン？　何考えてるんだ？」

暢光が尋ねると、ともに参加用ゲーム・ロビーに戻った凜一郎が「はて？」のECを披露しながらこう言った。

《マシューさん、やっぱ上手いんだけど。でも、なんか、手加減してくれたのかな？》

暢光と裕介が揃って眉をひそめた。

「リンくんに、手加減？」

「そんなことしないだろ。世界大会なんだから。というか一位だぞ、マシューさん」

《だよねー。じゃあやっぱ、おれの方が速かったかー》

「速かった？」

暢光と裕介が同時にその言葉を繰り返した。

《マイケルさんに撃たれてなかったら、体力残っててマシューさんを撃ててた。ていうか撃ったのおれの方が先なのにさー、ソードマンの判定、有利だよねー。あと剣で防御しながら斬るしさー。やっぱ正面から撃ったらダメだよなー。あー、口惜しいー》

暢光は、裕介と顔を見合わせながら、いつだったかマシューが言ったことを思い出していた。

反射神経などは二十代がピークだということを。だから引退するのだと。
マシューは、ほぼそのピークを通り越している。それは確かだった。だが凜一郎は違った。十四歳の凜一郎がピークを迎えるのは、むしろこれから先のことなのだ。
《でも、なんかやれる気がしてきた》
凜一郎は、「バッチリだぜ」のECを披露しながら、そう言った。

6

はあああー、と病室にいくつもの溜め息がわいた。

「なみのスポーツ観戦より力が入るぞ、これは」

武藤先生が肩を回しながら言った。

「四位とか、すごすぎだよー、リン」

達雄くんが脱力したようにパイプ椅子の背もたれに身を預け、隣の明香里と一緒に、ふあー、と感嘆の吐息をもらした。

モニターの観戦用画面には全プレイヤーの順位とポイントが表示されており、暢光と凜一郎の順位を見て善仁くんが「レースもバトロワも、第一ゲームをトップ10以内で突破です」と言い、美香さんが「総合ポイントでリンくんが五位、ノブさんが七位だもん。これ絶対、ファイナルバトルへ行けるよ」と期待を込めて言った。

画面が休憩時間中の会場の映像に切り替わった。コントローラーの操作で再び順位を表示することはできたが、芙美子さんが立ち上がって言った。

「あっちもご飯休憩なんだし、こっちも今のうちにお昼ご飯にしなきゃね」

「食堂のチケットをもらっておきましたぞ」

剛彦が自慢げに割引券を出してみせた。

「ママ、アーちゃん、フライドポテトがいい！」

「ちゃんと、お肉と野菜も食べなさい。達雄くんも、一緒に食べましょ」

「はい、ありがとうございます」

亜夕美がベッドで眠る凜一郎の細い手を握り、「すぐに戻るからね」と言って、みなとともに個室を出て行った。

しばらくして院長である錠前孝之助と看護師が、回診のため病室に現れた。二人はつけっぱなしのモニターに怪訝そうな顔を向けたが、すぐに別のことでぎょっとなった。

「なんだこの心拍数は。なんで放置してる。剛彦と亜夕美くんはどこだ？」

「はい、あの、食堂へ行くと言ってました」

「急変したのか？　痛みを感じているなら大変だ」

孝之助と看護師が、素早く凜一郎の痩せた体を診察して床ずれの有無を調べた。異常はなかった。だが心拍数も血圧も、そして体温も高いままだった。

「運動でもしとるようだ。痛みがないとは限らんし、プロポフォールを持って来て」

「はい、あの、亜夕美さんや、剛彦先生には？」

孝之助が、かぶりを振った。

「後で伝えればいい。早く持って来て」

「わかりました」

看護師がきびすを返して部屋を出ていき、ほどなくしてパッキングされた薬瓶と注射器、消毒のセットを持って戻ってきた。孝之助がそれらを受け取ってラベルを確認してから、凜一郎の左肘の内側を消毒し、針を静脈に刺し、ゆっくりと数値を見ながら注射した。

「これで穏やかになるだろう。せめて安らかにしてやらんとな」

孝之助が鎮静の効果を確認し、優しく凜一郎の頭を撫で、ふとモニターを見やり、

「何の大会なんだ？　これが聞こえるせいで興奮しとるのか？」

と首を傾げたが、考えてもわからないというように肩をすくめた。

「じゃ、後でまた様子を見に来よう」

看護師が、はい、とうなずいて、錠前孝之助とともに部屋を出ていった。


美味いなあ。暢光と裕介は、プレイヤーのために設けられたフードコートで名物のチキンライスと薄味のスープを口にしていた。凜一郎にも食べさせてやりたいなあ。

凜一郎は画面の向こうで「チキンとリンゴをいっぱい食べとく」と元気に言い、自分のことは気にせず、しっかり食事を摂るよう暢光と裕介に勧めた。気にしないわけないじゃないか、と暢光は思う。かといって空腹のまま午後のゲームに臨んでは凜一郎を失望させるので、ちゃんと食べねばならなかった。

周囲には凜一郎と同い年くらいの子どももおり、家族らしい人々と同じチームのTシャツを着て楽しげにしている。暢光は、同じように凜一郎や家族やチームのみなとともにいられたらという思いを刺激されながら、スープの残りをすすった。

フードコートは百人以上のプレイヤーに加え、その家族や友人でごった返しているが、プレイ

ヤー同士が声をかけ合う様子はなかった。ジョンソン田中のチームもいたが、暢光と目が合った際、互いにちょっと頭を下げただけだ。今もジョンソン田中はパートナーと付き添いの二人と一緒に、ポータブルのゲーム機を囲んで熱心に話し合っている。

マシューとレオナルドはトッププレイヤーのためのＶＩＰルームで食事中らしい。休憩中にむやみと話しかけられたり、サインをねだられるのを避けたいに違いない。

「計算し直したけど、レースの序盤で建設素材を必要なだけ取り切るのが一番いいな」

裕介は、ポータブル片手に、あくまでゲームの状況に意識を向けて言った。

「あと、バトルロイヤルでソロになったのが二十人以上いる。ジョンソン田中もソロだ」

暢光は目を丸くして、ジョンソン田中たちを見た。だからあんなに真剣に話し合っているんだ、と納得した。

「ソロが生き残る確率は低い。リンくんのために、あんたは生き残らないとダメだぜ」

「うん。戻ったら三人でラジオ体操やろう」

「またおれもやるのかよ」

「チームだし、みんなでやろう」

暢光が力強く言い、裕介も真剣な顔になって承知した。

会場のブースに戻り、さっそく凜一郎に声をかけ、携帯電話でラジオ体操の動画を流した。音楽に合わせて裕介と並んで体操していると、あちこちから笑いが聞こえた。

女性レポーターとカメラマンがまた現れ、撮影許可を求めてきた。裕介は渋い顔をしたが、暢光と凜一郎が喜んで応じるので、みんなで体操しているところを撮影された。

そのあと暢光と裕介が交代でトイレを済ませ、準備万端整えてすぐ、会場が暗転した。派手派手しいレーザー光線が放たれ、「タイムレース、第二ゲームを行ううううう！」とアナウンスがわめき、モニターが参加用ゲーム・ロビーを映して参加者を発表した。

プレイヤーがどんどん脱落していくバトルロイヤルと異なり、タイムレースでは第一ゲームよりも参加者が増えていた。バトルロイヤルで負けた者たちがポイントを求めて参加を選んだからだ。よほど上位に食い込まない限り、大してポイントは獲得できないが、あとはただ観戦するのみという状態よりは、やり甲斐があるのだろう。

《ロッジ壊す作戦で行くんだよね？》

凜一郎が「行け行け！」のECを披露しつつ訊いた。

「ああ。ユースケくんとご飯しながら話したけど、それがいいと思う」

「序盤で素材を集めきるんだ。ロッジ丸ごとなら、十分間に合う」

《よーし、マシューさんに勝つぞー！》

凜一郎が気合い十分に「かかってこい」のECを披露したところで、モニターの画面に巨大な扉が現れた。それが開いて溢れ出す光がプレイヤーを呑み込み、アナウンスがカウントダウンを始めた。十から始まって、カウント六辺りでレースのスタート地点に画面が切り替わってもう一つの扉が出現した。アナウンスの声に観客が斉唱し、

「スリイイイ！　トゥウウウ！　ワアアアン！　ゲエエムスタアアアトオオオー！」

声が響き渡るや、扉が開かれて中から百数十名のプレイヤーが一斉に駆け出した。

多数のアーマーが森の木を伐採してパートナーに素材を渡すのをよそに、暢光と凜一郎は森のやや外れにある大きなロッジへまっしぐらに駆け寄った。そして何本もある頑丈な石の柱を、素材収集用の斧で、猛然と破壊しにかかった。

柱は八つあり、全て破壊すればロッジ全体が倒壊して大量の素材をばらまく。裕介が様々な素材収集パターンを考えたもののうち、最も効率が良い方法がそれだった。

だが計算上はそうだとわかっていても、スタートから十秒以上かけて、やっと柱を半分壊せた時点で、暢光は焦りに襲われた。ロッジを壊しているうちにレースが終わってしまうのではないかとさえ思った。だが暢光はもとより、凜一郎も遅滞なく柱の破壊に集中し、おかげで二十秒かからずに全ての柱を壊し終えていた。

たちまちロッジ全体が揺れて崩れ落ち、大量の建設素材が雨のように降り注いだ。

「やった！」

緊張しつつ黙っていた裕介が快哉を叫んだ。暢光と凜一郎は、溢れんばかりの素材をたっぷり手に入れ、一目散に次の凍てついた宮殿エリアへ向かった。

《ひゃっほー！》

凜一郎が、素材を惜しみなく使える喜びをあらわしながら走り、暢光も後を追った。

森を出て凍てつく宮殿エリアに入る直前、ふいに凜一郎が立ち止まった。

《あれ？》

暢光もその背後で止まった。

「どうした？　リン？」

《なんか、ふわふわして気持ち悪い……なんでだろ、すごく眠い》

「なんだって？」

暢光が眉をひそめ、裕介を振り返った。裕介はすぐさま、ポータブルゲーム機のマイクをオンにし、日本にいる亜夕美へ呼びかけた。

「ウォーカーさん、聞こえますか？　ウォーカーさん」

動かなくなった凜一郎に観客と大会のスタッフの両方が気づき、ざわめきが起こった。

凜一郎が、アバターを棒立ちにさせたまま苦しげな声を上げた。

《全然ダメだ。ねえ、おれの体に何かしてる？》

「あれ、リン、止まってる？」

達雄くんが不思議そうに呟き、明香里が口元に両手を添えて画面へ声を放った。

「おーい、起きろー！　ゲームでも寝てちゃダメでしょー！」

「動作不良かな？」

善仁くんと美香さんがゲーム機を調べたが、異常はみられず、代わりに《ウォーカーさん、聞こえますか？》という裕介の声に気づいた。

「ユースフルさんが、亜夕美さんを呼んでます！」

善仁くんがさっとコントローラーを取って、通話の音量を上げた。

亜夕美がモニターとゲーム機へ駆け寄った。善仁くんがコントローラーを差し出し、マイクが備わっている箇所を指で示した。

「なに？　どうしたの？」

《リンくんが、体調が悪いと言ってます。すごく眠いと。原因はわかりますか？》

裕介の声を聞くや、剛彦が弾かれたように立ち、眠れる凜一郎に駆け寄った。そして、左腕に注射後の措置としてガーゼをテープで留めてあるのを見て、ナースコールのボタンを引っ張り寄せ、カチカチ、カチカチと押しまくった。

「早く来い、早く来い」

パタパタと足音がし、看護師が部屋に現れた。

「どうしました、先生？」

「彼に鎮静剤を与えたのか？」

錠前剛彦がわめくように尋ねた。

「えっと、はい、あの、院長先生の鎮静アセスメントで、プロポフォールの静注を」

「投与したのはプロポフォールだけ？」

「あ、はい」

「アミノフィリンとフルマゼニル！　持って来て！　今すぐ！」

「はい、あの――え？　覚醒させるんですか？」

「私が行きます、先生」

亜夕美が、目を白黒させる看護師を置いて、ぱっと身を翻して出入り口へ向かった。

看護師が、部屋を出ていく亜夕美のあとを慌てて追い、チームの他の面々は、じりじりした顔でうろうろする剛彦を黙って見ているしかなかった。すぐに亜夕美が看護師とともに戻ってくると、剛彦が薬品を確認して凜一郎に注射をし、さらに点滴を施した。

そこへ、孝之助が来て、びっくりした顔でわめいた。

「なんだ、何しとる？　私のアセスメントに異議があるのか？」

「私の患者です、お父さん。私が責任を持ちます」

剛彦が、相手を凜一郎へ近づけまいとするように立ちはだかって言った。

「責任って、お前、凜一郎くんは、まるで走り回ってるような状態なんだぞ」

剛彦が、びしっとモニターを指さした。

「当然です。あそこで戦っているのですから。これまでの凜一郎くんと私たち全員の努力を、台無しにしないで頂きたい」

孝之助が、怒りで顔を紅潮させた。

「何を、わけのわからんことを。いい加減にせんと、この病院から放り出すぞ」

「どうぞ。辞めるつもりでしたから」

えっ？　と孝之助や看護師だけでなく亜夕美やチームの面々も、ぽかんとなった。

「私は、医者になる以外の選択肢を与えられなかったことに気づかされたのです。凜一郎くんのように、私も私の人生のポイントを稼いで、私が本当に望む場所へ行くんだ」

「いったい、何を言っとるんだ、お前は……」

孝之助が勢いを失って、途方に暮れたように肩を落とした。

「とにかく、ここは私に任せて出て行って下さい」

「亜夕美くんは、いいのかね？」

孝之助が助けを求めるように亜夕美を見た。

「院長先生、息子のために、剛彦先生に任せて下さい。お願いします」

すっかり言葉を失ってまごつく孝之助と看護師を、剛彦が追い払いにかかった。

「ほら、出て、出て。凜一郎くんの邪魔をしないで」

勢いに圧《お》されて孝之助と看護師が部屋から出ると、剛彦が、ぴしゃりとドアを閉めた。追い出された二人は、ただ困惑して顔を見交わし、すごすごと病室から離れて行った。

部屋の中では剛彦が腰に両手を当て、どんなものだというように胸を反らしている。「どうだね。頼もしい主治医だろう。惚れ直したんじゃないか？」

誰も応じず、もはや剛彦を見てもいなかったが、本人は気にせず、「いや、あの親父の顔、最高だったなあ」と満足そうに微笑んでいる。

亜夕美、芙美子さん、明香里、達雄くん、善仁くん、美香さん、武藤先生は、みなモニターの向こうでタイムレースの第二ゲームがタイムアップになった事実に呻いていた。

「あーあ、リンとパパ、負けちゃった」

明香里が力なく言って、どすん、とパイプ椅子の上に腰を落とした。

7

暢光のブースに大会のスタッフが何人も集まり、「リンギングベルは大丈夫なのか？」とささやき合った。マシューやレオナルド、他のプレイヤーも席を立って暢光と裕介がいる方へ首を伸ばしており、観客が低くざわめき、アナウンスは沈黙している。

《ごめん、お父さん！　目が覚めた！　レースは？　まだやってる？》

凜一郎が急に声を上げ、レース後のゲーム・ロビーを動き回った。モニターを凝視していた暢光と裕介が、ほあーっ、と安堵の溜め息をつき、スタッフが顔を明るくした。

「レースの第二ゲームは終わったんだ、リンくん。残念だけど、タイムアウトした」

《うえええー。そんなああー》

凜一郎が身も世もない嘆きの声を上げた。

「大丈夫だよ、リン。第三ゲームには出られるし、本番はバトルロイヤルなんだから」

暢光が優しい声で慰めた。本音を言えば、凜一郎が元気な声を聞かせてくれるだけで、他に何も要らないという気分だった。

《そっか、あー、マジびびったー。あー、バトル中じゃなくてよかったあ》

「体調……というか気分は、大丈夫なんだな？」

暢光が念を押して訊いた。

《うん。まだちょっとふわふわしてるけど。あー、びっくりした》

「院長先生が勘違いして麻酔を打っちゃったんだって。薬の効き目を消す別の薬を打ったから大丈夫だろうって、亜夕美は言ってる」

《そっか。じゃ、ばっちりだね》

凜一郎が「やったね！」のECを披露した。その様子が頭上のモニターでも表示され、観客から拍手が起こり、こちらを覗き込んでいたプレイヤーたちも手を叩いてくれた。

「彼は大丈夫なんですね？」

スタッフの一人が真面目な顔で訊いた。

「ええ、投薬による一時的な影響です。フィジカル・コンディションに問題はないと、彼の主治医とナースである母親が言っています」

裕介が説明し、ポータブルを指さしてその主治医と母親と通信中であることを示した。

「オーケイ、本部に伝えます。チーム・リンギングベルの健闘を祈ります」

スタッフがみな親指を立てながら、暢光のブースから離れて行った。

すぐにアナウンスがあり、「リンギングベルがゲームを再開する！　病院のベッドの上で戦い続ける彼にエールを送ろう！」という声に、ほうぼうで喝采が起こった。

暢光は不思議な気分で彼らを見回した。ゲームの緊張であまり意識していなかったが、異国で、見知らぬ人々が息子を応援しているのだ。不思議で、そして誇らしかった。

「レースのことは忘れて切り替えよう、リンくん、ノブさん、いいな」

裕介が、暢光の肩を叩きながら言った。

暢光は、ぴしゃりと両手で頬を叩き、姿勢を正してコントローラーを手に取った。

「さあ、行くぞ、リン。いきなりだけど、もうバトルロイヤルの第二ゲームが始まる」

《オッケー。さっきの口惜しすぎて、早くプレイしたい》

「おれもだ」

暢光は言った。我ながら意外なことに、心からそう思っていた。

《五十人切って、マシューさんたちがネイルか逆ネイルしてたら、攻めたいな》

「やる気だな、リン」

暢光は、凜一郎の元気さに嬉しくなって裕介を振り返った。

「やってやれ。マシューさんとレオナルドさんに、たっぷりプレッシャーをかけろ」

凜一郎が「行け行け！」のECを披露したとき、モニターが暗転して会場が暗くなった。まばゆいレーザー光線が幾重にも飛び交い、これまで以上にド派手な演出としてステージにスモークと花火が噴き上がり、モニターがバトルロイヤルの第二ゲームのスタートムービーを流した。

「伝説の戦士たちを称えよォオオオ！　今ァアアア、トップ百人の！　バトルロイヤルによる！第二ゲームが！　始まるゥウウウ！」

　ムービーが終わり、参加用ロビーに集うプレイヤーと、扉が映し出された。開いた扉から溢れる光がプレイヤーたちを呑み込むとともに、アナウンスがカウントダウンを始め、観客が割れんばかりの声で唱和した。

「ゲエエエムスタアアアトオオオオ！」

アナウンスの声とともに、マップ上空で扉が開き、百人が解き放たれた。

《おっしゃあー！》

凜一郎が喜びの声を上げ、サーキットエリアへまっしぐらに降りていった。

暢光は後を追いながら、凜一郎が心から楽しんでくれていることが何より嬉しかった。レースで微動だにしなくなったときの恐怖は言葉にできないほどだ。息子の明るい声に導かれて、暢光はあらかじめ決めた地点に舞い降りた。そしてこれまで以上に素早く操作し、凜一郎と「ハイタッチ！」に加え「行け行け！」のECを披露し合った。

それからガレージ兼カーショップに入り、まず壁や室内の置物を壊して建設素材を得た。そして他プレイヤーの不意打ちを受けることなく、レベル五のショットガンとサブマシンガン、弾薬、体力が最大まで回復するアイテム、設置するとトランポリンになって乗物ごと遠くへ跳んでゆく特殊トラップまで手に入った。ミストに囲まれたときに最も簡単に脱出できる。これでリスクなくミストを盾にすることができる。

さらに壁を壊したところ、沼地や砂地でもスピードを落とさず走破できる、耐久性に優れたピックアップトラックが見つかった。

「引きが良すぎて怖いな」

裕介がぼそっと呟いた。暢光は、それこそ自分の運などこの大会で使い果たしてもいいという思いで、手に入れた最高レベルの武器を凜一郎に渡した。二人とも装備と建設素材を十分に手に入れ、凜一郎がピックアップトラックの運転席に乗り、暢光が荷台に乗って初めて、そこにすごいものがあることに気づいた。一発だけ撃てるバズーカ砲だ。命中率は低いが、バトルカーゴにすら大ダメージを与える必殺武器だった。

「マジで引き良すぎだろ」

また裕介が呟いたが、暢光と凜一郎は、これくらいの武器とアイテムは得られて当然とばかりに、ピックアップトラックに乗って出発した。

何度か遠くに他のプレイヤーが見えたが互いに攻撃せず、二人がサーキットエリアからセンターシティ・エリアへ向かったところで、誰かが築いた砦の周囲に、七、八人ばかりが集まって攻めているのが見えた。ミストが来るまで砦の中にいる者たちを釘付けにするネイル戦術だ。すぐに裕介が早口で警告した。

「その砦に近づくな。中にいるのは世界五位のチームだ」

ドイツ出身のルカ・ケスラーとそのパートナーだ。なんと二人ともアーマーという防御重視のロール構成で、IDは『TEAM IRONBEAR』すなわち鉄の熊だ。

「囲んでるのはソロばかりだ。パートナーが負けたやつほどネイルに参加するって本当だな。ジョンソン田中もいる」

裕介が、序盤から果敢に攻める者たちのIDを確認して言った。

「世界五位だろ。絶対、逆ネイル狙ってるぞ」

暢光が、荷台で周囲を警戒しながら言った。

《だよねー。アーマーでどんな風にやるのか見たかったなー》

凜一郎が、ピックアップトラックを隣の海賊船エリアへ向かわせながら同意した。

「動画配信はチェックしてるよ、リンくん。トップ連中はプレイ動画をリアルタイムで流してるから、あとでいくらでも見られる。目の前のプレイに集中しよう」

「うわ、ドラゴンバス来た！　右から真っ直ぐ来るぞ！」

暢光が、二人のやり取りを遮ってわめいた。凜一郎がピックアップトラックを海賊船エリアの砂地に乗り入れたところ、ちょうど海賊船エリアから出てセンターシティ・エリアへ向かうドラゴンバスの前を通り過ぎたのだ。

運転手はアーマーで、銃座にはガーディアンがついている。アーマーが運転できる限られた乗物の中で、バトルカーゴについで攻撃的なしろものだ。チームでの練習では頼もしい乗物だったそれが、今は脅威となって迫ってきていた。

《逃げる？　やっつける？　これって、けっこうチャンスじゃない？》

凜一郎が、至って冷静にピックアップトラックを左へ曲がらせ、後方でドラゴンバスが放つ炎をよけながら訊いてきた。

「上手く当たるかな」

暢光はアサルトライフルを構えつつ荷台の武器について考えた。威力が高いものほど命中率が下がるのがゲームの常だ。

《ミスしたふりして、ちょっと焼かれてみる。そしたら絶対近づいてくるし》

凜一郎が実に気楽に返した。ミストに慣れる訓練をさんざんしてきた自負が窺えた。

「一発撃ったらすぐ逃げて回復すればいい。倒せなくても足止めできる」

裕介が同意して言った。攻撃的な乗物に追われ続けるよりいいというのだ。

「よし、やろう」

暢光も意を決し、アサルトライフルでドラゴンバスを撃った。通常の武器しかないと思わせるためだ。アサルトライフルだけではバスを破壊するのにとんでもない弾数を消費するし、どのみちドラゴンの頭部が邪魔で銃座のガーディアンにはなかなか当たらない。

果たしてドラゴンバスが被弾しながら何の警戒もなく直進してきた。凜一郎は、わざと砂地に突き出た岩にぶつかって右へ撥《は》ね飛ばされ、慌てたふりをしながら別の岩に車体側面をぶつけてピックアップトラックを停めた。そしてそこで凜一郎は、岩に引っかかったというようにエンジンをちょいちょい吹かして乗物をがくがくさせてみせた。暢光まで、本当に動けないのかと不安になるほど素晴らしい演技だ。

ドラゴンバスがみるみる迫り、暢光の銃撃を無視して、近距離からピックアップトラックに炎を浴びせかけてきた。暢光は火だるまになりながら武器をアサルトライフルからバズーカに替えた。炎でやや見にくいが視界に問題はなかった。ドラゴンバスの運転席がすぐ目の前にあり、初心者向けチュートリアルよりたやすい標的と化してくれていた。

暢光はバズーカを撃った。放たれた砲弾がバスの運転席に命中するまでのほんの一瞬の間に、アーマーとガーディアンの「そりゃないよ」という声が聞こえた気がした。

バズーカの発射音と同時に、凜一郎はピックアップトラックを猛然と発進させており、砲撃の爆発に巻き込まれることなく距離を取った。後方でドラゴンバスが大爆発して消滅した。あとには衝撃で吹っ飛ばされたアーマーとガーディアンが体力ゼロで倒れるばかりで、誰かにとどめを刺されるか、ミストでゲームオーバーになるだけだ。

《ひゅう！　やったね、お父さん！》

喜ぶ凜一郎を、暢光が急いで回復させた。この派手なカーバトルに、観客の一部が大いに沸いて「リンギングベル！」「ダディ・ノブ！」という歓声がいくつも聞こえた。

暢光は、冷静に自分と凜一郎の体力が満タンであることを確かめ、アサルトライフルの弾丸をしっかり装塡し、周囲を見渡すことを怠らなかった。

凜一郎は、海賊船エリアで椰子の木が立ち並ぶ街に差しかかると、用心深くピックアップトラックで街の外の道路を半周した。十軒ほどある建物のいくつかが破壊されており、アイテムと建設素材を得たプレイヤーがいたことを示している。さらには建物の一つが建設素材で砦に造り替えられており、その周辺にばらまかれたアイテムと武器が残っていることから、そこでバトルがあったことは明らかだった。

《あの砦に誰かいるか見ながら、道にあるアイテム拾っていい？》

「よし、気をつけてな。危なくなったらトランポリン出す」

暢光はそう返してアサルトライフルの銃口を砦に向けた。

凜一郎はピックアップトラックを砦の前の道路へ入れると、急加速させ、右へ左へと蛇行し、乗物に乗ったまま、ばらまかれた回復アイテムや弾丸を拾った。

すぐに砦の二階と三階から、ボムや狙撃弾が飛んできた。暢光は反撃しつつ、砦の中にいる相手を見て取り、凜一郎に報せた。

「ライダー二人組が待ち伏せしてた」

落ちた物に誘われて来るプレイヤーを、ミストが迫るギリギリまで狙い撃ちにする作戦だ。ライダーであるなら、砦に乗物を隠し、ミストからの脱出手段にするだろう。

ボムの爆発で車体がややダメージを負ったが、凜一郎のドライブ・テクニックのおかげで、ばらばらと飛んで来る弾丸はいずれも外れてくれた。

「まだ残り六十人も切ってない。無理してバトルするところじゃないからな」

裕介が、念のために、という調子で言った。だが相手は同じようには考えなかった。道路の交差点に入りかけたところで、凜一郎が、さっとUターンした。

《やば、地雷トラップ見えた！　道路塞いでる！　戻るから、お父さん気をつけて！》

「おう！」

暢光は、煙を出すボムを素早くばらまき、アサルトライフルを連射させて牽制した。

砦のライダー二人は、地雷を踏まずに戻ってきたピックアップトラックへ盛大に撃ちかけてきた。二対一で相手が高所にいるのでは、圧倒的に暢光の方が不利だ。煙で相手の視界が制限されることを期待し、凜一郎のドライブ・テクニックを信じるしかない。

暢光は頭上からの銃撃で体力を三分の一ほど削られたが、凜一郎が迅速に砦前を通過し、右折して建物の陰に入ったことで、回復アイテムを使って体力を戻す余裕を得た。

「ミスト発生。その場所だと割とすぐ来るぞ」

裕介の警告に、凜一郎が鷹揚にこう返した。

《なら、あっちも出て来るんじゃないかなー》

果たして、街の外に出たピックアップトラックがセンターシティ・エリアへ向かうや、行く手に銃座付き四輪駆動車であるバトルカーが現れた。乗っているのは先ほどのライダー二人だった。やはり乗物を隠していたのだ。攻撃手段を備えた乗物を。

《お父さん、トランポリンね！　ちょっとミストに入るから、その前に仕掛けて！》

またしてもUターンを余儀なくされた凜一郎が、濛々《もうもう》と立ちこめる灼熱のミストの波へ向かいながらわめいた。タイミング良くできるかな、という言葉を暢光は呑み込み、ギリギリまで相手に手持ちのトラップを悟らせないためアサルトライフルを撃ちまくった。

バトルカーは先のドラゴンバス同様、被弾を意に介さず猛追し、銃座の機関銃で攻撃してきた。ホースから水でもまくように弾丸を放てる上に、手持ちの弾丸を消費せずにいられるのだ。ここでも暢光が圧倒的に不利で、何発も撃たれたが、懸命に銃座のライダーを狙って撃ち、負けじと何発か当てた。おかげで互いに回復アイテムを使うことでいったん攻撃が中断する状態に持ち込むことができた。さんざんエイムの訓練をした成果だ。

《ミスト入るよ！》

凜一郎が言った。暢光は武器からトラップ設置へとモードを切り替えた。ミストに包まれる前に、トラップを地面に設置し、そしてすぐにまた武器に切り替えて撃った。けっこう複雑な操作だったが、我ながらとても滑らかにやってのけていた。

バトルカーは変わらず真っ直ぐ迫り、そして暢光の前で、トランポリンに乗った。

ぽよーん、と間の抜けた音がし、バトルカーが進行方向へ空高くすっ飛んで暢光と凜一郎の頭上を越えた。ライダー二人は、完全に操作不能のまま火の海へ消える他ない。またもや彼らの「そりゃないよ」という声が聞こえるようだった。

暢光は回復アイテムを凜一郎のために使いつつ胸をなで下ろした。間断なく銃撃したことが功を奏し、トラップ設置を悟らせなかったのだ。

凜一郎が、ピックアップトラックをUターンさせ、今度は逆向きにトランポリンに乗った。ぽよーん、と音を立てて飛び、ミストの波をはるか後方へ引き離しながら丘を越え、センターシティ・エリアのすぐ手前に、どすん、と音を立てて降りた。トランポリンの特徴として、落下のダメージはない。

《やったね、お父さん！》

凜一郎が嬉々としてピックアップトラックを走らせ、二人へ裕介が言った。

「四人も返り討ちだ。やったな。残り五十五人。あと少しで生き残れる」

「トップランカーは？」

「一位から五位まで全員残ってる。気をつけろよ」

《アイテムと弾丸取ろう。お父さん、けっこう使ったでしょ》

凜一郎がピックアップトラックを、練習でいつも砦にしていた銀行の前につけた。

暢光は、凜一郎と乗物を降り、まだ誰も来ていないらしい銀行へ入った。トラップは建設素材の一つとして扱われるため使ってもアイテムは減らないが、バズーカと煙が出るボムを使い尽くし、五つあるスロットの二つが空だった。暢光の手にあるのはアサルトライフル、爆発するボム二発、回復アイテム一つという、確かに心もとない状態だ。

だがそこでレベル四のショットガンと弾薬、爆発するボム、中程度の回復アイテム、最大レベルの回復アイテムの補充ができ、一気に心強くなった。凜一郎も、回復アイテムをより効果の高いものに交換し、音と光で幻惑するボムを捨ててアサルトライフルを得た。

「フル装備だ。リンくんの判断勝ちだな。残り五十二人。まだミストは遠いが、見た感じ、ファイナルバトルの場所はメディアセンターの辺りになる」

《そっちへ行こう！》

凜一郎が銀行を出て、ピックアップトラックに乗り込んだ。暢光も荷台に乗り、アサルトライフルを構えた。凜一郎が乗物を出し、複雑なマップを迷うことなく進んだ。途中、銃声やボムの爆発音が聞こえたが、こちらを攻撃してくる者はなく、いち早く電波塔を備えたメディアセンターに到着した。

ピックアップトラックを捨て、建物に入って耳を澄ましたが足音は聞こえなかった。二人は階段を駆け上がり、大通りが見える六階テラスに陣取ると、トーチカを建設した。トランポリンで一気に距離を詰めたため、誰よりも先に待ち伏せすることができたのだ。

「残り五十一――よし、五十人！」

裕介が言ったが、その声は大歓声とアナウンスの雄叫びに半ばかき消された。

「この五十人がアアアア、第二ゲームを生き残った戦士たちだァアアアア！　彼らのファイナルバトルが始まるぞォオオオ！」

アナウンスが告げる間も、センターシティ・エリアのほうぼうでバトルが繰り広げられ、ミストの到来とともにプレイヤーが一斉に移動を開始した。ファイナルバトルが近いというのに五十人も生き残っている事実が、プレイヤーのレベルの高さを物語っている。

「来た！」

暢光は、大通りに二人組のガーディアンが現れるや、アサルトライフルを連射した。凜一郎も同様の武器を、タタッ、タタッ、タタッ、と小気味よく撃った。ガーディアンの二人がダメージを負い、すぐさま建設で防御し、姿を隠した。暢光と凜一郎は落ち着いて弾丸を装塡すると、ガーディアン二人が高く足場と壁を築き、反撃のために塔を建てるのに合わせて、照準を移動させた。ある時点で塔は高くなるのをやめ、壁の一つに一瞬で窓が作られた。そしてそれが開いて、スナイパーライフルを構えたガーディアンが一人現れるや、狙い澄ました暢光と凜一郎が、ただちに撃った。

そのガーディアンは、スナイパーライフルを一発撃ったものの狙いを外し、代わりに暢光と凜一郎の射撃によって体力をゼロにされて倒れた。

もう一人のガーディアンが窓を壁に戻そうとしたが間に合わず、暢光と凜一郎はさらに連射して窓越しに倒れたガーディアンにとどめを刺し、ゲームオーバーにさせた。

もう一人のガーディアンは、仲間が落としたアイテムを拾うことも諦めて足場を作って塔から逃げ降りた。暢光と凜一郎の銃撃を逃れて道路を走り、ビルの陰に入ろうとしたところで、そちらからやって来たアーマー二人組にぶつかった。

世界五位のルカ・ケスラーとそのパートナー、鉄の熊チームだ。その二人組は驚くべき方法で、出くわしたガーディアンを攻撃した。建設素材収集用にアーマーが持つ、特大ハンマーを振り回したのだ。

鈍重なアーマーがそんな真似をすれば逆に銃撃されて倒されるのが普通だが、彼らは違った。リズミカルに、順番に、ハンマーを縦横に振るうことで相手の動きを封じ、あっという間にガーディアンを壁際に追い込み、なんと一発も撃たせず、壁ごと倒してしまった。しかも彼らは止まらず、ガーディアンにとどめを刺しながら壊した壁の中へ入り、また別の壁を壊して進んでいった。止めるすべとてないブルドーザーのようだ。

《うっわ、マジ、すっご。さっきネイルされてた人たちだよね?》

凜一郎は、アーマーを撃とうとしてアサルトライフルを構えていたものの、まったく撃つ隙がなかったことに感心してわめいた。

「世界五位のルカ・ケスラーのチームだ。逆ネイルで八人倒した。ヘビーマシンガンとショットガンを持ってる。気をつけろ」

裕介が重々しく告げたとき、続いてノーマルの二人組がワイヤーガンでビルからビルへと跳び渡りながら現れた。長距離を跳ぶと軌道を読まれて撃たれやすくなるため、短い距離をぴょんぴょん飛び跳ねている。『GX‐Esports』のIDから、世界四位のドンジュン・キムのチームだとわかった。

「世界四位のチームは空中戦の上手さで知られてる。ヘッドショットを食らうなよ」

裕介が忠告したそばから、ノーマルの一人が空中に身を置きながら、まさかそこで撃つか、というタイミングでアサルトライフルを撃った。弾丸が窓を正確に通り抜けて暢光に当たったが、幸いダメージは少なく、慌てて窓の陰に隠れて回復アイテムを使った。

「本当に当ててきたぞ！　リン、気をつけろ！」

《やっぱあれ良いよねー。ワイヤーガン、絶対ほしい》

凜一郎は左右に動き、容易に狙われないようにしながら相手の動きを観察している。

世界四位のノーマル二人組は、一撃離脱のお手本のように、あっという間に上階の窓からメディアセンターへと入り込んで姿を消した。

直後、世界二位のマイケル・スミスのチームが真っ赤なスポーツカーで現れた。運転するライダーと、スナイパーライフルを構えるガーディアンが『Red　Phoenix』のIDを引っ提げて道路を進んでくる。

「あのチームはカウンターの達人だ。どんな距離でも反撃してくるぞ」

裕介が言った。スポーツカーを狙って撃ったのは暢光と凜一郎だけではなかった。メディアセンターの他の場所からも多数の銃弾がスポーツカーへ放たれた。五、六人が建物の中にいるのだ。しかしスポーツカーは猛スピードでS字を描いて走り、弾丸をことごとく避け、かつガーディアンがスナイパーライフルを素早く連続して撃った。暢光と凜一郎は用心して窓から姿を見せっぱなしにしなかったおかげで、飛び込んできた狙撃弾を受けずに済んだが、どこかでプレイヤーの体力がゼロになって倒れる音が聞こえた。

容赦ない反撃をしてのけたライダーとガーディアンがスポーツカーを捨てて建物の玄関へ跳び込んだ。

その後を追うようにして猛然とダッシュしながらやって来たのは、言わずと知れた世界一位と三位のコンビ、マシューとレオナルドだ。『WHITE CHAMELEON』のIDを持つ純白のソードマン二人が、剣を回転させて銃撃を防ぎながら悠々と玄関へ入った。暢光と凜一郎も一人を狙ったが、全て剣で防がれてしまった。

《やっぱり、あれくらいじゃ剣は壊れないかあ》

凜一郎が呟いた。剣にダメージを与え続ければ破壊できるが、大型の乗物なみに頑丈だし、修理アイテムなどを使われればダメージを回復されてしまう。

「マシューさんたちはいつも剣を二本か三本は持ってる。全部壊すのは難しいな」

裕介が言いつつ、ポータブルゲーム機で生き残りの数を確認した。

「残り二十五人を切った」

トップチームがファイナルバトルの場所へ移動する過程で、五十人いたはずのプレイヤーの半数がなぎ倒されたのだ。

《あ、ジョンソン田中さん》

凜一郎が言いつつ、やって来る別のライダーとガーディアンの二人組へ撃ちかけた。

「本当だ、ソロじゃなかったっけ」

暢光も撃ちながら、必死に銃弾をかいくぐって走る二人組の体力を削りにかかった。

「世界五位の逆ネイルでやられそうになったあと、一緒に逃げたやつと、その場でコンビになったんだ。ソロプレイヤーにはよくあることらしい」

と裕介が説明してくれた。

「みんな生き残るために必死だ。残り二十二人、全員が建物に入った」

《きっと屋上に集まるよ。行こう》

凜一郎が、テラスに築いたトーチカに未練を見せず、きびすを返した。

トーチカの存在はプレイヤーの大半に気づかれているのだ。閉じ籠もっていると四方から攻撃されかねず、それより積極的に攻めに出るべきだった。

とはいえ、この場にいるのは化け物みたいなプレイヤーたちだ。粘って生き残るだけで、ぐんぐんポイントが上がるのだから、閉じ籠もっていたいという誘惑を断ち切れるのは、自信と勇気のあらわれだった。そしてその二つに加えて実力を備えた者だけが、本当のトップになれるということを、暢光はこれまでのプレイから思い知っていた。

暢光は凜一郎に続いて建物に入り、そこら中から聞こえる足音やバトルの音に気をつけつつ階段をのぼった。途中、部屋の一つをガチガチに建設で防御した痕跡を見つけた。だが壁は無惨に壊され、部屋にはゲームオーバーになった者がばらまいたアイテムが転がっている。やはり閉じ籠もりたがる消極的なプレイヤーから倒されていくのだ。

《ここから出よう》

と凜一郎が言うので、暢光は最上階に上がったところで廊下に出た。一緒に壁を壊し、足場を作って外に出た。落ちたら即ゲームオーバーになる高所で階段を作り、遅滞なく屋上へのぼると、すでにとんでもなく高い足場が多数、林立していた。まるでビルの屋上から、にょきにょきと建設物の群れが生えるようだ。

「残り十五人！」

裕介の声を背で聞きながら、暢光は凜一郎とともに自分たちの足場を建てて壁で防御し、一歩踏み外せば即ゲームオーバーの超高所での戦いへと挑んでいった。

どの建設物も目まぐるしく姿を変え、その狭間を多数のプレイヤーが激しく動き、攻撃し合っている。第一ゲームのファイナルバトルよりもレベルが一段上なのは明らかだ。

せめて二分、生き残れ。暢光はおのれに命じ、必死に周囲の動きをとらえ、可能な限り正確に素早く操作した。一分生き残れば上出来だが、それでは凜一郎の求める勝利に届かない。たとえ大それた勝利でも、得られると信じて戦うことが今の暢光の務めだ。

二人が挑むべき強豪たちは、誰もが独特のスタイルで戦っていた。

世界五位のアーマー・コンビは破壊力と突破力に加え、どのロールよりも優れた建設速度、高い防御力、高い体力という「鉄槌と鉄壁」の両面を最大限活用して攻めた。

世界四位のノーマル・コンビは同じロールの暢光が度肝を抜かれるほど、落ちている武器とアイテムを拾っては切り替える多彩なプレイを見せ、しかもほぼ空中にいた。平気で屋上の外へ飛び出し、ワイヤーガンを用いて意外な方角から戻ってくるのだ。

世界二位のライダーとガーディアンは機械のような正確さで、どんな距離でも相手が見えたら即撃つ、ということを倦《う》まずたゆまずやり続ける。ＡＩが動かしているのではと思うほど無駄のない動きに多くのプレイヤーが圧倒され、彼らの前に出ないよう努めた。

これほどの強豪がバトルを繰り広げる中、やはり断トツの安定感を見せるのは、世界一位と三位、マシューとレオナルドのソードマン二人だった。周囲にいるプレイヤーが、どのように攻撃しようとも、あるいは必死に身を守ろうとも、似たようなプレイはもう何百回も経験したというように的確なプレイで応じるのだ。その動きは悠然とし、ときに余裕たっぷりに見え、それでいて誰よりも速く行動し続ける。

暢光ができることは、武器とアイテムを惜しみなく使って凜一郎を守る弾幕を張り、息子がダメージを受ければ優先して回復させるというプレイスタイルを貫くことだ。そのために誰かがゲームオーバーになって落とした弾丸を懸命に拾い、ひたすら撃ち続けた。

その暢光の視界の隅で、ジョンソン田中が、即席のパートナーとともに、世界四位のノーマル・コンビにあえなく撃ち倒された。

「残り十人！」

裕介が言った。直後、空中を舞う世界四位のノーマル・コンビが、暢光と凜一郎の目の前で、世界二位のライダーとガーディアンの手で、次々に「撃墜」された。一人が屋上に着地したところで、とどめを刺されてアイテムをばらまき、もう一人が体力ゼロの状態で高所から落下した。

「残り八人！」

裕介の声に、暢光は、楽になりたいという強い欲求に駆られた。十位以内なんてすごい、もう十分だ。しかしそうではなかった。まだまだだと自分に言い聞かせねばならなかった。こんなにもきつい経験は生まれて初めてだと断言できたが、到底十分ではなかった。

凜一郎と暢光は、足場を崩しにかかる世界五位のアーマー二人を必死に迎え撃った。相手のハンマーに当たらぬよう跳び、ありったけの弾丸の雨を降らせ、そこへ世界二位のライダーとガーディアンが加わってくれたことでアーマー二人を四人で滅多打ちにできた。

第五位のルカ・ケスラーとパートナーが世界二位の二人に体力を削られるのに合わせ、凜一郎がパートナーの方へ危険なほど接近し、ショットガンでヘッドショットを叩き込んで体力ゼロに、そしてゲームオーバーにしてのけた。

歓声が起こったが暢光には聞こえていない。ルカ・ケスラーが壁を張り巡らせてバトルの場から距離を取るとともに、ライダーとガーディアンが暢光に狙いを変えたからだ。

暢光とて、彼らがそうすると予期し、せめてガーディアンの方を倒そうと撃ちまくったが、逆に何発も撃たれてあっという間に追い詰められた。

そこへ凜一郎が足場を作って駆けつけ、暢光のために壁を作り、そして相手に負けず劣らずの反応速度で、壁から出て反撃した。それまで誰よりも反撃に優れていたはずのガーディアンが、凜一郎のサブマシンガンの連射を至近距離で浴びて体力を半分も失った。

ガーディアンが壁を作って逃げるのを見た暢光は、仲間を守ろうとするライダーの眼前にあえて躍り出て、無謀にも勝負を挑んだ。目的は、世界二位のマイケルをここで倒すことではない。倒したいとは思うがとてもかなわないことはわかっている。ただガーディアンを追撃する凜一郎の邪魔をさせないために、その身を投げ出したまでだ。

暢光とライダーが飛び跳ねながらショットガンで撃ち合った。凜一郎がショットガンを手にガーディアンに追いすがり、相手が体力回復を諦め、スナイパーライフルを構えた。

暢光は、撃ち合いに負け、ゲームオーバーにされた。だがライダーに一発当てて体力を削っただけでなく、凜一郎が来やすそうな足場へ跳びながら、アイテムをばらまくことに成功していた。凜一郎のほうはスナイパーライフルの一撃をかいくぐり、見事にガーディアンに痛撃を与えてゲームオーバーにすると、裕介や暢光に言われるまでもなく、暢光が落とした弾薬と回復アイテムを拾った。暢光がそうしてくれると察していたのだ。

さらに凜一郎は足場を作ってトッププレイヤーたちと距離を取ると、わざわざ屋上に降り、サブマシンガンを捨てて、別のアイテムを拾った。

ワイヤーガンだ。よほどノーマル・コンビの空中戦に刺激を受けたらしい。凜一郎はさっそくワイヤーを放ち、誰かが作った高い足場の間を跳び渡った。

「また七位だ。惜しかったな。ガーディアンよりちょっとだけ早くやられた」

裕介が言った。第一ゲームのときと異なり、望外の結果に満足するのではなく、悔しさをにじませている。

「残り五人。勝て、リン。生き残れ」

暢光はコントローラーを置いて両手を握り合わせ、息子の勝利を一心に祈った。

次に倒れたのは、世界五位のルカ・ケスラーだ。アーマーの防御力でもしのぎ切れないほど、マシューとレオナルドが猛攻の末に打ち倒したのだった。

「四人。よし、マイケルはリンくんを狙ってない。一緒にマシューさんたちを叩ける」

裕介がポータブルを握る手に力を込めて言った。先のバトルロイヤルでは凜一郎が三対一にされたのだ。しかし今回はマイケルも、より上位に入ることを意識してか、はたまた暢光を倒したのだからおあいこと考えたか、自分のパートナーを倒した凜一郎と共闘するようにして、マシューとレオナルドのソードマンに挑んでいる。

凜一郎は、ショットガンとアサルトライフルを連射させ、ソードマンが剣を回転させて防ぐのも構わず弾数で押そうとした。ソードマンがダッシュで距離を詰めるたび、ワイヤーガンを使って逃げ、ひたすら撃ちまくっている。

「剣を折る気か」

裕介が驚きの声をもらした。

「折れろ、折れろ、折れろ」

暢光が、両手の甲に爪を立てながら繰り返した。ふいにマシューが持っていた剣の一つが砕け散り、「折れた！」と暢光と裕介が声を上げた。だがすぐにマシューは二つ目の剣を手にしている。なおも凜一郎は撃ち続け、マシューの剣にダメージを蓄積させたが、壁を作られて防がれるなど、そう簡単にはいかなかった。レオナルドのほうは、マイケルの銃撃を防ぎつつ、こまめに剣を修理している。

「くそ、やっぱり難しいな」

裕介がもらした直後、にわかに事態が一変した。凜一郎が、両方とも空になったショットガンとアサルトライフルの弾丸を装塡するためにワイヤーガンで距離を取ったのに合わせて、マシューとレオナルドが、マイケルへ集中攻撃を加えたのだ。

マイケルは果敢に反撃したが、マシューとレオナルドが交互に繰り出す無慈悲な剣閃《けんせん》で、あっという間に体力ゼロにされた。名ガンマンと呼ぶべきマイケルが、あえなく倒れたことで暢光と裕介は呻き声を上げた。同様の声が観客席のほうぼうから聞こえた。

マシューとレオナルドの二人に対し、凜一郎一人だ。三位になったことを喜び、誉めてやろう。そう暢光が思ったとき、凜一郎が回復アイテムの一つを捨て、屋上に落ちていた爆発するボムを拾うと、ワイヤーガンを使って猛然とマシューたちに跳びかかった。

周囲にミストが迫り、動ける範囲は刻々と狭まっている。その状態で、凜一郎は空中から、拾った五つのボムを残らず投げ放った。高い足場の上で待ち構えていたマシューとレオナルドの足下で、立て続けに爆発が起こった。足場が根底から崩れたことでマシューとレオナルドは咄嗟に別々の方向へ動いた。

凜一郎は屋上へ着地する前に、ミストに呑まれて燃える別の足場へワイヤーを放って空中に戻ると、レオナルドの斜め後方からアサルトライフルを撃ちまくった。

レオナルドがダメージを受けたが、すぐに剣を回転させて弾丸を防いだ。凜一郎はそのままレオナルドに向かって弧を描いて落ちていきながら、アサルトライフルの弾倉が空になるまでリズミカルに撃ち続け、相手に壁を作る余裕を与えなかった。そしてレオナルドの目の前に着地するや、ショットガンに切り替え、猛連射した。

レオナルドの剣が、砕け散って消えた。

凜一郎は、レオナルドが別の剣を手にするよりも速く、攻撃を繰り出した。

アサルトライフルもショットガンも弾倉は空だ。凜一郎はそれらを装填せず、なんと建設素材を収集するための斧を振るっていた。世界五位のプレイを参考にしたことは明らかだ。しかも驚くべきことに斧はレオナルドの頭に叩き込まれ、これがヘッドショット判定となり、一発で体力をゼロにしてしまった。そして凜一郎がさらに斧を振るってレオナルドをゲームオーバーにさせるや、全ての観客席で爆発的な歓声が起こった。

凜一郎がワイヤーを放ってまた空中へ逃げ、アサルトライフルの弾丸を装填し、ついでショットガンの弾丸を装填しようとしたところで猛ダッシュで迫るマシューに襲われた。

「ショォオオウ、ダウウウン！　マシューとォオオ、リンギングベルの勝負だァアア！」

アナウンスの雄叫びが、いっそう歓声を高め、多くの客が立ち上がるほど興奮が会場に満ちた。

が、一対一のショウダウンは僅か数秒で決着した。

凜一郎が、ワイヤーで距離を取ろうとしたものの、動きを読んだマシューに追いすがられてしまった。ミストが周囲に迫り、自由に跳び回れる状態ではないことが、凜一郎に不利に働いた。

凛一郎はアサルトライフルだけで抵抗したが、マシューはさっとその斜め後ろへ回り込むと、パートナーの報いとばかりに、凛一郎の頭部に剣を振り下ろした。その剣もまたヘッドショット判定となり、凛一郎は一発で体力ゼロとなって屋上に倒れた。

とどめを刺したのは、マシューではなく、ミストだった。凛一郎はなすすべなく炎に包まれ、ゲームオーバーとなった。

「第二ゲームの勝者は、マシューゥウウウ！」

アナウンスが告げてのちも歓声はやまず、「マシュー！　マシュー！」というコールに対し、「リンギングベル！　リンギングベル！」というコールが長く続いた。

《ちょっと惜しかったかなー》

凛一郎の、あっけらかんとした声が聞こえた。

「マジで惜しかった。ほんと、すげえよ、リンくん」

裕介が、ぶるっと肩を震わせて言った。

暢光も同意しようとしたが、ふと、マシューがブースから立ち上がるのが見えた。

マシューは目をみはり、頭上のモニターに流れる勝利画面を見つめた。まるで自分が勝ったかどうかわからず、モニターで確認しているというようだ。その様子に気づいたレオナルドがブースから出て、マシューの肩に手を当てた。マシューはまだ呆然とした様子でいたが、かぶりを振ってレオナルドに微笑み返した。

「怖がってるんだ。笑ってるけど、怖がってる」

暢光は直感を口にし、裕介をきょとんとさせた。

「誰がなんだって？」

暢光は、ゲーム・ロビーに戻った凜一郎へ言った。

「マシューさんは、お前を怖がってる。諦めずに戦うお前を、滅茶苦茶怖がってるんだ」

8

《どうかなー。一発も当てられなかったしさー》

凜一郎が、さすがにそれはないんじゃない、という調子で返した。

「レオナルドさんの剣を削り込めたのは確かだ。あれならマシューさんでも剣を壊されてた。自分がやられなくてよかったと思ってるのは間違いない」

裕介が、勢い込んで言った。

「剣を壊されたあと、別の剣に持ち替えるのにけっこう時間かかったね。それってつまり、ソードマンの弱点ってことだよな」

暢光は、マシューがあえてその点を自分たちに教えなかったのだと確信していた。

《あんま動画とかでも見たことないけど、そうだと思う。まー、一発でやっつけないと、逃げられて剣を修理されちゃうけどねー》

凜一郎が、難しいというより、どうしたら仕留められるか思案するように言った。

「作戦を考えておく。ひとまず最後のレースに集中してくれ」

裕介がそう言って話題を切り替えた。

《またロッジ狙いでいいよね、お父さん?》

「うん。その前に、ちょっとトイレ」

暢光は、腰を上げながら、ふと疑問を口にした。

「あ、他のプレイヤーが真似するかな？」

「何人かなら問題ない。素材は十分取れるし、一緒に壊すやつがいた方が有利だ」

裕介が断言した。暢光は、わかった、と返してトイレに行ったが、明らかに周囲からの視線が増えていた。中には、「チーム・リンギングベルのレースを楽しみにしてるよ」と声をかけてくる者もいれば、「レースに出ない手はないぞ。取れるポイントは全部取っておけよ」などと、知らない相手から気さくにアドバイスされた。

暢光は、ありがとう、そうするよ、と返しつつトイレを済ませた。ブースに戻る途中、「ハイ、ダディ！」と観客席から笑顔で手を振る者がおり、暢光も気軽に手を振り返した。最初にホテルの部屋に入ったときは、見知らぬ場所に心細さを感じさせられたものだが、気づけば、いるべき場所にいるのだという実感に支えられていた。暢光は、両手首の数珠とミサンガを交互に撫で、お守りが入った財布を服の上から押さえ、席に戻ってチェアクッションにも手を当て、応援に感謝した。

暢光は凜一郎とともにレースの開始を待った。裕介がトイレに行って戻る頃には、全てのプレイヤーがブースに入って勝負に備えていた。残念ながらラジオ体操をする余裕はなかったが、十分に体はほぐれ、リラックスできていた。

会場が暗転し、いっそう派手なレーザー光線の演出とともに、モニターがタイムレースの最終ゲームの開始を告げるムービーと音楽を流した。

「ファァアアアアイナァアアアアル、タァアアイムレェエエエエス！」

アナウンスがここぞとばかりに雄叫びを上げた。

「世界最速の英雄は誰だ⁉　勝負に挑む者は、伝説の扉をくぐれェエエエエエ！」

ゲーム・ロビーに現れた参加者の数は、前回よりさらに増えていた。バトルロイヤルで敗退した者たちにとって、これが今大会最後のゲームだ。ポイント獲得を目指すというより、参加することに意義があるのだろう。

ロビーに巨大な扉が現れて開き、溢れる光が二百人近いプレイヤーを呑み込むと、アナウンスがカウントダウンを始めた。観客が唱和し、「ゲエエエムスタアアアトオオオ！」という声が轟くと同時に、スタート地点に現れた扉からプレイヤーが飛び出した。

暢光は凜一郎とともに森を駆け、ロッジの石柱を破壊しにかかった。すると、二人のライダーと二人のガーディアンがついてきてロッジ解体に参加した。おかげで前回の何倍も早く八つの石柱全てが破壊され、ロッジが崩落して大量の建設素材が降り注いだ。

裕介が言ったとおり、解体に加わった全員に十分な量が行き渡った。凜一郎がいち早く必要な分だけ収集を終えて走り、暢光がその後を追った。

潤沢に建設素材があることから、森を出る前に凜一郎が階段を作って地面より一段高い所に床を作り出して直線を突っ走った。下り斜面に差しかかっても床の建設を続け、凍った湖の上に出て、湖面より二段も三段も高い位置をまっしぐらに駆けた。

下方では床を連続して作るのに失敗し、凍った湖面に落ちる者が続出した。あらぬ方向へ滑っていってしまう者、氷が割れて湖に落ちて凍りつく者の頭上を、凜一郎と暢光が、悠々と駆け抜けていった。

湖面をあっという間に渡り終え、サーキットエリアに到達したときには、トップグループの後を追っていた。先頭を走るマシューとレオナルドのソードマン二人に、世界二位、四位、五位のチームがついて行っている。世界トップが首位を独占しているが、暢光と凜一郎にとっても十分に追いつきうる距離だ。

サーキットエリアで暢光と凜一郎はいったん直進をやめ、ピットインやガレージを重点的に見て回った。素材は十分あるが、棚や箱をアイテム探しのために壊していった。

《ワイヤーガンないかー》

凜一郎が諦めきれない調子で呟いていたが、三つ目のガレージで歓声を上げた。

《やった、これ！》

おー！　と暢光も声を上げ、凜一郎が運転席についた乗物に自分も乗り込んだ。

フロッグカーと呼ばれる、丸っこい二人乗りの乗用車だ。緑色の車体は、明らかに馬鹿でかいカエルを模している。フロントにカエルの顔がついており、クラクションを鳴らすとゲコゲコ鳴く他、車体前後についた脚でジャンプすることができる特殊な乗物だ。

《行くぞー！》

凜一郎が、ゲコゲコ鳴かせながらフロッグカーを発進させた。ガレージから出てサーキットコースを横断し、さっそく上り斜面でフロッグカーをジャンプさせた。ぴょよよーん、というコミカルな音とともに緑色の乗物が斜面をひとっ飛びし、丘を突っ走った。

周囲でも他のプレイヤーたちがそれぞれ乗物を手に入れ、次のサーカスエリアへ向かっている。凜一郎が好きなロケットカーを運良くゲットした者もいたが、操縦が難しい乗物ほど裏目に出るケースが多発した。起伏の激しい場所で斜面に突き刺さって動けなくなったり、方向転換した拍子に、勢い余ってすっ飛んでいってしまったりするのだ。ロケットカーに乗る者も川を跳び渡ることに失敗し、水の中に落ちて流されていってしまった。

凛一郎であれば決してそんな失敗はしなかっただろう。ぴょよよーん、とフロッグカーが障害物を跳び越えるたび、トップグループにぐんぐん迫った。凛一郎の運転テクニックが優れている証拠だ。またレースでは乗物のジャンプなど特殊機能の使用回数も制限されているが、凛一郎は的確に時間と回数を計算し、サーカスエリアの大サーカステントの屋根へ跳び乗ったところで、ぴったりフロッグカーが、ぷすん、と煙を噴いて壊れた。

凛一郎はテントの屋根の上で床を作り、それに新たな床を次々に接続させて地面から壁三段分の高さを直進した。暢光が追い、頃合いを見て手持ちの素材を凛一郎の背へ投げ渡すということを繰り返した。最初のレースでおのれに命じた通り、凛一郎の背を押し、支え、進むために必要なものを、一度のミスもなく分け与え続けた。

「十位以内に入った。さすがだぜ、リンくん、ノブさん。勝てるぞ、これ」

裕介の感嘆の声だけでなく、そのポータブルからチームのみなの歓声が聞こえた。

行く手には、地上を走るマシューとレオナルド、世界二位のライダーとガーディアン、どんな秘訣があって入手できたのかワイヤーガンで空中を進む世界四位のノーマル二人、そして凛一郎と暢光同様、高所に足場を作って走る世界五位のアーマー二人がいる。

凛一郎と暢光は、その首位グループへ確実に迫っていた。

アーマーなみに大量の建設素材を得たことが二人を有利にした。サーカスエリアは、メリーゴーラウンドや観覧車といった大型の建造物が行く手を阻むだけでなく、あちこちにベンチや売店や小さな見世物テントがあり、ひときわ障害物が多いエリアなのだ。

そうした障害物を巧みにかわして走るマシューたちのプレイは見事だが、空中を直進するほうが圧倒的に速い。世界四位のノーマル二人も、ワイヤーガンの使用回数が終了した時点で地上を走るしかなく、その頭上を凜一郎と暢光が追い抜いていった。

「八位以内」

裕介がポータブルを握りしめた。序盤でロッジを一緒に解体した者たちは、はるか後方だ。作戦とコース選択が正しかっただけでなく、二人がノーミスで進んだ結果だった。

センターシティ・エリアへ入る直前、売店が密集する場所を迂回せざるを得ない地上のライダーとガーディアンを、アーマー二人が、続いて凜一郎と暢光が追い越した。この時点で、六位以内に食い込むことができていた。

「行け、行け！　行け、行け！」

観客席から送られる怒濤の声援に、裕介が声を合わせた。

「行け、行け！　行け、行け！」

センターシティ・エリアに入っても凜一郎と暢光の建設素材は尽きず、アーマー二人と併走しながら進んだ。最も走る速度が遅いはずのアーマーが上位にいるのは、建設の速度と素材量、そしてテクニックが圧倒的だからだ。互いにミスなく建設し続け、ライダーの凜一郎が追い抜けそうでできない状態が続いたが、ある地点で決定的な差が生じた。

眼前に、奇しくも前回のバトルロイヤルでファイナルバトルの舞台となった、メディアセンターの建物が迫ったのだ。

選択肢は三つだった。階段を作ってのぼり、建物を越えて進むか。左右へ迂回するか。あるいは建物を破壊して直進するか。

凜一郎は迷うことなく階段を作ってのぼった。直進よりも距離が増える上に速度も落ちるため、すぐにアーマー二人が前へ出た。だが凜一郎は構わず必要なだけ階段を作り、暢光もその背を信じてついていきながら素材を渡していった。

アーマー二人がビルの壁を壊して進んだ。それが彼らのプレイスタイルだった。

かたや凜一郎は、暢光とともに屋上を真っ直ぐ走って反対側のへりに着くと、間断なく下りの階段を作り、速度を増して下りていった。のぼりに比べ、下りる方は建設が難しい反面、走る速さが増す。ダメージを食らわない高さになれば、跳ぶこともできる。

そして地上まで残り壁三段分というところで、凜一郎はゴールへ向かう直線道路へ、駆け下りた分だけ助走をつけて跳躍した。暢光もその後を追って跳び、道路へ着地した。

かつてなく近い距離にマシューとレオナルドのソードマン二人の背があり、ずっと背後でビルの壁を突き破ってアーマー二人が現れた。

この凜一郎と暢光の猛烈な追い上げに、歓声が沸きに沸いた。そしてそこで、誰にとっても意外なことが起こった。マシューが振り返り、妨害のための壁を築いたのだ。

その建設速度は、驚異的な速さだったし、すぐにレオナルドが気づいて壁作りを補佐し、道路は三段もの壁で完全に塞がれてしまった。だが暢光には、それが大した脅威には思われなかった。

それより、マシューがどうしてそんなことをしたのか不思議だった。

凜一郎の素材が残り少ないとみたか。それとも後方から迫り来る若者に、ただ恐れをなしてそうしてしまったのか。いずれにせよ、暢光は素材を凜一郎の背へ投げて叫んだ。

「行けえっ、リン！」

凜一郎は再びのぼりの階段を連続して作り、あっという間に壁と同じ高さに到達すると、壁の手前で床を一つだけ作って、大きく跳躍した。悠々と壁を躍り越える凜一郎の姿が、いっとき暢光から見えなくなった。

暢光が追っていって床の上で跳んだとき、ゴールまであと僅かという地点を、マシューと凜一郎が並んで走り、その後をレオナルドが追う形となっていた。

暢光も歓声に合わせて叫びながら、三人を追って走った。

「行け、行け！　行け、行け！」

「行け、行け！　行け、行け！」

マシューが、最後の勝負どころで、ソードマン特有のダッシュをした。と同時に、凜一郎もまた、ライダーが最も飛距離を出すことができる、助走をつけての跳躍をした。地を走る者と、宙を跳ぶ者が、競りながらゴールに満ちる光の中へ跳び込んでいった。

誰にも順位がわからなかったらしく、アナウンスもふくめて「行け、行け！」の声がやまぬまま、レオナルドが、そして暢光がゴールした。

「どっちだ!?」

暢光はすぐに自分のモニターから目を離し、裕介とともに頭上のモニターを見上げた。

声がやんだ。すぐに「ファイナル・レースの勝者はァアア！」という声とともに、マシューが一位、凜一郎が二位、レオナルドが三位という勝者を称えるムービーが流れた。

「マシューーゥウウウ、ザ・ホワイト・カメレオォオオン！」

歓声と同じくらい、落胆の声が聞こえた。暢光も裕介も悔しさのあまり立ち上がって「うわあー！」と言葉にならない声を上げ、その二人へ拍手と応援の声が送られた。

《あー、体半分、マシューさんの方が先だー》

凜一郎が、ゴール後のゲーム・ロビーで判定ムービーを再生しながら言った。

《壁作ったとき、勝てるって思ったんだよねー》

「おれもだよ」

暢光が腰を下ろしかけたところで、ふとマシューの方を見て、ぎくりとなった。

マシューも立ち上がり、ものすごい形相で頭上のモニターを見上げていた。怒っているような、ものすごく好戦的な笑みを浮かべているような、どちらともつかない顔だ。そばにレオナルドが寄ってきても、しばらくその顔のまま仁王立ちになっていた。

「マシューさんでも、あんな顔するんだな」

裕介が、暢光の視線を追い、ポータブルのビデオ画面でマシューの様子を映し、凜一郎にも見えるようにした。

《うわ、マシューさん鬼怖っ》

「びびったからだよ、リンくんに。マジでびびったから、あんな顔になるんだ」

かと思うと、マシューは頭上のモニターを見るのをやめ、暢光たちの方へ顔を向けることなく、レオナルドとともにブースからVIPルームがある方へ移動していった。途中、観客へ手を振ってみせたのはレオナルドで、マシューもちょっとそうしたが、目はそこにいる者たちの誰も見ていない様子だ。

「気分を落ち着けにいったんだろうな」

裕介が言うと、暢光は立ったまま携帯電話を取り出した。

「よし、こっちもラジオ体操しよう」

《まだレース終わってないよ》

「リンくんの言う通りだ。怒られるぞ」

「そっか、ごめん」

暢光は首をすくめて席に腰を下ろした。

「今のうちに、バトルロイヤルの作戦を話そう。計算したが、ソードを破壊するにはボムを一緒に使うのがいい。あと接近戦じゃ意外にサブマシンガンが一番、剣破壊に効く」

《え、そーなの？　ショットガンかと思ってた》

「おれはアサルトライフルかと思ってた」

「連射速度と、集弾性能の問題だ。剣に当たる弾丸の数とダメージの合計は、サブマシンガンの方が上だった。ショットガンの散弾だと、どうしても剣に当たらない弾が出るし、連射したって五発が限界だ。アサルトライフルは連射能力が実はそんなに優れてないから、剣を壊すのにかなり時間がかかる」

《じゃー、武器はショットガンとサブマシンガンとボムかー。回復を一つ入れるとして、ワイヤーガンほしいなぁあー》

「どうにかして手に入れたいよなあ。どのマップなら手に入れやすいって、ある？」

「いや、入手確率はどこも一緒だ」

裕介が肩をすくめて答えた。

「世界四位の、キム選手のチームだっけ。さっきもワイヤーガン持ってたの」

「一人がワイヤーガンを探しまくって、もう一人が素材集めたり乗物探してた。あとたぶんチームの誰かが観戦モードでワイヤーガンを持ってるやつを探して二人に教えてる。そういうプレイスタイルなんだろう」

《おれたちもそうできる？》

「ああ、ワイヤーガンを探して、リンくんとノブさんに教えるよ」

《マシューさんの前に、その人たちとバトルすることになっても、いい？》

「必要ならやるしかない」

裕介が、暢光とプレイ用モニターの中の凜一郎の両方へ向けて言った。

「ファイナルバトルの前に、二対二でやれるなら、その方が邪魔が入らないしな」

「どのみち、最初からファイナルバトルみたいなもんだもんね」

暢光は、改めてそのことを実感しながら言った。ついに大会最後のゲームまで生き残ったのだ。しかも確実にトップを争うことができる状態で。

「泣いても笑ってもこれが最後ってやつだ。めちゃ楽しんでやってくれよ、リンくん」

凜一郎が、「おれに任せろ」のECを元気に披露した。

《ありがとう、お父さん、ユースフルさん。おかげで、おれ、夢が叶いそう》

暢光と裕介はちらりと互いに目を見交わして微笑んだ。暢光は、ファミレスで待ち合わせた裕介が「作戦」について話し始めたときのことを思い出していた。果たして裕介は、そのときと同じ言葉を、そのときよりもずっと強く、力を込めて口にした。

「勝とうぜ」

暢光はうなずき、裕介と、画面の中の凜一郎に向かって言った。

「さあ、勝とう」

9

これまで以上に華々しいレーザー光線、花火、スモーク、音楽、そしてムービーとともに、アナウンスが猛然と雄叫びを上げた。

「いィイイまァアアア！　伝説が生まれるときが来たァアアア！　トゥルゥウウウウ、ファイナァール、エキジビショォーン、ロイヤルバトルゥー、ラストゲェエエエム！」

プレイヤーたちのブースをびりびり震わせるほどの音声と大歓声とともに、頭上のモニターが、最終ゲーム参加者五十人のＩＤと順位、ロールを次々に映していった。

「見よォオオオ！　ここに選ばれしィイイイ、五十人のォオオ、英雄たちをォオオ！」

マシューのソードマンが映されると、ものすごい拍手とともに、総合ポイントトップを称える「マシュー！　マシュー！」というコールが起こった。

かと思うと、二位のライダーへの「リンギングベル！」という歓声が湧き、八位につけた暢光のノーマルへの「ダディ・ノォオオブ！」という歓声も起こった。

暢光は、ラジオ体操も済ませ、しっかりと落ち着いてコントローラーを握り、ゲーム・ロビー内で凜一郎と並んで立ち、巨大な扉が現れるのを待っていた。

勝ち抜いた五十人全員を紹介してのち、頭上のモニターがゲーム・ロビーを映した。

扉がロビーに現れて開かれ、溢れ出す光が五十人を呑み込んでいった。

カウントダウンが始まった。客席にいる誰もが拳を振り上げて唱和していた。裕介もカウントダウンに参加し、ツー、と口にしながら暢光の肩を後ろから、ぐっとつかんで、すぐに離した。

ワン、と会場に声が響き渡った。

「ゲエエエムスタアアアトオオオオー！」

マップの上空に巨大な扉が現れ、五十人を最後の戦いへと送り出した。

暢光と凜一郎は、まっしぐらにサーキットエリアへ降り、ピットインと三つのガレージが設けられたサーキットコースの一角に着地した。

二人で「ハイタッチ！」と「行け行け！」のECを交わし、十分にリラックスした状態で、手分けして武器、アイテム、建設素材を集めて回った。

《ワイヤーガン、ワイヤーガン、ワイヤーガン》

凜一郎が唱えたが、残念ながらその一角で見つけることはできなかった。

最高レベルのショットガンとアサルトライフルが見つかったが、こういうときに限ってサブマシンガンがない。と思ったら、暢光は、解体中の車の中にそれがあるのを見つけ、急いで車体を壊して手に入れた。

「レベル五のサブあったぞ！」

《ボム、こっちに沢山ある！》

暢光は壁を壊して、凜一郎がいる場所に行き、壊した棚から転がり出てきたらしい爆発系のボムを拾いつつ、サブマシンガンを凜一郎に渡した。

「アサルトライフルは？　中距離で必要だろ」

《うん。ワイヤーガンみつけたら交換するからちょうだい》

暢光は最高レベルのショットガン、アサルトライフル、サブマシンガンを渡し、代わりに凜一郎のレベル3のショットガンを得た。また、室内のロッカーを片端から壊したところ、建設素材と回復アイテムがごろごろ出てきた。

早くも序盤で必要なものを揃えた二人は、乗物を探しに行ったピットインでトランポリンのトラップを二つも見つけ、一つずつ持つことにした。

「ワイヤーガン持ってる人を見つけたら、これで跳んで行くか」

《オッケー》

「残り四十五人。もう五人消えた。ソロから倒されてる。どいつも序盤から全力だ」

裕介が言った。暢光は、自分たちとてそうだ、という思いを込めて壁を壊した。

「あった！」

なんと凜一郎が好きな、ロケットカーがあった。幸先の良さを告げてくれるような乗物に凜一郎が駆け寄り、「やったね！」のECを披露し、運転席に乗り込んだ。嬉々とする凜一郎の様子に、どこからか応援の声と拍手が飛んできた。

暢光が後部座席に乗ってアサルトライフルを構え、凜一郎が得意のロケットカーを猛発進させて飛び出した。センターシティ・エリアへ向かう丘をのぼるや裕介が声を上げた。

「ワイヤーガンだ！　サイバーエリアの西側の駅！　ガーディアン二人が持ってる！」

《よっしゃー！》

凜一郎がロケットカーを左折させ、森の城エリアを走った。そのさらに向こうがサイバーエリアだ。とはいえ森の中を乗物で走れば動けなくなるので、木々が生い茂る一帯の手前で停まった。さっと凜一郎が運転席で立ち上がり、トランポリンをさっそく設置した。

凜一郎は再びロケットカーの運転席に座ると、Uターンして助走に必要な距離を取った。そこで車体をぐるりと回し、トランポリンへ鼻先を向けた。

凜一郎が何をする気か察した観客の一部が、「行け、行け！」と歓声を上げた。

《行くよー》

凜一郎がロケットカーをまた猛発進させ、操作がひときわ難しいそれを真っ直ぐ走らせた。ロケットカーは最大スピードでトランポリンに跳び込み、ぽよよーん！　と音を立てて上空へ飛び、ロケットそのもののように森をやすやすと越えていった。

これだけわかりやすい軌道を描いて飛ぶのだから、狙ってくるプレイヤーがいないとも限らない。暢光は用心して眼下の森を警戒したが、狙撃してくる相手はいなかった。

ロケットカーは完全には森の城エリアを越えられなかったが、凜一郎は上手く開けた場所に降り、残りの木々の間を走り抜け、サイバーエリアの道路に入ることに成功した。

観客の一部が喜びの声を上げるのが聞こえたが、問題はこれからだった。

「駅にいるワイヤーガン持ちのガーディアン二人が、ライダー二人とバトル中。世界四位のノーマル二人組も駅に向かった。争奪戦になるぞ」

案の定、世界四位のノーマル組も、チームの人間にワイヤーガンの位置を教えてもらっているのだ。乱戦が予想されたが、凜一郎は臆せず《りょーかい！》と返し、ロケットカーを左折させ、駅へ向かう幹線道路を突っ走った。

高架線路の駅へ続く階段が現れた。凜一郎が見事なブレーキングをみせ、ロケットカーをぴたっと階段の前で停めた。凜一郎と暢光は同時に乗物を降り、アサルトライフルを手に階段を上がった。誰かが襲いかかってきたら、すぐショットガンに切り替えて応戦する用意を怠らず、階段をのぼりきった。

ファイナルバトルがいきなり始まったのかと思うほど、早くも縦に伸びた足場が林立し、複数のプレイヤーがバトルを繰り広げていた。足場と建物の間を、ガーディアンの二人がワイヤーガンで跳び渡り、ライダー二人とノーマル二人が攻め立てている。

凜一郎も足場を作り上げ、バトル中の高所へ向かった。遅れて暢光もサイバーチックな建物の壁に階段を設けてのぼることで、凜一郎の射撃を援護できるようにした。

暢光と凜一郎まで現れたことで、ガーディアン二人は圧倒的劣勢であることと、何がその状況を招いているかを悟ったらしい。なんとワイヤーガンを二つとも駅下の道路へ投げ捨てるや、足場を作って道路沿いにあるビルの屋上へ位置した。

こうしてガーディアン二人は、追ってくる者、あるいはワイヤーガンを拾いに行く者、どちらもスナイパーライフルで狙撃できる態勢を一瞬で手に入れた。もちろん逃げ去ることもできる。さすが、トップ50に入るプレイヤーにふさわしい機転の利かせ方だ。

《取りに行くね！》

だが凜一郎の決断は誰よりも速く、下りの階段を作って真っ直ぐ道路へ駆け下りた。

暢光は援護のため、ビル屋上のガーディアンへアサルトライフルを連射して牽制した。すぐにガーディアンの一人が撃ってきたが、暢光は壁を作ったり、階段の上を動き回ったりして、狙い撃ちされることを防ぎ、素早く撃ち続けた。

ノーマル二人も同様に、一人がワイヤーガンを取りに下へ向かい、一人が高所に位置したままガーディアンを牽制するための射撃を行った。

ライダーたちは遅れて二人とも下方へ向かい、凜一郎とノーマルを狙って撃った。だが凜一郎もノーマルも壁を張り作って防御に余念がなく、銃撃をきっちり防いだ。

ガーディアン二人も、暢光ともう一人のノーマルが放つ弾幕の合間を縫って、凜一郎とノーマルを狙撃したが、壁に防がれるばかりだ。ガーディアン二人はそれなら仕方ないとばかりに、銃撃することに意識を奪われて防御が疎かなライダー二人を次々に撃った。

暢光は、ガーディアン二人が狙いを変えたのを見て取るや、凜一郎へ迫るライダーを狙って撃った。ノーマルも、もう一人のライダーを撃った。巡り巡って最も隙を見せてしまったライダー二人が集中砲火を受け、道路へ降りる途中で慌てて壁を張り巡らせた。

そこで、ワイヤーがガーディアン二人のいるビルの壁面へ放たれ、颯爽と凜一郎が宙を飛んだ。続いて、ノーマルの一人が別のビルにワイヤーを放って宙を舞った。

暢光はすぐに最も脅威となるガーディアン二人へ撃ちかけて牽制を再開した。ガーディアンの一人が被弾して後ずさって姿を消し、もう一人が撃ち返してきた。そこへ同様に狙いを戻したノーマルが撃ち、もう一人のガーディアンもダメージを受けて退いた。

下方では体力を回復したライダー二人が、足場を作って再び高所を目指している。

八人が入り乱れるバトルだが、誰が誰を狙うべきかは、自ずと明らかだった。

暢光は階段を作ってさらに高所へ向かい、ビルの屋上を見下ろせる位置にまで来ると、足場を作ってライダー二人の真上に出た。そして、補給できることを願いつつボムを二つ投げた。ガーディアン二人が回復のために退いた隙に、高所を取るとともに、誰よりも下方に位置する、最も狙いやすい相手を狙ったのだ。

ノーマルも同様の判断をした。高所に出て、こちらは吸着ボムを下方へいくつも投げた。最初にぶつかったものにくっついて炸裂するボムだ。ライダー二人が作る階段の前後に吸着ボムがぴたぴたとくっつき、先に暢光が投げたボムとともに、次々に爆発した。

ライダー二人は爆発のダメージを受けながら、階段の崩壊に伴って落下した。どちらも辛うじて体力ゼロにならず、壁や天井を作りながら近くの建物へ逃げ込もうとした。

だがワイヤーで跳び回る凜一郎と、もう一人のノーマルが、ライダー二人の頭上を越えて建物の前に降り立ち、退路を奪った。そして凜一郎もノーマルも情け容赦なくショットガンの一撃を放ち、ライダー二人を体力ゼロに、ついでゲームオーバーにさせ、持ち物をばらまかせた。

「あ、一人はジョンソン田中だ。ソロ同士か。道理で別々に動かないわけだ」

やっと気づいたというように裕介が呟いた。

《あー、ＩＤ見てなかった》

凜一郎はそう言いながら、転がってきたショットガンの弾薬をさっと拾うと、ノーマルとのバトルを避け、ワイヤーで跳んだ。

ノーマルも、凜一郎をただちに襲わず、ワイヤーガンでどんどん上へのぼった。

このとき暢光ともう一人のノーマルは足場を延ばし、屋上にいるガーディアン二人の頭上へ迫った。ここでも誰が誰を狙うべきかは明らかだった。ライダーとノーマルのどちらにとっても厄介な、遠距離狙撃を得意とするガーディアンから叩くべきなのだ。

観客席では、ファイナルバトルの前にワイヤーガン争奪戦が繰り広げられたことで熱狂的な声が湧き起こっており、アナウンスが「誰がワイヤーガンを手に入れるかの勝負だァア！」と、バトルの意味がわからない者への説明も兼ねてわめいている。

ガーディアン二人は、このままでは自分たちが集中攻撃を受けると悟ったらしく、まず階段と足場を作って高所へ移動し、そこから足場を延ばして隣のビルへ逃げようとした。ビル内に逃げ込むことも可能だったはずだが、それでは彼らの武器である長距離狙撃を自ら封じることになるため、あくまで広い場所での移動を選んだのだろう。

だがガーディアン二人が渡ろうとしたビルには、凜一郎とノーマルが先回りしてしまい、後方からは暢光ともう一人のノーマルが追う結果となった。

前後から挟み撃ちされたガーディアン二人は、ビルの間の高所で戦うことを余儀なくされ、慌てて階段と足場を作って可能な限り高所に位置し、迎撃しようとした。

当然のように、その足場へ、暢光とノーマルがそれぞれのボムを一つずつ投げた。

そして暢光もノーマルも、とどめはパートナーに任せ、互いに距離を取って足場と階段を作り、同じ屋上にいる相手とのバトルに備えた。

凜一郎とノーマルは、ビル屋上で足場と壁を作り、万一にもガーディアンの狙撃弾に仕留められることがないよう、あるいはそばにいる相手に奇襲されないよう備えた上で、アサルトライフルを構えている。

二種類のボムが爆発し、足場を失ったガーディアン二人が慌てて元いたビルへ跳んだが、どちらも屋上には戻れず、ビル壁面にぶつかって滑り落ちていくところを、凜一郎とノーマルに狙い撃たれて体力を削られていった。

ガーディアン二人は辛くも、それぞれ足場を作ることで落下を防ぎ、壁と天井を張り巡らせて身を守った。だが凜一郎とノーマルがここぞとばかりにアサルトライフルの弾丸の雨を降らせ、ガーディアン二人が作る建設物を破壊していった。

ガーディアンの一人は、凜一郎がアサルトライフルを撃ちきったところを狙い、反撃すべくライフルを構えた。凜一郎は壁の陰に隠れ、冷静に弾丸を装塡した。そしてガーディアンが破れかぶれで凜一郎が隠れる壁を撃った直後、さっと立って狙いをつけ、撃った。

ガーディアンが体力を根こそぎ奪われ、ついでゲームオーバーになると、凜一郎は再びしゃがみ、同じ屋上にいるノーマルとの戦いのために弾丸を装塡した。

もう一人のガーディアンは、ノーマルが同様に撃ちきるのに合わせ、足場を捨てて空中へ逃げた。だがノーマルが強力なマグナムハンドガンに持ち替えて撃ちまくり、ガーディアンは空中で撃たれて体力ゼロとなり、ビルの高さから道路に激突してゲームオーバーになって持ち物をばらまいた。そこへ先にゲームオーバーにされた方の持ち物が降ってきて、大量の武器やアイテムが道路に散乱した。

凜一郎は、アサルトライフルを構え、すぐさま同じビルにいるノーマルへ攻撃を仕掛けた。ノーマルも予期しており、空中のガーディアンを仕留めるや即座に壁を張り巡らせて銃撃を防ぎ、撃ち尽くした武器を装塡している。

向かいのビルでは、暢光とノーマルが、足場と壁を作りながらぐるぐる動いて撃ち合っていた。暢光は、相手が第四位なのかそのパートナーなのかわからないまま——ワイヤーガンを取りに行った方が第四位だろうとは思うが、なんであれ、ここで倒れてなるものかと懸命に高所を取りに行った。

いつボムで足場を破壊されるか不安だったが、ノーマルは一向に使う様子がなかった。ボム切れか、いざというときのために温存しているのか不明だが、暢光の方は、はなからありったけの手で戦う気でおり、ノーマルが足場を変えるのに合わせて、そちらへ残り二つのボムのうち一つを放った。

爆発とともに足場が一部崩れ、ノーマルはガーディアン二人が作った足場へ移動した。

暢光はさらに高所へ位置することに努めた上で、ノーマルが確保した足場に、最後のボムを投げた。相手も同様にボムを投げてくると予想したが、どうやら手持ちのボムを使い尽くしていたらしく、ただ爆発で足場が崩れるのに合わせて跳んだだけだった。

暢光は横へ移動しながらアサルトライフルをリズミカルに撃ち、空中にいるノーマルの体力を的確に削っていった。ノーマルは近くの足場へ跳び移れず、屋上に降り立って壁と天井を張り巡らせて身を防いだ。暢光が天井を撃って破壊したが、ノーマルはすでにその場から逃げ、別の天井と壁を作りながら屋上の出入り口へ逃げ込んだ。建物の中で体力を回復し、態勢を整えようというのだ。

もしかすると暢光が追ってくることを期待していたのかもしれない。だが、それ以外に生き残るすべがなかったとしても、仲間を残して撤退したことは事実であり、暢光と凜一郎にチャンスを与えてくれたに等しかった。

暢光は、アサルトライフルの弾丸を装塡しながら、凜一郎に好機到来を告げた。

「一人建物に逃げた！　二人でそいつやるぞ！」

《オッケー！》

凜一郎はワイヤーを暢光がいる足場へ放つと、ビルからビルへと跳んだ。

暢光は、建物に入ったノーマルを無視し、もう一人のノーマルが、凜一郎を追ってワイヤーを放ったところを狙い、アサルトライフルを撃った。

ノーマルは、つい凜一郎に合わせて跳んでしまったのだろう。空中でなすすべなく弾丸を浴び、慌ててワイヤーを解除して屋上へ降り立った。そして壁を張り巡らせて暢光が放つ弾丸を防いだものの、背後からさらなる銃撃を浴びることになった。

凜一郎が、暢光がいる足場の一角に着地するや否や、再び元いた屋上の足場へワイヤーを放って宙を戻ったのだ。そして、完全に無防備なノーマルの頭と背を狙って、アサルトライフルを連射したのだった。

ノーマルはワイヤーを放つのを諦めて四方に壁を築き、足場を建設して身を防ぐことに専念した。すると凜一郎が、戻ったばかりの屋上から、今度はノーマルが作った足場の最も高い部分へワイヤーを放ち、軽やかに宙を舞い、相手の足場よりも高い位置でショットガンに持ち替えた。

そして、壁に囲まれて回復中のノーマルのもとへ砲弾のように跳び込み、ショットガンの連射で体力をゼロにし、即座にゲームオーバーにしてのけた。

《やった！　ワイヤーガン取って！》

「よっしゃあ！」

暢光が足場を延長して走り、アサルトライフルを捨ててワイヤーガンを手にした。

どっと歓声が湧いた。そこへ体力を回復したノーマルが慌てて戻ってきたものの、ワイヤーで宙を舞う暢光と凜一郎に出くわした。彼らが得意とする空中戦のお株を完全に奪われた形で、暢光と凜一郎に狙い撃ちにされてゲームオーバーとなった。

歓声がさらに盛り上がり、アナウンスが絶叫した。

「世界四位、ドンジュン・キムのチームがまさかのゲームオーバァァアアア！　ワイヤーガン争奪戦を制したのは、チーム・リンギングベェエエエルウウウウ！」

暢光は、途方もない大歓声を浴びながら、大して聞いていなかった。ただ、ばらまかれた弾丸や建設素材を嬉しげに拾う凜一郎の《やったね、武器満タン！》という声と、裕介の「さっきのライダーがボムを落とした。拾った方がいい」という声に集中していた。

「ボムあるの、助かるな」

暢光は凜一郎とともに、ワイヤーガンでビルの間を軽やかに跳んで降り、ライダー二人とガーディアン二人がばらまいた弾丸と建設素材、そしてボムを手に入れた。

六人を倒したことで、凜一郎の言葉通り、武器も建設素材も回復アイテムも満タンだ。しかも二人とも念願のワイヤーガンを手に入れ、戦いの準備は万全といってよかった。

暢光は、凜一郎と一緒に再びロケットカーに乗り込み、その場を離れながら、なぜかふいに、自分が自転車を必死に漕いでいるところを思い出していた。

事故のことを知り、病院に慌てて向かっていたときのことを。そのときの憤りと泣きたい思いが、どうしてか今の昂揚感と混じり合ったとき、裕介が言った。

「ミスト発生。残り十五人。ファイナルバトルの場所は、たぶん中央病院の辺りだ」

病院という言葉に、暢光はやけに胸の騒ぐ思いを味わった。だが凜一郎のほうは気にした様子もなく、ロケットカーをセンターシティ・エリアとの境界線である道路の前につけて、こう言った。

《トランポリン使って先回りしようよ。ね、お父さん？》

「え？　ああ、わかった。じゃ、ここで使うぞ」

暢光はロケットカーの後部座席に乗ったまま、道路の上にトランポリンを敷設した。

直後、どこからか飛んできた弾丸を食らい、体力が一気に半減した。

「え⁉　わっ⁉　撃たれた⁉」

凜一郎がロケットカーを急旋回させ、二発目の弾丸をかわしながら距離を取った。

「センターシティ側！　世界二位のマイケルのチーム、トラックに乗ってる！」

裕介が慌てて観戦モードでチェックして報告した。

「待ち伏せだ。ワイヤーガンを取ったことを知られて狙ってきた」

凜一郎が助走のための距離を取るのに合わせ、センターシティ側の建物の陰から、マイケルが運転するトラックが、スナイパーライフルを構えたガーディアンを乗せて現れた。

暢光は回復アイテムで体力を元に戻し、サブマシンガンを構えた。中距離用のアサルトライフルがほしかったが、マシューとレオナルドとの戦いに備えて捨ててしまっていた。

「ミストが来るぞ」

裕介が言った。そして凜一郎は、行く手で燃え盛るミストを恐れず、その中へ突っ込んでいってUターンし、エンジンをふかしつつもその場にとどまった。

マイケルが走らせるトラックも、ちょうどトランポリンへの進路を塞ぎながら停まった。トランポリンを諦めて迂回するか、真っ直ぐ進んでトラックをかわすかだった。

だが右へ行けば森があって進めなくなり、左へ行くと凍てついた宮殿エリアがあり、こちらは乗物が猛烈に滑ってコントロールを失いやすい。どちらも乗物を捨てて走ることになりかねず、さすが第二位と言いたくなるほど、進路を妨害してミストに追い込む上でベストの位置についていた。

とはいえ、ワイヤーガンがあるのだから乗物を捨てたとしてもミストから逃れてセンターシティ・エリアへ行くことは難しいことではない。そう暢光は思うが、全ては凜一郎が決めることであり、自分はその背を支えることに徹するまでだ。ミストで削られる凜一郎の体力を、アイテムで回復させてやりながら暢光は我が子の決断を待った。

凜一郎はミストの炎に包まれながら、じっとマイケルのトラックと対峙《たいじ》し続けた。

マイケルが、じわじわ迫るミストに合わせて、トラックをバックさせた。

それを見た凜一郎が、《お父さん、あっちにボム投げて、すぐに座って》と言った。

暢光はすぐに立ち上がり、ボムを一つ、トラックに向かって投げた。ボムはミストに焼かれながら飛んでいき、本来よりも早く爆発した。さらにトラックが後退し、「座ったぞ！」という暢光の声とともに、凜一郎がロケットカーを猛発進させた。

《サブでトラック撃って！》

凛一郎が叫んだ。ロケットカーは、トラックがいる方へ真っ直ぐ突っ込んでいった。暢光はサブマシンガンを持って連射した。トラックを破壊するためではない。相手の視界を奪うためであることを、凛一郎からそうと言われずとも理解していた。ミストの中に入ると視界がゆがみ、ガーディアンの狙撃に支障をきたす。射撃のための視界を安定させたがる彼らのプレイスタイルが、逆にここでは突破口になると凛一郎は見抜いたのだ。

トラックのフロントウィンドウが多数被弾し、盛大に火花を散らした。視界を万全にするためにまたトラックが後退した。暢光はサブマシンガンを撃ち尽くすと、ショットガンを構えた。そのときにはロケットカーがトラックのぎりぎり横を走り抜けるところだった。

暢光は何も考えず、トラックの荷台に向かってショットガンを連射した。

荷台の上のガーディアンは、ボムの爆発とサブマシンガンの連射で、視界が遮られ、ロケットカーの位置を確認するため、スナイパーライフルの構えを解いたところだった。

そしてそこへ、横殴りにショットガンの連射を食らったのだ。ガーディアンは体力をゼロにされるだけでなく、その場でゲームオーバーとなった。

このまさかの展開に、ものすごい歓声が起こった。しかしこのとき暢光の耳に届いていたのは、裕介の「うおっしゃ！」という喜びの声だけだ。暢光は弾丸の装塡を後回しにして、凛一郎の体力を回復させてやることに努めた。そしてそうするうち、ロケットカーがトランポリンに跳び乗り、ものすごい勢いで空へ放たれていた。

《やったね、お父さん！》

「ああ！」

暢光も、ロケットカーが長々と飛んでくれるおかげで、空中で自分の体力を回復させることができた。そして地面が近づくのを見ながら、このまま病院に行くことになるのだろうか、となぜか思った。眠り続けるしかない凛一郎の体のことが脳裏をよぎった。

勝てば目覚める。

そう信じることが全てだと決めたじゃないか。

暢光は、胸の奥で湧き上がる言葉にならない不安を押しのけ、後回しにしていたサブマシンガンの装塡を終えた。

「残り七人！　すぐ集まって来るぞ！」

裕介が言った。ロケットカーは、センターシティ・エリアのど真ん中に着地し、コントロールを失うことなく道路を走り、大きな病院の裏手の駐車場にぴたりとつけた。

《到着ぅー！》

凛一郎が楽しげに言って、ワイヤーガンを手にロケットカーから降りた。

暢光も同様にして後に続き、ともに何度かワイヤーを放って、病院の屋上に誰よりも早く到着すると、第二ゲームでしたようにトーチカを作った。

そうするうちにトラックが宙を飛んできて、ビルの間に入るのが見えた。パートナーを失った世界二位のマイケルが、暢光が設置したトランポリンを使って追ってきたのだ。

さらに世界五位のルカ・ケスラーとそのパートナー、アーマー二人組が病院にやって来た。相変わらず建物を破壊して直進する彼らを、暢光と凛一郎はトーチカの中で待ち構えた。距離が離れると威力が極端に落ちるサブマシンガンとショットガンしかないため、ぎりぎりまで引きつけて真上からのヘッドショットを狙っていた。

だがアーマー二人組は屋上にトーチカが築かれていることを見抜いており、壁と天井を張り巡らせながら病院の壁を壊して入ってきた。暢光と凜一郎が一発も撃てないまま、裏手にマイケルが乗るトラックが到着した。

そしてマシューとレオナルドのソードマン二人が、こちらへ向かってくるのが見えた。

凜一郎がトーチカの窓から狙うのをやめて言った。

《出よう。おれたちのファイナルバトルだよ、お父さん。一緒に勝とう》

暢光は、一切の疑念を胸の底に押し込んで微笑んだ。

「よーし、勝つぞ！」

暢光は凜一郎とともに、その場で階段を作り、トーチカの天井をトラップドアに造り替えて外に出ると、高所を確保するために足場を築いていった。

アーマー二人組が、屋上の床を破壊して現れ、ものすごい速さで足場を作った。

マイケルのライダーが階段を駆け上ってきて、屋上に跳び乗り、同様に足場を作った。

マシューとレオナルドが屋上に現れ、足場を築きながら、パートナーを失ったライダーを狙って剣を構えた。

歓声が会場に響き渡り、アナウンスが吠えに吠えた。

「いよいよ、ファイナルバトルだァアア！　生き残った七人の英雄たちよォオオオ！　力の限り戦いィイイイ、勝利をつかめェエエエエ！」

暢光にとっては、力の限りなどとっくに通り越している気分だ。自分だけだったら、とっくにコントローラーを手放している。そうせずにいるのは凜一郎が戦っているからだ。

おれが諦めたくないのは、お前のためだからだ。

おれがおれを信じられる、ゆいいつのことが、それだからだ。

おれはお前のためなら命を投げ出せる。お前を信じるためなら全てを捧げられる。

お前を信じることで、やっとおれはおれを信じられるようになったんだ。

暢光は、そんな思いが次々によぎるのを覚えながら、注意を奪われることなく凜一郎のサポートに徹し、この戦いの序盤において重要な、足場と壁を築くことに注力した。ワイヤーガンの機能を最大限発揮するには、多くの建設物が林立している必要があるのだ。

マシューとレオナルドがマイケルを容赦なく攻め立てる一方で、暢光と凜一郎は、建設物をまたたく間に破壊して造り替えてしまう鉄の熊たちとせめぎ合うこととなった。

このアーマー二人組は、本来鈍重であるはずのロールをものともせず、建設速度を活かし、他のロールに負けぬほどの機動力をみせるのだ。その上、本来備えた防御力と、接近戦での攻撃力を発揮し、建設素材を集めるためのハンマーを武器として使うだけでなく、ショットガンとヘビーマシンガンを交互に繰り出し、必殺の一撃を繰り出してくる。

暢光と凜一郎は、周囲の建設物がようやく林立し、かつ密集してきたところで、ワイヤーガンを多用する戦術に切り替えた。そうすることでやっとアーマー二人組の攻撃を落ち着いてかわし、かつ反撃することが容易になった。

アーマー二人組も、暢光と凜一郎のワイヤーガンを封じるため、足場を崩したり、あるいは空間を建設物で埋め尽くして跳び回れないようにしようとした。

だが暢光も凜一郎もワイヤーガンがある限り、相手が高所を取っても、一瞬でより高みへ跳べることから、とにかく頭上からの攻撃を繰り返した。アーマー二人組は、それでもさらなる高所を取ろうとしたが、やがて屋根を作って攻撃を防ぐようになった。

暢光と凜一郎はその屋根の上に跳び乗り、盛大に足音を立てて彼らを幻惑してはワイヤーガンで跳び去るということを繰り返した。アーマー二人組は屋根で防御するたびに暢光と凜一郎の位置を見失うようになり、ついには見当違いの場所を攻撃するようになった。

そして、世界五位のルカから、パートナーであるアーマーが離れてしまい、誰もいない足場を崩しにかかった。凜一郎は的確にそのアーマーの背後に回り、ショットガンの連射を浴びせて体力を削りに削るや、すぐさまワイヤーガンに切り替えてその場を離脱した。

続いて暢光が、打撃を受けたアーマー目掛けてボムを一つ投げ込んだ。

アーマーは、身を守るために迅速に壁と天井を張り巡らせ、回復アイテムを使おうとし、そこで初めて足下に転がるボムに気づいた。慌てて壁にドアを作ったが遅かった。

ボムが炸裂し、壁を内側から吹っ飛ばすとともに、アーマーの体力をゼロにした。

それと前後して、マイケルのライダーが懸命に足場を作って高所を目指しては、ソードマン二人の剣に斬りつけられて落下するということを繰り返した末に、マシューのとどめの一撃で体力をゼロにされた。

ルカのアーマーが、パートナーを助けるために建設物を破壊して直進した。そして倒れたパートナーのそばに立ったとき、その周囲には生き残った他の四人が待ち構えていた。

暢光と凜一郎が撃ち、アーマーが壁を築いて防いだその背後へ、マシューとレオナルドが跳び込み、存分に斬りまくった。アーマーはあっという間に体力を削られ、パートナーより前にゲームオーバーとなった。

レオナルドがすぐにその場を離脱し、マシューがものついでに倒れたアーマーにとどめを刺してゲームオーバーにしながら、足場を築いて高所へ移動し、同じ高さにいる暢光と凜一郎へ剣を構えてみせた。

「チーム・ホワイト・カメレオンと、チーム・リンギングベルの勝負だァアアアア！」

アナウンスが叫びに叫んだ。観客は今や真っ二つに分かれ、「カメレオン！ カメレオン！」と連呼して拳を振り上げる者たちに、「リンギングベル！ リンギングベル！」と両手を握りしめて祈る者たちが対峙するようだ。

暢光は、凜一郎とともにワイヤーガンで一撃離脱を繰り返し、可能な限りサブマシンガンの連射でマシューとレオナルドの剣を削った。そうしながらゲームオーバーになったとき凜一郎により良い状態で武器やアイテムを渡せることを願い、頻繁に弾丸を装塡した。

自分が勝つとか称えられるといったことは考えもしなかった。三人の動きはあまりに速く、何が起こっているのか半分もわからない。とっくに限界をきたしていることは誰よりも自分がわかっていたが、その限界を少しでも先延ばしにすることで、凜一郎を助けねばならなかった。本音では早くゲームオーバーになって、凜一郎だけを見つめていたかった。だがそうすることを本当の限界まで許してはならなかった。自分の想像を超えるはるか先まで頑張ってからでなければ、そうする資格もないのだと思った。

ふいにレオナルドが自分の剣を投げ、マシューと交換するということをした。暢光と凜一郎の執拗なまでの「削り込み」で剣が壊れそうになったのだ。

暢光は、それまで凜一郎とともにマシューを攻撃しようとしていたが、それではレオナルドが剣を修理してはマシューに与えるだけだということに気づいた。

「おれがレオナルドさんを攻める」

暢光は、凜一郎と裕介に言って、凜一郎とは異なる角度から攻め始めた。マシューの後ろにいて、その背を支えるレオナルドを倒すためだ。

凛一郎も裕介も何も言わなかった。暢光の判断を無言で肯定してくれていた。

暢光は意図してレオナルドに接近し、サブマシンガンの連射を浴びせた。レオナルドは剣を回転させて弾丸を防ぎつつ後退し、なんとか剣を修理しようとした。そこへ暢光がショットガンの連射で攻め立て、剣の修理をさせず、かつレオナルドをマシューから引き離すことに全神経を集中させた。

だがレオナルドはすぐさま壁を築いて姿を隠し、暢光の追撃を封じた。

暢光は武器に弾丸を装塡しながら、じっと動かず、レオナルドの足音を耳で追った。壁の向こうで、マシューがいる方へ移動しているのがわかった。どうせそうするだろうとも思っていた。自分なら凛一郎を守るために全力を尽くすからだ。

暢光はマシューとレオナルドを分断させる位置へ回り込んだ。レオナルドにも暢光の足音が聞こえているはずだった。マシューを助けるためには、自分を倒さねばならないとレオナルドに思わせられればと暢光は思いながら、武器を切り替えた。

果たして、暢光の横で、レオナルドが壁をドアに造り替え、剣を掲げて迫った。

暢光は、手持ちのボムを五つ、全て自分がいる足場に放った。レオナルドがそれに気づいたのは、暢光のノーマルを存分に斬り、体力をゼロにした後だ。

「こっちに満タンの武器と回復アイテムがあるからな！」

直後、五つのボムが炸裂した。その瞬間に自身はゲームオーバーとなった。レオナルドも剣を回転させて防ごうとしたが無駄だった。ダッシュで逃げようとしても間に合わなかっただろう。剣は爆発で折れ砕け、レオナルド自身も大ダメージを受けて体力ゼロとなり、崩れ落ちる足場とともに高所から屋上に落下した衝撃で、ゲームオーバーとなった。

「ショォオオオウダヴゥゥウウウン！」

アナウンスの雄叫びが、これまで以上に高らかに会場に轟くとともに、ステージにまばゆい花火が噴き出し、観客の興奮と歓声を最高潮にまで盛り上げた。

「ファイナルバトルの一対一はァアアア！　またしてもォオオ、マシュー・ザ・ホワイト・カメレオンとォオオ、リンギングベルゥウウウ！　伝説のチャンピオンとォオオ、若き戦士のォオオオ、一騎打ちだァアアアー！」

暢光はコントローラーを置き、まだやれることはあるんだと自分に言い聞かせながら立ち、「行けえーっ、リーンっ！」と頭上のモニターに向かって叫んだ。

その後ろで裕介も立って声を限りに同じ言葉を叫んだ。その手の中のポータブルのゲーム機から、家族の、そしてチームのみなの声が放たれていた。

やがて暢光も裕介も、二つの大波のような歓声のうち片方に唱和していた。

「マシュー！　マシュー！　マシュー！」

「リンギングベル！　リンギングベル！　リンギングベル！」

暢光は止まらぬ涙を拭って叫び、そして息子を応援してくれている人々への感謝の念に身を震わせながら、頭上のモニターに映される二人のバトルを見守った。

ミストが狭まり、病院の屋上に到達するなか、凜一郎はワイヤーガンで的確にマシューと距離を取りながら、ひたすら撃っては装塡するということを繰り返した。

やがて、修理した剣を渡してくれるパートナーがいなくなったことで、マシューの一本目の剣が折れ砕けた。マシューはすぐさま二本目の剣を回転させて弾丸を防ぎながら、足場を築き、凜一郎をミストが迫る方へと追い立てていった。

凜一郎も果敢に応戦し、弾丸がみるみるなくなってゆくのも構わず撃ち続け、さらにはボムを投げ放ち、ついにマシューの二本目の剣を砕いた。

歓声と呻き声が起こり、それがすぐに逆転した。

マシューが三本目の剣を構え、ダッシュをしながら振るったのだ。

かろうじて凜一郎がかわしたが、一挙にマシューを応援するコールが力を増していた。

「弾が足らない！　ボムしかない！　ボムを使え！」

裕介がわめいた。そして凜一郎は、言われるまでもなく、そうしていた。

ミストが迫り来る狭い足場に、残りのボム四つをまき散らしたのだ。それを見た暢光は、自分がレオナルドをゲームオーバーにさせたのと同様のことを凜一郎がしたのだと思った。多くの人々が、そう思ったことだろう。裕介など「あー！」と言葉にならぬ声を上げた。凜一郎が、自分は負けるが、相手も道連れにするための手を打ったと思ったのだ。

だが、凜一郎は、自分が負けるようなことなど何一つしなかった。

さっと跳ぶと、ミストの中で燃え上がる足場へ向けてワイヤーを放ったのだ。

凜一郎が自らミストの中へ跳んだあと、残されたのは、四つのボムとマシューだけだ。

マシューはすぐさま剣を回転させながら後方へ跳躍した。その眼前でボムが立て続けに炸裂し、マシュー自身と剣に大ダメージを与えた。マシューは体力ゼロを免れたが、剣は耐えられなかった。三つ目の剣が、木っ端微塵に砕け散った。

次にマシューがしたことは、回復アイテムを使うことではなく、きびすを返して跳ぶことだった。ミストが迫るぎりぎりの場所に、剣が落ちていた。レオナルドがゲームオーバーになってばらまかれた物の一つだ。

その剣を、マシューが拾った。

その眼前で、身を伏せていた凜一郎が立ち上がった。

全身をミストに焼かれて炎に包まれながら。

凜一郎は、ボムを使い尽くしてのち、空いたスロットを使って、暢光が落としたショットガンを拾い、構えたのだ。マシューがそこに来ると読んで。レオナルドが落とした四本目のソードを拾いに来ると予期して。体力がゼロになるギリギリまで待っていたのだ。

暢光は総毛立った。観客のほとんどがそうだったと断言できた。凜一郎の観察勝ちだった。状況を読みきっての一手だった。

そこに、レオナルドが落としたものがあるとわかっていた。

そこに、暢光が残したものがあるとわかっていた。

凜一郎がミストの中からショットガンを連射し、マシューが剣を回転させて防いだ。

歓声が起こったが、果たしてどちらを応援する声かは判然としなかった。

「行け、行け！　行け、行け！」

「行け、行け！　行け、行け！」

暢光は、裕介とともに声を限りに叫んだ。

「行け、行け！　行け、行け！」

アナウンスが叫び声に加わり、会場に響く全ての音が一つの言葉で埋め尽くされた。

ショットガンの五連射ののち、凜一郎がワイヤーを放ち、マシューの頭上へ躍り出た。

空中で凜一郎はショットガンからサブマシンガンに切り替え、剣を回転させ続けるマシューへ弾丸の雨を浴びせた。

マシューの剣がみるみる破損し、半分に折れ、そして、砕け散った。

凜一郎は、さらに自分が元から持っていたショットガンに切り替え、再びミストに呑まれるのも構わず、連射した。

棒立ちとなるマシューに弾丸が浴びせかけられた。

その体力がゼロとなり、そして、ゲームオーバーとなった。

直後、凜一郎がミストの中で燃え尽き、ゲームオーバーとなった。

暢光は叫んだ。

途方もない歓声の中、自分の声以外、何も聞こえなくなるくらい、息子の名を叫んだ。

マシューと凜一郎のアバターが消え、ミストが僅かに残った空間になだれ込んだ。

二人ともゲームオーバーだった。だが、勝敗は明らかだった。

暢光は涙を振りこぼしながら声を上げ続けた。裕介もそうしていた。ポータブルの向こうで家族とチームのみなが叫んでいた。

やがて会場が暗転し、声が静まっていった。暢光も叫ぶのをやめ、がらがらになった喉で生唾を呑んだ。

「ファイナルバトルの勝者──『ゲート・オブ・レジェンズ』世界大会バトルロイヤル、および総合ポイント第一位は──」

アナウンスの落ち着いた声ののち、ドドオオオオという音響が起こり、爆発的なレーザー光線と花火とともに、頭上のモニターが、勝者を称えるムービーを流した。

「リィイイイインギィィイイイイイングベェエエエエエルゥウウウウウ！」

ムービーでは凜一郎のアバターが光の海の中におり、周囲を飛び交う光に──過去の英霊の輝きに――笑顔を浮かべていた。

観客が総立ちとなるだけでなく、プレイヤーがブースから出て、暢光がいる方か、さもなくば頭上のモニターに向かって拍手していた。トッププレイヤーたちもそうしていた。マシューがゆっくりと立ち、レオナルドと抱き合うと、笑顔で暢光へ手を叩き始めた。

「ウィナー、イズ、リンギングベル！」

アナウンスではなくゲームの勝利ムービーがそう告げた。

凜一郎のアバターの頭上で、巨大な扉が開かれ、光が降り注いだ。

その光に引き寄せられるようにして、凜一郎のライダーが扉へ向かって浮かんでいった。開かれた扉の向こうにあるのは、神々の世界だった。伝説の英雄が招かれる場所だ。それがこのゲームの最終到達地点だった。

《本当に勝てた。ありがとう》

プレイ用モニターから凜一郎の声が聞こえた。暢光は頭上のモニターを見るのをやめ、席に腰を下ろした。

「リン？」

《なんかついね、もう目が覚めなくてもいいから勝ちたい、って思っちゃった》

「勝っただろ、リン」

《うん》

「お前が勝ったんだ。よくやったな、リン」

暢光は頰を熱い涙がこぼれ落ちるのを感じながら言った。

裕介が、腰を下ろして横からモニターを覗き込んだ。

「リンくん?」

《ありがとうね、お父さん、ユースフルさん》

暢光はコントローラーではなく、モニターの両端をつかんだ。

本当にそこが出口なのか? そう問いたかったが唇が震えて声にならなかった。本当にこれで目覚めるのか? なあ、リン。本当のお前と、また触れ合うことができるのか?

モニターの中で、凜一郎のアバターが扉の向こうへと消えてゆき、

《なんだろう、すごく眠い》

扉が閉ざされ、それを最後に、凜一郎の声が聞こえなくなった。

「リン!? おい、リン、聞こえるか!?」

「リンくん? どうしたんだ?」

暢光と裕介だけでなく、裕介のポータブルの向こうで、家族とチームのみなが凜一郎を呼んでいた。

「リン! 返事をしてくれ! リン!」

周囲では大歓声が渦巻き、ものすごい拍手が四方から浴びせられている。だが暢光はそのときただひたすらモニターにしがみつき、涙をこぼしながら息子の名を叫んでいた。

凜一郎がゲームを通して声を返してくれることは、もうなかった。

10

ホテルに戻っても、凜一郎からの返事はないままだった。

亜夕美と電話で話したが、凜一郎の容態に変化はないと言われた。その背後から、達雄くんの《起きろよ、リン。優勝したんだぞ》という声や、明香里の《チャンピオンじゃん！　ねぼすけ！　起きろー！》という声が聞こえ、暢光の胸を痛いくらい締めつけた。

そしてそれ以上に暢光の心にこたえたのは、《近いうちに、措置を変えると思う》という平静を保とうとする亜夕美の声だった。《この先は植物状態とみなされるから》

暢光は、そうか、としか返せず、互いに何も言えず、電話を切った。

ホテルの部屋のモニターは、『ゲート・オブ・レジェンズ』のゲーム・ロビーを表示し続けたが、凜一郎のＩＤの表示はなかった。凜一郎はゲームから消えてしまっていた。

ノックの音がし、暢光はのろのろと立ち上がってドアを開いた。チームのＴシャツを着たままの裕介が、ビニール袋に入ったものを持ち上げて言った。

「晩飯買ってきた。あと、マシューさんが来てる」

「マシューさん？」

暢光は目を丸くしながら袋を受け取った。

悲しげな顔のマシューが、裕介の傍らに現れて言った。

「ノブ。リンクンは、返事をしませんか？」

「はい。メッセージにも返信はありません」

暢光はドアを押さえ、裕介とマシューを部屋に入れながらモニターへ顔を向けた。

裕介とマシューが遠慮がちに部屋に入り、モニターを見つめた。暢光のノーマルしかいない、空っぽと言っていいゲーム・ロビーを表示するばかりのモニターを。

「スリーピング・ピープルはときとして深い眠りに落ちると聞きます。むしろこれこそが目覚める兆候かもしれません」

マシューが、落ち着いた調子で言った。そう信じるべきだとむやみに主張することで、かえって暢光を苦しませないよう気遣っているようだった。

「そうかもしれませんね」

暢光は侘しげに返し、相手の気遣いに感謝して小さくうなずいてみせた。

マシューも微笑み、別のことを口にして暢光を慰めた。

「私もレオナルドも、あなたとリンクンとのバトルを、一生忘れません。とてもとても、素晴らしいバトルでした」

「私もです、マシュー。きっと、リンも」

マシューが力強くうなずき、それから遠慮がちに切り出した。

「明日ですが……今大会最後のイベントである、チームフラッグには……」

「すいません、マシュー……。予定を切り上げて帰国するつもりです。あなた方に宿も旅費も出して頂いていながら、申し訳ありません」

「気にしないで下さい。一日も早くリンクンのそばに戻りたいと思うのは当然です」

マシューはそう言って、手を差し伸べた。

「あなた方と出会えて本当に良かった。元チャンピオンとして誇りに思います」

暢光は、元チャンピオンという言葉を聞き、せめてもの思いで胸を反らし、手を握った。チャンピオンである凜一郎のためにも、自分たちを導いてくれたマシューのためにも。

「ありがとう、マシュー。私たちも、あなたに出会えた幸運に感謝します」

マシューは、ぐっと暢光の手を握り返し、それから裕介とも固い握手をすると、「また会いましょう」と口にし、部屋を出ていった。

暢光はオットマンに腰を下ろして空っぽのゲーム・ロビーを見つめた。裕介は持ったままでいた袋をテーブルに置き、それから暢光の隣に座って言った。

「晩飯、食えよ。せっかく買ってきたんだから」

「うん。ありがとう」

「ちゃんと寝とけよ。明日の飛行機に遅れたら面倒だから」

「うん」

「ありがとうな。夢みたいなことに巻き込んでくれて」

「こっちこそ、こんな所にまでついてきてくれてありがとう。おれもリンも助かったよ」

「好きでやっただけだ」

裕介はかぶりを振って言い、ゲーム・ロビーを見た。

「リンくん、勝ったんだぜ。たくさん誉めてやれよ。返事なくてもさ」

暢光は涙の膜でモニターがぼやけるのを覚えた。

「そうするよ」

「食って寝ろよ」

裕介が腰を上げ、暢光の肩をぐっとつかんだ。大会中、暢光を励ましたように。

「ありがとう」

暢光は、肩に置かれた裕介の手を軽く叩き、大丈夫だと示した。

裕介が手を離し、「じゃ、明日」と言って、部屋を出ていった。

暢光は、のろのろとテーブルに移動し、裕介が買ってきてくれたフィッシュボール、おこわみたいな料理、スープ、オレンジジュースを口にしながら、リン、よくやったな、と心の中で呼びかけた。お前と一緒に食べられたら、どんなに良かったろうな。

ぼろぼろ涙をこぼす目を、きらびやかな夜景へ向け、震える口で食事を嚙みしめながら、よくやった、偉いぞ、すごいぞ、リン、と心の中で息子を誉め続けた。


翌朝、デズモンドが心配そうな顔でロビーで待っていてくれた。

暢光と裕介はチェックアウトを済ませると、デズモンドに車で空港へ送ってもらった。帰りは、観光めいたことは何もしなかった。

目を腫らした暢光へ、デズモンドが痛ましそうに言った。

「リンクンのコンディションを、私もマシューもレオナルドも、そして多くのファンも心配しています」

「ありがとう、デズモンド」

「またぜひ、この国に来て下さい。ご家族と一緒に」

暢光は、イエス、と力なく応じた。

空港に到着し、暢光と裕介はデズモンドに何度も礼を言って、出国手続きをし、荷物を預けた。二人とも、ぼんやりとフライトを待ち、時間になると無言で搭乗した。

暢光は席につくと、携帯電話をフライトモードにし、シートベルトを締め、自前のアイマスクを装着してシートに身を預けた。前の晩は、浅い眠りしか得られていなかった。凜一郎がライダーの姿でシンガポールの道路を駆け回る夢を見たせいだ。他にも凜一郎が登場する夢を見た気がするが、思い出せるのはそれだけだった。

似たような夢を見ることになるだろうと思ったが、そうはならなかった。暢光はすぐに眠りに落ちた。離陸の感覚もなく、夢も見なかった。フライト中、一度だけ起きてトイレに行き、戻ってまた眠った。

やがて着陸態勢になって目が覚めた。アイマスクを外すと涙でぐっしょり濡れていた。着陸してゲートが開き、暢光はアイマスクを座席に置きっぱなしにして他の乗客とともに立った。無意識に右手の数珠と左手のミサンガを撫で、暢光は前の座席にいた裕介の後について羽田空港に入り、長い通路を進んで荷物の受け取り場所へ向かった。

「あんたは座ってろよ。おれが荷物取ってくるから」

裕介が言った。暢光は、悪いなと思いつつも、ずっと寝ていたせいか、妙に力が入らない体をベンチに預け、動かぬベルトコンベアーをぼんやり見つめた。

しばらくしてベルトコンベアーが動き出すと、そばに立っていた裕介が、沢山の搭乗客とともにそちらへ行き、荷物を待ち構えた。

暢光は、一つまた一つとトランクや旅行鞄が出てくるのを眺めながら、ふと思い出して携帯電話を取り出した。フライトモードのままにしていたそれを通話可能な状態にした。

着信履歴が十件以上あった。

半数が亜夕美の携帯電話からで、一部が武藤先生からで、残りが病院からだった。

うち亜夕美からの一件だけが、留守番電話になっていた。

暢光は、既視感を覚えた。凜一郎の事故の連絡を受けたときのようだった。あのときも自転車に乗っていて着信に気づかないままだったのだ。

ベルトコンベアーの前では、裕介も暢光と同じように携帯電話を取り出してフライトモードを解除し、怪訝な顔をした。だがちょうどそこへ二人の荷物が来たので、裕介はいったん携帯電話をしまい、自分と暢光のトランクを取り、暢光がいる方へ戻った。

暢光は携帯電話を耳に当てながら弾かれたように立ち上がった。

その表情を見て取った裕介が、ぴたりと足を止め、目をみはった。

暢光は、裕介の視線に気づくと、携帯電話を掲げ、もう一方の手でそれを指さした。

「い、い、今、すぐ！　び、病院！　病院、行かなきゃ！」

あたふたときびすを返す暢光を、裕介が慌てて追いかけた。

「おい、自分の荷物、持てよ！」

「あ、ご、ごめん！」

トランクを受け取ってせかせかと転がし、駅へ続くエスカレーターへ向かおうとする暢光の腕を、裕介が引っ張った。

「電車よりタクシーの方が早いだろ！」

「そっか。あっ、お金！　両替してない！」

「おれがカードで払うから！　急げって！」

「ありがとう！」

暢光も裕介も、急に力を取り戻すと、ゲームのレースのように我先にとトランクを転がし、空港の外へと突っ走っていった。

Epilogue　一年後　Here is a hero

1

「ううううぅっぷわぁあああああ、リィイイーンンン！　リィイイイイイイン！」

それは、笑いと涙を同時に、かつ著しく誘う動画だった。

凜一郎がマシューに勝った瞬間、大歓声に沸く会場で両拳を突き上げ、べしょべしょに涙を溢れさせながら、ひたすら息子の名を絶叫する暢光の動画だ。

それは大会後、あっという間にネットミーム化し、「ダディ・ノブ」「リンギングベル・アンド・ノブ」というキーワードが流行した。暢光の雄叫びは、感極まることを表現するための記号と化し、様々な動画で流用され、コラージュされまくった。

「今年の大会が始まった時点より、検索件数、めちゃくちゃ伸びてるぞ」

裕介が、スマホの画面を上へスワイプしながら言った。

「えっ、一年前なのに？」

暢光は、『ようこそシンガポールへ』とプリントされたボードを胸の前に抱えたまま、裕介のスマホを覗き込んだ。

「うわ。おれがわめいてるだけなのに、よくみんな飽きないな」

「もっと伸びるだろ。マシューがビジネスに噛みたがるぞ。ほら、去年のマシューがコーディネートしたインタビュー記事も閲覧数が伸びてる」

大会が終わってのち、マシューの提案で、リモートによるインタビューを受けたのだ。暢光だけでなく、チームのみなも、匿名などを条件に引き受けてくれていた。

とりわけ、暢光は詐欺で騙されて離婚された件を、裕介は暢光を騙してのち金を返した件を、面白おかしく書かれたものだ。とはいえその後の追跡記事で、二人が新たなビジネスを始めたことも書いてもらえたため、ずいぶん宣伝になってくれたのだが。

善仁くんは事故を起こした後、罰金とボランティア活動を課されたものの、懲役になることはなかった。インタビューでは、実体験として交通事故の危険性について語るとともに、償いのチャンスを与えてくれた「ダディ・ノブ」への感謝を述べていた。

記事を読んだ人々からは「自分を騙した相手と再びビジネスをしようとするダディ・ノブは善人過ぎで正気とは思えない」とか、「自分の息子を車で撥ねた人物をチームに迎え入れるなんて桁外れのお人好しだ」とかいったコメントが寄せられている。

中には、「もし世界がダディ・ノブみたいなお人好しだらけになったら、それ以上に悪人が増えるだろう」「だがその後、悪人はみんな悪事をやめるから、世界は平和になるだろう」などといった、冗談とも本気ともつかないコメントの応酬もあった。

暢光は、どのコメントを見ても、「おれみたいなやつに興味を持つなんて物好きだなあ」としか言わなかった。それより、ビジネスの方に注目してほしかった。

「あー、あと、こっちだけど」

裕介がスマホの画面を切り替え、『ダディ・ノブのゲーミングケア』のサイトを表示させた。難病や事故で体が不自由な子どもたちにゲーム機やソフトを寄付し、オンラインで一緒にプレイしたり、訪問してトレーニングを施すなど、ゲームを通して元気づけるという事業だ。暢光は、収益など考えていなかったが、それでは持続できないというマシューの意見に従い、ビジネスとしても成立するよう、裕介とさんざん「作戦」を立てたものだった。

「サイトのこの真ん中辺りに載せろって言ってきてる」

「え、誰が？」

「あんたがメッセージ送っただろ。この人だよ」

裕介がまた画面を切り替え、あるハリウッド・スターについて書かれたウィキペディアのページを見せた。

「うわ、この人からも返事来てたの？」

「片っ端から来てるっての。遠慮なく誰でも彼でもメッセージ送りすぎなんだよ。ったく、どこが地味な仕事だ。高級カーシェアなんかより全然ド派手じゃんか。あんたの思いつきは、本当、とんでもないことになるな」

暢光は頭を掻きつつ、「凜一郎のおかげだけどね」と言った。

今のビジネスを思いついたのは、ちょうど一年前、裕介と一緒に羽田でタクシーに乗り、一目散に病院へ向かった後のことだった。

暢光と裕介が、急ぐあまりトランクを転がすというより、引きずるようにしながら、病室へ駆け込んだとき、そこにはチームのみながいて、ベッドの上の凜一郎を囲んでいた。

ずっと眠っていたのに、途方もなく疲れ果てたというような微笑みを浮かべる凜一郎が、入って来た二人を見て、喋るのが億劫そうな調子で言った。

「お帰りなさい、お父さん、ユースフルさん」

「ただいま……リン」

「ただいま、リンくん」

暢光だけでなく裕介までもが、ぼろぼろ泣きながら、痩せてろくに上体も起こせない凜一郎のそばに歩み寄った。暢光がその頬を撫で、裕介がその手をそっと握り、二人してゲーム画面の中のライダーではなく、凜一郎本人が喋っていることを確認していた。

「なんか、ちょっと前までマシューさんと戦ってたのに。時間がとんじゃってた」

凜一郎は言った。亜夕美と剛彦からの説明では、バトルロイヤルの最終ゲームが終わった日は、凜一郎に変化はなかったという。むしろ血圧が低下するなど、より深い昏睡に陥ったようだったらしい。かと思えば、翌日の朝になると、にわかに覚醒の兆候が現れ、そしてちょうど暢光と裕介が飛行機に乗っている間に意識を取り戻したのだという。

「ほんとは誉められすぎて恥ずかしかったから、寝たふりしてたんじゃないかなー」

などと明香里が大真面目に疑い、みなと凜一郎の笑いを誘った。

「一緒に戦ってくれて、ありがとう」

凜一郎は、暢光と裕介だけでなく、「ウォーカーお母さん」「アカリン」「フーミンさん」「オクタマさん」「ドクターTさん」「ミッキスさん」「ヨッシーさん」、そして「タッキー」に感謝の言葉を告げた。

そのたびに亜夕美が凜一郎からプレゼントされたハンカチを目元に当て、明香里が涙をごまかして、がはは、と笑い、芙美子さんが数珠をじゃらじゃら鳴らして神様と世界に満ちる気やら何やらに感謝した。

武藤先生は「思わぬ冒険に参加させてもらったよ」と言い、剛彦は「こっちの扉も開かれましたからな」と同意した。善仁くんはただただ凜一郎の体を心配し、美香さんと一緒に、「リハビリでもお見舞いに来るからね」と約束した。そして達雄くんが、メンバーの中で最も気さくに、凜一郎を「チャンピオーン」と呼んで称えた。

「これじゃジェダイはちょっと無理かな。学校の勉強もマジでやばいし」

凜一郎は自分の弱った筋肉を見て苦笑し、溜め息をついた。

「少しずつ元気になるさ。みんなと、ゲームとかしながら」

暢光はそう言って励ました。そしてそのとき、痩せこけた凜一郎が、「これくらい持てるようにならないと」と言ってゲームのコントローラーを弱々しく握る姿を見て、「あ、これがやりたい」と思ったのだ。具体的なことはそのときまだ何も考えていなかったが、念頭にはマシューに教えられた言葉があった。

信じてもらいたがる人ではなく、信じたいと思う相手を信じてあげるのだと。

2

暢光と裕介が、シンガポール・チャンギ空港の一階で待っていると、まず最初にサングラスとアロハシャツに『TEAM RINGINGBELL』の旗を持った、インチキ臭いガイド役の剛彦が現れた。ついで、亜夕美、芙美子さん、明香里、凜一郎、達雄くん、武藤先生、善仁くん、美香さん、チームのみなが、荷物を抱えて出てきた。

「引率お疲れ様です、ドクターTさん。ここからはおれたちが案内します」

裕介がねぎらうふりをして手を差し出し、剛彦が旗を振るのをやめさせた。

「もうドクターじゃない。医療系および旅行系ジャーナリストだ」

剛彦は旗を裕介に渡すと、バッグからガイドブックを取り出し、名所案内は自分がやると主張したが、みなが適当に聞き流した。

とはいえ暢光が去年渡されたガイドブックは、だいぶ遅れて役に立ってはいたのだが。

空港から出ると、特有の熱気に、みなが驚きの声を上げた。

「マジ暑いね」

凜一郎が手で顔を扇ぎつつ、もうほとんど必要ないのだが、亜夕美と芙美子さんが念のためにと持たせた、補助杖をぶらぶらさせた。

「やばい、めちゃ汗出る！」

「なにこれ、お風呂入ってるみたい！」

達雄くんも明香里も、面食らったように額を拭っている。

「事故を起こしたのに海外旅行までさせてもらうなんて」

善仁くんが、抜けるような青空を見上げて目を潤ませ、その腕に美香さんが自分の腕を絡めて寄り添い、ささやいた。

「善仁が真面目で良い人だからだよ」

武藤先生がハンドタオルで首元を拭きながら、二人へ微笑みかけた。

「私も美香さんに同意だ。いやしかし、本当に暑いな」

「バンのクーラーボックスにミネラルウォーターがあります。熱中症に気をつけて」

旗を持つ裕介が先導し、チャーターしたバンを運転して、みなをホテルへ運んだ。九人分のチェックインを済ませ、めいめい荷物を部屋に置きに行かせる間、暢光がロビーで待ち、裕介がバンで待機した。

最初に降りてきたのは亜夕美で、ロビーのソファに並んで座ってくれた。

「リンも達雄くんも、本当に大会に出ないのか？」

暢光が訊くと、亜夕美も意外そうに目を丸くして見せた。

「二人とも高校受験が終わったら考えるって。今のままじゃどうせ勝てないんですって」

「偉いな」

「代わりに、明香里が出るって言って聞かないの。全然ポイントが届かないから今回は諦めたみたいだけど」

「高校かあ」

「まだちょっと先だけどね。お母さんは、学費の心配がないのが親孝行だって」

「賞金けっこう残ってるんだろう？」

「クラウドファンディングの方も、ね。あ、リンがネットのニュース見せてくれたけど、すごいじゃない。ハリウッド・スターが何かするんですって？」

「その人のイメージアップのためにね。サイトに載せたり、イベントに招いたりする代わりに、寄付してくれるみたいだな。返事が来たばかりだからわからないけど」

「すごいじゃない。おかげで旅行に来られたし。こうなるなんて思ってなかったわよ」

上機嫌な亜夕美の様子を見て、暢光は思い切って言った。

「あー、武藤先生から、書類いってると思うんだけど」

「ああ、財産管理の条件と、復縁の話でしょ」

亜夕美があっさりうなずき、値踏みするように腕と脚を組んで暢光を見つめた。

「あなたが今の仕事をやっていけそうなら考えとく、って前にも言ったと思うけど」

「うん。今度こそ大成功させるから」

「成功とかじゃないって、これも前に言ったでしょ」

亜夕美が腕をほどき、たしなめるように、あるいは励ますように暢光の腕を叩いた。

「誰にも真似できない暢気で良いところを、何かに役立ててくれればいいの。リンのためにチームを作ったみたいに。そうじゃないことに頭を回すと、また失敗するわよ」

「あー、うん。ユースケくんとマシューも、なんか似たようなこと言ってたな」

「もしや、私の話ですか？」

だしぬけに英語で話しかけられた。暢光と亜夕美はびっくりして、いきなり現れた純白の男を見上げ、笑顔で立ち上がった。

「マシュー！　大会は⁉」

暢光がさっそく握手をしながら尋ねた。

「あなた達と観戦したくてね。到着したと聞いて、飛んできたんですよ。ＶＩＰルームを用意していますから、みなで楽しみましょう」

「ありがとう、マシュー。あなたにまた会えて嬉しいです」

亜夕美も握手して言った。

そこへ、エレベーターから凜一郎たちが降りてきて、マシューの姿に歓声を上げた。

「マシューさん！」

凜一郎が杖を邪魔そうに持ちながら達雄くんや明香里とともにマシューに駆け寄った。

「ハロー、チャンピオン。君とこうして会えて、とても嬉しいよ」

「オー、イエス、サンキュー」

凜一郎が、なんとなく意味を察して嬉しげに握手した。マシューは続いて、達雄くん、明香里、芙美子さん、武藤先生、善仁くん、美香さん、そして剛彦とも握手をした。

「ようこそ、シンガポールへ。あなた方と出会ったことで、有終の美を飾るはずだった私のプランは消滅しました。もちろん後悔はありません。新チャンピオンの誕生に立ち会えたのですからね。今日はその御礼に特等席をご用意しましたから一緒に観戦しましょう」

マシューが告げ、武藤先生が芙美子さんや子どもらに通訳した。さっそく喜びの声を上げるみなを連れて、暢光はホテルを出て、裕介が待つバンへ向かった。

「あなたのゲーミングケアは、世界中にヒーローを生み出すでしょう。ぜひ、私にブランディングやイベントの協力をさせて下さい」

マシューが、暢光の隣で、ビジネスマンの顔になって微笑んだ。

「偉大なチャンピオンが一緒にプレイしてくれるだけで子どもたちは大喜びですよ」

「今はもう、彼らの時代です。彼らの背を支えて押してやらねばなりません」

マシューが嬉しげに、凜一郎たちをちらりと振り返って言った。

「で、いかがでしょう？　あなたのビジネスに、私も参加させて頂けますか？」

尋ねつつも、すでに答えを確信しているように、マシューが手を差し出した。

「ぜひお願いします」

暢光は微笑んでその手を握り返し、言った。

「私たちの小さなヒーローのために」

冲方丁（うぶかた・とう）

1977年岐阜県生まれ。96年『黒い季節』で角川スニーカー大賞金賞を受賞しデビュー。2003年『マルドゥック・スクランブル』で第24回日本ＳＦ大賞、09年刊行の『天地明察』で第31回吉川英治文学新人賞、第7回本屋大賞、第4回舟橋聖一文学賞、第7回北東文芸賞、第4回大学読書人大賞を受賞。12年『光圀伝』で第3回山田風太郎賞を受賞。他の著書に『十二人の死にたい子どもたち』『戦の国』『麒麟児』『アクティベイター』『月と日の后』『骨灰』「マルドゥック」シリーズ、「剣樹抄」シリーズなどがある。

マイ・リトル・ヒーロー

2023年3月30日　第1刷発行

著　者　冲《うぶ》方《かた》丁《とう》

発行者　花田朋子

発行所　株式会社 文藝春秋

〒102-8008 東京都千代田区紀尾井町3-23

☎03-3265-1211（代）

印　刷　大日本印刷

製　本　加藤製本

組　版　萩原印刷

ISBN978-4-16-391672-9